镜颐居

随笔

JINGYIJU
INFORMAL
ESSAY

刘金祥 著

★

光明日报出版社

图书在版编目（CIP）数据

镜颐居随笔 / 刘金祥著. -- 北京 ： 光明日报出版社，2023.12

ISBN 978-7-5194-7280-1

Ⅰ.①镜… Ⅱ.①刘… Ⅲ.①随笔－作品集－中国－当代 Ⅳ.①I267.1

中国国家版本馆CIP数据核字（2023）第254703号

镜颐居随笔
JINGYIJU SUIBI

著　　者：刘金祥

责任编辑：谢　香　　　　　　　责任校对：徐　蔚
封面设计：李尘工作室　　　　　责任印制：曹　净

出版发行：光明日报出版社
地　　址：北京市西城区永安路106号，100050
电　　话：010-63169890（咨询），010-63131930（邮购）
传　　真：010-63131930
网　　址：http：//book.gmw.cn
E － mail：gmrbcbs@gmw.cn
法律顾问：北京市兰台律师事务所龚柳方律师

印　　刷：北京鑫瑞兴印刷有限公司
装　　订：北京鑫瑞兴印刷有限公司
本书如有破损、缺页、装订错误，请与本社联系调换，电话：010-63131930

开　　本：170mm×240mm
字　　数：380千字　　　　　　印　　张：20.5
版　　次：2023年12月第1版　　印　　次：2024年1月第1次印刷
书　　号：ISBN 978-7-5194-7280-1

定　　价：68.00元

　　在江苏省纪委书画摄影作品展上，作者对自己的参展作品《一尘不染》作介绍（王宇摄影）

作者书法作品《廉是福》参加泰州市老干部"迎新春"线上书画摄影展

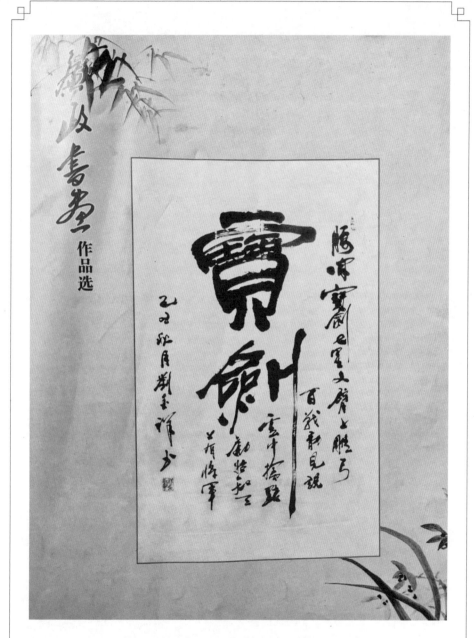

《泰州廉政》杂志封底刊用作者书法作品

序

  社会分工高度细化之后，文学似乎也成了一种专门的技艺，要由专门的一批人来操持。但在很长一段时间里，我们所认定为"文学"之物，其作者并非专业作家；那时候人们对于"文学"的认识和今天或有不同。在传统中国社会中，文章是士大夫的基本修养，既是他们求取功名的手段，也是他们言志抒情的渠道。时至今日，伴随教育普及，国民文化水平提升，乐于在本职工作之余援笔作文的人也日益增多。某种程度上，文学成为他们在喧嚣世事里为自己保留的精神净土，文学抚慰了他们，文学也培育了他们；他们因此也提供了专业作家未必能够提供的文学特质。事实上，无论哪个时期，工农商学兵，人们的岗位职位、年龄性别、所处环境或有不同，但一定都有自己的价值认同与理想追求。把这些价值与理想表达出来，本身就构成了时代的合唱，势必激荡起历史的回声。

  刘金祥就是这样一位专业之外的写作者。他1959年生于农村，1977年参加工作，1990年年初走上乡镇领导岗位，地级泰州市组建不久又被选调到市纪委工作，论工作内容似乎和传统中国那些士大夫有些相像，但绝不是职业的作家。但是这位出身乡村的干部，从青年时代起就利用业余时间勤奋写作，成为县和地级市有关报纸杂志的通讯员，并进而在国家和省市有关新闻媒体和内部刊物发表了不少文章。直到退休后，他的创作也仍在继续，创作热情依然高涨，这是难能可贵的。坚韧的努力自然会得到不菲的回报，其实在这本书出版之前，刘金祥已出版了不少有关里下河农耕文化的系列散文集。而里下河农耕文化是我国农耕文化的缩影与典型，也是一种非物质文化遗产。《回望农耕》出版后，《人民日报》2018年8月28日副刊以《回望农耕文明》为题给予了热情的肯定。

刘金祥的工作给了他历练的机会，这样的机会恰恰是很多专业作家所没有的。他走过不少地方，无论在乡镇，还是在地级市机关，甚至外出考察，都乐于探究，勤勉思考，并孜孜不倦地将探究与思考所得用文学的方式表达出来。他去新加坡学习，听、看、记、摄，回来后写下近两万字的散文，在本地和外地的报刊上发表。他说，要用文学的方式把自己的心得让更多人看到，泰州或许就能更好地学习借鉴别处的城市文明、生态建设、交通秩序、人文环境。他去江西省委党校学习，也写下万余字的红色散文《踏上井冈红土地》，希望能让更多人了解历史，永远铭记井冈山的红色故事，铭记井冈山精神。从这两个例子不难看出，他作文和做事是相统一的，也是相辅相成的，他是文学的有心人，也是工作的有心人。

读刘金祥的文章，有两方面深刻的印象：一是辞无所假、笔酣墨饱；二是充满正气、疾恶如仇。而这两者又是紧密而有机地联系在一起的。作为一名长期在基层工作的同志，刘金祥能够较为全面地把如何抓好党的建设、纪检监察工作，如何密切党和人民群众的血肉联系融入文学作品当中，写出他自己独特的思考与见地。他所写的调研论文、评论文章，以及与此相关的散文、小小说，各类文体都巧妙地渗透着监督执纪与党员干部立党为公、廉洁自律的要求，观念鲜明又寓意深刻，这当然与他平时的勤学善思和总结积累有关。如散文《盖印》，写的是当年农村的一种监督制度，写作手法独特，故事鲜活感人：队长与仓库保管员带头破坏制度，合伙监守自盗，本就有悖于个人品行、道德、自律与群众信任，不但被处罚了工分，还被撤职，儿子也因此被女方退亲。此类文章引人深思，读后使人很受教育，这说明他无时不在研究与思考纪律监督问题。再如，散文《母亲的礼仪》，据说《中国纪检监察》编辑部的同志在《党的生活》上读到这篇文章，特意打电话给他说，这篇散文写得太好了。文中他将党比作母亲，用朴实的语言、人生的哲理教育子女怎样做人、做事，以小见大，辞简理博，让人从中深受启迪与教诲。将有价值的记忆与意见记录、积累、收藏并通过文学的形式表现出来，进行转化，这是对历史的尊重，对未来极端负责任的态度。

一名优秀的党务工作者，不仅要潜心研究与思考党建工作，还应撰写理论文章，发表自己的观点，把基层情况通过恰当方式传递和反映出去，这对党务工作也有极大益处，有利于更好地"接地气"，植根于人民大地。人的一生是有限的，如果能通过文字给社会、给人民留下一些有用的、让后人长久受益的经验，哪怕是一件事、一句话，其价值都远远超过一时一地。这正是刘金祥这样富有现实经验却并非专业的作者笔耕不辍的意义所在。

这意义具体地凝聚在即将出版的本书中，谨以刍荛之见，为之序。

丛治辰

2022 年 5 月

目/录

第一部分

学思践悟

共产党人须根植于人民这块大地

开展党的群众路线教育实践活动的根本目的是推动党的建设、促进改革发展、造福人民群众。各级党员领导干部要积极参加，率先垂范。重点要加强学习，认真组织，带头实践，查找问题，抓好整改，全面提高。

教育实践活动开始之初，我向自己提出了与其他同志同样思考的一个问题：中央为什么要开展群众路线教育实践活动？习近平总书记的"三个必然要求"给予了最好诠释，即开展党的群众路线教育实践活动是实现党的十八大确定的奋斗目标的必然要求，是保持党的先进性和纯洁性、巩固党的执政基础和执政地位的必然要求，是解决群众反映强烈的突出问题的必然要求。

历史和现实都充分表明，党群、干群关系问题是关系党和国家兴衰存亡的大问题。"得民心者得天下，失民心者失天下"。活动期间，我观看了《苏联亡党亡国 20 年祭》纪录片，深感震撼，苏联亡党亡国的原因固然很多，但其根本点是：执政多年的苏共在其执政后期逐渐背离了苏联人民的根本利益，最终为苏联人民所抛弃。苏联瓦解前的一项民意调查显示：苏联共产党代表工人阶级的只占 4%，代表党员的为 11%，而代表官僚的却占到 85%。这样的党怎能不亡！这样的国怎能不亡！

苏联亡党、苏联解体警示我们，一个政党的利益必须与人民利益相统一，党员个人利益绝对不能超越群众利益，政党制定的路线、方针、政策要顺民意而为，否则，它必然会被人民扫入历史垃圾堆。当前一些党员干部脱离群众的现象仍然存在，形式主义、官僚主义、享乐主义和奢靡之风严重。这些问题已严重损害党在人民群众中的形象，严重损害党群干群关系，认真解决这些问题必须开展党的群众路线教育实践活动，使每个党员从苏联亡党亡国这一事实中吸取深刻教训。

我们党来自人民，植根于人民。人民是大地，共产党人须臾离不开这块大地。作为一名县处级干部，我认为，党的群众路线实践教育活动的成效应在以下几方面得到体现。

第一，具有坚定的共产主义理想信念。通过学习教育实践我深刻认识到，正确的理想信念是共产党员无产阶级世界观的核心，是强大的精神支柱，是取之不尽用之不竭的力量源泉。领导干部理想信念缺失必然削弱党的先进性，动摇党的执政地位，破坏党与人民群众的关系，阻滞社会主义事业的发展。一些领导干部为什么会违反党纪国法，精神颓废，贪污腐败，走到人民的对立面，成为历史的罪人？其思想根源就在于理想信念缺失。因此，领导干部理想信念应着力确立以民为本的思想，提升马克思主义理论素养，树立科学的世界观，这样，我们精神上才不会"缺钙"，才不会得"软骨病"：才不会面对诱惑"气短"，说话办事缺少刚性，见到金钱就"手软"。我们必须加强学习，坚定信念，提高素养，涵养正气，提振精神，挺直腰杆。

第二，防止新的形式主义出现。从1985年整党，到后来的"三讲"教育、保持共产党员先进性教育活动等，就党的建设问题，中央开展过不少大的活动，取得了重大成效。但回过头来看，一些基层组织及领导干部重形式不重内容的有之，重方式不重效果的有之，舍本逐末的也有之。所以，党的群众路线教育实践活动必须防止新的形式主义出现，有的人学原著翻翻目录，做笔记网上下载，改头换面变成了自己的。更有不可思议的，少数领导干部笔记虽有几万字，但多半是秘书、部下写的甚至是孩子帮着抄的，自己并不知道里面是什么内容，极少数人连题目都不知道，活动过了，自己松了口气。而时间不长，新的问题出来了，老的问题又复发了，更有甚者，由于自身问题东窗事发或其他案件"拔了萝卜带出泥"，活动结束不久，有人就"进去"了。开展党的群众路线实践教育活动要求每个党员干部都要认真查找和改正自身在党性党风方面存在的突出问题，并切实加以整改。要深入田间地头、街头巷尾、服务对象、改革一线，联系自身思想和工作实际"四看"，扎实开展蹲点调研、随机走访、个别访谈，真心诚意和群众沟通交流，引导群众讲真话、讲心里话，摆问题、提意见，防止用上网代替上门、用通话代替见面、用机关和单位内部意见代替群众意见。要用真心、真情关心和解决基层和群众的实际问题。在机关，要成为勤奋学习、服务群众、促进发展、开拓创新、廉洁自律的表率。在农村，既要带头勤劳致富，又要积极带领群众发展经济，共同致富。在社区，要在开展社区服务、廉政文化建设和社会主义精神文明建设中发挥先锋模范作用。

第三，始终把党和人民的利益放在第一位。任何时刻，共产党员必须具有浩然正气、蓬勃朝气和昂扬锐气。在新的历史时期，当遇到急、难、险、重任务时，特别是在国家和人民的利益受到威胁时，每个共产党员都应该像那些英雄人物一样，以大无畏的革命精神和英雄气概，挺身而出、见义勇为、冲锋陷阵，敢于牺牲自己的一切，尽最大努力来保护国家和人民的利益。要做到这一点必须有坚强的党性和无私的奉献精神。把党和人民的利益放在第一位，就是要始终坚持立党为公、执政为民，努力实现好、维护好、发展好最广大人民的根本利益，把人们满意不满意、高兴不高兴、赞成不赞成、答应不答应作为开展一切工作的标准，努力在全心全意为人民服务的过程中使党的先进性得到体现。

第四，切实解决"四风"问题。"知屋漏者在宇下，知政失者在草野"。对于执政党来说，没有一种根基，比植根群众更坚实；没有一种力量，比群众更强大；没有一种资源，比赢得民心更持久。而"四风"问题是违背我党性质和宗旨的，是当前群众深恶痛绝、反映最强烈的问题，也是损害党群干群关系的重要根源。我认为，"四风"问题不是短时间形成的，解决起来也不可能一蹴而就，它在每个部门单位、每个人身上的表现形式并不一样。解决"四风"问题不要只抓鸡毛蒜皮，隔靴搔痒，轻描淡写，敷衍塞责，应付了事，空对空，大而化之，说不到实处，揭不到痛处，关键是要结合自身思想实际和工作实际，把自己真正摆进去，弄清楚自身差距到底在哪里，问题有哪些，原因是什么，怎么去解决，今后努力方向是什么。只有这样，才能真正从实质上得到解决并以戒今后。

每个党员干部都要好好问问自己："我是谁"？"为了谁"？"依靠谁"？在当代中国，人民就是我们开展一切工作的力量源泉，让我们坚持群众路线，永远根植于人民这块大地！

（刊载于2014年5月13日人民论坛网，2014年第5期《泰州通讯》，2014年第3期《大众社会科学》）

好的纪律作风是转型升级之保证

习近平总书记在中国共产党第十八届中央纪律检查委员会第二次全体会议上发表重要讲话时强调，党面临的形势越复杂、肩负的任务越艰巨，就越要加强纪律建设。他同时指出，工作作风上的问题绝对不是小事。

中央出台八项规定，将行为准则和规范固化为制度，显示了党中央整治沉疴顽疾的决心，这不仅有助于改进党风政风，而且也有助于从源头上遏制腐败。

必须从"细枝末节"抓起。"合抱之木，生于毫末；九层之台，起于累土；千里之行，始于足下。"作风反映素质，体现能力，关系形象。纪律作风问题在很多情况下，表现在工作细节、思想枝节、行为末节、生活小节上。正因为这一特点，有的人会自觉不自觉地忽视它，认为都是些小事，无关痛痒，无妨大碍，甚至不屑一顾。于是，纪律松弛，作风涣散，效能低下，上班迟到找理由，上班关门打游戏；从接受他人吃请、一条烟、两瓶酒，到收受几千、上万到数十万、上百万、上千万元的贿赂。祸患常积于忽微，"小节"不保酿成大祸。

抓"细枝末节"，看似不求大志，而"天下难事，必作于易；天下大事，必作于细"。肯在"细枝末节"上下功夫，才能处变不惊、见微知著，才能作风严谨、用心想事，才能务实干事、效果长远，抓纪律作风建设更是如此。

必须从民生问题做起。基层干部离群众更近，所思所想、所作所为与群众的利益更直接、更具体，也更能引起群众关注。群众看党的作风、政府形象，就是看身边组织、身边党员干部的一言一行、一举一动。

从民生问题做起，这是每个领导干部的基本要求、基本功，是一种责任，也是一种本领。领导干部来自人民，就要听得懂、听得进群众话，讲群众听得懂的话；就要看得见、看得清民生问题，解决的民生问题让群众看得见；就要用真心、真情去做群众需要的、关心的、高兴的事，踏石留印、抓铁有痕地抓落实。

必须从违纪行为惩起。市委一直重视纪律作风建设，近几年来，每年春节后上班的第一天召开全市机关作风建设暨警示教育大会，教育党员干部切实改进作风，提升效能，严守纪律，清正廉洁。

作风不正损害的是党和政府的形象，伤害的是群众感情，失去的是群众信任。作风问题无小事，纪律警钟须长鸣。泰州的转型升级是极为难得的历史性机遇，关键在干部的作风和精神，对于任何违反纪律、作风建设方面的人和事，要发现一起，查处一起，通报一起。

加强纪律作风建设，是一项长期的任务，也是一项伟大工程。各级党政组织要认真贯彻落实中央八项规定和省市"十条规定"，每个党员干部都要从我做起，以机关效能的大提升，助推转型升级的新突破。

（刊载于 2013 年第 2 期《泰州通讯》）

解放思想、科学发展须由制度护航

解放思想、科学发展是发展中国特色社会主义的一大法宝，是推动一切工作的"总阀门"。我们党领导的中国特色社会主义伟大事业进入了新的历史起点，而经过了建市18年的励精图治、甘之若饴，泰州新的一轮解放思想、科学发展也进入了一个新的更高境界，将通过全市人民的激情燃烧、干事创业，努力走在全省乃至全国全面建成小康社会的前列。

必须严格制度执行

制度的建立和完善，重要的在于执行，在"管"字上下功夫。从国家到地方，现有的各项制度不少，总体上得到了较好执行。但也有些制度，由于种种原因，在执行过程中"松劲"了，"走歪"了，甚至"变味"了。

"有制度不执行，比没有制度危害还要大。"300多年前，英国哲人培根的话至今发人深省。任何制度如果在执行方面存有漏洞，极易使制度本身失去应有的约束力和公信力，导致一些地方、领域涉贪涉腐行为屡禁不止，腐败案件多发易发。有制度不执行或不严格执行已不是某个部门、某个人、某个年份，少数领导干部包括高级干部甚至带头破坏制度，以此上行下效，蔓延成风，影响极坏。"解放思想再发力，科学发展勇攀登"不是一句空洞的口号，要求我们重温建市之初的那种干劲、那种热情、那种精神、那种执行制度的行为自觉，以利我们更好地立足新起点、着眼新阶段、把握新形势，解放思想再出发，科学发展再向前，努力把泰州建设得更加美好。一个只是把制度挂在墙上、写在纸上而得不到有效落实的单位，一个连制度都不去落实、不去严格执行的干部，怎么可能去"发力"、去"攀登"，又怎么可能把心事用在干事创业上，去真心实意为群众着想、为百姓办实事呢！群众看党和政府的形象看的是身边的组织、身边的党员干部，试想，如果泰州人民看到我们说的和做的不一样，那市委、市政府在他们面前还有什么形象、什么公信力！

制度建设具有根本性、全局性、稳定性和长期性的特点，对于国家、社会，包括各个部门提高工作效能，降低工作风险，坚持解放思想，促进科学发展，具有十分重要的意义。制度如渠，行为如水。"解放思想再发力，科学发展勇攀登"，必须梳理好制度建设这道渠。"制度好可以使坏人无法任意横行，制度不好可以使好人无法充分做好事，甚至会走向反面。"我们要清醒地认识到，制度建设是推进反腐败的根本，制度缺失、缺陷容易导致权力腐败，制度执行不力会使一些人走向腐败，制度建设靠得住，反腐倡廉建设才靠得住。只有这样，解放思想、科学发展才能有动力源，才能有保障。

必须根除"贪腐文化"

近年来，对于在少数领导干部身上存在的腐败问题，在组织开展调查、哪怕是调查问卷时，基层一些干部要么直接婉拒，要么三缄其口，要么闪烁其词，这种"说不得"与现在网络流行的"你懂得"有相似之处。这是一种危险的信号！这种明哲保身、连组织调查都不愿配合的人你还指望他去"解放思想"？去"再发力"？去"科学发展"？去"勇攀登"？不可能！

文化决定着一个时期的道德、习俗。不言而喻，世风日下、风俗败坏、道德崩溃、贪污贿赂的病因，就是可怕的"贪腐文化"！一些人在台上夸夸其谈党风廉政建设，背地里却搞见不得人的腐败勾当。

"贪腐文化"与廉政文化是格格不入、背道而驰的，是不严格执行制度的产物。"贪腐文化"不根除，还谈什么"解放思想再发力，科学发展勇攀登"？恰恰它是一道无形的障碍，是泰州转型升级、融合发展的"拦路虎""绊脚石"！

从古到今有条颠扑不破的真理，就是权力的运行必须接受监督，而且要自觉接受监督。《礼记·中庸》讲："莫见乎隐，莫显乎微，故君子慎其独也。"冰冻三尺非一日之寒。同样，"贪腐文化"并非一日形成，它是有较深的腐败基础的。近年来，"一把手"、高层腐败成为群众关心的热点问题。领导干部出问题，除了机制和制度不完善、有漏洞外，很重要的一点就是监督出了问题。一方面，有些监督是弱化的、无能的、乏力的，部分领导干部对此没有畏惧感，上级监督不到，同级监督不好，下级监督不了；另一方面，有的领导干部主动接受监督的意识不强，甚至怕监督、反对监督，谁监督他就对谁有意见。有些领导在没有组织安排的公共场合怕见群众，尽量躲避群众视线，"怕惹事"。如此之举，老百姓怎能相信你、支持你、拥戴你？

权力失去监督必然滋生腐败。如今，包括党内党外、新闻媒体等监督似乎无处不在，但监督乏力、监督缺失、制度执行不力、落实不到位是各层各级普遍存在的问题，这些都有形无形地影响着党的纯洁性。监督体制机制"先天不足"和"后天缺陷"是监督难以到位的前置因素，如今，监督者捧的是被监督者的饭碗，在被监督者领导之下工作；特别是有些"高层""中间层""基层"的领导，形成了监督的"真空"。胡长清、胡建学曾经说，在他们这一层次，监督好似"牛栏里关猫"，虽有监督制度设置，但对于他们来说却是苍白无力，毫无意义。监督缺失所导致的贪腐现象令人咋舌，查一个牵一批，查一案带一窝，腐败额度越来越大，链条越来越长，手段越来越隐蔽。比如，韩桂芝案，一下涉及几百人，显然是有"贪腐文化"作为支撑，如果没有这种支撑，就不会有这么大的规模，而这种"贪腐文化"不仅严重影响人们解放思想、科学发展，而且直接危害党的纯洁性。

必须提升作风效能

习近平总书记指出，工作作风上的问题绝对不是小事。

提升作风效能必须从"细枝末节"抓起。作风反映素质，体现能力，关系形象。作风效能问题在很多情况下，表现在工作细节、行为末节、生活小节上。正因为这一特点，有的人会不自觉地忽视它，认为都是些小事，无关痛痒，甚至不屑一顾。于是，纪律松弛，作风涣散，效能低下。万事起于忽微，"小节"不保酿成大祸。

提升作风效能必须从民生问题做起。基层干部离群众更近，所思所想、所作所为与群众的利益更直接、更具体，也更能引起群众关注。群众看党的作风、政府形象，就是看身边组织、身边党员干部的一言一行、一举一动。

解放思想、科学发展的落脚点应该是为人民谋利，让人民得益，这是每个领导干部的基本要求，是一种责任，也是一种本领。领导干部来自人民，就要听得懂、听得进群众话，讲群众听得懂的话；就要看得见、看得清民生问题，解决的民生问题让群众看得见；就要用真心、真情去做群众需要的、关心的、高兴的事，踏石留印、抓铁有痕地抓落实。

提升作风效能必须从违纪行为惩起。市委一直重视纪律作风建设，近几年来，每年春节后上班的第一天召开全市机关作风建设暨警示教育大会，教育党员干部切实改进作风，提升效能，严守纪律，清正廉洁。

"解放思想再发力，科学发展勇攀登"大讨论、大落实活动，是党的群众路线教育实践活动的重要组成部分，是抓好问题整改落实的重要举措，也是一项长期的任务，我们每个党员干部都要从我做起，从点滴做起，按照市委、市政府要求和纪念泰州建市 18 周年座谈会精神，坚持以"廉"打底，带头遵守中央、省、市各项规定，带头践行"三严三实"专题教育要求，稳得住心神、管得住行为、守得住清廉，做到立身不忘做人之本、为政不移公仆之心、用权不为一己之私，始终把无私奉献、清正廉洁写在泰州干部队伍的旗帜上。

（刊载于 2014 年 9 月第 4 期《国家治理》，2014 年 11 月 24 日《泰州日报》，入编《中国优秀领导干部论坛》2014 卷）

弄清"为了谁、依靠谁、我是谁"

开展党的群众路线教育实践活动的根本要求是，始终坚持人民至上的价值观、人民是真正英雄的唯物史观、立党为公执政为民的执政观，在指导思想上进一步树立群众观点、强化群众立场，在工作内容上进一步反映群众愿望、满足群众需求，在思想作风上进一步增进群众感情、拉近同群众的距离。

弄清"为了谁"，才能找准前进的目标方向。现实生活中，有人为了实现人生价值，追求革命理想，为了国家、集体和人民利益，为了祖国繁荣富强、人民幸福，鞠躬尽瘁，死而后已。焦裕禄到兰考上任第一次开会，他建议县委一班人先到火车站去看看再开会。那天，北风呼啸，大雪纷飞，寒气袭人，火车站外却人潮涌动，人们拖大带小、背井离乡，这些人不是外出打工，更不是走亲访友，是要乘火车出去逃荒要饭。而此情此景，包括县委在内的一些干部却全然不知，他们此时正坐在家里围着炉子喝热茶。

焦裕禄在兰考的 470 天，对群众疾苦关切，对制服"三害"充满必胜信心，他顶着肝病的袭扰，跋涉 5 000 多里，跑遍了全县 140 多个大队中的 120 多个。一句句话、一件件事让人感动至极、潸然泪下。他为了谁？为的是改变兰考面貌，让老百姓能富裕起来，不再背井离乡、外出讨饭。而如今有些党员干部为的是自己、家人、亲属，利用公权力谋取私利。"立身不忘做人之本，为政不易公仆之心"。领导干部要警惕公权力"异化"为敛财工具。每个党员干部都应该把"三严三实"作为"修身、齐家、治国、平天下"的日常行为习惯，时刻牢记党的宗旨，树立正确的人生观和价值观；时刻牢记权力乃人民之公器，"勿以善小而不为，勿以恶小而为之"；淡泊名利，尽职尽责，坚持廉洁从政，才能真正为人民服务。

弄清"依靠谁"，才能找到工作的力量源泉。"依靠谁"，就是坚定不移地依靠群众，吸取群众智慧，增强发展动力。人民群众是社会发展的推动者和历史的创造者，是党和国家生存和发展的力量源泉。依靠群众，就是要尊重群众，服务群众，真心为群众解决实际困难和问题。群众路线是我们党的生命线和根本工作路线，这是我们始终要铭记的，人民群众是我们所要依靠的力量，这是我们的"根基"，如果离开这个"根基"，我们的发展就会成为无源之水、无本之木。

泰州还是个刚刚进入"青春期"的青年，人到青春期不能缺蛋白质，不能缺钙，蛋白质是人体生长发育的最佳"建筑材料"，缺少了人体的"架构"就无从谈起；钙是构成人体骨骼的重要原料，缺少了就会得"软骨病"。因此，我们这个年轻的地级市，只有坚定理想信念，补足精神上的"蛋白质"和"钙"，才能炼就"金刚不坏之身"。我们工作的出发点和落脚点都是为了祖国的繁荣昌盛和人民群众的幸福安康，这是组织赋予我们的职责，这是人民赋予我们的光荣使命，我们没有任何理由懈怠！懈怠就是失职，失职就对不起人民群众，就要被人民所唾弃。

弄清"我是谁"，才能把握自己的正确定位。"我是谁"？正确的回答应当是：我是一名共产党员、人民的公仆。而如今有人不是这么说的，更不是这么做的。媒体曾报道这样的事，少数所谓贵族子女，包括极个别国家公职人员，犯了事往往会说，我爸爸是某某长、我是什么人。这种无德无知、让人民群众极其愤慨的话姑且不论，而有的领导干部在他的单位甚至这样讲："我是谁？我是你们领导，你们是我的下属，是我培养的，你们也敢说我什么？说了有用吗？"请问某君，此时的你，是谁呀，恐怕连你自己也不认识了。一个几乎"清一色"的、没有"掺沙子"的班子，内部往往会失去监督，此类案件受到查处的已不是少数。沈阳的"慕马"案涉及那么多的官员足以说明这一点！有的长期在一个部门当家，极易放松自我要求，滋生、专断、一言堂、唯我独尊的恶习，下级即使有想法、有怨气也不敢在他面前讲，即使在生活会上对上级批评也总是放"礼炮"，对同级批评放"哑炮"，对自己批评放"空炮"，长此以往，所形成的不仅是工作上的一潭死水，甚至还会带坏班子、带坏队伍。

我们每个党员干部都是在党的培养下、组织的关怀下、领导同事的帮助下成长起来的。没有党的培养，没有组织的关心，就没有我们的今天！因此，无论在什么地方、哪个岗位、做什么工作，我们要始终牢记"我是谁"，一定要自我定准位，对组织交给的工作只有努力去做，去做好，做出特色，做出成效，而不是挑三拣四，患得患失。所以，我们每个党员干部，要真正从思想根源上明白"我是谁"，勤奋走基层，甘当群众的学生；贴近群众，视群众为亲人；贴近实际，把群众当主人；贴近生活，与群众形成鱼水关系。我们要牢固树立群众观点，时时明确"为了谁"，抓实群众路线的载体，打牢"依靠谁"的基石，多"走基层"，处处摆正"我是谁"，只有这样，我们才能头脑清醒，才能坚定理想信念。

曾子曰："吾日三省吾身：为人谋而不忠乎？与朋友交而不信乎？传不习乎？"古人尚且如此，今天我们更应"三省"自己：哪些事是人民群众迫切需要解决的？我们为群众做了哪些事？哪些该做的事还没去做？哪些不该做的事却做了？其实，古人的"三省"我们可以理解为今天的"三个谁"之问，我们只有事事走群众路线，心系群众，一切为了群众，一切依靠群众，与人民群众打成一片，把人民的利益举过头顶，才能实现国家富强、人民幸福，实现中华民族伟大复兴的中国梦。

（刊载于 2014 年 7 月 7 日人民论坛网）

清醒认识权力的"双刃"性质

在我们的身边，所见所闻几乎离不开"权力"二字。随便举几个现象，你会觉得自己可能碰到过，有的也不难解释，但有时却很难想象：保安不认识你，你要进小区、进机关、进学校他会拦下你，或请你登记说明情况；流动食品摊贩如果顾客多了，他可以先给你，也可以先给别人；执法过程中，因为有了自由裁量权，有些执法者可能会"手高手低"；有的人乘公交车遇到熟悉的司机可以不给钱；在一些停车点看车的人你要票得给 10 元，不要票给 5 元……

保安不让你随便进入他值守的大门，那是他的权力，更是他的责任，为的是一方安保；食品摊贩他有权支配自己的食品，可以"得钱不拣主"；执法者手中掌握着权力，有人秉公用权，也有人以权谋私；一个看车的因为你不要票就可以少给一半的钱，一次贪污就达 50%！

实质上，这里面隐藏或所折射出的是一个"权"字，它反映出公权力，也反映出私权利无处不在、无所不在，同时反映出两者之间的特殊关系。

在新的历史时期，习近平总书记为什么强调"严以用权"？应该严在哪儿？这应当成为干部思想建设、作风建设的一个重要课题。

严以用权必须清醒认识权力的双刃性质。权力一旦扭曲，就会成为谋私的工具。2015 年国庆长假的最后一天，中央纪委监察部网站发布消息，福建省委副书记、省长苏树林涉嫌严重违纪正接受组织调查。这是 2015 年落马的省部级官员，至此，党的十八大以来已有 10 名正省部级官员被查。此前有国家安全生产监督管理总局局长、党组书记杨栋梁涉嫌严重违纪违法，接受组织调查，8 天后被免去领导职务。2015 年 7 月 24 日，河北省委书记、省人大常委会主任周本顺涉嫌严重违纪违法，接受组织调查，4 天后被免去领导职务。党的十八大以来，中央反腐力度不断加大，至目前，中纪委查处的省部级高官达到 110 多人，其中军队高官有 30 多人，占三分之一。2014 年被宣布查处的副国级及以上官员 4 人：周永康、徐才厚、苏荣、令计划。2015 年以来，中纪委共查处 30 名省部级官员。这些人当中，有中央委员、候补中央委员、中纪委委员。从泰州市情况看，2015 年，全市纪检监察机关立案 1 369 件，查处县处级干部 20 人，乡科级干部 108 人，给予党纪政纪处分 1 335 人，同比上升幅度均较大。市检察机关立案侦查贪污贿赂、渎职侵权犯罪 112 件 131 人，法院系统审结一审贪污贿赂、渎职侵权案件 80 件 103 人。

这是些触目惊心的数字，从远到近，从上到下，从不熟识的到身边人，从副国级、省部级到厅局级、县处级再到乡科级、村组级，从过去查处的、如今查处的到将来查处的"老虎""苍蝇"，无论腐败官员们何时落马，其违纪违法的原因几乎如出一辙。他们不是严以用权，而是独断专行、滥用职权、胆大妄为，把党和人民赋予的公权力变成谋私的工具，必然会导致私欲膨胀、丧失原则、贪污腐败、为官不为、为所欲为，严重损害党的形象。

严以用权直指领导干部作风的核心问题。领导干部能否正确对待权力，按照规范使用权力，是第一道门槛，也是第一堂必修课。严以用权，严字当头，严字是关键，起码要做到以下几点。一要敬畏、慎用。要做到严以用权，就应该做到心存敬畏、慎用权力。领导干部手中的权力是人民赋予的，权力是神圣的。谨慎用权就是要把情况都搞清楚，把问题想明白再下决策，最基本的要求就是要多调查研究，深思熟虑，集思广益，发扬民主，博采众长。二要为公、依法。用权为公就是要守住公与私的分界线，绝不搞权力寻租、权钱交易。在全面依法治国的今天，所有权力必须在法律范围内活动，必须给权力运行"画红线""布雷区"，做到"法无授权不可为"。在权力周边拉上"警戒线"、架起"高压线"、通上"高压电"。三要履责、务实。权力与责任相连，履职尽责是基本要求。领导干部的责任是"一岗双责"，党风廉政建设方面要落实主体责任，主动承担工作责任。严以用权和干事创业不是对立的关系，有权力要敢用，更好地务实地干事情，而不是为了所谓不出事就不做事，懒政怠政，使权力处于休眠状态。如果是这样，就让他们腾出位置来给既想干事、能干事，又能干成事的干部。四要刚直、阳光。敢于较真，敢于碰硬，面对重大原则问题，要立场坚定、旗帜鲜明，让权力在阳光下运行。同时，自觉接受来自党内、法律、舆论和人民的监督，让权力在人民眼皮底下运行。五要公正、廉洁。公平正义是使用权力的根本标准。处事不公必然自身不廉。权力是公器，行使权力必须做到公正、公平、公开，有权力更不能任性。

严以用权就是要把权力关进制度的笼子。权力是人民赋予的，只能用来为人民服务。严以用权，就要严格区分权力的公私界限，从思想上、行为上杜绝以权谋私，拒绝各种特权。古人云，为官之法唯有三事："曰清、曰慎、曰勤"，"知此三者，可以保禄位，可以远耻辱，可以得上之知，可以得下之援"。古人概括这"为官三事"，出发点虽带有一定个人功利色彩，但"清、慎、勤"这三点基本内容，却值得如今每个党员干部借鉴。

在焦裕禄、牛玉儒、杨善洲等这些党的好干部身上，有无数严以用权的例子，他们最为突出的表现体现在以下几方面。一是严在决策。决策指的是发展方向和重大事项。形象工程、面子工程，好大喜功、急功近利是另一种腐败，这种腐败人们看得到但说不清，知道有问题，但不知问题到底有多大、有多严重。所以，决策是领导干部注重调查研究、深入基层一线、问计于民的务实举措，就是最好的严以用权。二是严在用人。用人是领导干部手里一项特殊的权力，也是风险最大的权力之一。一个人用不好，会影响一群人，坏了一方风气，也极有可能把自己牵进去，每个地方都有此类案件。所以要坚持以制度用人，严格坚持选人选才的程序和标准。三是严在花钱。就是要严格执行八项规定，坚决反对"四风"，并长期执行，越抓越严。四是严在自律。人之患，不在己所不能，而在己之不勉。中组部原副部长曾志是个老红军，曾任广州市委书记。这么一个有权力、有资历的老干部把一切献给了党的事业。她生前没有给儿子、孙子"转商品粮"户口，没有利用手中权力为他们谋一点私利，她逝世前儿子仍是个农民。她临终留下的87个信封中，是平常省吃俭用节约下来的钱。遗嘱中写道，交给中组部，给那些需要帮助的孩子。有句话特别使人感动："这些钱是干净的。"了解了模范纪检监察干部王瑛同志的先进事迹，都为她那股正气、那片真情、那份大爱所感动，为她那种平凡中见伟大、侠骨中见柔情的高尚情怀所折服。她是纪检监察系统践行"做党的忠诚卫士、当群众贴心人"的模范代表。

清代袁枚说过："蚕食桑而所吐者丝也，非桑也；蜂采花而所酿者蜜也，非花也。"我们要像王瑛等优秀纪检监察干部那样对党和人民忠诚，把毕生献给党，献给人民，献给崇高的纪检监察事业，像春蚕那样——到死丝方尽，像蜜蜂那样——酿蜜无保留，像蜡炬那样——成灰泪始干。对照革命先辈，对照众多廉洁自律、无私奉献的党员干部，那些大肆贪污、收受贿赂几十万、几百万甚至几千万的官员，他们还有半点认识权力是党和人民给的吗？他们有半点心思花在为党的事业、人民的利益着想吗？！他们背叛党、背叛人民，最终走到人民的对立面，接受纪律的审查、法律的审判！

权力虽有大有小，但都具有诱惑性。权力是人民赋予的，应当属于人民。

开展"三严三实"专题教育，党中央的用心是良苦的，要求我们每个领导干部必须正确认识权力，严以用权，甘当人民公仆；必须全心全意为党的事业和人民服务，始终把人民群众的利益维护好、实现好、发展好，把人民满意作为行使权力的根本标准，充分彰显我们党的执政为民、为民造福的宗旨，只有这样，才能真正做到严以用权、用权为民。

（刊载于 2016 年 3 月 17 日《中廉舆情》）

"四有"标准与为官之道

习近平总书记在同中央党校第一期县委书记研修班学员进行座谈时强调，做县委书记就要做焦裕禄式的县委书记，始终做到心中有党、心中有民、心中有责、心中有戒。这是给县委书记提的，也是给各级领导干部提出的要求。

子曰："上者，民之表也；表正，则何物不正！"孔子曾将官吏之德比作"风"，将百姓之德比作"草"，上行下效，风吹草随。官风正，民风就淳；官德好，百姓就会起而仿效。反之，官吏失德，自私自利之风就盛行。故而，德行是为官之魂，德厚则威高，"四有"标准正是为官之德、为官之道。

心中有党是第一标准。心中有党列在"四有"的第一位，说明这是党员领导干部的第一标准。党员干部特别是领导干部，必须讲党性、重品行、作表率，集好人品、好作风、好公仆于一身。评价党员干部的政治品行与为官之道，归根到底要看"心中是不是真的有党、对党是否真的忠诚"这一条，如果没有就是党的叛逆，如果打折扣就不是一名合格的党员领导干部，而且折扣越大，问题就越大，给党带来的危害就越大。

心中有党、对党忠诚必须始终坚持党的纪律、原则、事业第一、人民利益第一，始终在党言党、在党忧党、在党为党，对党绝对忠诚、永远跟党走。"苟利国家生死以，岂因祸福避趋之。"党员领导干部要有崇高的爱国情怀与道德觉悟，任何时候都要把党性修养、道德品格、责任担当放在第一位。心中有党，方能心中有民、心中有责、心中有戒。焦裕禄、孔繁森、杨善洲、张云泉、周广智、陈燕萍等何以能够不慕名利、不计得失，源于他们心中有党、对党忠诚，源于他们心中装着百姓、装着责任、装着纪律。

心中有党须以坚守党性为支撑。党性是千百万共产党员为了完成党在各个时期的任务，英勇奋斗、忘我牺牲、开拓进取实践的升华。党性不是与生俱有的，需要每个党员后天的学习锻炼与奋发进取。知而不行，等于不知。党员领导干部不光要知晓党性要求、党纪法规，更要严格要求、知行合一。要树立共产主义理想信念，牢记全心全意为人民服务的宗旨，强化严格的纪律观念，切实加强世界观的改造；要坚持正确的政治方向，站稳政治立场，在大是大非面前旗帜鲜明、立场坚定、理直气壮。

心中有党，还要求我们做到始终把纪律和规矩挺在法律前面，把守纪律、讲规矩作为一条"底线"和"红线"来遵从，并营造守纪律、讲规矩的良好氛围。

反观时下有的领导干部，他们自作聪明、布鼓雷门，把组织当瞎子，把别人当傻子，说话两个嘴巴，做人两张面孔，口是心非、阳奉阴违，当面一套、背后一套，工作做表面，为人假正经，政治上私心重，经济上存贪心，蝇营狗苟、见利忘义，不是寡欲清心，而是利欲熏心。分析党的十八大后落马的包括百余高官在内的腐败分子，他们之所以会走到人民的反面，丧失理想信念和党性要求是根本内因。

心中有民不可伤财劳民。"民"，人民，民生。心中有民须以真心和实意来为民做好事、办实事、谋利益，而不是放在嘴上，更不能置人民的利益于不顾，做表面文章。心中有民必须着力解决好人民最关心、最直接、最现实的利益问题。"民之所好好之，民之所恶恶之"，金杯银杯比不上群众的口碑，领导干部干事创业一定要树立正确的政绩观，不搞劳民伤财的面子工程、政绩工程，从而在百姓心中筑起一座永不磨灭的丰碑。

心中有民才能一心为民。毛泽东同志说，兵民是胜利之本，人民是推动历史发展的真正动力。在新的历史时期，人民群众同样是我们党的执政之基、力量之源、胜利之本，只有植根人民、服务人民，始终保持同人民群众的血肉联系，始终反映人民的意志、利益和愿望，我们党的事业才有动力、方向和价值，才能永远立于不败之地。

"衙斋卧听萧萧竹，疑是民间疾苦声。些小吾曹州县吏，一枝一叶总关情。"心中有民就是要心系群众，为民造福；就是要说群众听得懂的话，做群众愿意、乐意、满意的事；只有心里装着群众，才能把群众当亲人，与群众心连心、共命运。要时刻把群众的安危冷暖放在首位，到基层开展调查研究是轻车简从，还是前呼后拥；是深入群众中间去了解真实情况，还是听听汇报、念念报告、怕见群众更换车牌号？人民是我们的衣食父母，要切实做到权为民所用、情为民所系、利为民所谋。领导干部要带头转作风、反对"四风"，摒弃官僚主义思想，深入实际，察民情、解民忧、传民声、聚民心，除官气、接地气、树正气、造福气，始终眼睛向下看，心中装着百姓，牢记"党要求什么，群众需要什么，我们就去做什么"。

心中有责才能为官作为。为官作为是天职，是党性的基本要求，是为官者的起码常识，为官者须先作为，后为官。"当官不为民做主，不如回家卖红薯。"这句妇孺皆知的民谚，用通俗易懂的话说出了为官作为的出发点和落脚点，那就是把群众利益放在第一位，全心全意为人民服务。古代官员尚且懂得"食君之禄，忠君之事"，作为党的干部更当时刻牢记自己的职责，为人民的利益主动作为、积极作为、踏实作为。当年毛泽东同志能在国共两党这场力量悬殊的斗争中取得胜利，就是因为"为民"的思想使他得到了最广大人民群众的支持。所以，在新的形势下，各级领导干部更要牢记"一切为了群众，一切依靠群众""从群众中来，到群众中去"的群众路线，把群众的利益放在第一位，就要全心全意、真心实意、一心一意，而不是虚情假意、三心二意；全心全意为人民服务就是要执政为公不为私，执政为民不为己，与人民群众同甘共苦，休戚与共，把最广大人民群众的利益维护好、实现好、发展好。

为官作为需要有务实的作风、实干的劲头，遇事善于明辨是非利害，能经得起实践的检验、群众的检验、时间和历史的检验。为官作为既要靠个人修为，也要靠制度治为。心中有责，才会有"蹄疾步稳"的定力。领导干部在维护社会稳定、推动经济发展、创新社会管理、改善人民生活、确保生态安全、加强党的建设等方面要求高、责任大，更要谋长远、打基础，做到"蹄疾步稳"，能干事、干成事、不出事。

为官作为的价值体现在为官不易，体现人的品格和价值，它考验人的意志和能力，理应成为常态。要按照习近平总书记"三严三实"要求，勤于修身，增强一心为民的公仆情怀。心中有责、为官作为，再大的困难也是"纸老虎"，反之，再小的困难也可能成为"拦路虎"。

心中无责会导致为官不为。责，求也。责，使命、责任、担当，三者相通相容、不可分割。为官无责者非但不可为、不会为，也无能为，会严重伤害党和政府的形象。为官不为者则立场不稳、能力不足、不敢担当，说白了就是严重脱离群众，不想为群众做事，不愿为群众担当。如今，有些干部吃不消上面"念"紧箍咒，更怕来自方方面面的监督，于是乎，不做事情，不担风险，不去担责，工作消极懈怠，成为庸官懒政，为逃避追责，部门出了问题将责任推给他人，甚至是"临时工"。我认为，庸官懒政其实就是一种新型腐败，应当坚决予以惩治。这种只要不出事、宁愿不做事，该做的不做，该管的不管，该抓的不抓，对职责无所用心，虚食重禄，尸位素餐，蹲在茅坑上不拉屎的人必须严肃追责。

心中有戒必须知行合一。戒，是行为、习惯、品质、本性、自然等要义的本质特征，本义是"防备"到戒备，再由"戒备"引申为"警戒"。史上定义为道德、品质、良善之行为。心中有戒当彰领导形象、表率力量。读读周总理的十条家规感触很深：如家里来人一律到食堂排队买饭菜，不许动用公家的车子，要艰苦朴素，在任何场合都不要说出与他的关系，不要炫耀自己，不谋私利，不搞特殊化。而现实生活中，有的领导干部，亲朋好友来了，吃喝住行都是利用手中权力由公家买单不说，自己过去住的公家的房子、用的公家的车子，自己有房子、车子了，调离了甚至退休了，仍霸占不交。为什么？原因很简单，因为公房的一切开销都是公家包下的。领导干部是一级党委、政府或是一个部门的领跑者，是榜样，是形象，更应是表率，更应像周总理那样，把"戒尺"时刻铭记心中，从思想上严规矩、强纪律，严格要求，带好队伍。

心中有戒更要慎独慎微。领导干部身居高职，拥有一定权力，许多事情可以自行决断、自由裁量，容易随心所欲。因此，"慎独"应成为领导干部时刻对自己的要求。《礼记·中庸》说："莫见乎隐，莫显乎微，故君子慎其独也。"说明一个简单而深刻的道理，即使一个人独处、无人注意、无人监督的时候，也要谨言慎行，不做道德失范的事。真正的品行在于有人在场、有人监督和无人在场、无人监督的情况下，自己的行为能始终保持一致，不放松自我要求，用道德原则来检点自己的言行。

心中有戒才能严于律己。戒之用，贵守在行。领导干部应始终把心中有纪、廉洁从政、敬畏法度作为第一生命来维护，保持"一身正气、两袖清风"，时刻警醒自己，做到用权上自律，坚持原则不动摇；经济上自律，克勤克俭不贪占；生活上自律，自尊自重不腐化，过好权力关、金钱关、美色关。上梁不正下梁歪，中梁不正倒下来。周永康、薄熙来、徐才厚、郭伯雄、令计划等不少高官落马，而且形成腐败链的一个重要原因就是官德丧失、无视纪律、带了坏头。"戒"，不是表面的，而是心中的；不是辅助的，而是无"干扰"的，这才是最为有效的戒。"君子检身，常若有过。"自省是为官之镜，自省、自警、慎独、慎微是做人、做事的基础之一，更是党员、干部的一贯要求。

党在新的历史时期提出"四有"标准，是各级领导干部的第一标准、第一要求、第一底线和为官之德、为官之道，领导干部要带头遵守、严格执行，始终对党忠诚、一心为民、坦荡为官、干净做事、清白做人。

（刊载于 2015 年 7 月 28 日《江苏商报》）

严以律己就是心中有戒

自古就有解释，律，约束；律己，即对自己要求严格。本来已经有严格的要求了，为何在律己前面还要加上严以二字呢？宋岳珂《愧郯录·京师木工》曰："先朝官吏，律己之廉，持论之厚，又於此乎见之。"毛泽东《改造我们的学习》说："这种作风，拿了律己，则害了自己；拿了教人，则害了别人。"这说明，律己须有最高标准和最严要求。

严以律己就是心中有戒，心中有戒更须知行合一。戒，是行为、习惯、品质、本性、自然等要义的本质特征，史上定义为道德、品质、良善之行为。"戒"的本义是"防备"到"戒备"，再由"戒备"引申为"警戒"。史上戒学，指戒律，即防止行为、语言、思想三方面出现或存在过失，只有律己严了才会有效避免此类行为的发生。

严以律己当存领导形象、表率力量。领导干部是党委、政府或是一个部门的领跑者，是榜样，是形象，更应是表率，应把律己之"戒尺"时刻铭记心中。上梁不正下梁歪，中梁不正倒下来。物必先腐而后虫生。几何学有个简单的公式，一个三角形的两个"边"无限延长下去，离"角"越远形成的距离就会越大，很显然，如果"上歪一寸，下歪一尺"。所以，作为领导干部，必须自觉地、经常地从思想上、行为上严规矩、强纪律，不让自己，也不要让这级组织和你的同事走岔、走偏、走错。

严以律己、心中有戒更需慎独慎微。领导干部身居高位要职，手中均拥有一定权力，许多事情可以自行决断、自由裁量，稍有不慎就容易随心所欲。因此，"慎独"应成为领导干部时刻对自己的要求。《礼记·中庸》说："莫见乎隐，莫显乎微，故君子慎其独也。"说明一个简单的道理，即使一个人独处、无人注意的时候，也要谨言慎行，严格要求自己，不做道德失范之事。一个人，特别是领导干部，应该做到不论是有人在场、有人监督还是无人在场、无人监督，自己的行为始终能保持一致，不放松自我要求，用道德原则来检点自己的言行。

严以律己、心中有戒就是心中有纪、敬畏法度。律己，就是要始终不渝地把纪律规矩挺在法律前面，这是全面从严治党的必然要求，也是切实解决党内突出问题的现实需要。戒之用，贵守在行，不守戒、行戒，则"戒"空。新时代、新世情、新要求，要严格遵守和执行党的纪律和规矩。一些领导干部因贪污腐败而落马的一个重要原因，就是律己不严、心中无戒而导致官德丧失。只有律己者才能心正，心正者才能做到心中有党、心中有民、心中有责、心中有戒。党的纪律和党内规矩是党的各级组织和全体党员必须遵守的行为规范和规则，是党的生命线。心中的"律"与"戒"是最好的"律"、最好的"戒"，最无干扰的"律"和最无干扰的"戒"，也是最为有效的"律"和最为有效的"戒"。领导干部的"律"与"戒"所贯穿的精髓是：常怀敬畏之心、戒惧之意，任何时候都必须自觉接受纪律和法律的约束。

"马不伏枥，不可以趋道；士不素养，不可以重国。"没有良好的道德操守，就不可能担当起党和人民赋予的重任。党员干部什么时候失守了原则和底线，什么时候就有负党和人民的重托，就会失去社会公众的信任。习近平总书记提醒大家，要严以律己、心中有戒，"当官发财两条道，当官就不要发财，发财就不要当官"。自省是为官之镜，律己则寡过。"君子检身，常若有过"。自省、律己，是做人、做事的基础之一，更是党员、干部提高修养的重要"功课"。

（刊载于 2015 年 10 月 16 日求是网，2015 年第 9 期《泰州通讯》）

严以修身是"三严三实"之根本

"三严三实"是习近平总书记对全党的谆谆告诫，体现了从严治党的政治要求，是党员干部的修身之本、为政之道、成事之要。"三严三实"根植于中华优秀传统文化，具有深厚的文化底蕴和治国理政的思想基础。古人讲"修身、齐家、治国、平天下"，修身列在第一位，可见，"严以修身"既是对领导干部作风建设的现实要求，又是对中华民族优良传统的弘扬和继承，是价值观层面作风建设的新境界，富有进步意义和时代内涵。"修身"包括"修心""养德""守志""尊道"四层境界，是"三严三实"的根本。

心为人之本，修心养性、修道养德、修行养气，修心是第一位的，只有"第一位"严了，"修身"才不会妄为。加强党性修养、坚定理想信念、提升道德境界、追求高尚情操，自觉远离低级趣味，自觉抵制歪风邪气，才能严以修身。

笔者以为，严以修身、解决不实不严问题须注意把握这样几方面的问题。

修身之魂——在于坚定理想信念。习近平总书记鲜明指出："坚定理想信念，坚守共产党人的精神追求，始终是共产党人安身立命的根本。对马克思主义的信仰，对社会主义和共产主义的信念，是共产党人的政治灵魂，是共产党人经受住任何考验的精神支柱。"我们要坚定对马克思主义的信仰，坚定对中国特色社会主义的信念，坚定对改革开放和现代化建设的信心。高举旗帜、听党指挥，加强党性修养，不断增强中国特色社会主义的道路自信、理论自信、制度自信。

修身之源——在于强化理论武装。毛泽东同志曾说："感觉只能解决现象问题，理论才解决本质问题。"我认为，一个人如果缺少理论武装，他的头脑是不可能清醒的。党员领导干部只有在理论上清醒，才能保证思想上成熟、政治上坚定。好学近乎知，念终始典于学，学而时习之。严以修身、谋事要实，强化理论武装要把学习作为永恒的主题、历史的责任、终身的任务。理论武装不是一个简单的概念，重要的是自觉做到系统地而不是零碎地、深刻地而不是肤浅地、全面地而不是片面地学习党的创新理论，系统掌握马克思主义基本原理，领会马克思主义世界观和方法论，通晓社会形态更替规律，坚信规律就能够坚守信仰，努力使学习成为一种政治责任、一种精神追求、一种生活方式。

修身之根——在于加强思想道德修养。"德正则事业兴，德厚则根基深"。无论哪个时期，分析落马的党员领导干部，他们贪污腐化、蜕化变质，不断地攫取、占有、炫耀，根本原因是，修身之根出了问题，把思想道德修养丢在一边，他们视享乐为立身之本，奉行"人生在世，享乐二字"，沉迷于纸醉金迷、灯红酒绿的堕落生活，甚至不顾法纪道义，尽情地欢娱、挥霍、放纵，而这些人"繁华"过后却是心灵的空虚、人生的悲哀。包括食品药品监管部门在内的行政执法部门，执法者手中都掌握着执法权，更要加强道德修养，坚持原则，处事公正，正派做人，以人民利益为重，以贪腐官员为镜，始终勤恳为官，言行一致、表里如一，自觉正本清源、固本培元，"勿以善小而不为，勿以恶小而为之"。

修身之本——在于自觉践行党的宗旨。我们党自成立之日起，就把全心全意为人民服务写在党的旗帜上，把实现好、维护好、发展好最广大人民的根本利益作为奋斗目标和神圣责任。习近平总书记强调指出，在任何时候任何情况下，与人民同呼吸共命运的立场不能变，全心全意为人民服务的宗旨不能忘，群众是真正英雄的历史唯物主义观点不能丢，始终坚持立党为公，执政为民。食品药品安全是天大的事，人命关天的事，践行全心全意为人民服务的宗旨就必须坚持秉公用权，依法行政，廉洁从政，自觉做到立身不忘做人之本、为政不移公仆之心、用权不谋一己之私，永葆共产党人的政治本色。

修身之要——在于自觉加强作风修养。党的群众路线教育实践活动所取得的成效是明显的，但是，还有一些党员领导干部顶风违反中央八项规定，打折扣、变戏法、搞变通，在作风上存在着与党性要求不相符、与形势任务不适应、与干部群众期盼不合拍的问题，特别是在"四风"问题上的表现还较为突出，弄虚作假、为己服务、骄奢淫逸、挥金如土等问题依然存在。邓小平同志曾经指出：世界上的事情都是干出来的，不干，半点马克思主义也没有。因此，我们无论做什么决策、抓哪项工作，都要坚持科学决策、民主决策、依法决策，一切从实际出发，真抓实干，务求实效，努力创造经得起实践、人民和历史检验的业绩。要防止和克服形式主义、官僚主义，以对党和人民忠诚、对事业负责的实干精神，努力创造出一流的工作业绩。

修身之基——在于自觉加强纪律修养。作为县处级党员领导干部，必须自觉增强纪律观念，带头遵守党的政治纪律、组织纪律、经济纪律、廉政纪律和群众工作纪律，保持共产党人的政治本色。"权力的本质是责任，权力的本色是为民"。执法者更要时时处处以党章为镜，用法规制度规范自己，用反面典型警示自己，做到敬畏法律、敬畏组织、敬畏人民、敬畏舆论，始终做到慎独、慎初、慎微、慎行，保持清廉本色。

身正则影直，身不正则无德、则丧志、则失道。身正才能信念坚定、党性坚强、纪律严明、道德高尚；身正才不会信仰迷茫、精神迷失、目无法纪、宗旨意识淡薄；身正才能情绪稳定、情趣健康、情怀宽大、情操高尚；身正是心正的最直接的表现，只有心正者才能做到心中有党、心中有民、心中有责、心中有戒。

（刊载于 2015 年 10 月《美丽中国》杂志第 6 期）

"两学一做"贵在"真"

　　"两学一做"是继党的群众路线教育实践活动和"三严三实"专题教育后开展的党内又一重要学习教育，这是新形势下加强党的思想政治建设的重大部署，是党性教育、党的作风教育、做合格党员教育的重要任务，也是新时期推动全面从严治党向基层延伸的重大举措，具有划时代意义。

　　"两学一做"贵在"真"。我们这一代人对过去几十年前，特别是"文革"前的整党整风活动多数不知或印象不深，但对20世纪80年代后的，也就是1983年改革初期的整党及以后的重要整党整风活动有所了解，有的也参加了，不少活动是有亲身经历的。我们党最讲实事求是，党内搞任何政治活动最反对搞虚的、搞假的，尤其是搞欺骗组织、欺骗自己的那些"小动作"，如此终究会"聪明反被聪明误"。我认为，每个党员接受"两学一做"学习教育，首先要端正学习态度。

　　要笃学好古，学而不厌。有些党员干部往往以平时工作忙，经常加班加点作为没有时间学习的借口。而我想问：在"加班加点"中，有多少是"加"了学习的班的？学习态度是自己决定的，也是自己所能控制的，不要认为那是被组织逼的。有些人有时间学"108号文件"（两副扑克牌打掼蛋）、"砌墙"（打麻将），却没有时间和精力学党章、学系列讲话；有时间做与工作不相干的事，却不去努力做合格党员。在学习教育活动中，不求甚解，搞搞应付，把"我要学习"与"要我学习"两个出现频率很高、概念完全不同的短语混淆起来，更缺少"知之为知之，不知为不知"的为学态度。

　　"官德如风，民德如草；风之所向，草之所从。"党员是标杆，是引领，是旗帜，党员怎么做，群众就跟着怎么学。实际工作中我们发现，有的党员甚至党员领导干部，学习态度不端正，所表现出的已不是个别现象，如今一些讲座、会议、培训等，总有人不是专心听、专心记，而是不停地看手机，对授课人的劳动很不尊重，对这样难得的学习机会毫不珍惜。"两学一做"，"学"是基础，"做"是关键，要切实防止"说起来重要，做起来次要，忙起来不要"，什么事还能比"两学一做"更重要？回过头来看，开展党的群众路线教育实践活动，是在中央出台反对"四风"、出台八项规定后进行的，每个领导干部都深感收获很大，也都能说出个"一二三"的体会来，都认识到"求木之长必固其根本，欲流之远必浚其泉源"之道理。而开展"三严三实"专题教育时，尤其对列出"个人问题清单"、民主生活会对照检查材料，极少数人似乎有点不耐烦了，不是改头换面，就是有些"疲劳"感，这种"疲劳"绝不允许带到"两学一做"中来。

对学习而言，出现"疲劳"是很可怕的，新的东西不能及时吸收、了解、掌握，还会迷失政治方向，在路线方针、思想觉悟、遵纪守法、廉洁自律等方面出大问题。有的领导干部为什么会犯错误，甚至走上违纪违法道路？最根本的是平时厌学，一提学习就头疼，手上捧着书，眼睛是否在看，心里在想什么，什么纪律、法律知之甚少。有些人"进去"了，几乎无一不检讨自己"平时放松学习……"为什么直到"进去"了才幡然醒悟呢？原因很简单，嘴上说一套，行动上做一套，口是心非，表里不一。2016 年 5 月 30 日下午4 时，中央纪委监察部官网通报："江苏省委常委、副省长李云峰涉嫌严重违纪，目前正接受组织调查。"而具有讽刺意味的是，公开报道显示，本届江苏省政府先后召开了 4 次全省廉政工作会议，作为常务副省长，李云峰一次不落地参加，每次会议都由他主持，一边在向其他领导干部要求如何加强学习、如何廉洁自律，一边自己暗里搞腐败，这种典型的"两面人"在我们党内又何止一个两个？

2005 年的"保先"教育，组织上曾要求每个人认真做好学习笔记，不少于两万字，多数人做到了，超过两万字的有之，笔记本厚厚实实的有之，乍一看，让人起敬。而极少数人笔记真是自己写的吗？不是！自己知道笔记里写的具体内容是什么吗？连题目都不知！倒是，苦了秘书，苦了部下，有的甚至还苦了孩子。在"保先"教育中竟然都敢欺骗组织，试想，这种人平时能"合格"吗？而如今，会不会再出现当年那种"笔记"？随便举两则例子：前不久，某省落实党风廉政建设责任制检查组抽查了某市 28 位新提任干部撰写的任前廉政对照检查材料，发现 5 人材料中仍引用《中国共产党党员领导干部廉洁从政若干准则》，这是"老版本"，新修订的他们看了、记了、了解了吗？某部门要求全体机关人员每人写一篇参加教育活动的心得体会，结果有人在"体会"中把自己"出卖"了，成了外省市某部门的人，问题出在哪？"抄袭""嫁接""改头换面"，大段大段地抄袭别人发在网上的体会原文，这说明了什么？学习极不认真，态度极不端正。以上这些虽然只是少数人，占比较小，但坏了风气，影响了党员形象。

人在山外觉山小，人进山中知山深。有的人有了一点知识就自以为满腹经纶，才华横溢。学习永无止境，要谦虚谨慎，不耻下问。"学"是为了更好地"做"，否则，知识再多也只是天空的浮云而已。

"两学一做"贵在"真"，每个党员要牢记在心。

（刊载于2016年6月16日中国共产党新闻网）

掌握学习方法　不做"观众党员"

"两学一做"既要端正学习态度，不做"疲劳党员"，更要掌握好学习方法，唱好"主角"，不做"观众党员"。

与过去整党整风或其他教育活动所不同的是，党支部是这次"两学一做"的基本单位，每个党员的角色转变了，自己是"主角"而不是"观众"，这对多数从没"舞台"经验的普通党员来说无疑是一次严格的政治大考。既然是"主角"就要扮演好这个角色，切不可把自己扮演成"配角"，或混同于一般角色，甚至把自己当作"观众"。可以肯定的是，如果把自己当"观众"，最后真正的"观众"会跑光，原因很简单，因为"主角"对自己不尊重。

真正的观众是人民群众。"两学一做"的真实效果怎样最终由群众评判，他们可以对"主角"的演艺水平、教育力、感染力直接打分。所以，要求我们每一步骤都必须走得稳、走得实，既要使自己的思想、心灵得到洗礼，更要让群众看得见通过学习教育所带来的显著变化，这种变化便是标杆、引领、榜样、表率；便是吃苦在前、享受在后，处处起模范带头作用；便是切实履行八项义务，自觉接受党的纪律的约束；便是牢记政治纪律和政治规矩；便是全心全意为人民服务，为共产主义事业奋斗终身。

"欲胜人者必先自胜，欲论人者必先自论，欲知人者必先自知。"唱好"主角"，重要的是要掌握好学习方法，方法对路，事半功倍；方法不对，事倍功半。学习党章、尊崇党章关系到增强党的创造力、凝聚力、战斗力，关系到巩固党的执政地位、保持党的先进性和纯洁性，关系到党的事业兴衰成败和生死存亡。每一个党员，只有校准思想之标，调整行为之舵，绷紧作风之弦，立党为公执政为民，才能通过"两学一做"学习教育，以知促行，做"四讲四有"的合格党员。

怎么理解"两学"，首先要懂得学习的概念。学习学习有学有习。平时在政治、经济、法律、科技、其他业务等方面泛指用学到的知识技能去发现问题、解决问题，再者就是去预习要学的、温习所学的、复习已学的，这是一个互补。而"两学一做"为什么没有作为"一个专题""一次活动"，很显然，是要突出正常教育，着力解决"一些党员理想信念模糊动摇"等"五大突出问题"，而解决这些问题，往往不是一蹴而就的，需要抓在日常、严在经常，使之成为一项党内常规性、常态化、制度化的学习教育，这是"两学"的根本目的。"做合格党员"，不是喊在嘴上、写在纸上的一句空话，而是必须把学党章党规、学系列讲话落实到每个党员的行动之中，体现到具体工作之中。

不忘初心，方得始终。要做一名合格的党员领导干部，首先必须是合格党员，这是每个党员入党之初就立下的誓言，是向党的一种庄严承诺。入党为什么？不是当官做老爷，而是全心全意为人民服务。习近平总书记多次强调："当官发财两条道，当官就不要发财，发财就不要当官。"他在谈纪律时强调，没有"特殊党员"，坚决防止"破窗效应"。而有些党员干部，包括少数领导干部，平时不是把时间精力花在学习上，而是花在研究如何敛财上。例如，苏荣在"忏悔录"中写道："正常的同志关系，完全变成了商品交换关系。我家成了'权钱交易所'，我就是'所长'，老婆是'收款员'。"

学习方法是个学风问题，也是一种生活方式和工作方式，不是个孤立存在的东西。毛泽东在读书和学习方面有这样几个特点：刻苦，在人民群众和社会实践中学习，反对本本主义，敢于和善于从错误和挫折中学习，组织全党共同学习。这些特点体现了毛泽东的学习方法和学风。关于学习，毛泽东有许多脍炙人口的名言，例如，"学习的敌人是自己的满足，要认真学习一点东西，必须从不自满开始。对自己，'学而不厌'，对人家，'诲人不倦'，我们应取这种态度。""只有做群众的学生才能做群众的先生。"……

子曰，学而时习之。对于古人就解释得透彻的话，我们在"两学一做"学习教育中更应提高认识、见诸行动。其实，如今的学习条件要比过去优越无数倍，而且方法有很多，既有组织要求，也有个人实践中的经验总结，一句话，借鉴他人又适合自己的好方法就行。实践证明，一个人最好的学习方法离不开"勤奋"二字。学习方法就是一种技巧、一种自觉、一种习惯、一种智慧，学习方法好就能吸收快、消化快、见效快。

怎样像我们的先贤那样，像我们的伟人那样，解决好学习方法，其中有学问，更有态度问题，每个党员应作为自身的必修课。过去的整党整风也好，如今组织上统一要求的学习教育也好，哪怕是自己个人安排的学习，任何时候都要真正把自己"摆进去"，而不是做"看客"、当"观众"。

（刊载于 2016 年 6 月 23 日中国共产党新闻网）

突出学习效果　不做"虚名党员"

"两学一做"学习教育，是落实《党章》关于加强党员教育管理要求、面向全体党员深化党内教育的重要实践，是推动党内教育从"关键少数"向广大党员拓展、从集中性教育向经常性教育延伸的重要举措，有助于进一步巩固拓展党的群众路线教育实践活动和"三严三实"专题教育成果。因此，要更加突出实际效果，这是学习教育的根本之所在。

体现学习教育效果，要看一个党员是否能成为群众中的"一面旗帜"，8 800多万共产党员都是旗帜，这种先进形象就能成为我们党的光辉形象。想起战争年代的许多感人事迹，恶战打响，冲在最前面的一定是共产党员和党员干部。一声"共产党员跟我上！"激励了多少热血青年。和平年代，这样的例子仍然很多很多：大兴安岭森林大火，那个"胡子师长"喊了一声"共产党员跟我上"后就带头扑进了火海；2008年四川汶川大地震，同样涌现出许多"共产党员跟我上"的动人场面。2016年6月23日，江苏省盐城市阜宁县、射阳县部分地区突发龙卷风冰雹严重灾害后，在抢险一线的也是共产党员，带头向汶川、盐城灾区捐款的是共产党员，关键时候，共产党员就是旗帜，就是方向，就是榜样，他意味着胜利，意味着成功，意味着人民的利益高于一切。旗帜就是引领，群众看党的形象就是看身边党员，看党员的思想觉悟，看党员的言行举止，看立言立行、立德立威。"言"，就是自觉用党章规范自己的言论，在党言党、在党护党；行，就是自觉用党章规范自身行为，在党为党、在党兴党。做到了、做好了就是效果所在。

我们必须看到，极少数基层组织和党员干部，对上级组织甚至中央开展的学习教育总喜欢做表面文章，搞徒有虚名、花钱费时的政绩工程，老百姓最反对搞这些花架子，他们却把问题无限放大，说成是上级组织的问题。任何行为都是由一定动机引起的，动机是效果的行动指导，效果是动机的行动体现和检验根据。中央历来反对不切实际、没有效果的各种形式主义的东西，反"四风"就是最好的注解。

列宁曾说过："徒有虚名的党员，就是白给，我们也不要。"在我们 8 800 多万这个大党的队伍里，绝大多数党员都是好的、合格的，然而确有少数"徒有虚名"。处在高层、重要领导岗位的党员如果存在上述问题，那会对党的形象、政治影响等造成极大伤害和极大损害；处在基层的党员干部则会让老百姓失去希望和信心。"虚名党员"对党的认识模糊，宗旨意识淡薄，缺乏信仰，更可怕的是不如普通群众的思想觉悟高，甚至违纪违法、起反作用。这就是延安整风期间毛泽东深刻指出的"许多党员，在组织上入了党，思想上并没有完全入党，甚至完全没有入党"。这句话在今天仍具有很强的现实针对性。

徒有虚名的党员就是不合格党员。对于这样的党员，就是要在"两学一做"中勤加改造、革故鼎新。不做"虚名党员"，既靠组织，也靠个人。组织有教育管理的责任，使他们不游离于党的纪律约束之外，做到守党的规矩。全面从严治党，每个党组织、每名党员都在其中，不能例外。中央为什么提出"四种形态"？就是为了惩前毖后、治病救人，真正体现对党员的严格要求和关心爱护，对"常态、大多数"强调监督教育管理的平日之功。就党员个人而言，要按照党章要求去做，把身上不良的东西彻底改掉。例如，有的党员因离原单位较远，退休后平时基本不参加组织活动，通知到他总是有不参加的种种理由；有的连缴纳党费的意识都没有，总是要组织提醒或上门收取，更有甚者，提醒、上门好像有些不耐烦，就要求单位直接从退休金中扣除。试问：党章是这样规定的吗？退一步说，将来退休金归社保发放了，你是由社保部门扣还是由代发银行扣？像这类党员就是典型的"虚名党员"，如果不听教育、不去改正，还能留在党内？

欲得其中，必求其上；欲得其上，必求上上。党员都是党内一员，是平等的，没有上层、基层之分，也没有干部、百姓之分，更没有高低、贵贱之分。"四讲四有"集中体现了新时期共产党员必须具备的政治品格、价值追求和精神特质。我们要牢牢记住入党宣誓时举起右手那一刻的庄严承诺。那承诺，掷地有声；那承诺，一诺千金；那承诺，决不后悔！

（刊载于 2016 年 6 月 24 日中国共产党新闻网）

抓"小"事见真情

某乡在"三个代表"重要思想学习教育活动中，一名领导干部做了深刻检讨：某村民上年向自己反映的一件小事没有很好地解决，并登门向那位村民致歉。

这位乡干部做得对。群众的事情，有些看起来很小，但处理不好，小事会变成大事，万万忽视不得。目前开展的"三个代表"重要思想学习教育活动，就是要求我们的党员干部从小事做起，从解决一家一户的难事做起。

与人民群众休戚相关的事没有小事。群众最愁、最急、最难、最盼的实际问题，都是领导干部必须认认真真地去解决的热点问题。只有帮助群众排忧解难，群众才会感受到看得见、摸得着的变化，得到有分量、有甜头的实惠，从而心平、气顺、干劲足。

多少年来，我们有不少干部之所以能得到广大群众的拥戴，就是因为他们心中时刻装着群众，视人民群众为自己的衣食父母，时刻将一些"微不足道"的小事当作大事来抓，真正把人民群众的利益放在第一位，多办实事，不说大话、空话，不搞花架子。只有这样的干部，才能进一步融洽党与人民群众的血肉联系，赢得人民群众的信赖和支持。

（刊载于 2001 年 3 月 12 日《泰州日报》）

搞好"三讲"教育 构筑拒腐防线

党中央决定集中一段时间在县处级以上党政班子和领导干部中，用整风精神开展以"讲学习、讲政治、讲正气"为主要内容的党性党风教育。这一重要决策是完全正确、十分必要的。"讲学习、讲政治、讲正气"是我们党的优良传统，是我们党克敌制胜、团结奋斗、开拓创新的精神武器。在新的历史时期，党的十五大明确提出了"三讲"，就是要求各级党委高度重视，真正以整风精神开展"三讲"教育；就是要求广大党员领导干部高举邓小平理论伟大旗帜，永葆共产党人政治上的坚定性和思想道德上的纯洁性。

江泽民指出：我们这个国家和民族，自古以来就是以重视学习、讲究学问之道而著称于世的。我国历史上涌现了许多有作为的政治家、志士仁人，许多著名的学者，他们所作出的建树都是同勤于学习、具有丰富知识分不开的。今天，你不学习马列主义、毛泽东思想和中国特色社会主义理论体系，不学历史知识、经济知识和其他科学文化知识，你的思想理论水平和精神境界怎么提高？怎么防止发生错误和失误？自我改造也是一种重要的学习。敬爱的周恩来总理说过，领导干部要活到老学到老改造到老。面对改革开放这场深刻而伟大的历史变革，你不在改造客观世界的同时努力改造主观世界，怎么当好领导，又怎么能够始终经受住金钱、权力、名利、美色的考验？当前，正处在世纪之交的历史关头，我们党要带领全国各族人民全面完成"九五"计划，如期实现小康目标，并为实现2010年远景目标奠定基础，其任务繁重艰巨。新的形势和任务，对我们运用马克思主义理论正确观察和判断形势，驾驭复杂局面，解决现实问题的能力提出了新的更高的要求。中央部署的以整风精神开展"三讲"教育就是适应这一要求所采取的一项重大举措。只有通过"三讲"教育，使广大党员干部自觉做到"三讲"，我们才能正确把握前进方向，妥善处理各种矛盾，着眼于解决思想、政治、作风、纪律四个方面的问题，凝聚党心民心。

泰州市各级领导班子建设不断加强，干部队伍整体素质不断提高，各条战线涌现出了一大批优秀干部，在推进两个文明建设中发挥了积极作用。干部队伍的主流是好的，但是，我们也必须看到，仍有一部分党员干部由于不讲学习、不讲政治、不讲正气，思想素质不适应或不完全适应新形势、新任务的要求，存在着一些不容忽视的问题，主要表现在：有的放松理论学习；有的作风漂浮，急功近利，搞形式主义、做表面文章，甚至弄虚作假；有的违反民主集中制原则，组织纪律观念淡薄，闹不团结；有的不敢坚持原则，回避矛盾，奉行好人主义和庸俗关系学，对错误的东西听之任之；有的缺乏事业心、责任感，对工作敷衍塞责；有的理想信念动摇，党的宗旨淡化，成天忙于应酬、不爱读书，工于钻营、不好学习，甚至沉迷于挥霍享乐、弄权渎职、徇私枉法、贪污受贿，最终腐化堕落，而被党和人民抛弃。存在以上情况的程度虽有不同，但都是放松或放弃世界观改造和党性修养所造成的后果。因此，搞好"三讲"教育，对全面提高各级领导干部的素质，确保党的基本理论、基本路线、基本纲领、基本方针的全面贯彻，确保改革开放和现代化建设的顺利进行，确保跨世纪发展目标的实现和国家的长治久安，都具有十分重要的意义。

一、坚持理论武装，增强改造主观世界的自觉性

大量事实告诉我们，在执政、改革开放、发展社会主义市场经济的考验面前，党员干部与腐败分子之间并没有不可逾越的鸿沟，因此，在思想上设防，增强拒腐防变的能力，是一个非常现实又非常迫切的问题。

"三讲"第一位是讲学习，只有讲学习，才能明辨是非，才能提高政治敏锐性，才能弘扬正气，自觉抵御各种错误思潮的侵蚀。讲学习，就是要深入学习马列主义、毛泽东思想，尤其是深入学习邓小平理论。现在我们有些干部，特别是业务干部，只注重业务知识的学习，不重视理论学习，不注意改造主观世界，关键时刻把握不准方向，在重大问题上分不清是非，因此，要从这样四个方面去把握。一是从理论体系的重要观点和内部结构上加以把握；二是从整体上、相互联系上和精神实质上加以把握；三是从理论体系的形成基础上加以把握；四是从当今时代的特点上加以把握，以加深理解。学习邓小平理论，必须同改造世界观结合起来。现实生活中，一些领导干部堕落成腐败分子，表面上是经济问题、生活作风问题，实质上是世界观问题、理想信念问题、宗旨问题。近年来，全国查处的大要案，都说明了这一点。一些受到党纪国法严惩的腐败分子在狱中忏悔道，他们身居要位并不少吃愁穿，

各种待遇、生活水准都很高，为什么从一名党员干部走入歧途，堕落成人民的罪人，最根本的就是世界观、理想、宗旨问题出现动摇、扭曲。因此，从一定程度上说，世界观问题解决了，腐败赖以滋生蔓延的根子就被挖掉了。但是世界观的改造是长期的、艰苦的，绝不是一劳永逸的，更不可能一蹴而就。大量事实证明，改造世界观应作为我们每个党员干部一生的必修课，必须贯穿于工作和生活的始终，须臾不可停止。

世界观的问题带根本性。我们的世界观，就是辩证唯物主义和历史唯物主义。辩证唯物主义的世界观，就是"实事求是"。坚持这一点，最要紧的是以马克思主义立场、观点、方法正确分析和解决所面临的现实问题。

努力增强改造主观世界的自觉性，就必须用邓小平理论武装头脑，结合学习江泽民1993年以来在历次中纪委全会上的重要讲话，学习掌握好邓小平有关党风廉政建设的重要思想并用以指导工作实践。在"三讲"教育中，要完整准确把握邓小平理论，更要认真学习、深入把握邓小平关于党风廉政建设和反腐败的理论。认真学好"三讲"教育的必读书目。讲学习，还要注重学习历史知识。古人云："以史为鉴，可以知兴替。"一个领导干部只有了解中国的发展历史，才能更好地学习、借鉴世界各国的长处，更好地扩大开放。讲学习，最根本的是要端正学风，理论联系实际。毛泽东指出，学习的根本目的在于应用。我们要把学习同本职工作紧密结合起来，学以致用，提高分析问题和解决问题的能力，真正使学习成为每一个领导干部工作中的"充电器"和"加油站"。

二、切实把以经济建设为中心和反腐败这个大政治讲透

实行改革开放不久，社会上出现一种"经济要搞活，纪律要松绑"的错误观点，这种错误观点的流行，严重干扰了执纪执法工作，也极大影响了改革开放的正常进行。当前，以经济建设为中心和反腐败是我们的最大政治。

讲政治是我们党的优良传统和优势，更是把反腐败斗争深入进行下去的先决条件和根本保证，也是"三讲"的核心。江泽民在党的十四届五中全会上明确指出，"政治包括政治方向、政治立场、政治观念、政治纪律、政治鉴别力、政治敏锐性"。这一精确的概括，完整准确地揭示了"讲政治"的深刻内涵。邓小平在1986年就尖锐地提出："经济建设这一手搞得相当有成绩，形势喜人，这是我们国家的成功。但风气如果坏下去，经济搞成功又有什么意义？会在另一方面变质，反过来影响整个经济建设，发展下去会形成贪污、

盗窃、贿赂横行的世界。"应当说，不少干部在大的原则问题上不会不讲政治，但遇到具体问题时，往往自觉不自觉地忽视政治，忘记政治。譬如，在党风廉政建设和反腐败斗争问题上，对于反腐败是关系到党和国家生死存亡的严重政治斗争、更谨防"自己毁掉自己"这样一些大的是非问题，不会不清楚，不警觉，更不会忘记这样一个严肃的政治问题，但在反腐败的一些具体问题上，则往往表现出许多背离政治的倾向。

当前，对反腐败政治问题上的模糊决不容忽视。随着反腐败斗争的深入，把反腐败和发展经济、改革开放对立起来的"对立论"已逐渐澄清，但谁反腐败谁吃亏的"吃亏论""小题大做论""好人主义"等还有一定市场。有的认为，搞经济建设不要像过去那样，"古板迂腐""小气"。完全有条件改善改善；有的认为，反腐败应该抓大案要案，吃一点、喝一点算不上什么大问题，不必大惊小怪；还有的认为讲艰苦奋斗会影响与外地客人的交往，影响地区形象和经济发展。针对这些思想反映，组织党员干部学习邓小平同志关于两手抓、两手都要硬的思想，使大家强化传统、创业、形象、反腐等四个方面意识就显得特别重要。如果不从政治的高度去认识，这些观点或许还有些道理，社会上也的确存在此类现象，有的为争取一个项目、一笔资金请客送礼增加了成功的可能性，站在局部利益看，谁得到谁有益处。但从政治上看问题，结论就不尽如此。首先，请客，送礼，行贿，必然是腐蚀了干部，败坏了风气，这是严重的政治问题。其次，如果各个地区、部门都采用非法的、不正当的手段去争取资金、项目，就必然扰乱经济秩序，最终非但经济不能上去，还会导致贿赂横行，腐败现象严重，甚至使整个事业变得一团糟。再如，在清理通信工具、狠刹用公款吃喝玩乐等问题上，开始时有不少同志认为是"小题大做"，吃点喝点算个啥，吃了"一个"得到"回报"的远不是这个数，因此，便找出种种理由来辩解，这都不是从政治上看问题的表现。这类问题很重要的是要先算政治账，对于一个政治上不成熟、政治鉴别力不强、敏锐性不够的人来说一般是不算政治账的。因而出现模糊认识，讲排场、比阔气是与讲政治背道而驰的，是一种明显脱离群众的作风，会直接影响党群、干群关系。廉政面前无小事！

在以经济建设为中心，加强党风廉政建设，惩治腐败问题上的这些模糊认识更体现出他们的政治责任感不足。风气坏下去，经济上去了又有什么意义。江泽民说过，领导干部一定要讲政治。讲政治，就是要坚持建设有中国特色的社会主义方向，具有坚定正确的政治立场，具有严格的政治纪律，具有很高的政治鉴别力和很强的政治敏锐性。虽说领导干部的职位有高有低，但手中总会掌握着一定的权力，其一举一动牵动着一定范围的大局，一言一行代表着党和政府的形象，因而决定了领导干部和其他人员责任的不同，日常生活中，有许多事情，对一般群众是无足轻重的，领导干部则有所不同。有些事情群众能做，但领导干部就不能做。

三、树立勤廉形象，当好人民公仆

讲正气是中国共产党人的必备品格，讲正气与党风廉政建设和反腐败斗争息息相关。江泽民指出："我们党的宗旨是全心全意为人民服务，这就是全党同志首先是各级领导干部必须坚持树立和发扬的最大的正气。大大发扬这个正气，以权谋私、拜金主义、享乐主义、极端个人主义的邪气，就滋长不起来。"不讲正气往往是违纪的开始，不正之风蔓延会掩盖甚至转化为违纪违法问题，违纪违法分子也往往会利用不正之风而更加嚣张。

在社会主义市场经济条件下，每个党员干部都面对着种种诱惑、种种考验，要真正成为一名勤政廉政的人民好公仆，永葆共产党人的正气，就是要顶得住歪理，抗得住诱惑，把得住小节，树立良好形象，在执行党纪党规上起模范作用。

顶得住歪理要心正。在每个人的思想中，是正确的观点居主导地位，还是歪理占上风，对每个党员干部的行为走向至关重要。歪理占上风，就会出现不讲正气和庸俗作风现象，如在"好人主义"问题上，有的人认为是"仁爱"，是"宽容"，是"修养"，甚至还有人说成是一种"领导艺术"。"好人主义"实质上是一种自私自利行为，它以国家和人民的利益为资本去讨好别人，其目的是为自己谋利。好人主义催生官僚主义，是党内政治生活中的一种庸俗文化，是我们党在不同历史时期整风运动中重点整治的内容之一。讲正气就必须反对好人主义，自觉顶住诸如"仁爱""宽容""修养"等种种歪理，只有这样，才能树立领导干部的形象，以一身浩然正气来端正党风政风，推进社会风气的进步。唐朝宰相娄师德，居官清廉，为人正直，不以人情宽国法，分外之财"不敢取一钱"，"位至台辅，家极贫匮"。娄师德任兵部尚书时，对同乡本家族故友之子娄某犯法，但请都督许钦明切莫因此而宽了国家法律，他斥责娄犯说："你触犯刑律，完全是罪该如此！"之后，许都督便传令依法将娄某处斩。

抗得住诱惑要神正。人生在世，都有追求享乐的本能，能不能抗得住诱惑，这确实是对每个党员干部的考验。俗话说"无欲则刚"，没有其他非分之想，才能刚正不阿。现实社会中，有些人由于不讲正气，被金钱、美色所诱惑，把党和人民赋予的权力变为个人谋私、谋财、谋色的资本，最终成为人民的罪人。靖江市原市长王某就是典型的例证。神正，才能抗得住诱惑。公生明，才能保持廉生威，只有去掉一切私心杂念才会一身正气。权力的公正，行为的刚正，这无疑是抗得住诱惑的牢固根基。

把得住小节要身正。"其身正，不令而行；其身不正，虽令不从。"领导干部的正气，更多地体现在自己的行为小节上，同时也体现在自己的配偶、亲属子女和部属的行为小节上。讲正气，就要讲自律，就要管得住自己、配偶、亲属子女、部属的行为小节，把得住生活小事。"道自微而生，祸自微而成"，小事情更多体现大道理，勿疏小善方恢大略。人民群众对党员干部的廉洁自律看得最清楚，他们能从党员干部自身和其配偶、亲属子女、部属身上去评价党风廉政建设的好坏，从他们的人格修养、党性修养和人格力量、道德风范上对党风廉政建设作出判断。

（写于 2000 年，作者时为泰州市"三讲"巡视组成员）

搞好"三讲"纠正偏向

以整风精神开展"讲学习、讲政治、讲正气"为主要内容的"三讲"教育，对于从整体上提高领导班子和干部队伍素质，凝聚党心、民心，把思想统一到中央要求上来，有着重要意义。

通过这次教育，笔者以为，至少应该纠正和克服下面几种思想偏向。

一是"隔靴搔痒"。有的同志平时自身要求不高，学习上搞应付，工作中"软、散、懒"，对自身思想上及工作中存在的问题不认真查找原因，自我反省，把责任推给他人。因此，我们每个党员干部特别是县处级领导干部要通过"三讲"教育，切实解决自身存在的问题，要杜绝"隔靴搔痒"，切实转变作风。

二是脱离实际。江泽民同志说："坚持理论联系实际是个重大的政治问题。"讲学习就是要紧密联系本地经济建设的实际，着力解决经济建设中发展速度与效益的突出问题，切不可脱离实际而进行空洞的说教。要正确处理理论学习、理论思考与实践探索的关系，既要实说，更要实干，在落实上下功夫。

三是唯上不唯下。对人民群众的高度负责就是对上级组织和领导的高度负责。我们的工作就是一切为了人民群众，只有依靠人民群众才能干好我们的事业，也才能得到人民群众的信赖和支持，切不可把眼睛老是盯着上级，看主管领导眼色、脸色行事，把群众的利益丢在一边。要把"人民赞成不赞成""人民高兴不高兴""人民答应不答应"作为评判我们工作的标准，努力密切党和人民群众的联系。

四是打"小算盘"。有的人地方利益思想严重，搞本位主义。要通过"三讲"教育，进一步学好用好邓小平理论，正确掌握和用活用足中央的政策、法规，自觉维护党中央权威，服从中央规定，防止出现重视地方利益和本位主义，打自己的"小算盘"。对以上偏向，要通过"三讲"教育加以克服和解决，做到令行禁止、政令畅通。

（刊载于 1999 年 6 月 22 日《中国纪检监察报》）

第二部分

工作研究

浅谈影响党的纯洁性的原因与对策

党的十八大报告指出，全面提高党的建设科学化水平，要牢牢把握加强党的执政能力建设、先进性和纯洁性建设这条主线。这是我们党首次把党的纯洁性建设加入党的建设主线之中，说明保持党的纯洁性是一个非常重要、意义非常重大的问题。

党委是抓党建、搞党建理论研究的，也是讲真话、说实话的，如何做到讲真话、说实话，必定先要了解基层真情、实情。上面要求下面怎样做，下面第一反应是看上面是否真正了解基层实情，是真要下面做，还是"作秀"。要不然，基层就会看上面的"眼色"说话。这一点，中央政治局为全党树立了榜样，尤其表现在反对"四风"方面。现在，有一些基层党员领导干部没有勇气对组织讲真话、说实话，也有极少数领导有"行"在先，故而"上行下效"。我曾从事过多年党务工作，对党建工作做过一些思考和研究，但只是浅层的，也想就影响党的纯洁性的表现谈点个人不成熟的看法，纯属个人一孔之见。

一、影响党的纯洁性的几种表现

党的纯洁性是党的本质属性。保持党的纯洁性是马克思主义政党的本质要求，是对政党和她所代表的阶级的忠诚。保持党的先进性、纯洁性，她才能和谐、清廉，才能有感召力、战斗力，才能克服和战胜各种艰难险阻。中国共产党已经走过了93年的风风雨雨，从硝烟弥漫的战争年代，到热火朝天的建设年代，再到今天激情奔涌的改革开放新时代，我们党始终带领人民朝着胜利的方向英勇战斗，开拓创新。然而，我们在现实中不难发现侵袭着我们党纯洁性的种种表现，如不切实加以解决，党的纯洁性将会受到直接破坏。

——认识模糊带来信念危机。表现在对于大是大非问题上认识模糊、态度摇摆、思想错误。实践证明，认识的模糊是最可怕的模糊，理想的动摇是最危险的动摇，信仰的危机是最致命的危机。有的领导干部口头上讲马克思主义，行动上却背离马克思主义；口头上讲理想信念、党性原则、廉洁自律，背后却搞贪污腐化，甚至卖国求荣。由于思想认识的模糊而直接带来个人信仰危机的，已在一部分人身上隐形存在，有的则有公然表现。信仰问题是个重要问题，它是精神上的"钙"，缺"钙"就会得"软骨病"，应当引起各级党组织的高度重视，它不仅是少数人违纪违法的问题，还严重影响着党的纯洁性和国家形象。

——经济贪腐演化政治腐败。经济腐败是党的纯洁性受到严重破坏的条件，党的纯洁性一旦受到破坏又会直接演化为政治腐败。在我国，由单纯的经济腐败逐渐演化成政治腐败已不是个案。政治腐败对社会主义意识形态破坏力极大，对经济运行规则的破坏力极强，甚至能使党的根基严重不稳。

——高官腐败引发"黑数推理"。高官腐败是埋在党的纯洁性身边的又一颗定时炸弹。在我国的一些地方，高官腐败面已经到了规模化、系统化、常态化的境地，给党的纯洁性造成的威胁非常可怕！党的十八大以来查处的高官腐败案件令人发指。高官腐败使得国外舆论与我国民众不得不进行可怕的"黑数推理"：高官腐败不仅仅是单纯的经济问题，还可能危及党和国家政治安全，"推理"得出一个结论，不知还有多少没有发现和没有被查出的高官腐败案件！一张周永康的关系图，初步查出涉及39名重要官员，其中，石油系11人、政法系5人、四川系15人，这39人后面的腐败链有多长还待进一步调查，而这起案件所涉及的金额与政治影响一定是骇人听闻的！沈阳案件的"慕马"大案，此案涉及官员400多人，前后有130多名重要涉案人员被"双规"，其中61人被移送司法机关处理。全案涉及沈阳市副局级以上干部21人，涉案金额高达2亿元；黑龙江"田韩"案，韩桂芝买官卖官近亿元。花钱买来的官将来必定也要卖官，他们不仅要"收回成本"，而且会变本加厉，"卖出"的远超过自己"买来"的。可以说买官卖官腐败是最大的腐败，毁掉的是我们的文化，是党的纯洁性。

——"亚腐败"引起民心丧失。一些看似没什么大不了的行为，已经在有些官员的心理上表现得相当突出，他们错把事关党风党纪的大事情当成小节，认为这些是可以做的，做了不会违反纪律。因此，这些"小节"已成为他们的一种潜在意识，而这种意识一旦蔓延开来，在一些地方就可能会产生巨大的影响。"三公"消费问题，上面在喊，老百姓在骂，可喊了多少年，骂了多少年，效果又怎样？就连老百姓都知道。国家下决心公开"三公"消费情况，结果是什么呢？不少部门报假数字！不报也罢，这报了反而惹得老百姓一肚子气。中央八项规定的出台对"三公"经费的严格控制起到了决定性作用。然而，不可忽视的是，当今仍有些官员对"亚腐败"没有引起足够的重视，我认为，它所导致的恶果是，滋长不良习气，丧失民意民心，影响党群关系，破坏党的纯洁性。

——监督缺失滋生"贪腐文化"。权力失去监督必然滋生腐败。如今，包括党内党外、新闻媒体等监督似乎无处不在，但监督乏力、监督缺失、制度执行不力、落实不到位是各层各级普遍存在的问题，这些都有形无形地影响着党的纯洁性。监督体制机制"先天不足"和"后天缺陷"是监督难于到位的原因之一，如今，监督者捧的是被监督者的饭碗，在被监督者领导之下工作；特别是有些"高层""中间层""基层"的领导，形成了监督的"真空"。胡长清、胡建学认为，在他们这一层次监督好似"牛栏里关猫"，虽有监督制度设置，但对于他们来说却是苍白无力，毫无意义。监督缺失所导致的贪腐现象令人咋舌，查一个牵一批，查一案带一窝，腐败额度越来越大，链条越来越长，手段越来越隐蔽。比如，韩桂芝案，一下涉及几百人，显然是有"贪腐文化"作为支撑，如果没有这种支撑就不会有这么大的规模，而这种"贪腐文化"直接危害的是党的纯洁性。

二、影响党的纯洁性问题主要原因分析

为什么要进行保持党的纯洁性教育，开展党的群众路线教育实践活动？我个人认为，提出这个问题首先是我们党已经清醒地认识到她的纯洁性受到了危害，不仅仅是苗头性的，有的甚至还很严重，已到了非抓不可的时候了。个人认为与以下五个方面有直接联系。

一是教育出了问题。一些党组织在党员干部教育工作中，认识不足，重视不够，有装点门面、搞形式主义、敷衍应付的现象，制定的制度和措施，大多华而不实，方式方法老套，在加强党性、党风、党纪教育方面缺乏针对性，教育效果大打折扣。一些党员干部学风不实，理想信念缺失，宗旨意识淡薄，事业心和责任感不强，平时学习、接受专题教育处于被动状态，对于党的历史、经典著作，学不下去，吸收不了。有的干部到党校或一些培训机构脱产学习，把精力和心思用在疏通关系、搞个人感情投资上，相互吃请，晚上很少有人在食堂就餐，把时间花在跑上层、拉关系、搞接待、建立自己的"小圈子"上。由于接受教育的指导思想存在问题，所以对规范自己的"公权力"，为地方经济谋发展，为群众谋利益考虑不多。

二是制度执行出了问题。再好的法规制度，如果不去执行，也会形同虚设。许多法规制度之所以没有发挥应有的效力，一个重要原因是执行不力。新中国成立以来，不用说中央，就是地方每个部门都制定了很多的制度。而从中央到地方所建立的制度对于一些领导机关和领导干部而言却是一种摆设，表现为有的人思想认识有差距，存在着制度够用、过多、与己无关等一些模糊甚至错误的认识。不然，哪来的"重申"与"三令五申"呢！当然，有些制度本身不完整，体系不完备，存在缺陷，进而使得一些组织和个人不严格按制度办事，失之于宽、失之于软的问题时有发生。还有，当前我们在依法执政方面也面临制度障碍。如党和人大的关系缺乏顶层设计，党和人大领导权缺乏组织保障，党的意志与国家意志的转化缺乏程序保障，党与"一府两院"关系缺乏制度规制。有的人只是嘴上讲遵守和执行，行动上却带头违背，甚至破坏。有的人绕开制度，规避制度，对己有利的就执行，对己有约束的就变通方法、想办法达到自己的目的。

三是监督出了问题。这是个根本问题。从古到今有条颠扑不破的真理，就是权力的运行必须接受监督，而且要自觉接受监督。《礼记·中庸》称："莫见乎隐，莫显乎微，故君子慎其独也。"意思是说不要因为没人看见，就放纵自己。近年来，"一把手"、高层腐败问题成为群众关心的热点问题，领导干部出问题，除了机制制度不完善、有漏洞外，很重要的一点就是监督出了问题。一方面，有些监督是弱化的、无能的、乏力的，对有些领导干部没有畏惧感，上级监督不到，同级监督不好，下级监督不了；另一方面，有的领导干部主动接受监督的意识不强，甚至怕监督、反对监督，谁监督他他就对谁有意见。有些领导在没有组织安排的公共场合怕见群众，尽量躲避群众视线，"怕惹事"。

四是作风出了问题。党的纯洁性要体现在作风上。如今，少数党员干部把党的"三大作风"抛至脑后，偶尔接待群众信访总要预先准备好，有一大帮人随同；下基层也是走形式，电视上亮个相，报纸上登个名，虽不肯在基层吃饭，但县里吃饭上的是好酒好菜，过去多少年，一桌就是几千乃至上万元。在地方，党委政府领导的车子都是小牌号，但几乎每个人都有另一个大牌号的，在本地出行一般都是用大牌号的，目的是不让群众发现。有的领导即使到基层检查工作，也是深入不到"真正"的群众中间，"演"的多为地方组织事先安排好的"木偶戏"。

五是文化出了问题。党的纯洁性与建设社会主义先进文化密不可分。"三个代表"中的其中之一是代表中国先进文化的前进方向。这种先进文化，是坚持马列主义、毛泽东思想和邓小平理论、科学发展观在思想文化领域指导地位的，是不断满足群众多方面、多层次精神文化需求的。保持党的纯洁性，文化首先不能出问题，尤其是廉政文化。现在，少数组织、少数人在廉洁从政的思想、信仰、知识、行为规范和与之相适应的生活方式、工作方式和社会评价上发生扭曲，对"务实、为民、清廉"这个廉政文化的核心价值观认识模糊，主体缺位，使得一些腐朽文化在一些领域有所抬头，有的还有蔓延趋势，致使党的纯洁性受到严重"污染"。有的企业只重视生产经营、效益，忽视企业文化建设，结果是，不但企业得不到健康发展，还不断发生各种意想不到的案件。

三、对保持党的纯洁性的几点思考

习近平总书记在党的群众路线教育实践活动工作会议上指出："要把为民务实清廉的价值追求深深植根于全党同志的思想和行动中，夯实党的执政基础，巩固党的执政地位，增强党的创造力凝聚力战斗力，使保持党的先进性和纯洁性、巩固党的执政基础和执政地位具有广泛、深厚、可靠的群众基础。"这既是历史经验的高度总结，也是今天反腐倡廉、推进党的建设的必然要求。

第一，必须始终把政治理论学习放在首位。如今是知识不断更新的年代，党员干部，特别是各级领导干部要始终把学习放在首位。领导干部工作繁忙是事实，但学习的时间应该是有的。现在，有的领导干部把时间消耗在吃饭打牌、洗澡磨脚、唱歌跳舞、钓鱼休闲等方面，对法律法规、党纪党规知之甚少，有的犯了错误还不知原因出在哪儿，结果受到组织处理（分）才悔之晚矣，才"总结"出放松了政治学习和世界观改造。党员干部要始终把学习作为一种习惯，作为一种要求，作为一种责任，做到自觉、勤学、善学、善思，充分利用一切可以利用的时间，既要系统地学习党的路线方针政策，又要有针对性地学习、钻研业务知识，以及科技、管理等各方面的知识，树立终身学习理念，努力在学习中增长才干，全面提高自身综合素质，不断净化思想和灵魂，从而使自身成为党组织集体中最纯洁的一员。

第二，必须加强思想政治建设。党的建设主要包括党的政治建设、思想建设、组织建设、作风建设，毫无疑问，思想政治建设就是党的建设的一项重要内容。我们党历次开展的重大活动最终得出的结论是，党任何时候都必须不断加强自身建设，始终把人民的利益放在第一位，只有这样，才能保持党的先进性和纯洁性。党的思想政治建设是保持党的先进性的有效手段，党的纯洁性是党的先进性的重要标志，而党的纯洁性又是通过每一个党员具体言行表现出来的。所以，党的先进性和纯洁性之间是辩证统一的关系，两者相辅相成，密不可分。加强思想政治建设就是要把广大人民群众的根本利益作为我们一切行动的出发点和落脚点，在社会主义事业建设实践中，自我加压，努力奋进，与时俱进，努力把思想政治建设提高到一个新水平。

第三，必须重视教育的实际效果。我们党从建党之初到现在94年，开展的加强党内自身建设活动很多，每次都具有很好的效果。开展保持党的纯洁性教育活动以及群众路线教育实践活动应该遵循党的一贯作风，就是要实事求是，注重效果，不搞任何形式的花架子。最重要的是效果，防止搞形式主义，搞人人过关。我曾参加过20世纪80年代初的整党，后在2000年参加过"三讲"巡视组，2005年全国开展了"保先"活动，所有活动最终效果应当肯定，但与历史上的整党整风比，带来的遗憾也不少。有的负责"三讲"工作的领导，就在"三讲"期间，白天开大会、做动员、提要求，晚上照样接受吃请，还大肆收受贿赂，"三讲"结束了，他也过关了，但不久也被抓；再说"保先"活动，要求每个干部要记两万多字的笔记，写多少篇心得体会，结果不少领导的秘书吃了苦，部下吃了苦，甚至孩子也跟在后面吃了苦。心得体会是部下写的，笔记是部下抄的，有的领导体贴部下，就让孩子从网上下载资料作为自己的学习笔记，到最后，心得是什么，笔记是什么，自己一概不知。当然，党的群众路线教育实践活动效果是好的，体现在"自己洗澡，他人也帮助搓背"，出了一身"汗"，而汗是"排毒"的。

第四，必须突出制度建设与落实。制度建设具有根本性、全局性、稳定性和长期性的特点，对于国家、社会，包括各个部门提高工作效能，降低工作风险，坚持勤政廉政，促进科学发展，具有十分重要的意义。制度如渠，行为如水。要保持党的纯洁性，必须疏通好制度建设这道渠。制度建设是我们党建总布局的核心。"制度好可以使坏人无法任意横行，制度不好可以使好人无法充分做好事，甚至会走向反面。"我们要清醒地认识到，制度建设是推进反腐败的根本，制度缺失、缺陷容易导致权力腐败，制度执行不力会使一些人走向腐败，制度建设靠得住，反腐倡廉建设才靠得住。制度建设与坚决执行是党始终保持纯洁性的基石。党员干部要带头执行制度、抓好制度落实。要防止少数领导习惯于个人说了算，不能按制度办事，甚至带头违背制度。因此，我们必须建立健全制度，并且认真地、严格地把制度落实到位，发挥其在保持党的纯洁性中应有的作用。

第五，必须强化自身监督。党的纯洁性如果出了问题，党的组织首先要查找自身的原因，负起责任，千万不能领导"生病"让群众"吃药"，领导有过错让下属或"临时工"承担责任，这种不良风气必须坚决纠正。保持党的纯洁性一个重要方面就是要强化对领导干部的监督。重点要解决三个方面的问题：一是上级监督要到位。上级纪检监察机关要建立下一级领导干部及后备干部的廉政档案和行为失范记录，及时了解下级党组织和领导干部廉洁自律情况，加强对领导干部的监督，这是极具权威的监督。二是同级监督要落实。要发挥同级之间比较熟悉，相互监督更直接、更有效的作用，凡属重大问题必须集体讨论。重点要加强对干部选拔任用、财政资金使用、国有资产运营、土地使用权出让、行政审批权运行等工作的监督。三是社会监督要加强。要坚持党内监督与其他监督相结合，重视发挥人大、行政、政协、司法、网络、舆论等监督的重要作用。坚持事前、事中、事后监督相结合，使监督工作落实到权力运行的全过程。与此同时，要建立科学的权力制衡机制，确保监督工作规范、长期、有效开展。

第六，必须严肃查处违纪违法案件。查处违纪违法案件是贯彻从严治党方针的重要体现，是惩治腐败和端正党风政风的有效手段。党的十八大新一届中央领导集体坚持"老虎""苍蝇"一起打，既坚决查处领导干部违纪违法案件，又切实解决发生在群众身边的不正之风和腐败问题。各级纪检监察机关紧紧围绕经济建设这个中心，根据反腐倡廉形势和任务的发展变化，确定不同时期查办案件的工作重点。要保持党的纯洁性，必须加强党风廉政建设和反腐败工作，这既是每个党政部门的重要职责，也是加强自身建设的重要内容。因此，必须在加强教育、健全制度、强化监督的同时，坚持标本兼治、综合治理，继续保持查办案件的强劲势头，通过查办案件，惩处腐败分子，严肃党的纪律，纯洁党的组织，提高党员领导干部廉洁从政的意识和自觉性，增强党的凝聚力和战斗力，从而维护最广大人民群众的根本利益，密切党和人民群众的血肉联系。同时，要善于发现体制机制和管理上存在的缺陷和薄弱环节，进而有针对性地建章立制，堵塞漏洞，从源头上预防和解决腐败问题，使我们的党始终保持先进性、纯洁性。

（收录于 2015 年经济日报出版社《践行中国梦创新与探索》一书）

做好机关党建工作的几点思考

机关党的建设渗透在机关工作的方方面面，不是单纯地就党建谈党建，更不是孤立地抛开一切谈党建，机关队伍建设是党建工作的主线，这支队伍纯洁了，素质好了，士气才会昂扬向上，才能廉洁奉公，无私奉献。

机关干部队伍建设如何，直接影响机关作风与效能、勤政与廉政，影响机关整体形象。重视队伍建设，就有正能量，事业就兴旺。这些年来，我在基层也好，在机关也好，对如何抓好党务工作有着切身感受与深刻体会，我认为，抓好机关党的建设应当是一级组织的首要政治任务和长期的工作目标，必须常抓不懈，抓常抓长，如此，我们的队伍才不会出问题，工作才不会打折扣，才会结出丰硕的果实。我有几点思考，概括起来为八个字。

第一个字：抓。队伍建设，抓，正气就上升，不抓，邪气就抬头。队伍建设是机关党的建设的重头戏，即使你是经济部门、金融机构、学术机构、民营企业，都懈怠不得。

我们党历来十分重视干部队伍建设，在不同历史时期，培养和造就了一批又一批、一代又一代适应革命、建设和改革需要的领导骨干和干部队伍。1956年，当世界社会主义运动出现风波时，毛主席曾经讲过一段意味深长的话。他说，我们党有成百万有经验的干部。我们这些干部，大多数是好的，是土生土长，联系群众，经过长期斗争考验的。

党的十八大以来，"打虎""拍蝇"成为热词。为什么有的地方出现"塌方式"腐败？有的甚至一个班子都烂掉了？原因并不复杂，主要领导没有很好地承担起党风廉政建设的主体责任，把机关党的建设作为软任务。一个单位、部门的主要领导出了问题，他能去抓队伍建设？能抓得好？主要领导自身要求放松、贪污腐化，他领导下的班子能履行好"一岗双责"？一个部门班子成员如此，他们的中层干部、基层人员能不会被"污染"？很多事实证明，"上梁不正下梁歪，中梁不正倒下来"，"物必自腐而后虫生"。要建好队伍，管好队伍，主要领导、领导班子首先要树好样子、做好表率。

队伍建设抓好了，正气就会上升。抓队伍建设不能等到问题出来了才开始着手抓。我们党历来重视队伍建设，如今，把纪律规矩挺在前，彰显了中央纪委在当前反腐倡廉形势下的党建新理念，就是要做好"四种形态"这篇文章，拓展监督执纪的新思路，体现依规治党、关口前移的新要求，今后将作为监督执纪问责的重要遵循，坚持抓早抓小、正本清源，切实做到"惩前毖后、治病救人"，让纪律和规矩立起来、严起来，执行到位，成为不可触碰的底线。

队伍建设不抓，不认真严格地抓，邪气就会抬头。凡是坏的东西"繁殖"都很快。机关有些部门一个时期"三公"问题较为突出，公车私用、公款消费、公款出国（境）司空见惯，大吃大喝、铺张浪费较为普遍，不仅如此，还蔓延到用公车加油卡给私车加油。针对存在问题，纪检监察机关握起铁拳，严肃查处，并建立制度，狠抓落实，问题得到解决，类似问题全都解决。

第二个字：实。机关作风，实，态度就严谨；不实，人员就散漫。实的本意与虚相对，多指求实、务实、实在等。一个部门的作风实了，说明机关党的建设抓得认真、效果好，全员工作态度就端正、就严谨，就会去掉浮躁，不搞假象，一切从实际出发，更不会搞花架子，一步一个脚印地朝前走。

毛泽东同志说，政治路线确定之后，干部就是决定的因素。干部作风建设是决定我们事业成败的关键。与"实"相反的是"虚"，虚的作风只能给机关人员养成自由散漫的恶习，此类表现很多，归纳起来主要有五种：一是不敢管，对歪风邪气视而不见。一些同志怕字当头，遇到问题绕道走，碰到矛盾推责任；好的事情抢着做，矛盾面前怕出头，只栽花，不栽刺。二是不严管，自身缺少榜样的力量。通常要求别人做到的，自己却不做；要求别人不做的，自己却违反规定，因此，说话、工作没有底气。三是不愿管，自我感觉超乎想象。有的干部起初到一个部门抓党建雄心勃勃，想带领干部职工干一番事业，但时间一长，激情下降，工作重点不放在党建上。虽政绩不如人家，却自我感觉良好，找出这样那样的理由，降低工作标准，颠倒主次关系，只要不出大问题就心安理得，出了事就千方百计隐瞒组织或找出种种借口。四是不善管，不注重学习与知识更新。有时间打牌洗澡，没时间看书学习、搞调查研究；思想保守、观念陈旧，患"近视眼"，对部门发生的问题看不见或看不清；或头痛医头脚痛医脚，或手足无措、无法应对。五是不去管，职责定位出了问题。有的人认为，机关党建有人抓，满足于平时读读文件、完成规定动作就行了。队伍建设靠班子、靠制度、靠落实。有的领导干部因怕丢选票，变得小心翼翼，不敢得罪人，成天怕这怕那，最终搞些花拳绣腿应对上级组织检查，应付本部门的脸面，把自己教育管理队伍的责任当儿戏，结果表面说些不着边际的话，其实根本不去管，致使队伍散漫。

第三个字：严。纪律教育，严，履职就守规；不严，行为就失范。严是爱，松是害。此话耳熟能详。在家庭也好，在单位部门更是。什么是严？解释很多，但这里主要指严格、严肃、认真，对干部职工的教育管理毫不放松；还有严明，即严肃而公正，"赏罚要严"等。无数事实告诫我们，一个不重视党建、纪律不严的军队，必定要打败仗；一个不重视党建、纪律不严的部门，哪怕是民营企业，必定是一盘散沙；一个不重视党建、纪律不严的干部，必定会犯错误。

纪律教育是党建工作的重要组成部分，是加强党的执政能力建设的重要内容，对加强机关干部党性锻炼、增强为人民服务的意识和本领、做好党风廉政建设和反腐败工作、防止党员干部犯错误都十分重要。棒打出孝子，惯养忤逆儿。人们在长期的实践中不难发现，"小木鱼"常敲就是关爱，严抓严管就是厚爱，及时发现小问题并加以处理就是对其将来政治前程的负责。有些人家的孩子在家不听父母的话，甚至对父母不孝敬，而到了部队几年后，在大熔炉里得到了锻炼，大小毛病改掉了，回家后就像变成了另一个人。同样在部门，一着不让地加强纪律教育，常念"紧箍咒"，他们履职就会自觉依照法律、规矩办。

严，不是一时一事、一松一紧，必须无空隙、无间隙、全覆盖地抓。不严，一些人就会逃避监督，或置监督于不顾，结果放松要求，甚至放任自流、违法乱纪。上海市高院民一庭庭长陈雪明等4人在某度假村涉嫌集体嫖娼，损害了干警形象，在社会上形成了恶劣影响；某机关工作人员利用社交软件与服务对象聊天，言语失范，同样受到了纪律处分。因此，严格纪律教育，不仅能使党员干部时刻绷紧纪律这根弦，还会使我们的党员干部行为规范、少犯错误、不犯错误。

第四个字：细。工作效能细，落实就到位；不细，考核就失分。恩格斯说，谁肯认真地工作，谁就能做出许多成绩，就能超群出众。而斯坦尼斯拉夫斯基认为，没有顽强的细心的劳动，即使是有才华的人也会变成绣花枕头似的无用的玩物。我们抓机关党建，首要的是抓人的理想信念、价值取向，入党为什么？当官为什么？将来能给社会留下什么？无论是工作还是生活，任何事情细致入微与粗枝大叶所带来的结果是截然不同的，有的甚至可能是反向的。

一个部门年初对全年个性目标与共性目标都要进行几个回合的调研、讨论，需要深思熟虑地拿出计划，如果考虑不细不实，全年的任务完成就会打折扣。这些年，泰州市在全市开展绩效管理，工作开展得有声有色，成效显著，但有一点值得提醒，有的部门制定的目标做了那么多工作，有些简单的问题为什么还会被扣分，老毛病为什么改不了？这都与工作不细有直接关系。

泰州市食品药品监督管理局2014、2015年连续两年在全省综合考核名列第一，这与该局重视加强机关党的建设、作风建设、干部队伍建设有直接关系。但为什么在绩效考核中还有失分点，这是少数处室工作人员在上报绩效管理材料中，有些"意想不到"的细节造成的。包括食品药品监管在内的部门有不少属于执法部门，其政策性、法规性、个人廉洁性等要求都很高，人人都会注意把握，但为什么总是今天有你、明日有他出现失分，最根本的还是工作不细、不实。倘若哪个环节出了偏差，有一点瑕疵，就可能导致全盘皆输，症结也是因工作不细致所致。当然，不细有其先天性，但更有大而化之、粗枝大叶的后天因素与不负责任的行为表现。

第五个字：管。党员干部，管，素质就提高；不管，形象就受损。对于管，几乎无人不知，无人不晓。任何一个人都懂得，管理与家庭有关，与组织有关，与社会有关。一个未成年人都知道什么是管，在学校有老师管，在家有父母管。即使大人不在的场合，他们也知道如何做是对的，做什么是错的，这都是学校老师和父母管起到的作用。管又是个广义的概念，有对人员的职责与素质要求；有督促、沟通、协调、控制、培训等方面内容；有对服务知识、态度、技巧、职业素养等应达到的标准；有鼓励、奖、罚、升、降的约束；等等。

一个部门有大有小，党员干部有多有少，工作性质、职责、影响、贡献等均不同。然而，一支高素质的干部队伍是管出来的。"管"，内容很多，主要包括学习、教育、监督、遵纪守法等。管理是为了达到某种目的，使工作有效率地完成。"管"，是制定规则和制度，并促使规则和制度运行。在机关部门，管理是指对人的管理，即对人的行为进行管理，进而使人形成习惯。

中央纪委为什么要对"四风"问题，对"违反八项规定精神""侵害人民群众利益"的案例每月进行通报，为什么要集中开展党的群众路线教育实践、"三严三实"专题教育，为什么要开展"两学一做"教育活动？目的很明确，就是要通过党的集中统一活动，全面提高机关党员干部的政治素质，提升为人民服务的能力和本领，不让党的形象受损，不让老百姓在背后戳我们的脊梁骨。"管"就是要从实际出发，有一整套的管理制度与体系，久久为功，党的形象才能在人民群众心目中巍巍耸立。

第六个字：刹。不正之风，刹，上下就正向；不刹，单位就出事。2016年1—4月，中央纪委通报了侵害群众利益的不正之风和腐败问题447起，其中4月116起，比3月多出9起，比2月多出17起。在如此强有力的重拳下，为什么还是有人敢顶风违纪，而且4月比3月、2月有所增加？一个重要的原因：刹得不狠！被通报的案例都比较典型或具有一定代表性，而受到处理的远不止这些，未发现的可能也会有。不论这个数字是多少，只要对不正之风"刹"个不停，"刹"得准，"刹"得狠，就一定会朝着良性循环的方向发展。

狠刹不正之风，需要一级组织认真研究问题产生的症结所在，拿出治理之策，只有把根子找到了，才能精准治理，对症下药。机关与农村基层不同，其不正之风的表现形式也不同。一些单位党员干部出事，原因主要在两个方面：一是就机关而言，学习教育浮于表面，搞应付，不从效果出发；执行政策不规范，条块分割，政出多门；有些职能部门"重收费、不服务"，不重视政策宣传；服务意识差，办事效率低，庸政懒政怠政；有的部门权力利益化。二是就机关干部个人而言，有的高高在上、吃拿卡要，有的工作方法简单，甚至横蛮粗暴；有的不作为、慢作为，更有甚者乱作为，不给好处不办事，给了好处乱办事；有的说不利团结的话、做不利团结的事，捕风捉影，见毛是鸭，甚至以讹传讹、信谣传谣；等等。

不正之风就像"牛皮癣"，非常顽固，它影响党的形象，危害人民，群众意见大，因此，必须引以重视，建立常态化的制度，一有苗头，露头就打，坚决狠刹！同时要做到三个"强化"：强化宣传教育，强化法制教育，强化廉政教育，自觉树立好为民、务实、清廉形象。对于不同时期、不同形式所表现出来的不正之风，要发现一起，查处一起，通报一起；同时，把监督触角向一线延伸，加大问责力度，只有这样，不正之风才没有藏身之地。

第七个字：惩。腐败问题，惩，党和国家就兴旺；不惩，人民就遭殃。腐败是不正之风发展的恶果和突出表现。腐败是个毒瘤，侵害人民群众切实利益，不割掉这个毒瘤就会危及党的生命，必须以零容忍的态度予以惩治。一个党、一个国家、一个民族，它所需要的是良好的政治生态。我们党的肌体与腐败是格格不入的。当前，减少腐败存量、遏制腐败增量、重构政治生态的任务仍然繁重。反腐败斗争无退路，必须以锲而不舍、驰而不息的决心和毅力，将党风廉政建设和反腐败斗争进行到底。党风问题关系党的生死存亡，只有严厉惩治腐败，我们的党、国家才能兴旺，中华民族才能立于世界民族之林，否则，腐败盛行，侵害的是党的肌体、损害的是人民利益，人民就会遭殃。

党的十八大以来，党中央在出重拳打"老虎"的同时，也下大力气拍"苍蝇"，加大对群众身边不正之风和腐败现象的查处力度，让人民群众切实感受到反腐败斗争的成效。从中央到地方各级纪律检查机关查办案件数量看，都在上升，而且幅度较大。"打虎"的力度史无前例。中央纪委查处了140多名副省部级以上官员，被宣布查处的军级以上军官有40多名，"军虎"占了1/3左右。各省亦如此，泰州市从组建到现在，查处案件的数量、上升的幅度同样如此。"拍蝇"的决心前所未有。2015年11月18日，中纪委监察部官网发布了"各省区市查处违反中央八项规定精神问题汇总表"，乡科级最多，在16 699名被处理干部中，乡科级16 080人，占比96.29%；在3 721名被处以党纪政纪处分干部中，乡科级3 535人，占比95%。对基层老百姓来说，他们对身边官员的作为看得更清，感受也更深，尤其是涉及集体土地使用、征地拆迁、"三农"补贴等事关群众切身利益的事，应该按照党纪国法，对基层官员的贪腐行为严惩不贷。

第八个字：新。新，活力就增强；不新，一切就无望。创新是一个国家和民族发展的不竭动力。党的十八大报告指出："形势的发展、事业的开拓、人民的期待，都要求我们以改革创新精神全面推进党的建设新的伟大工程，全面提高党的建设科学化水平。"在全党深入开展党的群众路线教育实践活动，"三严三实"专题教育活动，"两学一做"学习教育，是党的十八大作出的重大决策，是新形势下加强党的建设的创新之举，是党对群众路线优良传统的创新和发展。

加强机关党的建设，既要继承好的、优良的传统，又要大胆实践，积极探索，开拓创新，全面提高党的建设科学化水平。近年来，从中央到地方各级党组织，在加强党的建设方面有不少创新做法，如"两学一做"，机关万名党员进党校，学习型、服务型、创新型机关党组织建设，机关党员进社区，机关党务公开，网络化管理、联动式共建，"非公"（企业）、"两新"（新经济组织和新社会组织）党组织建设，等等，都是在实践中形成的创新做法，这些创新做法，进一步增强了机关党的建设的活力与成效。

在世情、国情、党情发生深刻变化的新形势下，我们党面临着执政、改革开放、市场经济、外部环境"四大考验",存在着精神懈怠、能力不足、脱离群众、消极腐败的"四大危险"。治党始终坚强有力,治国才会正确有效。我们要适应新形势的要求,不断创新思维,创新理念,创新做法,创新制度,始终保持党的先进性和纯洁性,增强党的创造力、凝聚力、战斗力。机关党组织要提高党员思想政治水平,坚定理想信念,始终把人民利益放在第一位,增强为党和人民事业不懈奋斗的自觉性和坚定性,使党的建设获得最广泛、最可靠、最牢固的群众基础和力量源泉。

（刊载于 2016 年第 2 期《明园》,2016 年 5 月 19 日中国共产党新闻网,收录于 2016 年 11 月中央文献出版社《论加强党的执政能力建设文集》,2019 年 1 月中央党校出版社《中国思想政治工作与"两学一做"学习教育全书》）

遵守党章做模范　忠诚履职做卫士

何为模范？一曰榜样。《法言·学行》云："师者，人之模范也。"二曰仿效。《北史·庾信传》曰："当时后进，竞相模范，每有一文，都下莫不传诵。"联系自身实际，我认为，别人没有做到的要先做到，别人没有履行的要先履行，别人能做到的、能履行的，不但要做到，而且做得超出常人，在职责履行上要使组织高度认同，让群众充分满意。

何为忠诚卫士？卫士是守卫的士卒，汉代指守卫皇宫的兵士。卫士的首要政治要求就是忠诚，是谁的卫士就必须忠诚于谁，离开忠诚二字就不能成为卫士，不忠诚的卫士是不可能履行好职责的，纪检监察干部是党的卫士，就应忠诚于党。卫士如果不忠诚，最易表现出的就是信念动摇，方向迷失，消极颓废。在革命战争年代的艰苦环境中，就会脱离革命，甚至叛变投敌；在市场经济条件下一些消极腐败现象的诱惑中，就会追名逐利、贪图享乐，甚至腐化变质，沦为人民的罪人。

所以，身为纪检监察干部，要把党章作为进行自我教育的最好教材，自觉加强党性修养，进一步坚定理想信念，明确前进方向。用党章统一思想，统领行动，任何时候任何情况下都确保在理想信念上不犹豫、不含糊、不动摇，严格按党章办事，做遵守党章的模范，在纪检监察岗位上更好地发挥先锋模范作用，忠诚履行职责，做党的忠诚卫士。

人民的利益高于一切。要当好群众的贴心人，首先要心系群众，一切想着群众，一切为了群众；其次要真心地、真诚地为他们做好事，办实事。

贴心，就是把心与群众紧紧地连在一起，就是与群众零距离。党的历史证明，只有把人民的根本利益放在第一位，才能得到人民群众真心实意的拥护、支持和爱戴。作为从事纪检监察信访工作的干部，心中更要时刻装着群众，牢固树立群众观点，端正对群众的态度，加深对群众的感情，设身处地多为群众着想，千方百计为群众排忧解难，勇于同一切违背或损害群众利益的行为做坚决斗争。

当前，在经济发展的黄金期，在社会矛盾的凸显期，信访干部更要以张云泉同志为榜样，当好群众的贴心人。就是要像他那样，在思想上、感情上、接待来访上与群众零距离；就是要学习他坚持党性、忠于事业的政治品格，牢记宗旨、心系百姓的公仆情怀，勤勉务实、奋发有为的精神风貌，严于律己、一身正气的高尚情操；就是要像他那样，政治坚强，立场坚定，宗旨鲜明，立党为公，执纪为民；就是要像他那样，善待百姓，多做暖民心的事，多做雪中送炭的事，把党和政府的温暖送到人民群众的心坎上。同时，要大力查处侵害群众利益的人和事，始终维护党和人民群众的根本利益，做人民群众的"贴心人"。

（写于 2005 年年底，时任泰州市纪委信访室负责人）

必须严惩政治上的"两面人"

2017 年 11 月 21 日晚，中央纪委监察部网站发布消息"中共中央宣传部原副部长鲁炜涉嫌严重违纪，目前正接受组织审查"。这则只有短短 28 字的消息一经公布，立即引发舆论强烈关注，瞬间在互联网上刷屏。这是党的十九大后首次公布中管干部纪律审查消息，再次彰显了以习近平同志为核心的党中央坚定不移全面从严治党，深入推进党风廉政建设和反腐败斗争的坚定决心和必胜信念，充分释放了全面从严治党永远在路上、管党治党一刻不停歇的强烈信号。

十八届中央纪律检查委员会向党的十九大的工作报告中用一组数据印证了这份"打虎"成绩单："经党中央批准立案审查的省军级以上党员干部及其他中管干部 440 人。其中，十八届中央委员、候补委员 43 人，中央纪委委员 9 人。"这些"老虎"都是政治上的"两面人"，他们权力重、地位高、影响大，他们说一句话、做一件事都可影响社会风气，甚至影响党和国家的安全，必须严惩。

严惩政治上的"两面人"必须重拳"打虎"。一张周永康的关系图，查出涉及石油系、政法系、四川系 39 名重要官员，这起案件的政治影响是骇人听闻的！鲁炜曾担任中央网信办主要负责人，理应坚定政治立场，明辨大是大非，增强政治意识、大局意识、核心意识、看齐意识，做政治上的明白人，以上率下，带好队伍。但他严重背离了党性原则，严重背离了党中央对党员领导干部的纪律要求，严重污染了网信办的政治生态，严重危害了党和国家网信事业健康发展。第十八届中央委员，国家安全生产监督管理总局原党组书记、局长杨焕宁严重违反政治纪律和政治规矩，在大是大非问题上背离党性原则。2014 年 1 月 30 日，中共中央纪委对南京市委原副书记、原市长季建业严重违纪违法问题进行了立案审查。检察院的起诉书指控称，季建业从 1990 年任苏州吴县县委副书记起，直到任南京市长，都在为他人谋取利益，其历任 6 个职位，时间跨度 20 余年，在这么漫长的"潜伏"期内，他一直扮演着"口言善，身行恶"的"两面人"角色。可想而知，"两面人"由于善于伪装，台上一套，台下一套；说一套，做一套……一旦东窗事发，往往舆论哗然，严重影响党和国家形象。

严惩政治上的"两面人"必须破除"灯下黑"。执纪者必先守纪，律人者必先律己。党的十八大以来，各级纪检监察机关不断加大刮骨疗毒、自清门户的力度，对纪检监察干部以更高的要求、更严的标准来约束和管理，破除"灯下黑"的动作备受关注，已有多名曾长期任职纪检系统的高官被查：中纪委第四纪检监察室原主任魏健，第九纪检监察室原副主任明玉清，法规室原副局级纪检员、监察专员曹立新等被查处。广东省纪委原副书记、监察厅原厅长钟世坚被"双开"……这些人中有的通风报信，有的里通外国，利用手中权力拿党纪国法做交易。破除"灯下黑"，需要刀刃向内，对胆敢利用党和人民赋予的权力以案谋私的"害群之马"，严加惩治，毫不留情。同时，加强内部监督，形成制度规范，将纪检监察队伍打造成一支反腐败的"铁军"。

严惩政治上的"两面人"，必须彻查群众身边的不正之风和腐败问题。笔者曾在基层工作过多年，查处过多起基层干部侵害群众利益的人和事，如扶贫、涉农、低保资金、救灾物资等。这些人和事比起"老虎"看上去是小人物、小事情，但又有什么比老百姓的"保命钱"重要、切身利益重要？查处群众身边的不正之风和腐败问题，是党的一贯立场和坚决态度，是全面从严治党向基层延伸的主要抓手。有数据显示，2012年以来，全国各级纪检监察机关共查处违反中央八项规定精神问题19万多起，处理党员干部26万余人；共处分乡科级及以下党员、干部114万多人，处分农村党员、干部55万多人，充分说明坚持"老虎""苍蝇"一起打，既坚决查处领导干部违纪违法案件，又切实解决发生在群众身边的不正之风和腐败问题，中央时刻保持着清醒认识。

"两面人"是没有身份之分的，而不管其身份是"老虎"还是"苍蝇"，都是政治上的投机者、行动上的"两面派"、道德上的伪君子，这些人口言善、身行恶，与党离心离德，对群众虚情假意，危害党和国家长治久安，损害人民群众根本利益，必须"重遏制、强高压、长震慑"，在党的领导下，各级纪检监察机关踩着不变的步伐，把握好"节奏"和"力度"，徐徐图之，不断深入，坚决清除干部队伍中的"两面人"，营造风清气正的政治生态。

（刊载于2017年12月20日中组部共产党员网）

良好态度和行为是机关作风之标尺

"门难进，脸难看，事难办"，是多年来老百姓对少数机关工作人员办事拖拉、动作迟缓、效率低下以及官僚主义和拖沓作风的形象概括。这种概括实质上就是老百姓手中的一把标尺，它一针见血地指出了少数机关工作人员在工作中一贯的态度和行为！

老百姓用这把标尺"量"了机关工作人员这么多年，为什么至今仍有人敢这么做呢？原因很简单，老百姓拿他没办法，组织上也很少为此"开过杀戒"，所以这种坏作风在少数部门、少数人身上一直存在着，进而出现"庸政、懒政、繁政""行政不作为、乱作为""不给好处不办事，给了好处乱办事"，等等。

笔者认为，机关作风不仅与机关工作效率有直接联系，而且对政府在群众中的形象有直接影响。人民的利益高于一切。机关工作人员拿了国家的福禄就要给人民办事，在工作中时刻为人民着想，不仅要只争朝夕、办事迅速，而且要准确、细致、严谨、求实。各级组织要狠抓工作作风根本问题的解决，动真碰硬，该教育的教育，该曝光的曝光，该查处的查处。

愿机关工作人员多反省自己工作中的态度和行为，时刻用这把标尺"量量"自己。

（刊载于《江苏食品药品监管》）

刘秀兰：党建引领与企业发展"同频共振"

历久弥香三百年。"梅兰春"，中国白酒界一枝摇曳多姿、芳香四溢的奇葩。从宣布破产到 4 个系列 30 多个品种，再到建设万吨级基地，从包装寒酸到"名人、名酒、名瓷"融为一体……14 年，刘秀兰和她的"梅兰春"实现了一个又一个"三级跳"，企业由一个温婉的"小家碧玉"到一个风姿绰约"大家闺秀"的嬗变。

是党员，就要有一种不服输的责任和担当。"负责任最苦，尽责任最乐"。从村里的第一个大学生到县级税务所专管员，再到地级泰州市地税局稽查局局长，刘秀兰兢兢业业工作了几十年，为国家和地方税收做出了突出贡献，多次被评为优秀共产党员、税务系统先进个人。

2005 年，刘秀兰本该享受退休生活了，不少大型集团公司邀请她担任顾问都被她婉言谢绝。而就在这个时候，梅兰春酒厂陷入了尴尬境地，宣布破产并将举行拍卖会。消息传到了刘秀兰耳朵里，她非常揪心：20 世纪 80 年代初期，这酒厂这品牌享誉全国，也曾在她工作管辖范围内，许多项目是在她一手扶持下开发出来的。"梅兰春具有影响力，决不能把这个品牌毁在咱们这一代人手上。"她找到区委书记说，"如果没有人肯做，我愿意试试看，我是党员，这是我的信念与责任。"

刘秀兰心里清楚，想要酒厂重新振作起来，喊几句口号是没用的，必须进行全面的科学规划。于是，一接手她就确定了要走规范化标准化的路线。她请回了当年研制芝麻香型白酒的技术负责人葛崇凯，聘请中国白酒泰斗、国家白酒检评组组长沈怡方为梅兰春酒厂高级技术顾问；重新组建 20 多人的技术团队，每年投入资金千万元用于技术改造；实施"三名"战略、文化强企战略、科技兴企战略。

"做文化人、造艺术酒"是企业使命，"梅香四海、兰芳百年"是企业愿景。内外包装新颖别致、古朴典雅，文化内涵深厚，把"名人、名酒、名瓷"融为一体，梅兰春芝麻香型白酒广受好评：2009 年旗下高端白酒"老爷子"在北京人民大会堂隆重亮相；2011 年，摘得"中华老字号"招牌；2012 年，获得首届中国食品博览会金奖、全国白酒评比芝麻香型总分第一名、"中国历史文化名酒"称号，在江苏省食品工业协会一举捧回 3 项大奖。

是党员，就要有一种敢于创新的勇气和激情。中国芝麻香型白酒的标杆、亚洲博鳌经济论坛国际医药产业大会宴请专用酒……这几年，捧回一块块"国"字号金字招牌，刘秀兰和她的"梅兰春"赢得业内外交口称赞，然而，她并没有满足——

2012 年，一座总投资 5 亿元、占地 300 多亩的新厂区、全国最大的芝麻香型万吨级原酒生产基地正式投产。新厂区按照现代化白酒酿造工厂标准设计酿酒车间、制曲车间、窖泥车间、陶坛酒库、万吨级地下酒窖和产品检测中心、监控中心、酒体设计中心等 20 多栋单体建筑。进口的 4 台高端圆盘制曲机，每班只需要 10 名工人，人工效率比原来提高了 20 倍。

2015 年 10 月，梅兰春酒厂高氮配料、高温堆积、高温发酵、高温蒸馏和长期贮存的独特酿造技艺，被列入"江苏省第四批非物质文化遗产代表性保护项目名录"。拥有的生物质低碳锅炉系统，用废弃酒糟为燃料，每年能节省原煤 1.6 万吨，减少二氧化硫排放 130 多吨，还能够有效地对蒸馏环节产生的余热蒸汽进行回收再利用。该节能环保项目，得到国家发改委技改资金的专项奖励。

是党员，就要有一种无私奉献的情怀和品德。人活着，就要创造价值；是党员，就要懂得付出与奉献——这是刘秀兰的人生观。"我做了一辈子税务工作，跟钱打交道，每个环节都和钱碰面。但我不喜欢钱。"

"我管理企业，只抓三条：一抓党建，二抓人才，三抓市场。"重建一开始，长期从事党政工作的刘秀兰心里清楚，最难的不是经营，而是人心涣散，想要酒厂振作，首先要把工人的精气神儿提振起来。便在第一时间建立企业党支部和工会，加强对优秀技术骨干和一线职工的培养，及时吸收到党组织中来。企业还建立下访和谈心制度，董事长、每位管理人员都定期、不定期地对员工进行访谈。"人是企业活的灵魂，抓住党建，抓住人的精气神儿，就抓住了企业发展的关键。"从年产 300 吨，到短短两年提升到 1 000 吨，到年产能扩大 10 倍，再到万吨级规模，成为全国芝麻香型白酒生产规模最宏大、工艺最先进、质量最优良、技术集成度最高的酿造基地，这是梅兰春酒厂一次次质的飞跃。

刘秀兰说，我要为国家多创造税收，为职工多谋福利。500 多名职工，工资高出周边 20%。她优先招录退伍军人，现有 30 多名。近五年，她数次慰问驻泰部队，累计送上价值 800 万元慰问品。她提议创立的"爱国拥军促进会"是省内首家。她关心国防，支持军队，爱护军人，对复转军人倾注满腔的热情，是待军人如亲人的女企业家，并获得"中国双拥"年度人物——社会化拥军典范提名奖。

眼下，刘秀兰着手扩展"梅兰春"产业链，实施企业集团化战略目标。她说，党建引领与企业发展怎样才能"同频共振"，要做的学问太多了……有很多 80 后、90 后的青年很优秀，但他们缺乏一个平台，"我还要培养一批人来干这个事业"。

（刊载于 2019 年 9 月 12 日《人民日报》客户端，与赵晓勇、顾善凯同志合作）

"三务融合"促城管系统党建工作走实走深

泰州市城管局党委深入贯彻习近平新时代中国特色社会主义思想，落实中办《关于加强和改进城市基层党的建设工作的意见》，坚持以人民为中心的发展思想，把支部建在路上、问题解决在路上、服务送到路上，着力推动系统党务、城管业务、民生服务深度融合，努力打通基层党建"最后一公里"，走出了一条形神兼备、内涵发展的党建工作新路子。

支部建在路上，实现各方资源再融合

"支部建在连上"，是建党建军的一项基本原则和制度。泰州城管局党委在"城建惠民"综合整治热潮中，围绕东部、南部两大市场群，创新组建南通路党支部和永兴路党支部，真正把支部建在路上。

一是推动重心下移，明确主体责任。强化党组织在基层社会治理中的领导地位，以基层城市管理网格为载体，进一步整合城管一线执法队员、协管员、门前三包管理员、数字化监督员、环卫工人、社区保洁员、违建巡防员等"七员"力量。促进服务、管理、执法、监督等资源要素统一下沉到网格，以网格内主要道路命名党支部，将基层城管中队党支部，环卫、数字化等机关业务支部一律建到路上，优化网格原有工作内容和运作流程，通过党建引领推动治理重心下移，实行实体化运作，落实城市管理和综合执法主体责任。紧紧围绕市、区、街中心任务和重点工作，真正实现攻坚一线到哪里，党的组织就建在哪里，党的工作就开展到哪里，将道路党支部建设成为党领导城市基层治理的坚强阵地。

二是整合组织资源，明确联动责任。以道路党支部为总牵头，统筹区域组织资源、行政资源，形成一张网、一盘棋、一条龙的统领格局。开展区域试点，打破传统组织关系的束缚，由市城管局党委书记、局长兼任第一书记，街道副主任兼任常务副书记，区执法局负责人任支部书记，城管中队长任支部副书记，市城管局机关支部书记兼任路长。通过"第一书记"联席会议协调督办机制，强化市、区、街道（园区）、社区四级联动，推动路段内重点难点问题及时有效解决。日常工作以管理执法服务为纽带，打破部门隔阂，消除层级壁垒，形成以城管中队支部党员为主体，以机关党员挂钩路上为支撑，数字化、环卫、广告、渣土等业务支部党员紧密配合的互联互动体系。道路区域内的党员原组织关系不变，按照城市管理扁平化要求，统一加入"支部工作微信群"，由支部书记任群主，党务、业务"一肩挑、一把抓、一起揽"，建立无缝衔接、整体联动、快速响应机制，真正做强"路上党支部"。

三是整合社会资源，形成共同参与机制。发挥路段党支部的协调带动作用，与道路两侧辖区内街道社区党组织、机关事业单位党组织、新型经济和社会组织党组织进行挂钩结对，吸纳上述党组织负责人以及沿街商户中的党员和积极分子参加道路党支部大会，动员社会各方力量广泛参与。搭建"社会联络微信群"，带领群众从"站着看"到"跟着干"，办好群众家门口的事，推动问题在第一时间发现，诉求在第一时间回应，矛盾在第一时间解决，服务在第一时间到位。逐步形成基层党组织号召、各方力量共同参与的"1+N"组织资源共同体，推动城市执法管理向社会综合治理转变，实现党组织引领社会治理流程再造。

问题解决在路上，实现工作任务再融合

泰州城管局始终坚持问题导向，突出主责主业，落实"城市管理要像绣花一样精细"的要求，切实发挥道路基层党支部的战斗堡垒作用，开展"靓城风暴"系列整治行动，通过集中整治、品质提升、长效管理，推动城市问题在路上解决，带动党建工作向纵深拓展。

一是以中心工作为抓手推动任务融合。着眼全市大局，围绕"向环境污染宣战"、环境综合整治、文明城市创建、安全生产排查、扫黑除恶专项斗争等中心工作，"支部第一书记"亲自挂帅，带头上路，靠前指挥，充分发挥"支部书记""路长""城管执法岗亭"以及"支部工作站"等主体作用，切实增强其协调处置复杂问题的能力，重大案件及时抽调人员，实现力量聚焦，形成执法拳头，紧扣市政府"城建惠民"、国际旅游节、海军诞生70周年等重大活动保障。围绕重点区域、重点时段、重点领域开展专项治理，先后攻克了有关道路沿线违章铁皮棚、石材市场违建、装饰城违规雕像等顽疾，推动市容环境提档升级，使城市形象更加整洁亮丽。

二是以突出问题为抓手推动任务融合。聚焦主次干道、重点商圈，针对

群众反映强烈、严重影响城市规划及安全的沿街违法建设、楼顶广告、多层店招、电子显示屏及擅自设置的各类棚亭等，以路段党支部为主阵地，按照"全攻全守"模式，执法中队当好主力军，环卫、广告、渣土、占道、防违、数字化等条线严格履行自身职能，全面落实牵头责任，协助配合事项不推不让。通过支部工作微信群，实时共享信息，联动合成作战，排出三张整治清单，累计拆除大型违法户外广告75处、店招1 069处、违法建设3 812.2平方米、棚亭28座，同步优化周边环卫保洁、停车秩序，做到空间清爽、立面清亮、地面清洁，切实解决了一批突出问题。

三是以长效管理为抓手推动任务融合。以系统化思维谋划城市长效管理，对照江苏省城市管理示范路标准，发挥路段党员先锋模范作用，以支部为主体，协调相关业务条线队伍，对城市主要路段内存在的市容秩序和环境卫生问题进行全面梳理。涉及各区及相关部门的事项，由数字化城管监督员采集派单，协调处置问题536个，努力走出"整治—回潮—再整治—再回潮"的怪圈。从群众关心的小事、身边事做起，着力办好垃圾分类治理、公厕提标便民、停车便利化、共享单车等与群众生活息息相关的实事，让城市更有序、更安全、更干净，坚持为民、便民、惠民，以党建的点滴成效，赢得群众对党建工作的强大支持。

服务送到路上，实现平台载体再融合

一是搭建新时代文明实践平台。依托"城市港湾"等既有载体，建设全市首批新时代文明实践中心（站），在机关，建设新时代文明实践分中心；在一线，依托"城市港湾"建设新时代文明实践站；在沿街，落实市容环卫责任区制度，开展"市容文明实践示范户"创优评星活动；在社区，倡导垃圾分类新时尚，开展"垃圾分类示范户"评选活动；在乡村，将党建教育、乡风文明以及垃圾分类有机融合，建设垃圾分类指导站，从而构建起"实践分中心—实践站—文明示范户"的组织体系。目前，全市首批20座新时代文明实践中心已挂牌运行。

二是打造现象级融媒体平台。依托新时代文明实践中心（站），打造互动式、体验式、服务式的"现象级"融媒体，联合人民日报数字泰州传播中心、泰州市文明办、泰州日报社，开发上线互动式、体验式、服务式的"现象级"融媒体——"新时代文明实践智慧云平台"，开设"文明泰州、文明服务、文明实践、文明体验"四大版块，集便民服务、互动体验、文明风尚、参与激

励、时政要闻等于一体，努力发挥好宣讲、服务、实践三大功能。将"学习强国""数字城管""泰州城管通""泰州好停车"等平台有序接入，提供寻找车位、寻找公厕、民生摊点、垃圾回收、共享单车、违章查询、水电燃气费缴纳等多项服务，努力打通宣传教育、服务群众的"最后一公里"。

三是组建志愿者协会服务平台。市级成立城管志愿者协会，各市（区）城管部门设立城管志愿者分会，依托"城市港湾"，在主要道路设立城管志愿者服务站，广泛发动城管队员、同心圆企业、社会组织与普通市民加入志愿者队伍，组织志愿者深入社区、走上马路，实行志愿服务时长积分制度，建立常态化党员义工、志愿者服务机制。与道路所在区域内的志愿者组织组建志愿者联盟，发起"美好环境与幸福生活共同缔造"行动，通过开展环境整治、文明劝导、公益宣传等志愿活动，为群众提供政策宣讲和法律咨询服务，让文明实践融入百姓生活，真正实现"让人民群众在城市生活得更方便、更舒心、更美好"。

（刊载于 2019 年 07 丙《国家治理周刊》，与王明生合作）

"三务融合"的成功探索

江苏省泰州市城管局坚持以党建引领城市管理高质量发展，在党务、业务、服务深度融合上进行探索尝试，走出了一条"始于群众需求、终于群众满意"高质量党建新路。住建部、江苏省住建厅分别在泰州召开城管党建现场会，泰州市城管局收获了全国文明单位、住建部强转树专项行动先进单位、泰州市十佳人民满意机关等荣誉。

打造"民生服务综合体"，满足居民群众新需求。作为创建文明城市的重要条件，2018年，泰州市城管局陆续建成71个"城市港湾"，对内作为城管人的歇脚点，对外作为市民群众的服务站，成为泰州一道独特的风景线，成为老百姓乐于前往的集聚地，获"江苏人居环境范例奖"，得到中央文明办和江苏省文明办的关注和认可。为进一步做深做实"三务"融合，广泛宣传发动，动员各市（区）参照统一模式和标准，借助已有的业务载体建设"城市港湾"，增加有效供给，优化点位布局，调整功能设置，增设音视频、储物柜、网络书房、互动平台等新的服务功能，努力打造多元化的便民服务综合体，不断满足人民群众日益增长的实际需要。

打造"文明实践云平台"，推出便民惠民新举措。城市管理实践告诉人们，城市是市民共同的家园，将更多的公共空间留给市民，让他们参与其中，才会产生更多幸福感。局负责人说，我们致力推动城管业务与城市区域化党建、新时代文明实践中心建设融合，依托"城市港湾"，建设全市首批20个新时代文明实践站；在沿街，开展星级文明示范户评选活动，推动落实市容环卫责任区制度；在社区，开展垃圾分类示范户评选活动，倡导垃圾分类新时尚；在乡村，建设垃圾分类指导站，将党建教育、乡风文明以及垃圾分类有机融合，构建起"实践分中心—实践站—文明示范户"的组织体系；联合泰州市文明办、泰州日报社，开发上线互动式、体验式、服务式的"现象级"融媒体——"新时代文明实践智慧云平台"，将"学习强国""数字城管""泰州城管通""泰州好停车"等平台有序接入，提供寻找车位、寻找公厕、民生摊点、

垃圾回收、共享单车、违章查询、水电燃气费缴纳等多项服务，努力打通宣传教育、服务群众的"最后一公里"。

打造"志愿服务共同体"，探索群众参与新路径。秉持共建共治共享的理念，发起"美好环境与幸福生活共同缔造"活动，围绕2022年省运会"向全省展现一个什么样的城市"，结合"城建惠民""深化文明城市创建"掀起靓城风暴，动员城管系统2 000余名党员、职工到路上、到社区开展环境整治，组建了城管志愿者协会，以城市港湾为节点，城管的党员干部进到港湾服务，社会各界纷纷参与，捐赠雨伞、雨衣、药箱，开展暖心接力，与大学生、青年志愿者们结成志愿者联盟，开展公益行动，倡导培育垃圾分类、有序停车、爱护市容等文明新风尚，亲身体验文明实践，共同创造美好生活，形成"基层党员支撑、机关党员支援、志愿者光大"的服务体系，在这座城市里，文明的种子正在播撒，心和心的距离变得更近，手和手也握得更紧。

（刊载于2019年6月24日《泰州日报》）

大力弘扬文明城市创建精神

这些天，我留意观察泰州城市道路、大小餐饮店、住宅小区、公共场所行人、顾客、市民的一些行为举止，颇有感触。

泰州创成全国文明城市，以"既要拿牌子，更要惠民生"的总体工作思路，各级组织，每个市民，包括外来务工人员、流动人口，积极参与，热情高涨，精神振奋，表现在认识的空前提高与观念的巨大改变上，市民交通意识明显增强，文明素质显著提高，这反映出通过创建发生的可喜变化。城市更加亮丽了，秩序更加规范了，交通更加畅通了，人们心情更加舒畅了。

通过创建文明城市，非机动车、行人过马路，不逆向行驶、不闯红灯已成为多数市民的出行习惯；随地吐痰、乱扔垃圾、乱扔烟蒂的现象大为减少；小区、路道、绿岛内的清洁卫生、环境治理让人耳目一新；后街背巷、城郊接合部继续出新……所有这一切都让人们深感通过创建全国文明城市所发生的重大变化，这种变化就是人们良好习惯的养成，就是文明素质的整体提高，令人备受鼓舞。

创建全国文明城市牌子拿到了，但各级组织和广大市民思想上没有松动、工作上没有松懈、措施上没有松劲、举止上没有改变，继续保持着"我是泰州人，要做文明人"的那股热情与执着。市文明委、文明办、创建办组织开展的"未成年人寒假系列活动"、"文明泰州"志愿服务行动、文明过大年等系列活动，以鲜明的导向、扎实的措施、明确的责任持续发力，把文明城市建设纳入长效管理。

全国文明城市是我国城市的最高荣誉。市委、市政府放眼全局，志在必得，以科学发展观为指导，以"三个名城建设"为定位，以"思想大解放、项目大突破、城建新提升"为己任，通过全市上下的共同努力，描绘泰州转型升级融合发展的新蓝图，坚定不移续写好造福百姓这篇大文章，让泰州科学发展的道路越走越宽广。

文明，既浸润于道德的灌溉，也植根于法治的土壤。全国文明城市是反映我国城市整体文明水平的综合性荣誉称号，文明城市只有更好，没有最好。我们要大力弘扬文明城市创建精神，始终保持强烈的使命意识、良好的精神状态、务实的工作作风，抓好长效管理。每个市民都要有"文明城市，责任有我"的时代精神，真正把自己融入文明城市之中，我们每个市民都时刻把文明城市当成自己的脸面去用心呵护，生活在这个城市的你岂不美哉？岂不乐哉！

（刊载于 2015 年 3 月 9 日《中国廉政》，3 月 12 日《江苏商报》）

与创业者聊聊创业环境

创业不是一个普通的话题。我的理解创业一般分为三种：第一种类型为生存型创业者，第二种类型可称为变现型创业者，第三种类型为主动型创业者。

第一种类型生存型创业者大多为下岗工人、失地或因为种种原因不愿困守乡村的农民，以及刚刚毕业找不到工作的大学生。这是中国数量最大的一类创业人群。清华大学的一份调查报告显示，这一类型的创业者，占中国创业者总数的90%。他们创业是为了谋生找口饭吃。一般创业范围局限于商业贸易，少量从事实业，也基本是小打小闹的加工业。当然也有因为机遇成长为大中型企业的，但数量极少，仅仅想依靠机遇成就大业，早已经是不切实际的幻想了。

第二种类型可称为变现型创业者。什么是变现型创业者呢？就是过去在党、政、军、行政、事业单位掌握一定权力，或者在国企、民营企业当经理人期间聚拢了大量资源的人，在机会适当的时候，跌足下海，开公司办企业，实际是将过去的权力和市场关系变现，将无形资源变现为有形的货币。在20世纪80年代末至90年代中期，前一种创业者最多，现在则以后一种创业者居多。但前一种创业者当前又有抬头的趋势，而且相当部分受到地方政府的鼓励，如一些地方政府出台鼓励公务员带薪下海、允许政府官员创业失败之后重新回到原工作岗位的政策，都在为前一种创业者推波助澜。这是一种公然破坏市场经济环境，人为制造市场不公平竞争的行为。

第三种类型可称为主动型创业者。又可以分为两种，一种是盲动型创业者，一种是冷静型创业者。前一种创业者大多极为自信，做事冲动。有人说，这种类型的创业者，大多同时是博彩爱好者，喜欢买彩票、喜欢赌，而不太喜欢检讨成功概率。这样的创业者很容易失败，而一旦成功，往往就是一番大事业。冷静型创业者是创业者中的成功者，其特点是谋定而后动，不打无准备之仗，或是掌握资源，或是拥有技术，一旦行动，成功概率通常很高。

而创业者也有其共性。俄国小说家列夫·托尔斯泰说："幸福的家庭都是相同的，不幸的家庭则各有各的不幸。"套用这一句话，我们也可以说："成功的创业者都是相同的，失败的创业者则各有各的原因。"通过研究掌握成功创业者的共性，并以这些共性反观自己，往往能使得创业者在任何时候都有抗风险的能力。

创业与党风廉政建设有着重要的联系，估计这个问题会有人持不同意见，我们搞创业、搞经济，与党风廉政建设有什么联系，应该是各级党政组织、纪检监察机关的事，是党政干部的事，我的回答是，不仅有联系，而且有密切联系。曾经有个创业者到一个地方投资，且投资额度很大，有人问他为什么，他只说了四句话：那里的生态环境好，治安状况好，人文环境好，还有重要的一条是，那里的干部不贪。这四句话并不是他随便说的，而是他经过很长时间的调研得出的非常精辟的结论。当然，有的刚走上创业之路认为党风廉政建设与创业关系不大，有此想法是正常的。但我这个外行有一点想说，任何一个成功的创业者，他除了需要党和国家好的政策、先进的理念、科技的手段、市场经济的头脑、适度的规模、守法的要求和严格的管理外，必须有一个良好的创业环境。这个环境不外乎四点：

一是生态环境。生态文明时代孕育的新型创业模式，它是一种基于维护生态和谐，倡导健康环保理念的成功创业之路。生态环境好的地方，人愿意到那里去投资，特别是如今人们非常重视这一点。在一个环境污染严重，连自己身体健康都不能得到保证的地方傻子也不会去。

二是治安环境。一个地方不安定，企业负责人、职工成天担心自己的人身安全问题，企业运转过程中经常有人来找麻烦，闹矛盾，敲竹杠，谁愿意到这些地方来，即使以前不清楚找错了地方，也会千方百计搬走，起码不会再继续投资，扩大生产，怎么可能有心思去创业？

三是人文环境。好的人文环境与创业的成功和失败也有着千丝万缕的关系。不识人文，非战之罪也！如果一个地方的领导或有关部门人员任人唯亲，任人唯礼，看到别人发财眼红，想安插自己的亲属。甚至还要"干股"参与分红，到这个地方创业就会后悔，当事人也会成为反面宣传的直接者或助推者。人文其实就是人类文化中的先进部分和核心部分，即先进的价值观及其规范。它集中体现在重视人、尊重人、关心人、爱护人。因此，每个创业者在创业之初会重视选好项目，更会看重、选择当地的人文。

四是党风廉政建设环境。一个地方风气正，地方政府的服务意识就强，干部对自身要求就高，就廉洁自律。反之，就会吃拿卡要，设置障碍，千方百计找碴。创业者在创业过程中需要当地党委政府协调很多矛盾，如果当地党风廉政建设环境不好，那么就会有部门或个人为了达到自己目的，有意设立门槛，今天要吃，明天要拿，后天要送。请来投资时是一套，一旦房子建了，项目上了，投入进去了，就会换成另一张面孔。干部清正廉洁，不但会狠刹歪风邪气，为创业者保驾护航，还会使创业者更加充满信心，加大投资，鼓励、引荐自己熟悉的企业来与自己共同投资兴业，他们的心情也会积极乐观，精神始终愉快，心理会更加健康。

（2015 年在高校创业培训班上的讲课节选）

机关公房应该规范管理

这些年，从中央到地方，对"三公"问题进行整治效果非常明显，各级财政"三公"支出大幅度下降，这是各级党政组织落实中央反"四风"、执行八项规定精神所带来的喜人成果。然而，"公房"问题之所以没在组织与百姓视线里，其因有别于其他"三公"，且情况为内部掌握，旁人知之甚少，故其中"公"里是否有"私"的成分人们不得而知。

如今，上级组织要求不少领导岗位必须易地任职，特别是对乡镇领导干部而言，更需解决"走读"问题，所以安排公住房不仅在情理之中，也是给易地任职干部必需的关心，特别是家庭没有随迁的更是如此。在家千日好，出门一时难。对本地工作的人而言，易地任职干部有很多方面他们是难以体会得到的。

然而，安排临时性公住房只是为了方便工作，而不应看成自己享受的那份特殊待遇。这种情况早在 20 世纪七八十年代的本地乡镇干部就有过。他们的配偶、子女搬到自己这儿来住，有不少人就一直住下去，直至自己退休。90 年代后，有些易地交流的干部工作调离后，公房一时没有腾出，长时间没让，空关着。有的人调走几年，后来进步升了职，当地政府或新单位早就安排了公房，如果是自己单位找的由单位给租金，但如果是无须租金的政府安排的，有的人会"留恋"以前任职时的旧宅。是不想搬、没时间，还是有其他隐情，谁也不知道，知道了也不会去说，能"无端猜测"？房子里有东西，这些东西不排除有自己添置的，但更有可能大多是政府有关管理部门当时配备的，或是以后自己单位用公款购置的。所有账早报销了，但有没有进行固定资产登记，在经历了数年后，人员流动了，主要领导、分管领导、财务人员、办公室主任都换了几茬，对这些，其他人基本上不知，后来人更不知。自己退出一线或退休，过去单位花上万乃至好几万元购买的物品"损耗"很大，多数不知去向，下面有反映就找个理由说明，没反映则作为死账、烂账处理掉，进行报备。

自己有了产权房后公房仍不上交的亦有之。在易地工作，先是安排公房，后在当地安家，这在不少地方早有先例。政府会统一规划，建设机关住宅小区，解决机关干部以及他们的住房问题。而当自己在当地有了产权房后，那宽敞明亮、环境优雅、比原来组织上安排的临时公住房不知大多少倍、好多少倍的房子有的却被"晾"着。有的人住在自己私房里，但是否将公房交还组织，还缺乏这个意识，或关着，或给亲戚朋友住，当然，组织上也"无人"过问。为什么？原来公房里的水、电、气、网络等都姓"公"。

有了属于自己的产权房，全家住在里面安享天伦之乐，本身对个人身体、身心、家人凝聚力、亲和力都有好处，不然购买了干吗？应该交还的公房，继续住着或给家人、亲戚朋友住，原因并不复杂，房子里过去的一切仍姓"公"。

既然公房姓"公"，不可任意改"姓"！公家的任何东西不是私人可以占有的，"公"一旦变成"私"性质就会改变。其实，解决公房不能按时"归公"问题并非难事，不妨用制度来规范，看看"不交"与"收不回"其中的责任到底在哪，再看看是否与"四风"、违反八项规定精神有联系。当然，政府相关管理部门可以在制度落实与执行过程中给予"友情提醒"，我想，这种只"扯袖"却无须"红脸"的善意做法一定能得到一致理解与赞同，因为领导干部的党性观念、政治觉悟、自身修养、自律要求与一般党员不同，相信他们会更加注意自己的身份和形象。

（刊载于 2016 年 5 月 23 日中国共产党新闻网）

清理办公用房也应"规划先行"

前不久，某政府机关事务管理部门几名工作人员，按照上级组织的要求，再次到各部门检查办公用房清理情况，重点看面积是否超标。他们用现代最为先进的测量装备——测量房屋面积红外测量仪，一个房间多少平方米很快有了结果。

清理办公用房已经满一年了。从多数部门办公用房的清理情况看，都能按照上面的职级与面积要求进行清理，过去有的几乎能做舞厅的办公室，如今桌椅、沙发、橱柜摆放后，领导干部单独办公的也好、其他人员合起来办公的也好，地面所剩几平方米，再放上一两盆花草，在这立锥之地办公，倒是对当年郑板桥先生的一副楹联有了新解："室雅何须大，花香不在多。"包括笔者在内的办公用房也如此，冬天空调制热快多了，温度无须升多高；夏天制冷也是，温度无须降多低。不光节约了面积，也节省了电能。

基层组织落实中央、省市有关办公用房相关规定是严肃认真的，谁也不敢怠慢，对此大家非常认同，这一点应该得到肯定。但回过头来看清理后的现状，笔者想说几句"马后炮"的话，虽说是"马后炮"，但此项工作刚开始"动员"时曾有人提出过由有关管理部门统一规划的建议，因为建议者不是这方面的管理者，更不是权威专家，未得到采纳。然而，现在还是想说说，也许对将来再遇到类似问题时能有一定参考价值。如今看来，办公用房的清理，至少存在以下几个方面问题。

第一，缺乏统一规划与设计。这类办公用房主要指独立于政府办公大楼外的部门。这些部门都有自己的一幢楼，过去都是按照主要领导、副职、办公室主任、其他工作人员不同级别所住楼层、面积、朝向等，在图纸设计时就定好的。起初，在进行清理时，政府有关部门应调查摸底，认真研究，拿出规划，把各家办公用房实际情况弄清楚，重点要考虑通过清理，哪些部门办公用房可以进行调剂。如 A 局大楼清理后，可腾出 2 000 平方米，B 局搬到里面办公完全可以，如此 B 局的大楼就可以把整幢办公楼让出来，由政府再安排处置，提高了房子的实际利用率，这应是清理的目的。

第二，用"技术"清理遮人眼目。有的部门办公用房通过"清理"，看上去面积不超，在规定范围内，其实，"金屋藏娇"现象在不少部门都有表现。一是办公室里增加了办公桌。本来是一人的办公室，里面却放了两张桌子，这样"两个人一间"，面积也就可以是两人的了，面积虽大了，但"不超标"。二是"隔断"里面有名堂。有的领导干部将原来的大办公室隔开，外面是符合要求的办公室，而隔断里面有休息室、卫生间甚至淋浴房。当然，也有改成接待室的，有的休息室跑到了其他楼层。遇有这种情况，在上面来检查时，门锁着。

第三，清理成本高、浪费严重。笔者了解到，清理办公用房时，因为要重新设计，各家自行开会研究，也因为要"赶时间"，一个时期招投标、议标的都有，价格很快能落定，一个部门花几万、几十万乃至更多进行改造。于是，"五花八门"的清理开始了：在大楼内重新"开门""闭门"的，门内套门的，敲墙、隔墙的，天花板扒掉再吊的，空调重装、线路重新布置的，旧地板换掉、重新铺新地板的；将墙壁上原来现成的柜子撬掉又重新购置的；还有，原有领导干部办公室超 40 平方米，一分为二仍大出几平方米，只得将大出的一两平方米再隔开，等等，搞得热火朝天，着实把不少装修公司忙了好一阵子。还有少数办公用房为了大改小，原有专门设计、量身定做的上千元一张的老板桌，因占用空间大，找不到地方放，留着没用，卖又卖不掉，送人也不要，原因是这种桌子是由密度板压制做成的，中看不中用。那么，因为严格规定面积，多出的办公室利用了吗？空着，关着；多出的几平方米能利用吗？肯定不能，花钱买了浪费。

清理办公用房本来是反对"四风"、落实中央八项规定精神的具体体现，目的是为了节俭，要求各级干部始终保持艰苦朴素、廉洁奉公的良好作风，在清理之前，政府有关方面应当认真细致地、全面地进行基础工作调查，有一整套清晰的清理思路，而不是让机关部门各自为政，各敲各的锣，各打各的鼓。说重一点，这反映出一些人在反"四风"时仍在搞另一种形式主义、官僚主义，在反浪费声中人为造成了新的浪费。

我们党历来强调实事求是，反对形式主义、官僚主义，反对弄虚作假、铺张浪费，反对一切不求实际的表面文章、政绩工程。诚然，任何工作很难做得那么完美无缺，但像清理办公用房这类的大事缺乏总体统筹、缺乏统一规划，难道也说是一种工作的"失误"？上面的初衷没有错，而在具体执行过程中怎么就走了样？

　　谁之过？留给人们一串问号。

（刊载于 2016 年 5 月 28 日人民论坛网）

做好新时期农民思想政治工作的方式方法

　　农村、农业、农民问题始终是关系我国政治稳定、社会安定的重要问题。随着经济体制改革的不断深入和党在农村各项政策措施的贯彻落实，农村工作的总体要求亦越来越高。农村基层干部都清楚，要做好农村工作首先要做好农民群众的工作。如何做好农民的思想政治工作？笔者在农村基层工作二十余年，感受颇多。我以为，干部心里要装着群众，工作中强化思想教育，注意方式方法，就能密切与群众的关系，得心应手地开展工作。具体讲要把握"五多十忌"。

　　"五多"。一是多说理，以感化群众。农民群众由于文化、知识、年龄等方面存在着实际差异，他们对一些政策、规定和措施的理解程度不同，往往一时难于一致，因此，在处理农民所涉具体问题时，应充分说明道理，耐心加以引导，以取得认识上的一致。二是多释疑，以减少误解。农村工作绝大多数就是农民的工作，与农民息息相关。工作中要多做些宣传解释，注意把握他们的疑点，抓住积极的一面，及时转化、消化矛盾，解释疑点，解除难点。三是多联系，以沟通感情。要注意多渠道做工作，对一些比较棘手的、难办的事要"找钥匙开锁"，诸如有威信的长者、老干部、关系密切的友人等，把"气"理顺，避免矛盾激化，把问题解决在萌芽状态。四是多调查，以掌握实情。没有调查就没有发言权。要注重深入实际，广泛听取和征求广大农民群众的意见，务求真实、全面、及时地弄清群众想法和事情原委，切不可偏听偏信，以偏概全。五是多交心，以增加理解。多与群众交心，不但能了解群众的心理，听到他们的呼声，得到他们的理解，而且还能弄清事实真相，一些突发性事情亦可从中得到化解。

　　"十忌"。一忌简单粗暴。做农民思想政治工作要深入细致，否则会造成工作上的被动，甚至走到自己愿望的反面。近年来，少数基层干部因简单粗暴引发的事件不胜枚举，一定要做到循循善诱，启发觉悟。二忌压字当头。农民大多数都很憨厚老实，他们心里想到的、眼中看到的最肯忠实地向组织、领导反映，"让人讲话天不会塌下来"。要和风细雨、耐心说明，晓之以理，言之以信。三忌急于求成。农民对上级的政策规定是执行且持积极态度的，但有些问题要给他们一个理解、接受、适应的过程，做农民工作的同志一定要认识到有些事不可能"立竿见影"。四忌盛气凌人。无论是哪一级干部，做农民思想工作都要放下架子，和他们平等交谈，尊重他们，甘当小学生。群众找上门来，要热情接待，问明来意，切不可"铁打的衙门委任的官，什么都是自己说了算"。五忌千篇一律。同样一件事对于不同的人所采用的方式方法往往不一样，要因人因事而异，做到有的放矢，死搬教条只能给工作带来困难。六忌处罚当头。在实际工作中，应注意表扬先进，激励他人，榜样引路，奖罚得当，要使群众心悦诚服。七忌问题成堆，积重难返。常言道，"小洞不补，大洞吃苦"，平时要常打"预防针"，常用"消炎药"，及时发现和解决一些苗头性、倾向性的问题，注重治本，防微杜渐。八忌空洞说教。在实际工作中，要切合实际，用身边的典型、看得见的事实进行世界观、人生观、价值观的教育，同时做到寓教于各种健康有益的活动之中。九忌夸夸其谈。"榜样的力量是无穷的"。干部自身及其亲属子女首先要树立好的形象，喊破嗓子，不如做出样子。干部时时事事都应言传身教，表里如一。十忌脱离群众。群众是真正的英雄，基层干部要时刻注意掌握时代脉搏，农村的热点是什么，群众的想法有哪些，要摸清他们真实的思想、情绪、愿望和要求，以实际行动关心、体贴农民的疾苦。

农村工作的主体是农民的工作，广大农民群众的思想政治工作确是一门科学，把握好正确的方式方法就能避免或最大限度地减少工作中的失误，提高工作效率，取得好的效果。更重要的是能够营造和促进水乳交融的党群、干群关系，得到广大群众的支持和信赖，这是我们做好农村工作的最坚实的基础。

（刊载于 1997 年 1 月 29 日《泰州日报》，1997 年第 5 期《中国监察》）

基层干部要重视解决好新时期"新三怕"

笔者曾经历过农村集体经济、联产到劳、分田到户、粮食市场放开、农村改革，在一线分管、指挥过"老三怕"工作。即一怕"肚子高"（计划生育）、二怕"两上交"（粮食、经济上交）、三怕"拿大锹"（水利工程），饱尝了其中的酸甜苦辣。"老三怕"记录着我国一个时期的基本国情，镌刻着基层农村那段真实而又酸楚的历史。随着党在农村改革的不断深入，"老三怕"先后不复存在了，而新时期基层领导更多面对的是"新三怕"。

一怕"问题过夜"。"今天再迟也是早，明天再早也是迟"。一个责任心强的领导干部是不让任何问题过夜的。问题过夜一定程度上能使得它"变质""变味"甚至"发酵"，说不准它会长"腿子"、长"翅膀"，一夜之间会"跑"到镇里、县里，"飞"到省里、北京。笔者对此深有体会。为什么有的地方多年没有群众到上级信访的情况，不是这里没有矛盾和问题，重要的一点是，这些地方的组织和干部对百姓关心的问题了然于胸，把问题处理在了当地，解决在了萌芽状态。相反，为什么少数地方总是有群众向上信访不断呢？原因不外乎三点：第一，对即将发生或已经发生的问题不敏感，缺乏预见性。尤其是镇村建设、环保等，这些事再小也是大事。第二，发现问题后认识不清，稀里糊涂，或草率处理，甚至不去处理，导致本来很小的问题，人为地将其拖大，使很简单的问题变得复杂。第三，群众反映问题时重视，嘴上答应处理，上面下转的也往下转，有意无意泄露信访者情况，上级有要求的，也不从问题深层查找根源，回复问题或愚弄百姓或蒙骗组织。

应当肯定，多数基层组织和党员干部是不让问题过夜的，他们把每天群众关心关注的问题作为重要"舆情"列入工作日程，无论怎么忙都"清单"式安排好、拿方案、抓落实，所以地方就安定、就和谐。反之，发现问题能解决却不去解决，人为把小问题拖大，积少成多，引发群众不满，导致干群之间出现本不该有的矛盾。我曾在市纪委信访室主持过几年工作，对于基层信访问题我总结了三个80%，即80%左右的信访问题来自基层（地级以下），

80% 左右的信访反映的是基层问题，80% 左右的信访问题在基层完全可以得到解决。三个"80%"都离不开"基层"二字，一定意义上说基层在处理信访问题上是何等重要。毋庸置疑，基层的不少问题有历史原因造成的，也有极个别人的别有用心与无理取闹，但有的也与我们少数基层干部工作敷衍塞责、作风不实、方式方法简单粗暴不无关系。因此，我们对群众反映的诉求不要让它"过夜"，更不可"过周""过月""过年"。

二怕"脱离群众"。习近平总书记指出，老百姓是天、老百姓是地，忘记了人民、脱离了人民，我们就会成为无源之水、无本之木，就会一盘散沙、一事无成。乡镇街道、村居是最基层的组织，干部几乎每天都在群众身边，应该多与群众打交道，如果说乡镇村居干部要"深下去""沉下去"那会是一句笑话，而今所不同的是，有的乡镇、村合并变大了，自然村落多，多的村有上千户几千人、镇有上万户几万甚至几十万人。在这样的情况下，基层干部要真正了解和掌握一线实际、百姓情况，就需要经常深下去、沉下去，这是真话实话，谨防"生"在群众中，而群众不见"身"。对群众的所思所想、所盼所求缺乏了解，知之不多，就容易产生基层不应有的官僚主义。现在基层领导事务繁杂是不容争辩的事实，越是这样的情况，越要掌握了解群众情况，多问问他们有什么困难；对镇里、村里和干部有什么建议、意见、要求。这需要我们多到实地了解，跟他们坐下来以心换心进行交流，而不是坐在办公室里听汇报。我们在开展党的群众路线教育、大走访大落实以及面对群众的提问、质询问题时，多数群众是满意的，但也有脚上刚沾了点"泥巴"很快就"掉"了。对百姓提出的问题能否回答出来、身上是不是冒冷汗？基层干部不能让群众只在电视上见过。我们党植根于人民群众之中，"水能载舟，亦能覆舟"，脱离群众是很危险的、很可怕的，因为它最终将会失去群众。

三怕"自身不廉"。一定意义上说，老百姓看我们的党风、党的形象，往往就是看他们身边党员的作风和形象，群众看我们的政府是不是清廉、为民，往往就是看他们身边的干部是不是清廉为民。群众最反对、最痛恨的是那些口是心非、表里不一的人，是私心很重、对群众利益漠不关心的人，是个人要求不高、自身不廉的人。干部不廉，损害的是国家集体利益，影响的是党和政府的形象，抹黑的是基层组织和基层干部的脸面，最终害的是自己、家庭。这方面案例不少。自身不廉的人总是利欲熏心，在大是大非面前头昏眼花，丧失尊严，违法乱纪，把个人利益置于国家、集体之上，做事有失公允，百姓怎能服气？

"勿以善小而不为，勿以恶小而为之。""自身不廉"像千里长堤之蚁穴，最终将付出沉重代价。中央八项规定出台六年了，各级组织狠抓落实，效果是显而易见的。但纪检监察部门一次次查，一次次通报，为什么仍旧有人敢触红线、踩底线？不是没学习，也不是不清楚，根子还是在放松要求、心存侥幸、自身不廉上。

始终保持同人民群众的血肉联系，始终接受人民群众的批评和监督，始终把人民的利益放在第一位，这是我们党始终拥有不竭动力的力量源泉。基层组织和基层干部要充分认清形势，把握新形势下基层工作的新特点，把解决好新时期的"新三怕"作为检点自身做人做事的内在要求，应时刻铭记于心，见之于行。

（刊载于 2018 年 11 月 19 日《泰州日报》）

信访民情日记

2015 年 10 月 13 日，星期二，晴到多云

秋日的阳光，温馨静谧，和颜悦色。带着眷恋之情，我再次来到曾经那么熟悉的地方——泰州市委、市政府人民来访联合接待中心。

上午 8 点 15 分，离上班时间还有十几分钟，我来到了信访大院，迎面扑来的是秋桂之香、红枫之焰、法梧之魅，无不深深敲打我的心田。这一切，倒不是庭院的景色迷人，更多的是我对往昔信访工作的追忆与回味，我的思绪也一下子被拉回到了十多年前那激情燃烧的岁月：2005 年至 2008 年这四年，我曾经在泰州市纪委信访室主持工作，当时室里虽然只有 3 人，领导要求我们"以一当十"，除了中纪委信访室外，那不就是在全国纪检监察信访室人数最多的呀？那时，我们与大信访（信访局）工作联系配合比较多，主要是针对群众反映的民生问题、侵害群众切身利益、身边腐败问题、基层热点难点问题等进行会商与研究。就是在这里，我曾提出信访工作纪委、监察局、政法委、信访局、农工办等部门联合交办、联合督查、联合通报的"三个联合"工作机制，得到时任局长张云泉、副局长王学功等同志的认同，而且迅速组织开展活动，收到了很好的效果，还被省里评为创新成果奖；我还清醒地记得当年在全国首创的"党政干部下访"专题活动，与信访局的领导和同志们一起并肩工作，时任中纪委副书记张惠新带调研组来泰州开展专题调研，并很快在全国推广。

"刘书记，您来了！"食药监局在信访局挂职的陈伟副处长清脆的话音打断了我的思绪。我与他一同走进了印象深刻的信访接待大厅。大厅还是那个大厅，而我对大厅的印象是非常深刻的：一个大雨倾盆的上午，我曾在这里接待过寺巷镇石桥村上百名情绪激动的上访群众，记得这些群众一定要我与他们对话，我不是信访局的工作人员，而此时他们为什么要一个纪委信访室的主任与他们对话，其中之意我很明白，而当我即席讲了三句话后，这些上访群众又齐声说，我们听市纪委信访室这个主任的，我们回去。而我又讲了

一句："请你们大家推荐 5 名代表留下，我要与他们座谈。"几分钟，群众便陆续离开这个大厅，我与留下的代表在大厅南侧的小会议室里谈了近两小时，记得没有吃饭。

大厅有了变化：映入眼帘的是新布置的十六个大字："阳光信访、人文信访、效率信访、法治信访。"站在这熟悉的大厅，我们当年有过很多愉快的工作合作，除"三个联合""党政干部下访"外，在信访局，我曾经与局领导研究过大信访工作，主持召开过像新华书店改制后的上访老户有关方面的协调会。

虽没到上班时间，而大厅里已有几位上访群众等候接访，因为熟悉的环境，我自觉而又习惯地用眼神跟他们一一打过招呼后，又在第一时间认真记录下了接访大厅与前 10 年有些变化的各个窗口名称："1 号窗口：云泉窗口；2 号窗口：综合窗口；3 号窗口：海陵窗口……"我坐到了 8 号窗口——部门领导接待窗口。

见到当日值班的高新区等多个窗口的值班同志，我便主动与他们进行相关工作情况和心得的交流和沟通，认真听取他们的工作感悟，也与他们分享当年我在这接访大厅的故事。与年轻人交流的节奏虽快速而短暂，但对我来说有不少新的收获。在接访处，姜文湘局长按惯例到现场察看工作，与这位海陵区原纪委书记见面，很快谈及纪检监察工作与信访工作的一些话题，再次感到当年工作时建立的真情厚谊，故人都是知己。

下午继续值班。我顺便了解了当日已经接待的几件信访事项：当日没有集体访，来访的人数也不像往常那样多。主要有反映兴化沈伦薛鹏村违规收取种粮大户保证金和组织费的问题；有反映泰兴市泰兴镇济川街道南街社区干部私分集体收入、违规签订征地补偿协议的问题；有反映高新区明珠街道北徐村干部贪污计生经费的问题。反映的有老矛盾，也有新问题。看着坐在窗口的冯越主任耐心而从容地接待，我心中不禁多了一份惺惺相惜的感觉——信访人都是这样平凡而伟大，辛勤耕耘，默默承受。

"领导，您看这件事情您能不能帮助解决？"一位中年妇女坐在我值班窗口对面，半探着身子倾头问道。她叫徐大红，45 岁，兴化市边城黄界村三组村民，我了解了她来访的缘由：关于农村土地确权，享受失地补偿的问题。虽说她反映的问题不是食药监方面的事，但我想能帮助解答无须回避。凭着对多年农村工作与信访工作的熟悉与感知，我详细向她解释了有关农村政策、解决途径、救济措施等，和来访人的距离一下子拉近了，她还问我可否给她留个电话号码，我说当然可以，如有什么事情可以联系我。是的，信访工作有时候就是这样，不需你去讲多少大道理，需要的是真情沟通、理解对方，需要的是针对他们反映的问题努力帮助他们拿出有效的解决方案。心系群众、贴近群众、为群众排忧解难才是硬道理！

下午下班前，窗口来访群众都相继走出了信访局大院，我利用这一时机又去二楼拜望了几位当年熟悉的老同事，围绕工作，我们聊了一些共同话题⋯⋯

下午5点40分，姜文湘局长再次来到接访大厅："辛苦了，到下班时间了。"我带着几分眷恋与不舍，走出了信访局大院。我知道，我一天的信访值班结束了，而常年在信访工作岗位的同志们没有固定上下班时间，也很少有节假日，他们始终带着感情与责任接待群众来访，化解各种矛盾，维护社会稳定，他们总是那样默默无闻、恪尽职守、敬业乐业！

他们真的很辛苦！

老百姓的事是天大的事

在这万物复苏、莺飞草长的季节，我又一次来到泰兴市曲霞镇开展大走访大落实活动，会同曲霞镇西村干部对前期走访问题清单逐一进行过堂梳理。在活动现场，曲霞村党总支书记张建伟抑制不住内心的激动，高兴地告诉我，就在前几天，法院对他们村的经济诉讼案已执行到位。

事情还得从今年3月7日说起，曲霞镇曲霞村党总支书记张建伟向正在该村走访的张洁反映，他们村有一起二审胜诉的官司已进入法院强制执行阶段，请求该局帮助协调有关方面，能尽快强制执行到位，以保障60多户村民的合法权益不受侵害。

"60多户村民的合法权益"，短短的十个字，却字字千金！得知这一情况，同去走访的副局长翟耀华与几名党员开展调查，并将相关情况整理报局"大走访活动办"，同时迅速与有关方面进行协调。泰兴市人民法院对这起案件高度重视，在最短时间内将该村这一诉讼案执行到位。

这是一起3年前的官司。曲霞村村民委员会与严某签订《土地承包协议》。双方约定实行先缴钱后承租，协议签订后一次性缴纳当年租金，以后每年类推。而至2017年2月，严某不履行协议，拖欠的村民土地承包租金一直不给。为了百姓合法权益，为了法律尊严，曲霞村村民委员会在向严某多次追讨未果的情况下，遂起诉至泰兴市人民法院。法院进行认真审理后一审判决：解除上述《土地承包协议》，严某返还租赁土地，归还拖欠的土地租金，并支付逾期利息。严某不服一审判决，向泰州市中级人民法院提起上诉，二审驳回上诉、维持原判。对此，曲霞村村民委员会向泰兴市人民法院申请强制执行。诉讼案件执行到位，30多万元拖欠租金到账，这是在"大走访大落实"活动中有关部门为老百姓办的又一件实事。曲霞村在拿到这笔拖欠了几年的土地承包租金后，张建伟情不自禁地喊出"大走访大落实万岁"。这是他的心里话，是群众的心声，也充分证明：老百姓的事是天大的事！

农村实行土地承包责任制后，由于离农人员增加，有的长期外出不归，致使"皇粮国税"（粮食上交与经济上交）、计划生育、水利工程这些干部群众自嘲为"一怕肚子高、二怕拿大锹、三怕两上交"的问题一度成为基层组织和党员干部工作的重点与难点，少数地方党员干部由于工作方法欠妥，导致了干群关系不和谐。随着中央取消农民土地承包"两个上交"、计划生育新政策出台、农田水利建设实现机械化作业后，多年困扰基层干部的问题得到彻底解决。而新时期，基层干部也有"三怕"，即怕"问题过夜、脱离群众、自身不廉"，这"三怕"直接影响党的形象，影响党群干群关系。

对于工作，我们常说"今天再迟也是早，明天再早也是晚"，知道的人不少，懂得的人更多。可在实际工作中是否都能做到，或能否养成这样的思维定式与良好习惯？对照起来答案是不同的。不可否认，我们在基层走访调查过程中，会遇到这样那样自己心里本无准备的问题，但共产党人最讲认真。我想，解决基层问题只要从实际情况出发，从老百姓的切身利益出发，认真地、果断地进行处置，而不是只说不做、拖泥带水甚至搁置一边，老百姓就不会不买我们的账。我们党来自人民，须植根于人民之中。作为党员干部，要多问问自己，包括在"大走访大落实"等工作中，我们是否真正深下去、沉下去了，对群众的困难、合理诉求了解多少，又帮助协调解决了多少？对照中央要求，在反"四风"、执行八项规定精神、"两学一做"等方面，自身还存在哪些不足？必须高标准、严要求。不能空喊口号，要落实到老百姓关心、关切的每一件、每一桩具体事情上，从他们最现实、最直接的利益入手，认真抓好"大走访大落实"这样的"民心工程"。

"一枝一叶总关情"。感情决定态度，感情支配行动，感情影响作风。良好的作风是解决民生问题的重要保障。"大走访大落实"不是一哄而起、求短期轰动效应的形式主义，而是一项具体的、实在的、长期的活动，需要我们带着好的作风去进村入户，需要带着感情去听真话、摸实情、解民忧，把百姓的所思所想、所需所盼弄清楚，走进农家门，读懂百姓心，防止走形式、做表面文章。

历史和现实都充分证明，党群、干群关系问题是关系党和国家兴衰存亡的大问题。"得民心者得天下，失民心者失天下"。活动期间，我再次观看了《苏联亡党亡国 20 年祭》纪录片，深感震撼。苏共亡党、苏联解体警示我们，一个政党的利益必须与人民利益相统一，党员干部个人利益绝对不能超越群众利益，必须始终把老百姓的事作为天大的事。

老百姓是质朴的，他们看"大走访"最重要的是看"大落实"，这是考验机关干部工作作风实不实、对群众感情深不深的基准点。对此，老百姓也有个基本尺度：倒并不在于你上门走了多少次，访了多少回，在乎的是你是不是真的沉下了身子，形式上是面对面了，实质上有没有心连着心，对他们反映的合理诉求是否真的重视了、在最短时间内帮助落实了。

　　说一百句好话不如办一件实事。其实，我们为百姓办事有时只要打个电话帮助协调一下，或做个政策宣传，哪怕就是帮跑个腿，有的问题就很快能够得到解决，组织上给了你资源，就要为老百姓用好这些资源。诚然，在"大走访大落实"活动中，也会遇到一些历史遗留的老大难问题，一时难以解决，但这并不要紧，百姓是通情达理的，只要我们努力了、用心了、尽责了，耐心细致地向他们做好宣传解释与政策引导，就会得到他们的理解与尊重。

（刊载于 2017 年 4 月 21 日《泰州日报》）

始终把群众冷暖放在心上

新春伊始，各级党委政府、各级党员干部要做的事很多，而其中重要的一项工作是，要时刻把群众冷暖放在心上，认真解决他们生产生活中的各类矛盾和问题，让他们切身感受到各级党委、政府的关怀和温暖。

一要用真心关心。多年来，各级党委政府和党员干部高度重视困难群众生产生活，强化责任、精心安排，认真组织、深入基层，广泛开展走访慰问、救助帮扶，解决了不少实际问题，基层群众特别是困难群众深受感动。然而，不容回避的是，有些干部在走访慰问时，把慰问金、慰问品一丢，说几句类似"代表组织来看看你"的客套话，有的甚至将慰问金和物品"委托"基层干部走村入户发放，更有甚者让困难群众到某个地方去"领"。群众看你是不是真心关心，他们会看你是不是走形式，说大话、空话、套话，说不中听、不中用的话。用真心关心，既要节日上门看，更要平时串门听，开展经常性走访、送温暖、解难题等活动，摸清底细，了解他们的真实情况，与群众心连心、心贴心。

二要用真情关心。真情里深藏着大爱，是干旱时节的一滴水，你对群众有真情，群众就会对你有感情。春节期间到群众家里慰问，慰问金、慰问品是必不可少的，但群众生产生活困难的根源在哪？他们更需要什么？需要在走访慰问过程中去发现、了解、掌握，而不是心中一无所知。真情是寒冷时节的一团火，里面深藏着温暖。组织上以什么形式走访了解群众困难，有的是根据村居组织逐户排出来进而逐级上报的，也有的是群众自己通过信访形式主动找到组织的，这些都是各级组织在走访慰问时的主要依据。而是否存在"漏报"等情况，就需要我们平时在基层走访群众时掌握，是蜻蜓点水、走马观花、浮光掠影、不甚了了，还是多跑些人家，多了解些实情，这是一种态度，更是对群众的一份感情。相知无远近，万里尚为邻。我们到基层虽没有万里，但真情无论是大是小，都是感人的，使群众记在心上的。我们到基层走访慰问群众，要认得群众、记得群众，群众也会认得你、记得你。

　　三要用真力关心。习近平总书记在 2018 年新年贺词中说："九层之台，起于累土。要把这个蓝图变为现实，必须不驰于空想、不骛于虚声，一步一个脚印，踏踏实实干好工作。""独行快，众行远"，打赢脱贫攻坚战小康路上一个都不能掉队，需要我们用真力去解决群众尤其是困难群众的一个个困难。真力体现在心里时刻想着群众，始终把群众的事当成自己的事去做。有的群众搞种植养殖苦于缺少资金、缺乏技术、找不到销路等，党员干部懂得、掌握、了解的东西多，路子宽，信息量大，应在自己能力范围内为他们出点子、想办法、强服务、抓协调。笔者以为，党员干部，特别是领导干部，要做到不与老板认干亲，要与群众结对子，把他们当自家人，当亲人，他们有什么需要，你能上门解决更好，哪怕帮他们电话联系，相信问题会越来越少，再大再多的矛盾也会得到解决。

（刊载于 2018 年 2 月 27 日《泰州日报》）

管好身边人　树立新形象

1997 年 12 月 22 日，江泽民同志在全国组工会议上强调指出："领导干部特别是高级干部在群众中树立什么形象，有重要的导向作用。我们的领导干部，不但要严于律己，而且要管好自己的配偶、子女和身边工作人员，同时还要管好下属。"

领导干部树立好自身形象当是一种自觉的行为、起码的标准、基本的要求。树立好形象，与个人的政治素养有着密不可分的关系，形象树不好就会出问题，甚至会走到人民的反面。

"欲影正者端其表，欲下廉者先其身"。领导干部以身作则，树立廉政榜样，在平时工作或生活中多注意检点自己的言行，其影响力量是巨大的。然而，有的领导干部放松对自己的要求，不能严于律己，对配偶、子女违纪违法行为不去过问，不及时加以教育和处理，养痈遗患，甚至同流合污。在组织上给予教育、帮助和挽救时，仍执迷不悟，自己在错误的泥潭中越陷越深，不能自拔。

领导干部严于律己，管好自己，关键在于领导干部要自觉地把自己置身于人民群众的监督之下，把党和人民赋予的权力用于诚心诚意为人民办实事、谋利益上。同时，要把握好身边工作人员和下属的廉政勤政情况，做到以下四点：首先，加强思想教育，树立正确的世界观、人生观、价值观，不断提高领导干部的思想素质，增强党性观念；其次，要加强道德修养，为人师表，树立榜样；再次，强化监督制约机制，带头执行中央和地方制定的一系列领导干部廉洁自律的条规、制度；最后，加强对身边人和身边事的严格教育与管理，对违反党风党纪的问题，不管涉及谁，都要理直气壮地严肃查处。

（刊载于 1998 年第 13 期《泰州党建》）

新起点·新要求·新作为

——与新任中层干部谈谈心

首先祝贺大家晋职！你们将从此进入一个新起点，今后的要求会更高，责任会更大。

秋天到了，春华秋实，对大家来说，秋天是"收获"的季节，而"秋收"了还得"秋种"。所以，大家有了收获，更要加强耕耘，这样才会不断有收获。今天我只说六个字，即"做人、做事、律己"，如果在前面各加两个字的话，那就是：好好做人，务实做事，严以律己。

下面与大家谈的内容归纳起来是四句话：有品行，能包容；有良知，懂感恩；有要求，能自觉；有尺子，懂规矩。

第一，做人。

做人是人生最为重要的一点。习近平总书记曾对做人做事划出 4 条底线，即法律底线、纪律底线、政策底线、道德底线。关于做人的名言从古到今太多太多，大家可以看看《论语》。鲁迅说，一个人的生命是可宝贵的，但是一代的真理更可宝贵，生命牺牲了而真理昭然于天下，这死是值得的。陶行知说，捧着一颗心来，不带半根草去。做人起码要做到以下几点。

一是有志向。志向最重要的是信仰。要做到成功不醉倒，挫折不气馁，失败不灰心。毛泽东说过，"自信人生二百年，会当击水三千里"。拿破仑也曾经说过"不想当将军的士兵，不是好士兵"。这些名言告诉我们，做人应该有信仰，应该有信心。

二是品行端。德才兼备，德是第一位的。曾有人总结，有德有才为正品，有德无才是次品，无德无才是废品，无德有才是危险品，这种总结恰如其分。对我们大家来说，起码要做到三点：一要正直。做君子、不做小人。"其身正，不令而行；其身不正，虽令不从。"所以，做人一定要堂堂正正、光明磊落，一身正气、两袖清风。二要严谨。表现为，工作作风上，你是务实、高效、追求完美，还是庸懒散，马马虎虎、敷衍了事。生活作风上，你是招惹是非，还是洁身自好。三是忠诚。有位作家曾经说过："高于一切的忠诚是伟大的品德，是爱的外延。"有个真实的小故事说明了一切。有次民主推荐，会后有五个人先后在同一人面前说，那一票是他投的。而实际情况呢，这一票是他自己给自己投的。事情虽小，可足以说明那五个人的品行问题。

三是要善良。"人之初，性本善"。善良是人性光辉中最温暖、最美丽、最让人感动的品德。这是做人应有的本性。工作中、生活中更须体现同事之间的相助，要经常友情提醒，不要恶语中伤。善良不是要你去做东郭先生，不是要你去违背原则、违反纪律、背叛信仰，而是要你拥有一颗大爱之心、同情之心，不去害人、不去坑人、不去骗人。

四是有教养。所谓教养，就是应该知深浅、明尊卑，懂高低、识轻重，应该讲规矩、守道义、知书达理，这是人生应有的修养、涵养、教养。我们的教育来自哪，有人说父母，有人说老师，有人说领导，有人说部队，有人说社会，等等，这些都对，言传身教和环境的耳濡目染是重要的方面。然而，一个人受过教育，哪怕是高等教育，他不一定就有教养，所以，教养重要的、关键的还是靠自己。父母坏蛋不见得孩子就是混蛋；干部队伍里的腐败分子不见得是受他父母的影响。

五是有责任。责任担当是党员干部必备的基本素质，不去担当要你做什么？用一个机器人还不要吃喝、拿纳税人钱呢！责任其实就是一种精神，是一种敢于承担、有所作为、勇于负责的精神；有担当的人会有明确的人生目标，有对自己、家庭、社会勇于负责的精神；能遵守社会规范，有承担责任和履行义务的自觉态度。19世纪中期俄国著名文学家列夫·尼古拉耶维奇·托尔斯泰说："一个人若没有热情，他将一事无成，而热情的基点正是责任心。"

六是要实在。就是诚实、坦荡。与实在相反的是虚伪、狭隘。就是说老实话，干老实事，做老实人，不要油腔滑调，不务正业，这才是长久和根本。在我们干部队伍里，要防止大事做不来，小事又不做，工作拈轻怕重，好高骛远，这就很难成就一番事业。实在，就是要敢闯敢干，少言多行，强调"做功"，从自我做起，从现在做起，从小事做起，从点滴细节做起。

另外，做人还要有智慧、厚道、低调、包容、懂得感恩等，你的内心厚道，才能包容一切；你的进步与你个人努力固然分不开，但重要的你要明白，那是与组织的关心培养，与同事的支持帮助分不开的，这一点如果认识不清，你终会飞不起、跳不高。

总之，不管你在哪个单位、哪个岗位，做人永远是第一位的。要当好领导先得把人做好。在一个机关、单位，你不要把自己当中层看，这就是不在其位，也谋其政之道理。要有大局观、全局观，有主动为组织、为领导分忧的责任意识和担当精神。在处室，你不要把自己当领导看，这就是在其位，要谋其政的要求，你既是指挥员，同时你又是战斗员。处室就这么几个人，你坐在一旁指挥另一个或几个人去做，或你专挑轻的、有好处的、能做好人的、有社会影响的、没有多大责任的事去做，这就是你做人的失败，起码对你今后的成长不利，甚至有一天还会摔下来。

第二，做事。

做人低调，做事要高调。高调做事是一种务实、负责的态度。对国家公务人员而言，做事就是做好你的本职工作。

同样的事交给不同的人去做，往往结果会不同，效果会不一，为什么？其中有做事的态度、境界、能力、悟性以及方式方法等，就是说，做事有技巧，技巧通学问，学问在全局。

任何事情，小的可以做大，大的可以做小；把简单的事情搞复杂，那是不会做；把复杂的事情简单做，那是会做事，叫智慧。

1. 事有多种多样：小事、大事；近事、远事；好事、坏事；善事、吉事；实事、难事；讨巧的事、吃亏的事；邂逅事、得罪人的事；等等，该你做的得认真去做，不该你做的你绝对不能靠近。有的人做事一叶障目、瞻前顾后，有的人做事认真负责、通观全局。在所有的事中，要看得清，小事一直连着大事，近事从来牵着远事。有的好事能变坏事，而有的坏事也能变好事。如果做起事来见小忘大、顾近忘远，则小事难做好，近事难做全，这是事物的本质特征与其两重性。

2. 事有重点目标。目标，就是方向，就是追求。有了方向与追求，才有可能紧盯不放，一往无前；才有可能锲而不舍，始终不渝；才有可能持之以恒，以至千里；才有可能高议不同俗，争当后笑者；才有可能不怕大失落，成就大业绩。重点不清，目标不明，什么事情也办不成、做不好。目标不是一定下来动动嘴就能完成的，必须有计划，有预案，注重抓平时、重效果，有短期安排、长期规划，如何去完成目标，要勤勉，抓落实。有句话叫"八败命怕个死来做"，不拍慢，就怕站，做一件，成一件，功在平时，做在实处。

3.事有岗位之分。你嫁给了老爷你就做娘子，你选择了屠夫你就得翻肠子。你选择了你现在的职业，你就得为这个职业去做事、去奋斗、去奉献。你的岗位重要吗？有权力吗？苦吗？你自己心里最清楚。你单位的人做的是同样的事吗？是，也不是。是，因为你们都在同一个部门；不是，在部门里个人分工不同、职责不同。当你走过多个单位、多个岗位时，你才深深感受到自己有发言权了，为什么？你懂得了很多，也理解了很多。有人总是说自己的岗位有多重要，有多少事，有多么辛苦，而并不知道别人岗位怎样，一旦换了新岗位后又说自己现在多么辛苦，甚至比以前岗位更辛苦。其实这也有对的地方，说明你对任何一个岗位都非常投入、敬业，但也说明你对其他岗位不甚了解，或者说对其他同事的工作看低了、看偏了一点，这就是我们为什么要进行岗位交流的原因之一。岗位交流也是一种保护，一种防微杜渐、让人能够多熟悉业务、多历练自我与全面发展的重要的组织措施。

4.事有精神支柱。如果一个人做事没精神，就会死气沉沉、磨磨蹭蹭，疲疲沓沓、不求上进；就会精神萎靡、缺乏朝气，工作没节奏、事业一团糟。如此，不可能做好任何一件小事，更不可能做成任何一件大事。这种人只能是做一天和尚撞一天钟。精神支柱是人的心灵寄托，缺乏了精神就空虚，它就像电流，又像一个无形的纽带，虽看不见、摸不着，但它会为生活价值提供定向，为行为选择提供动力。

5.事有轻重缓急。一杯水不小心泼在桌子上，桌面上有手机、笔记本、钢笔，你会在最快的时间里做出决定先捡起哪一个。同样，我们做任何事情都要把握好这一点。这就是我们在工作中能不能抓住主要矛盾的关键，也是我们通常说的——"牛鼻子"。我们为什么把党风廉政建设责任制、党委主体责任比作"牛鼻子"，就是重点所在、关键所在。我们做任何事情须力求周到、通盘考虑，而不是头痛医头、脚痛医脚。

6.事有精益求精。组织上交给我们的工作，是得过且过、应付了事，还是如切如磋、如琢如磨，这取决于一个人的工作态度。李克强总理在政府工作报告中提出了要"培育精益求精的工匠精神"，就是要做一行，爱一行，钻一行，成一行。取得了一点成绩不要张扬，不要摆谱，生怕上级不知道。事实上，我们每个人工作中都有不尽如人意的地方，小的有，大的也有比如我们装订文件，有人说里面有学问，有人不同意这种说法，可里面确有学问在，但其中的学问在哪并不知道。有的人很随便钉一根或两根订书针，离边距多少，上下之间距离多少，针与边距是否平行，上下是否在同一条直线上等，这些都有学问。做事精益求精体现在我们所做的每一件事上，每件事的多个细节之中。

就处室负责人而言，做人做事要比其他人员有更多、更高的觉悟与要求，你既要唱好主角，更要当好表率；你要率先垂范，带好队伍，带头执行各项规章制度。当表率就是，要同事做到的你首先要带头做到，要同事不做的自己坚决不做。"表率"二字主要体现在工作表率和人格表率上，工作表率重要的又体现在"勤"和"绩"，人格表率又取决于修养和作风两大方面。率先垂范就是不仅要多做事，而且还要用心做事，多承担责任，把成绩留给同事，把荣誉让给他人，把责任留给自己，把担当留给自己。

第三，律己。

律己自古就有解释，律，即约束；律己，即对自己要求严格。本来已经有严格的要求了，为何在"律己"前面还要加上"严以"二字呢？毛泽东在《改造我们的学习》一文中说："这种作风，拿来律己，则害了自己；拿来教人，则害了别人。"这说明，律己须有最高标准和最严要求。

1.严以律己就是心中有戒。心中有戒更须知行合一。戒，是行为、习惯、品质、本性、自然等要义的本质特征，史上定义为道德、品质、良善之行为。"戒"的本义是防备、戒备，再由戒备引申为警戒。史上戒学，指戒律，即防止行为、语言、思想三方面出现或存在过失，只有律己严了才能有效避免此类行为的发生。

2.严以律己当存自身形象。处长更应把律己之"戒尺"时刻铭记心中。上梁不正下梁歪，中梁不正倒下来。物必自腐而后虫生。几何学有个简单的公式，一个三角形的两个"边"无限延长下去，离"角"越远形成的距离就会越大，很显然，你要做好表率，树好样子，如果"上面走一寸，下面往往就会歪一尺"。所以，作为处室负责人，必须自觉地、经常地从思想上、行为上严规矩、强纪律，不让自己也不让你的同事走岔、走偏、走歪、走错。

3.严以律己更需慎独慎微。每个执法人员，特别是某一方面的负责人手中都拥有一定权力，许多事情可以自行决断、自由裁量，稍有不慎就容易胸口一拍，随心所欲。因此，"慎独"应成为大家时刻对自己的要求。《礼记·中庸》说："莫见乎隐，莫显乎微，故君子慎其独也。"说明一个简单而深刻的道理：即使一个人独处、无人注意的时候，也要谨言慎行，严格要求，不做道德失范之事。一个人，特别是某个部门负责人，真正的品行在于有人在场、有人监督和无人在场、无人监督的情况下，自己的行为始终能保持一致，不放松自我要求，用道德原则来检点自己的言行。

4.严以律己就是敬畏法度。律己，就是心中有纪。纪律和规矩是党内的法度。要始终不渝地把纪律规矩挺在法律前面，这是全面从严治党的必然要求，也是切实解决党内突出问题的现实需要。戒之用，贵守在行，不守戒、行戒，则"戒"空。新时代、新世情、新要求，要严格遵守和执行党的纪律和规矩。一些干部因贪污腐败而落马的一个重要原因，就是律己不严而导致官德丧失。只有律己者才能心正，心正者才能做到心中有党、心中有民、心中有责、心中有戒。心中的"律"与"戒"是最好的"律"、最好的"戒"，最无"干扰"的"律"和最无干扰的"戒"，也是最为有效的"律"和最为有效的"戒"。我们的"律"与"戒"所贯穿的精髓是：常怀敬畏之心、戒惧之意，任何时候都必须自觉接受纪律和法律的约束。

"马不伏枥，不可以趋道；士不素养，不可以重国。"没有良好的道德操守，就不可能担当起党和人民赋予的重任。党员干部什么时候失去了原则和底线，什么时候就有负党和人民的重托，就会失去社会公众的信任。习近平总书记提醒"当官发财两条道，当官就不要发财，发财就不要当官"。希望大家加强对党章、党纪条规、总书记系列讲话的学习，静下心来学，深入思考，学点真知识，掌握真本领，不要浮躁，不要认为自己能写点豆腐块就能当记者了，能在媒体上发表一两篇文章就是作家了，说实话，包括我，我们所掌握的知识很少、很肤浅，不懂的东西太多太多，要学习的东西更是太多太多。自省是为官之镜，律己则寡过。"君子检身，常若有过"。自省、律己，是做人、做事的基础之一，更是我们每个新任干部提高修养的重要"功课"。

最后，我引用毛主席的《纪念白求恩》中的一段话与大家共勉："我们大家要学习他毫无自私自利之心的精神。从这点出发，就可以变为大有利于人民的人。一个人能力有大小，但只要有这点精神，就是一个高尚的人，一个纯粹的人，一个有道德的人，一个脱离了低级趣味的人，一个有益于人民的人。"

（本文获 2017 年泰州市纪委"党组织负责人讲党纪"优秀党课教案二等奖）

干部人生须读懂"四本书"

　　读书让人启发智慧，滋养浩然之气。

　　每个干部因职位不同、岗位各异，除读工作需要的书外，还因各人的学习兴趣与读书喜好不同，读书便各有千秋。那么，应该读些什么书呢？吾一孔之见，除政经、历史、名著、时事和专业书外，还有"四本书"须读活、读透、读懂，并存于心、见于行。

　　"践履"之书。"立身以立学为先，立学以读书为本。"走上干部岗位，既要注重勤学，又要"为学之实，固在践履"。宋代诗人陆游有言："纸上得来终觉浅，绝知此事要躬行。"了解事物、知晓事情、懂得事理，仅仅靠从书本上得来的毕竟是不够的，须亲自实践才行。毛泽东的《论持久战》、习近平的《之江新语》等在履职实践中写就的光辉著作诠释了其内涵。笔者青年时期投身"三农"，中年时期从事党务，读的专业书籍很多，对个人成长进步起到了重要作用。但笔者觉得，理论和实践是相辅相成的，缺一不可。所以，自工作之初，笔者就注重学习、实践、思考、积累，每天记日记，并收藏笔记本、手写稿，逐渐养成习惯，利用工作之余写了很多关于"三农"、非遗和党建理论文章被上级报刊采用。笔者深知，"践履"之书不是书，但它是难得的精品书，提高了理论，丰富了实践。

　　"未版"之书。"先民有言，询于刍荛"。工作了多少年，走了多少地方，需要回过头来看看，自己脚下沾了多少泥土，是否"焐热"了百姓家中的板凳，深入了解他们的所思、所想、所盼。焦裕禄到兰考上任第一次开会前，建议县委一班人先到火车站去看看。那天，北风呼啸，大雪纷飞，寒气袭人，火车站外却人潮涌动，这些人不是外出打工，更不是走亲访友，而是要乘火车出去逃荒要饭。这场景给干部们内心带来的巨大震动，是哪本书里也找不到的。基层是课堂，百姓是老师，基层与百姓中永远有写之不尽、版之不完的文山书海。在职也好，离退也罢，无论何时，关心、帮助、教育干部成人、成长并非分外之事。网络发达的今天，尤需提升深入基层调查研究、解决百姓问题的基本功，多到基层和群众中去读读那些闻所未闻、从未见过的"未版之书"。这"书"中有些"用词"可能会"刺伤"你，但都是直言忠言，真话实话，字字珠玑，切中要害，"读"后给人的收获是，反对形式主义、多做求实文章，切实转变作风、植根人民大地。

"律己"之书。《愧郯录·京师木工》曰："先朝官吏，律己之廉，持论之厚，又于此乎见之。"律己之魂除真学案头、书架上的法纪条规外，几本"教科书"亦需深读细研。须时刻"知敬畏、存戒惧、有原则、守底线"，始终牢记"白袍点墨，终不可湔"之警示。天下大道，莫大乎忠。忠，有忠心、忠诚、忠实、忠义、忠贞多解，"君使臣以礼，臣事君以忠"，乃中国古代道德规范之一。对党赤胆忠心、对人民诚实厚道、对事业忠诚无私，对自己两袖清风，是人生之本色。记牢"廉者，民之表也；贪者，民之贼也"。人从高高在上到沦为阶下囚，有时可能只是一念之差，其最大诱惑与最难战胜的敌人都是自己。打虎拍蝇，在职的有之，"平安着陆"多年后的有之；向组织写下"血书"后"前腐后继"的有之；阳奉阴违，口是心非，台上痛斥腐败、会场上被"带走"的有之……不少人"进去"后号啕大哭，忏悔书的开头几乎格式化："没有好好读书、学习党纪条规、法律法规，对不起组织，对不起父母，对不起儿女。"可悔之晚矣！前车之覆，后车之鉴。一个个鲜活的案例，就是一本本警醒灵魂深处的"律己"教科书，当深藏心中、牢记脑海。

"康乐"之书。退休制度，自古有之。一个人从朝气蓬勃、怀揣理想到奉献事业、功遂身退，几十年的工作生涯，经历"青中"年，在各自岗位求实奋进，不务虚名，其酸甜苦辣，一言难尽。"吾论'如何'成长"独出机杼，就离退而言"康乐"就好！"此书'四章'"，无须深研，"闲时翻翻"。一乃"健身养心章"。琴棋书画、垂钓养花，拳舞走游、弹唱吹拉，健身养心项目甚多，各有喜好。因年增岁长，须把握"宜、慎、忌"，运动有氧、缓慢柔和，科学饮食、合理用药。活动要结伴，适度不过度，健身谨防伤身，养心有颗童心。二乃"热心公益章"。尽情参加社会、社区宣传、调解、志愿者、捐献者活动，既舒畅心情，又积善行德！三乃"偿还家债章"。在岗时欠的"家债"总是心酸心寒。退休后时间充裕，孝敬老人，带带孩子，走走菜场，做做家务，既丰富惬意、安抚心理，又闲情逸趣、顿升庭温。四乃"坦然自若章"。退休后就是普通一员，虽"一起散步"，但要把领导当领导，别把部下当部下。坐公交、逛超市、游公园没人打招呼，可能没在意，也许不熟悉，得雍容大度，不去介意，偶遇尴尬，淡然一笑。2019年4月退休后，我常读这"四章"倒是有所收益。如 2019 年 11 月，荣获《速读》杂志社第四届全国中老年才艺大赛文学组一等奖；2020 年 12 月，荣获全国无偿献血奉献奖；2021 年，书法作品在江苏省纪委展出，荣获全市离退休干部优秀共产党员；2022 年获泰州市社会福利中心捐赠证书等。

书是人类的朋友，进步的阶梯。进步，必读书学习；成长，先成人成才；长寿，须健康快乐！活到老，学到老，学无止境；年难留，时易损，惜时如金。干部人生，在岗要爱岗，退休不退"岗"，践行初心使命，涵养政治定律，强化责任担当，实现伟大梦想！

（刊载于 2022 年 4 月 29 日人民论坛网）

信访举报重在抓基层

前不久，我对泰州市纪委近年来的信访举报情况进行分析时发现：所受理的信访件约 80% 来自基层，80% 左右反映的是基层问题，通过努力有 80% 左右可以在基层得到解决。这"三个 80%"决定了做好基层信访工作的着力点必须放在基层。

从源头上控制上访

树立固本强基思想，做到重心下移，关口前移，着力提升基层化解矛盾纠纷、解决信访举报问题的能力和水平，是有效控制越级访、重复访、异常访和集体访的关键所在。通过近几年来的实践，我们认为，控制上访形成的源头必须着力抓好以下几个方面的工作：一是切实加大初信初访办理力度，把信访举报问题解决在萌芽和初始状态。坚持和完善初信初访办理责任制，确保责任落实，妥善解决。切实加强对初信初访按时办结率、群众息信息访率的检查和考核，狠抓工作落实，努力做到群众第一次来信、第一次来访，问题就能妥善解决。二是基层信访举报办事公开，对适宜采取公开的办法解决的信访举报问题要公开办理，提高群众认可度；注意总结信访举报办事公开经验，健全有关制度，积极稳妥地做好公开工作。对于复杂疑难问题，运用公开听证、群众代表参与信访案件查处和处理结果公示等方法进行处理，推动各类信访问题的有效解决。三是加强基层信访举报网络建设，充分发挥网络作用。

加大基层信访办理和督导力度

近年来，基层纪检监察组织通过信访办理，向案件检查部门提供了大量案源线索，查处了一批党员干部违纪违法问题，解决了大量群众反映强烈的突出问题。2007 年，泰州市初核违纪线索 900 余件，其中来源于信访举报的 600 余件，占初核违纪线索的 60% 以上；全市立案 800 余件，来源于信访举报的 410 件，占 50% 以上，而这些线索大部分来自基层。所以，提高信访成案率，控制上访问题的发生，必须加大对基层纪检监察组织化解信访老户、信访办理的督导力度，有计划、有重点地解决疑难复杂信访问题，大幅度地提高信访案件按时办结率、息信息访率。指导帮助基层运用多种方式就地化解矛盾、解决问题，通过村级信访质询、农民信访代言人、信访听证、群众代表参与信访案件调查和处理结果公示等方法化解基层矛盾。

对信访重点乡镇加强督查

信访举报问题绝大部分来源于乡镇，上访的重点和难点仍然在乡镇。因此，信访举报工作的重心应放在乡镇。这就要求我们始终做到重心下沉，多办少转，切实加强乡镇信访举报工作的监督检查和指导，确保排查化解纠纷工作在基层取得明显成效。

要通过对乡镇（街道）督查，努力使基层信访问题达到"小访不出村，大访不出镇，难访不出市（县），消灭重复访，力争零上访"的工作目标。必须畅通群众诉求渠道，坚持思想工作在前、调查处理在后，个案化解在前、集中调解在后，基层调查处理在前、市镇会商会办在后，确保在第一时间将信访问题解决在基层，把矛盾化解在萌芽状态。

（刊载于 2008 年第 8 期《党的生活》）

五个方法提升信访工作水平

纪检监察信访工作事多、量大、繁杂，历史的、现实的问题错综复杂。新形势下，如何进一步畅通渠道，发挥信访举报工作在查案执纪、反腐倡廉、维护人民群众合法利益和构建和谐社会中的基础性作用，既要理清思路，总结经验，抓基础、抓提高、抓亮点，又要大胆探索，开拓创新，工作求新、求实、求效、求突破，不断提升信访工作的整体水平。

做好一篇文章。要善于分析纪检监察信访举报中折射出的不和谐因素，采取对策措施，着力做好新时期纪检监察信访举报与构建和谐社会这篇文章。注重加强调查研究，不断总结分析，寻找工作规律，创新工作思路，及时提出和有效解决不和谐因素的对策建议，在建立和完善相关制度上有新思考，在解决具体信访举报问题上有新举措，在做好信访举报"后半篇文章"上有新突破。

突出两大重点。要围绕信访举报三年目标，突出落实这个重点，狠抓基础建设。信访举报工作硬的更要硬，软的不能软。每一件信访案件从办理到归档每一个环节上都不能有丝毫马虎，必须做到高标准、高质量。要找准群众信访反映问题的症结，突出初信初访问题的解决，进一步提高一次办结率，努力把"三访"源头化解在最基层，解决在萌芽状态。

力求三个下降。要努力使信访总量下降，"三访"逐年下降，信访老户数量下降，就必须切实做好以下工作：一要扎扎实实开展党政干部下访工作，抓好结合，深度推进，使之走上规范化、制度化轨道。信访部门要重点协助抓好活动的组织、平时工作的督查和年终的检查考核。二要突出乡镇这个重点和难点，结合基层调研，深入信访问题突出的重点乡镇，检查信访工作领导体制和工作机制的建立和落实情况，切实抓好疑难复杂信访问题的解决，有效化解信访老户的遗留问题。与此同时，对因不重视、工作不力，甚至不负责任直接导致严重信访问题的，追究有关领导的责任。

强化四大职能。就是要强化信访信息、督查督办、直查快办和组织协调职能。一是认真筛选案件线索。对反映县处级、乡科级干部及其他重要违纪违法问题的及时摘报，进一步发挥信访举报在查办案件中的主渠道作用。二是加强信访信息反映工作，对热点问题进行综合分析。三是加大交办、督办、查办力度。对领导干部违纪违法、土地征用、城镇房屋拆迁、企业改制、教育、医疗收费等群众反映强烈的热点问题进行重点督办；对严重损害群众利益、线索清楚、亟待查明的问题以及领导交办的信访件进行直查快办。四是认真协调、积极协助有关方面解决非范围内的信访问题。

确保五个提升。要积极探索实践，加强理论研究，全面提升理论研究、信息化建设、基层经验推广、整体工作和为群众办实事水平。当前，要提高信访信息管理软件系统在乡镇和机关部门（单位）的覆盖率，不断加强信访信息化建设，提高信访举报工作效率。在具体工作中，认真总结、积极推广基层信访工作中好的经验和做法，特别是要及时推广基层创新成果和工作特色。要组织学习培训活动，切实加强队伍建设，全面提升信访干部的整体工作水平。抓好信访举报档案等软件的规范管理，开展规范化建设活动。同时，要建立信访干部联系群众制度，每个信访干部联系一个乡镇、一个企业或部门、一户困难群众或信访老户，努力为群众办实事、做好事。

（刊载于 2007 年第 8 期《党的生活》）

从"不经意间"挖掘案件线索

在办理信访件过程中，只要多留个"心眼"去捕捉、去琢磨，就会有令人惊喜的收获。江苏省泰州市纪委信访室通过实践探索，努力创新信访工作思路，对每一件信访件中的"蛛丝马迹"绝不放过，采取"深入一步、层层剥离"的方法，注意从基层报结的信访件、基层工作汇报以及自办信访件中"挖掘"新的信访案件线索，着力提高信访案件查处的"附加值"。通过此举已挖掘多条"擦肩而过"的新的案件线索，有 6 名人员的违纪违法问题受到立案查处，挽回直接经济损失 150 多万元。

注意从基层报结的交办件中发现新的案件线索。对上级纪委交办的信访件，基层纪检监察组织大多能调查深入、彻底，要求调查的信访问题说得清楚，基本到位，成案率也较高。但有时由于信访反映的问题有的比较复杂，或在信访办理过程中，尤其在一些乡镇、部门，由于人手少、业务多，甚至领导支持力度不够等方面因素，有些信访件一时难以查清，办理质量会因此受到直接的影响。所以，对这类信访报结件，更要严格审核，认真把好质量关。具体要做到"三不结"，即问题未查清的不结，信访问题处理不到位的不结，未与举报人见面的不结。

对基层纪检监察组织的报结报告，要由专人把关，逐字逐句推敲，把信访调查中"未到位"的问题从"报结报告"中"挖掘"出来，交原办理的纪检监察组织再做重点调查，这无论是对报结报告的进一步"完善"，还是从中"找"出新的案件线索都是非常必要的。例如，信访室在审核某纪委对报结的该地五交化公司有关问题的报告材料时，发现被反映人利用假票套取现金及出售钢瓶收入不入账等问题未查清，随即进行分析，并与该纪委一道商量调查办法，再退回重查。后经该纪委深入调查发现，来信反映的问题基本属实，有关违纪违法人员被立案处理，此案不仅避免了群众重复访、越级访，还挽回直接经济损失 30 余万元。

注意从基层信访工作汇报中发现新的案件线索。基层在办理信访件过程中，因有的问题不在信访反映范围内，与要调查的内容"无关"，因此，这些"无关"的问题往往自然地会被"隐藏"起来，一般是不易发现的，即使发现了也难以将它"拎"出来再做新的信访问题去调查。但实践中并非如此。如果调查人员在听取基层工作汇报时多个"心眼"，善于捕捉基层口头汇报中的"题中之外"的信息，再多问几个为什么，就很有可能使原本被"隐藏"的违纪问题暴露出来，成为新的信访案件线索。例如，某纪委向市纪委信访室汇报他们调查的一件反映村支书的信访件时，调查中并没有发现来信反映村支书的违纪行为。但信访室在该纪委口头汇报中敏感地抓住了一个很难注意到的"细枝末节"：镇审计所对该村财务进行审计时发现，某装饰装潢公司在对该村幼儿园装潢结账后，村账务上有非正式发票入账支出的问题。虽然数额只有 1 万多元，但是通过分析，发现装饰装潢公司可能存有偷税漏税问题，这种情况还极有可能在承接的其他单位装潢业务中也存在。随即，市纪委信访室召集该纪委有关负责人和税务部门纪检组、稽查局负责人进行会商，迅速制订工作方案。税务部门、稽查局当夜组成工作小组，拿出工作计划，第二天一上班分组按计划进行调查。稽查局领导反映，通过调查，查出该装饰装潢公司在为这个村幼儿园装潢中偷漏税款 25 万多元。同时，在稽查过程中，该公司还"主动"到税务征收部门补缴了 2004 年、2005 年涉及另外一家单位装潢工程的税款 30 多万元，仅此一案，包括间接查收（滞纳金、罚款等）的部分，就挽回经济损失 70 多万元。

一件信访案件的查处，解决的不仅仅是一起信访问题，往往还能催生一项新的规定或新的制度的出台。税务部门表示，此案的查处，他们将就这类行为与问题做专题调查分析与研究，制定出台新的防范措施，有效规范装饰装潢工程中的纳税行为。

注意从信访初核中发现新的案件线索。说者无意，听者留心。被谈话对象在纪检监察信访部门调查人员提问时，尽管回答问题很注意"分寸"，但有时无意中的一句话就很有可能成为我们手中的一条新的信访案件线索。因此，信访部门在初核每一件信访件时，都要用心听取，细心推敲，善于从被谈话人的陈述中发现和把握新的案件线索，这样，被谈话对象"无意识"的一句话成案的可能性就很大。例如，来信反映：某新闻工作者到有关学校发展小记者（小学生）时，收取每人 50 元钱未开发票，有的学生订的报纸也未得到，而他以报纸版面发表学生习作、教师论文作为补偿。这一信访件反映的问题比较单一，线索也比较具体，只要了解有关单位和具体人员就行了，完全可以就事论事去办理。但信访室的同志在与被反映人谈话中偶然发现了一个疑点：该工作人员负责承包经营，订报纸是通过各地教育主管部门的有关人员组织的，费用由他和经办人员按比例分配。他无意中的这句话引起了谈话人员的警觉，遂对此进行详细调查，并单独形成笔录。通过分析认为，其中不排除相关学校或有关人员不仅有拿好处费的嫌疑，有关教育主管部门和学校还极有可能私设小金库，或个人拿回扣等问题。对此，信访室全体人员迅速赴有关方面进行核查，半天时间有关人员的违纪问题就被查出。此案移交案件检查室调查后，先后查出了有关部门中层干部违纪违法问题，有关人员退出非法所得近 50 万元。

纪检监察信访举报工作是纪检监察工作的一个重要组成部分。通过日臻完善的历史过程，目前虽已形成了相当的基本理论和实践知识，但与时俱进地做好纪检监察信访工作，特别是注意从基层报结、基层汇报和自身初核的信访件中发现和"挖掘"新的信访案件线索，需要平时工作的细心、用心，多留心眼，更需要从事信访工作的人员认真负责地去总结提高，创新思维，这样，不仅能查清问题，提高信访举报的办理质量，而且还能大大提高群众的满意度，有效控制或减少重复访、越级访的发生。

（刊载于 2007 年第 2 期《党的生活》）

化解疑难复杂信访难题的有效探索

——海陵区推行村级信访质询制度

近年来，村级信访举报问题所占比例仍然很高，尽管各级组织采取了不少措施加以解决，但种种原因使得一些村级信访问题仍久拖不决，有的小问题被拖大，有的简单的问题变得复杂。这些信访问题不但影响了党群干群关系，也影响了地方经济发展和社会稳定。泰州市海陵区纪委、监察局努力创新信访举报工作制度，探索解决新形势下农村疑难复杂信访的办法，制定出台的《村级疑难信访质询评议办结制度》，既有效解决了信访工作中的四大问题，又切实推进了基层民主政治建设。自去年建立和推行村级信访质询制度以来，该区在信访总量大幅下降的同时，无一起赴省进京个访和赴市集体访。

村级信访质询就是由区、镇（街道）纪委组织牵头，搭建一个让不隐瞒身份的信访人和村民代表与村干部等多方参加的、公开平等的对话平台，使群众反映的问题亮在明处，观点摆上桌面，接受群众和舆论的监督和评议。质询活动前，认真梳理群众反映的问题；质询活动中，耐心疏导现场提出的问题；质询活动后，积极疏通解决问题的渠道。对群众代表现场新提出的问题，能答复解释的现场进行答复；对现场一时不能答复的问题，明确答复时间；对现阶段无法实现的要求，耐心进行解释；对需要协调多个部门解决的问题，向群众进行说明；对涉及村干部以权谋私、贪污受贿等违反纪律规定的问题，村干部不能说清楚或群众不满意的，向群众作出限期调查处理的承诺。

——信访质询，有效化解"老户"问题。城西街道招贤村集体经济发展较快，村民也比较富裕，但是，征地拆迁、招商引资、村办企业改制、村级财务、门面房出租等方面引发了不少矛盾，因而，以村级财务和村干部经济问题为由的信访不断出现，对组织查核后的答复一般不满意，有的即使满意了，但一段时间后仍然再次信访，少数人逐步演变为专业信访老户。为有效化解信访老户，2月8日，海陵区纪委、城西街道纪委有关负责人在该村主持召开村务信访问题公开质询会，区和街道纪委有关负责人、信访人员、村民代表、村民主理财小组成员、党员代表以及村"两委"负责人坐在一起，平等对话，对信访人提出的招商引资、灰尘污染、村集体收入及年终分红等 18 个问题在现场一一作出答复。三小时的质询会，化解了几年来的信访难题，信访人及与会人员非常满意，再未出现过一次信访。

——信访质询，维护群众合法权益。实践表明，当前，涉及群众切身利益的信访占一定比例，这些作为民生问题的信访从中央到地方各级党政组织十分重视，要求切实解决好、维护好。尽管这些信访问题有属于纪检监察业务范围内的，有范围外的，但都必须高度重视、认真加以解决。九龙镇的张家村多年来有一个不成文的规定：村民建房时每户要向村里缴纳 3 000 元的道路建设费，建房村民意见很大。在镇有关部门调解未果的情况下，村民到市、区纪委上访。2007 年年初，纪委信访室人员深入镇村了解有关收费规定，听取村民意见和村干部对收费与乡村道路建设的想法，收与不收，村干部与群众意见不一，各执一词。1 月 22 日的信访质询，村干部心服口服地将已收取几年的 6 户群众的 1.8 万元道路建设费全部退还给了 6 户村民。6 户村民联名向市、区纪委写来感谢信。市纪委书记对此作出批示："很好。信访工作干部要始终坚持群众的事就是大事，要实事实办，大胆履职。"

——信访质询，直面问题查处案件。群众以质询方式向村干部提出质询，不但能有效化解各类矛盾纠纷，还能使组织上对过去未查清的问题作深一步了解，或发现新的案件线索。海陵工业园区所属凌窦村集体经济比较薄弱，2005 年以来，部分村民对财务管理和村支书个人问题反映不断，进而时常发生冲突并形成集体上访。园区纪工委查处后，群众仍就因存在各种各样的疑惑而继续上访。对此，区纪委决定由信访室牵头，请部分举报人、村民主理财人员参加，就村级财务上的问题，以质询方式做进一步核查，迅速查清了该村支书孔某采用虚开白条的手段支报招待费、收入不入账等违反财经纪律的行为，孔某受到了党内严重警告处分，村民对组织上以质询方式使多年反映的问题得到查处感到满意，从此便不再向上写信和上访。

——信访质询，基层民主得到加强。信访质询既引导了群众有序参与村务、财务管理，深入推进村务公开、民主理财等工作，也深入推进了基层民主建设，使村民自治的精神得到更多体现，增强了村干部的为民意识和群众自觉维护知情权、参与权、决策权的民主意识。质询活动的开展，促使村务公开的内容更加全面和规范，该区实行村务"点题公开"，群众想知道而未公开或公开不到位的情况，可以通过村务公开栏的"回音壁"留言点题，使群众监督落到实处。同时，推进了民主理财，质询中关于村级财务的问题占37%，民主理财小组工作更加认真，富有实效。任景村是城西街道的一个城中村，集体和村民都比较富裕，但利益分配上的矛盾及商品房开发销售账目、村办企业运营中的不当亏损等问题和疑惑，使得部分村民由单独上访逐步演变成联名上访。区纪委及街道纪委将调查中发现的问题和管理中存在的漏洞向上访群众答复的同时，将群众反映的村级债权等信访问题进行公开质询、公开答复，消除了群众的怨气，增强了村干部的工作责任心，不长时间，村干部组织人员便收回了外面的100多万元的欠款。

去年以来，该区先后在城西街道招贤村、工业园区凌窦村、九龙镇张家村和郑家村、城东街道唐甸村、凤凰路街道塘湾村等开展11次农村疑难信访问题质询活动，解决村级财务、村集体经济发展、村干部违纪问题、违规收费等各类大大小小的问题83个，给予3名村干部纪律处分。海陵区开展村级信访质询以来，有效化解了大量疑难复杂信访问题，推进了农村基层民主政治建设，促进了群众与村组织和村干部关系的和谐。

（刊载于 2007 年第 9 期《泰州廉政》）

健全四项制度　解决疑难复杂信访问题

按照反腐倡廉重在制度建设的要求，进一步创新信访举报工作思路和方式方法，必须把加强制度建设摆在更加突出的位置，既要立足当前，突出重点，又要着眼长远，统筹推进，把信访举报工作放在维护改革发展稳定大局中考虑，放到反腐倡廉整体工作中谋划，在实际工作中，把信息反馈、监督保障、督查快办、协调疏导"四项制度"建设作为当前和今后一个时期信访举报工作的重点，不断夯实服务反腐倡廉建设的基础。

一、健全信息反馈制度，为领导谋划反腐倡廉全局工作提供决策参考

长期以来，纪检监察信访举报始终是反腐倡廉重要的信息资源。积极开发运用这些资源，把握反腐败斗争动向，推动领导科学决策，可以在更高层面上发挥信访举报工作的重要作用。要把信息反馈作为信访举报工作的重要内容，作为衡量信访举报工作的重要标准，按照领导决策"情报部"、了解工作"显示屏"、掌握大局"晴雨表"、处理问题"预警器"的目标要求，采取有效措施，建立快捷通畅的信息反馈机制，确保领导机关和领导同志能及时获取有价值的信访信息资源，在推进反腐倡廉建设中做到审时度势、把握全局。

1. 进一步畅通群众诉求渠道

群众信访举报是信访信息的第一手资料，要确保畅通无阻。继续用好原有渠道，认真负责阅信，文明热情接访。进一步发挥网络举报作用，全面开通网上举报；完善领导干部接访和机关干部下访等制度，认真受理群众投诉，倾听群众意见呼声，努力搭建多种形式的沟通平台，为群众信访举报提供便利。健全保护举报人制度，实行实名举报反馈和回复制度，依纪依法查处打击报复举报人的行为；严格信访举报工作保密制度，严防泄露举报人及其反映内容的问题发生，努力营造良好的信访举报环境，确保民情民意民智顺畅上达。

2. 建立信访信息快速反应机制

信访举报工作具有密切党和政府与人民群众之间的联系的作用，具有对

党的路线方针政策和各项法律法规执行情况进行反馈的作用。要充分运用信访信息渠道，通过对信访举报总量、违纪违法案件线索、群体性事件等进行综合分析和专题分析，将反腐倡廉建设中的一些重要情况和问题，运用简报、专报等形式及时向党委、政府和纪检监察机关领导反馈。要牢固树立为查处大案要案服务的意识，从群众信访举报中精心筛选性质严重、情节恶劣和问题具体的案件线索并及时上报，继续发挥好信访举报在发掘案源方面的主渠道作用。要严格反馈纪律，坚持"五个必报"，即影响社会稳定的集体访、异常访和群体性事件必报；重大案件线索必报；群众反映强烈的突出问题必报；可能引发集体上访和群体性事件的苗头性、倾向性问题必报；一定时期信访举报规律性分析必报，确保信访信息的时效性和准确性。

3. 不断提高信访信息质量

信访部门要适应新形势新任务需要，不断丰富信访信息内容，努力拓展工作的广度和深度，进一步加强对反腐败斗争特点和规律的研究，分析和掌握违纪违法案件新动向、新成因、新形式、新手段，切实增强工作的前瞻性、预见性、针对性和创造性。要建立健全信访举报信息分析机制，针对信访举报中反映的突出问题和主要矛盾，加强综合分析，提出对策和建议。对群众信访举报中大量零散的信息要认真琢磨，提炼加工，归纳梳理，分析原因，注意从苗头中发现倾向，从偶然中发现必然，形成正确的概念、判断和结论，开发具有一定深度、给人以启迪、能直接为领导决策和指导工作服务的信访信息，为深入推进反腐倡廉建设提供政策依据。

二、健全监督保障制度，把对党员干部严格监管和关心爱护的要求落到实处

这几年，纪检监察机关在信访监督方面进行了有益的尝试，但信访监督工作还处在探索阶段，信访监督程序还不够规范。因此，要进一步发挥信访监督保障作用，把加强信访监督与保障党员权利有机结合起来，使之成为促进领导干部廉洁自律和防治腐败的重要手段。要借鉴外地和总结推广本市信访监督好的经验和做法，进一步健全信访监督制度，在规范程序上下功夫，在务求实效上下功夫。一要正确把握信访监督原则。要遵循实事求是、区别对待，"惩前毖后、治病救人"，批评与自我批评，自我教育为主等原则，确保信访监督工作沿着正确的方向发展。二要合理确定信访监督范围。重点围绕思想、生活、工作作风方面的，廉洁自律或不正之风范围内的情节轻微尚

不需给予纪律处分的问题，一定时期、一定范围内出现的苗头性、倾向性问题，需要引起有关组织重视并加以整改的问题等，开展信访监督工作。三要坚持正确的方式方法。通过信访谈话、信访通知书，建议召开专题民主生活会，向组织和人事等部门提供信访举报摘要，定期通报和集体警示等方法，开展信访监督，努力取得实效。各地要按照省纪委、省监察厅《关于实施纪检监察信访监督的暂行规定》，结合自身实际，加强实践探索，及时总结上报信访监督工作经验。

信访监督与保障被反映党员干部权利，是一个问题的两个方面，都是对党员干部的爱护。实施信访监督，早打招呼，及时提醒，防止小节酿成大错，这是对被反映党员干部的一种关心爱护。依纪依法保障被反映党员干部权利，及时为受到错告、诬告的同志澄清是非，避免被反映党员干部权利受到损害，这也是一种关心爱护。对于捏造事实、诬告陷害他人的，要依纪依法严肃处理，对于受到错告或者诬告的党员干部，要及时澄清事实，并在一定范围内公布，保护他们的工作主动性和积极性。

三、健全督查快办制度，促进信访举报问题及时有效解决

督查快办是推动信访举报工作深入开展的重要手段，也是保证群众所反映问题得到及时有效解决的重要环节。近几年来，我市各级纪检监察机关切实加大督查督办和直查快办力度，在解决信访问题上做了大量工作，2007 年，纪检监察信访举报部门直接查办的信访件达 610 件，不仅解决了人民群众的不少问题，还有效化解了干部之间的矛盾，密切了党群干群关系。但是，面对信访总量仍在高位运行，特别是一些重复信访、越级信访和集体访时有发生，其中一个重要的原因就是，一些信访举报问题没有得到及时有效的处理，有的久拖不决，有的相互推诿，有的缺乏政治敏锐性，错失了解决问题的好时机，致使一些问题不断累积，处理难度越来越大，解决成本越来越高。对此，必须引起足够重视，建立督查快办机制，从制度层面推动信访举报问题的解决。

四、健全协调疏导制度，努力形成解决疑难复杂信访问题的合力

当前，信访举报从内容上看呈现出综合性、交叉性、群体性的特点，从形式上看呈现出组织化、上行化、多头化的特点，尤其是在群众上访中出现了历史遗留问题与现实问题相交织、经济利益诉求与政治利益诉求相交织、

合理要求与不合法方式相交织、多数人的合理诉求与极少数人的无理取闹相交织等情况，涉及的面越来越宽，反映的问题越来越复杂。解决这些问题，需要充分发挥纪检监察机关协调疏导职能优势，努力形成解决信访举报问题的合力。

要建立信访综合协调机制。加强对党委、政府的请示汇报，力求把一些突出的信访举报事项放到党委、政府全局中去解决。坚持把信访举报工作融入信访工作大格局，切实做好督察工作，支持信访部门牵头解决涉及面广、影响大的复杂、疑难、紧急信访事项，同时，及时把不属于纪检监察范围的信访事项转送到大信访中去一并处理。加强纪检监察机关内部力量整合，积极运用执纪办案、效能监察、纠风治乱、执法监察等手段解决信访举报问题，拓宽解决信访举报问题的渠道。做好纵向合作，对于疑难信访举报问题，坚持上下结合，共同处理解决。积极发挥派驻机构作用，加强对派驻机构信访举报工作的检查考核和督查督办，努力形成上下畅通、左右协调、群策群力解决信访举报问题的新机制。

（刊载于 2007 年第 12 期《江苏纪监》）

浅析信访举报中折射出的不和谐因素

信访举报工作是纪检监察机关的一项重要的基础性工作，是党和政府与群众的"连心桥"，在维护社会稳定、促进经济发展、加强党风廉政建设和构建社会主义和谐社会中发挥了重要作用。笔者通过近几年来的实践探索，对纪检监察信访举报中折射出的不和谐因素进行了粗浅思考。

一、信访举报折射出来的不和谐因素的表现形式

构建和谐社会的关键是要处理好人民内部矛盾。当前信访举报折射出的不和谐因素的表现形式主要有以下5种。

1. 群众深恶痛绝的少数领导干部违纪违法行为

从纪检监察信访举报以及查处的案件看，少数领导干部贪污、受贿、挪用公款、违反财经纪律，赌博、嫖娼等违纪违法问题令群众深恶痛绝，也是信访举报的重点。领导干部不"干净"，群众看在眼里，恨在心里，但拿他们"没辙"，于是乎到处写信，到处上访。加之极少数人直接或变相打击报复举报人，造成矛盾激化，引发了一个地方在一个时期的不和谐。极少数身居要职的领导干部钻法律空子，搞权力寻租，利用自己手中的权力和影响进行所谓的投股、参股。有的以小股算大股，或先投股后抽股，甚至以"干股"方式，从企业中拿好处。某办副秘书长利用手中权力"帮助协调"下海的一机关工作人员办驾校，并以先投股后抽股方式从中拿好处，短短几年得到"利润分成"数十万元。有的领导干部利用分工或分管条线的影响，为亲属、配偶、子女谋利。房地产开发、车船保险、工程建设领域表现突出。这种"空手套白狼"的权力寻租，组织不易发现，但群众看得见，却说不清，也难以监督。

2. 企业及企业中党员违纪违法问题成信访焦点

有的在原国有或集体企业破产、改制过程中暗箱操作，评估严重不实，甚至运用过时的评估报告，对上说假话，报假数据，对职工隐瞒事实真相，侵吞国有、集体资产；有的企业改制不规范、不彻底，职工身份置换金、养

老保险、医疗保险等问题不按规定承兑，有的甚至没有承兑，职工的合法权益受到侵害；企业改制后，一些身为党员的企业法人代表以投资、参股、控股等方式转移资产，延长职工劳动时间、削减职工福利、拖欠各类保险；有的企业法人代表贪污贿赂、挪用资金、违反财经纪律，生活腐化、作风低劣；有的企业非法排污，严重污染环境；有的企业偷税漏税等。企业及企业中党员的这些违纪违法行为都发生在群众身边，直接损害了群众的合法利益，也扰乱了正常的市场经济秩序，这些问题仍是群众信访举报反映的热点、难点和焦点。

3. 人民群众切身利益受到侵害，合法权益得不到保障，直接影响稳定和社会和谐

有的基层政府以搞经济开发区为名乱圈地，招不到项目就开发商品房或直接卖土地；有的少征多用，化整为零；有的"先斩后奏"，未征先用，或用而不办手续；有的征用土地不上市，以"晒地皮"方式提高土地价格；有的土地出让不进行公开招标、拍卖、挂牌，或低进高出，或给群众的补偿不能及时足额到位；城市建设、安置不公开、不公平、不符公论；拆迁名单、面积及补偿标准、安置方案，其中隐藏侵吞拆迁补偿、侵犯公民财产权的违规和违纪违法行为。某地开展的工程建设领域专项治理，仅几个月时间就立案查处数十名人员的违纪违法问题，不仅为国家挽回经济损失数百万元，还整顿了工程建设领域秩序，维护了群众利益，有效解决了群众因此常到政府上访的问题就是一个例证。信访举报中反映出来的政务不公开、村务不公开或不完全公开乃至假公开；一些党员、干部民主法治观念、纪律观念淡薄，作风粗暴，工作简单化，吃拿卡要，以权谋私，与民争利，独断专行，用人上的暗箱操作等行为，都严重影响党员群众平等、民主地行使知情权、参与权、选择权和监督权。这些问题引发了群众信访，有的甚至堵政府大门和交通要道，直接影响到社会的和谐与稳定。

4. 村组财务管理混乱引起群众不满

近几年来，一些地方虽然实行了"村财乡代管"制度，但村组财务问题一直是群众反映的热点问题，主要表现在：票据使用不规范，白条抵库；有些承包收入不及时入账、少入账甚至不入账，搞"体外循环"；村组干部"拆东墙，补西墙"；有的村将上级的"专项拨款"人为变更资金用途，将上级下拨的救灾款、扶贫款用于解决"五保户"的住房、生活；有些村组工作不过细，将上级给予的农民粮食或其他补贴，在未经农户同意的情况下，就直接扣除

或抵算这些农户过去欠下的集体经济上交。虽然规定村级零招待，但改头换面通过其他途径支出招待费的现象屡有存在，有的甚至数额很大。这些做法违反上级政策规定，违背群众意愿，引起了群众的不满，也引发了干群之间的不和谐。

5."中梗阻"和行政不作为、乱作为损害政府形象

有的机关中层干部对群众缺乏感情，工作缺乏责任心，摆官架子，在其位不谋其政，为基层和群众办事变相"吃拿卡要"。事不关己的、不给好处的就一般作为或不作为，看得出政绩的就大作为，有好处的就乱作为。这种现象严重影响和损害了党和政府在群众中的形象。

此外，利益关系影响司法的公平公正。行政干预、权权交易、权钱交易、人情关系使得一些执法人员有法不依、有法难依、执法不严，有的甚至徇私枉法，执法犯法。

二、不和谐因素产生的原因分析

从近几年来的信访举报工作实践看，笔者以为，不和谐因素产生的原因主要有以下几个。

原因一：职责模糊，对群众利益漠不关心。社会和谐的关键是人的心理和谐。近些年来，少数领导干部为民服务意识不强，两眼向上，"联系领导多，联系老板多，联系群众少"，对群众的心理、情绪了解甚少，对群众的需求、意愿漠不关心。面对基层矛盾，有的领导干部往往拿不出解决办法，一见群众上访就感到脸上无光，产生厌烦情绪，甚至粗暴训斥、打骂群众；对群众来信不是去尽快解决，而是压在案头，长期尘封；对由群众诉求而引发的社会矛盾，捂着盖着、推来挡去。许多问题应该解决，但长期不去解决，结果是小事酿成大事，主动变成被动，简单的变成复杂，不该跑的跑了，不应往上跑的也往上跑了。

一些基层群众反映，有的干部职权大了、水平高了，但自己职责的定点却失衡了，变得模糊了，从群众中来到群众中去的扎实劲、平常心却不多见了。一些职能部门及干部，对己有利的则管甚至多管，无利或费力的则少管或不管。此外，上级和同级组织对部门干部的教育监督虽有制度存在，但也常常显得苍白无力。从实践中看，大多腐败问题往往不是担负监管责任的主管部门主动发现的，而是群众检举及"受害者"付出代价后揭露的。

原因二：政策法规的不完善或法律存在空白。在处理信访举报过程中，

有时会遇见一些政策法规不完善，甚至无法找到法律依据的棘手之事。有的企业名曰改制实质是变卖，诸如上千万、几百万元的国有、集体资产"改制"给个人只有几百万或几十万元，极个别的甚至将企业拱手相送，使得极少数人一夜之间暴富，而职工个人利益等实际问题得不到落实，其中虽有看得见的明显问题，但相关法律法规难以解释；某企业由于经济效益问题倒闭，银行以企业偿还贷款为由，通过相关途径最终将企业房产收购走。然而，该企业的资产价格确定的依据主要是不实的评估报告和无人竞争的"一槌子"买卖。这种做法引起了职工的联名写信和集体上访，但由于某中介机构出具了不实评估报告，要追究其法律责任目前还难以找到依据。

原因三：一些信访人心理偏执，"信'访'不信法"。随着广大群众对纪检监察职能作用的进一步认识，他们的依赖和期望也日益加深。加之一些群众在正当权益受到侵害又难以求助法律相应的保护时，转而求助纪检监察，使得纪检监察部门日益成为一个似乎无所不能的组织。有的信访人"信'访'不信法"，在组织已按照政策法律解决了其信访问题后，因未达到自己的某种目的而继续信访；有的捕风捉影，胡乱猜测，到处信访；有的信访问题正在解决之中仍在不停地跑；有的人心理偏执，对基层组织不信任，一遇问题就直接越级信访；有的个人要求过高，心理得不到满足。此类信访问题在拆迁方面占多数，某农户修自行车的棚点要拆迁，向政府漫天要价 40 万元。

原因四：历史遗留问题处理难度大。在信访举报中，涉及的遗留问题虽不多，但时间长、问题复杂、历史背景错综等，因此处理的难度大。一名信访人 70 多岁，曾在人民公社办公室工作过，当时其工资待遇参照了机关同职级的"国家干部"标准。他退休后十几年来一直为其未享受国家干部或事业编制人员待遇而到处信访，但纪检监察组织多次到其所在地的县人事部门查阅档案，其没有编制，后经多次协调并通过人事、劳动、法制办及律师等公开办理，其不符合政策规定，但无论怎样做工作，信访人就是不满意。某复员军人，原在一家集体企业工作，20 年前企业按照当时有关政策，并根据其本人申请，同意他提前退休照顾子女"顶替"，其一直感谢组织对他和子女的照顾。然而，由于前几年企业改制，"顶替"他的子女下岗。因此，他近几年一直为他提前退休到处上访，要求组织纠正。

此外，分配不公、贫富差距过大、就业安置的不平等性、利益调整引起的各类社会问题等也是不和谐因素形成的重要原因。

三、消除不和谐因素的对策思考

从信访举报的角度看，无论是宏观的、微观的，还是历史的、现实的，不和谐因素虽然在一定时期、一定领域存在，但最终是能被消除的。笔者从以下几个方面进行了粗浅思考。

1. 要把构建和谐社会作为各级领导的第一责任

信访工作是构建和谐社会的基础性工作。信访工作不是信访部门的事，也不是少数部门的事，是全党、全社会的事。各级领导要把做好信访工作，维护社会稳定摆上重要议事日程，加强领导，落实责任。各个部门在具体工作中，要做到"来者不拒、言者必听、有事必办"，能直接办的直接办，能协调办的协调办，主动帮助解决群众问题，改善干群关系，促进社会和谐。作为信访工作部门，更要充分履行职能，通过信访举报，掌握来自群众的大量信息，及时为党委政府提供决策依据。一要增强构建和谐社会的大局意识。积极探索解决人民内部矛盾的新思路、新办法，畅通社情民意反映渠道，运用教育、协商、调解等方法，及时合理地处理群众反映的问题，协调利益纷争。二要牢固树立亲民、爱民、为民宗旨，始终以人民的利益高于一切。经常深入基层、深入群众，了解民意、体察民情，认真对待群众的每一个反映，把握最广大人民的利益要求。三要找准对群众利益的尊重、维护和实现这个稳定的支点，明确职责，提高化解矛盾的工作能力。要像模范信访干部张云泉同志那样，为党分忧，为民解难，设身处地为群众着想，理顺情绪，化解矛盾。要通过扎扎实实的工作，努力使信访问题小的不出村，大的不出乡，复杂疑难的不出县，把不和谐因素解决在基层，化解在萌芽状态。四要树立为政清廉的公仆形象。喊破嗓子，不如做出样子。廉洁，是群众最关心的问题，也是党员干部安身立命之本。领导干部的重要地位决定了自身的根本职责是为党和人民做事，既要干事，又要干净。领导干部要牢固树立立党为公、执政为民的理念和正确的群众观、权力观、利益观，正确地行使党和人民赋予的权力，主动接受群众的监督，让权力在阳光下操作，做到自重、自省、自警、自励，清正廉洁。

2. 必须加强对党员干部的教育和监管，提高依法行政的能力和水平

构建社会主义和谐社会体现了一种执政党的自觉意识，必须坚持以执政党意识为指导。要充分发挥信访举报在加强党的执政能力建设、构建和谐社会中的职能作用，不断进行实践探索；坚持惩治与预防并重，发挥查办案件

的预警作用；通过对正面典型人物的宣传，提高党员干部的廉洁自律意识；通过对典型案件的剖析，揭示案件发生的规律，为案前预防提供依据，达到"查处一案，治理一线，规范一面，教育一片"的效果；改进并规范述职述廉工作，开展述廉评廉考廉活动，制定并推行包括村级干部在内的干部述职述廉制度，从而及时发现和处理党员干部以及班子中存在的苗头性问题；加强对党员干部平时言行的监管，注重解决少数干部依仗权力资源游离法纪道德之外的言行。

3. 不断将构建和谐社会的结合点向深度拓展

胡锦涛同志在前不久省部级主要领导干部"提高构建社会主义和谐社会能力"专题研讨班开班式上明确指出，我们要建设的社会主义和谐社会，应该是民主法治、公平正义、诚信友爱、充满活力、安定有序、人与自然和谐相处的社会。要联系纪检监察信访举报实际，将信访举报中折射出来的不和谐因素及时进行总结，并认真分析，找出产生不和谐因素的原因，有针对性地采取措施，着力将构建和谐社会的结合点向深度拓展。

进一步创新制度，为构建和谐社会发挥保证作用。重点要建立、完善、深化以下工作制度：构建信访工作大格局；党政干部下访工作制度；畅通的信访诉求机制；领导信访接待制度、会商会办疑难信访制度；信访网络机制、信访举报信息通报制度；县、乡、村三级信访网络，配齐配强信访监督员；信访举报工作责任追究制度；案件线索筛选、案件督办查办责任制；信访工作内部监督机制；保护人民群众的合法权益的保障机制等，进一步增强人民群众对党和政府的信任，理顺情绪，化解矛盾，维护社会稳定。

建立高效运转的领导负责机制和协调、指导机制。把纪检监察信访工作列入党风廉政建设责任制的总体部署，像抓党风廉政建设责任制那样，实行"一岗双责"。同时，确立相应的组织形式，建立信访协调的长效机制，通过信访联席会议等形式发挥协调作用，使各方密切配合，形成合力。

充分履行职能，发挥信访举报在查案执纪、惩治腐败中的积极作用。信访举报既是党和政府体察社情民意、听取群众呼声的重要渠道，又是帮助群众解决实际问题的重要手段。解决信访举报问题是信访举报工作的基本任务，也是信访举报工作服从、服务于纪检监察中心工作的根本要求。各级纪检监察机关要充分履行交办、转办、承办以及督查督办职能，严格执行中央有关法律法规，依纪依法处理各类信访举报问题，发挥信访举报在维护社会公平公正中的积极作用；认真协调、组织相关部门联合查办跨地区、跨部门案情复杂的信访案件，确保群众反映的问题"件件有着落、事事有交代"。与此同时，要把信访问题的处理与专项整治相结合，着力解决群众反映强烈的突出问题。

尊重群众的民主权利，用心贴近、相信和依靠群众，不拘工作形式。民主是法治的基础，法治是民主的保障。改变极少数人的"集权""人治"思想，相信和依靠群众，充分尊重群众的民主权利，用真心、真情为群众办事；积极探索领导干部"民情日记"制度，"基层民主议事日""社区论坛""小区民主恳谈""村情发言人"、民事"大调解"等制度，把联系群众的要求制度化、规范化；通过疏导、群众参与、民主讨论等办法，透彻了解群众心事，真切感受群众情绪，真诚听取群众呼声，按照大多数群众的意愿作出决策。

加强法制宣传，提高群众的法律意识。要高度重视和切实加强普法宣传，进一步推动社会主义民主法制建设。新闻媒体可设置专题栏目，开展包括《信访条例》在内的法律法规宣传活动，农村、街道、社区、企业也要进行寓教于乐的普法宣传，提高广大群众的法律意识，在全社会营造学法、懂法、守法的良好环境，推动社会主义民主法制建设，努力形成信访举报的良好氛围，维护正常社会秩序和社会稳定。

构建和谐社会是建设中国特色社会主义的本质特征，不是一项短期的任务，同样需要几代人，十几代人，甚至几十代人坚持不懈地努力奋斗，才能逐步实现。信访工作作为构建和谐社会的基础性工作，是我国一个时期处理社会问题、化解不和谐因素的有效形式，必须站在全局的高度、战略的高度，既要从体制、机制、制度方面进行理论创新和实践探索，着力解决深层次问题，又要以对人民高度负责的态度，从群众反映的每一个具体问题、特别是切身问题入手，认真处理好各类信访问题，从而逐步消除不和谐因素，构建社会主义和谐社会。

（刊载于 2007 年第 3 期《党的生活》，2007 第 1 期《大众社会科学》）

深挖信访件中的"蛛丝马迹"

深挖信访件中的"蛛丝马迹",是纪检监察信访工作者的一项特殊"技能"与基本功,可提高案件查处的"附加值",通过此举不但可以挽回经济损失,还能完善某些不在人们"视线"里的制度,有效防止腐败问题的发生。

从基层报结件中发现"猫腻"

一些群众反映的问题常常只是一鳞半爪,而基层信访工作者经验有限导致信访件难以查清、查透。对这类信访报结件,应做到"三不结",即问题未查清的不结;处理不到位的不结;未与举报人见面的不结。

对基层纪检监察组织的报结报告,要安排专人把关,逐字逐句推敲,把信访调查中"未到位"问题从报告中"挖掘"出来。

在审核某五交化公司有关问题的报结材料时,信访室工作人员发现,被反映人利用假票套取现金及出售钢瓶收入不入账等问题尚未查清,随即进行分析,并与当地纪委一道商量调查办法,经过深入细致调查发现,疑点背后真有"猫腻",有关违纪违法人员被立案调查处理,此案不仅避免了群众"三访"的发生,还挽回直接经济损失30余万元。

在工作汇报里寻找"敏感点"

基层纪检监察组织在办理信访件过程中,主要对信访反映问题做调查。但是,有的问题不在信访反映范围内。

一次,信访室工作人员在听取有关某村党支部书记问题的汇报时,发现某装饰装潢公司对该村幼儿园装潢结账单据中,有非正式发票入账支出的问题。虽然数额只有1万多元,但是经过分析,办案人员敏感地意识到这家装饰装潢公司可能存在偷税漏税问题。

于是,信访室负责人立即召集当地纪委和税务部门会商,税务部门当夜组成工作小组,第二天一上班就开展调查。最终,查出该公司在为幼儿园装潢中偷漏税款 25 万元。在税务部门稽查过程中，该公司还"主动"到税务征收部门补交了 2004 年、2005 年涉及另外一家装潢工程的税款 30 多万元。仅此一项，包括间接查收的部分，就挽回经济损失 110 多万元。

从协调信访中为民解忧

对涉及人民群众合法权益的信访问题，要加强协调，努力为他们排忧解难。

有群众向市纪委信访室反映，他在一家企业打工，但养老金及医保等都未落实。信访室立即派员与当地纪委进行核实，并到这家企业协调，使其反映的问题得到了圆满解决。

某村以修路的名义，收取农民 1.8 万元。但几年下来路仍未修，收的钱存在村里账上。纪检监察信访部门接到反映后，迅速介入处理，1.8 万元退还给了农民。

通过群众信访反映，为群众做好事、办实事、解难事在 2006 年就有 20 多件。事实上，纪检监察信访工作不仅要及时把握各类反映问题的线索，还要察民情、解民忧，这也是纪检监察信访工作的题中应有之义。

（刊载于 2007 年 3 月 11 日《泰州日报》）

推行党政干部下访工作制度的调查与思考

在发展"黄金期"与矛盾"凸显期"并存的新形势下，江苏省泰州市委、市政府积极探索和实践信访工作新机制，在全市全面推行党政干部下访工作制度，实现亲民、爱民、利民、富民的要求，凝心聚力推进泰州又好又快发展。2006 年，时任中纪委副书记张惠新率中纪委调研组专题到泰州调研，对该市党政干部下访工作给予了高度评价；江苏省党政干部下访工作现场会在泰州召开；新华社、中央人民广播电台、中央电视台、中国纪检监察报社等中央、省 9 家新闻媒体进行了联合采访。

一、推行党政干部下访工作的主要做法

泰州市在全市推行党政干部下访工作制度，他们"进万家门、问万家事、解万家难、暖万家心"，在党和政府与群众之间架起了一座座"连心桥"。

1. 建立健全下访工作有效运行机制

市、市（区）、乡（镇）及各部门均建立了党政干部下访工作领导小组，党委主要负责人任组长，建立了党委统一领导、党政齐抓共管、纪委协调督办、职能部门各负其责的下访工作领导体制和工作机制；推行提前预告—收集意见—研究方案—组织实施—情况反馈"五步下访工作法"；各级干部定期不定期到各自联系点、联系户集中下访。规定"两个必办"，即可能导致集体访和越级访的信息必须在第一时间上报，并迅速介入办理；党政领导交办的信访急件，各级各部门必须在 10 个工作日内办结。明确"三个必去"，即群众反映问题多的地方必去，工作推进有难度的地方必去，重大政策出台后可能引发利益冲突的地方必去。落实"四个必包"，即各级领导干部对接访问题必须包调查、包处理、包落实、包反馈。实行"五个必究"，即不按时下访必究、问题不处理必究、矛盾激化必究、基层干部"捂盖子"必究、借解决问题吃拿卡要必究；建立了由市纪委牵头，市委办、政府办、组织、监察、信访等部门参与的下访督查机制。每年年底，采用实绩评判、群众测评、组织

评定相结合的方法，考核结果列为"三个文明"建设目标。

2. 集中整治下访中群众反映强烈的突出问题

大力整治"不作为、乱作为""乱收费、乱罚款、乱摊派""与民争利"等行为。在江苏省率先制定出台了《泰州市政府信息公开办法》，在市电台开设"行风热线"互动直播节目，在全市开展"为发展服务，让群众得益"基层站所作风建设等活动，进一步提高了权力运行的透明度。集中开展纠正医药购销中不正之风专项整治活动，得到温家宝总理的充分肯定。集中办理教育乱收费信访举报件；加大对拆迁人员弄虚作假侵吞拆迁补偿资金，使群众拆迁不能足额补偿到位、损害国家和群众利益行为的查处力度；严肃查处企业改制中弄虚作假、侵吞隐匿国有、集体资产行为，切实保障职工群众的合法权益，维护和促进企业的稳定和发展。

3. 坚持把下访工作的着力点放在凝聚民心民力创业致富、和谐发展上

泰州市各级党委政府把群众富裕作为下访工作的"第一目标"，强势推进全民自主创业、农民共同富裕、就业再就业工程、社会保障体系建设，着力通过干部下访把群众的注意力引导到创业致富上，让广大群众在和谐发展中实现共同富裕。全市实现退休人员医保全覆盖，所有企业退休人员在江苏省率先全部实行社会化管理；全市农村低保对象惠及 5.2 万人。

二、党政干部下访工作的主要成效

下访让泰州市党政干部找到了干群关系新的和谐支点。由于落实有力，好的思路转化为好的举措，好的举措取得了丰硕成果。

——遏制了"三访"上升的势头。近年来，泰州市赴省赴京的上访总量和赴省集访的次数都是江苏省最低的地级市之一，在全国、全省重要会议和重大活动期间保持了无上访的记录；2005 年无赴中纪委集体访，个访同比批次下降 55.6%，人次下降 59%。

——密切了党群干群关系。通过推行下访制度，机关干部激发了自觉改进作风、求真务实为民办事的强烈责任感。过去群众骂干部，现在群众夸干部；过去企业躲干部，现在企业到处找干部。兴化市农民李庆余由衷感谢市信访局局长张云泉等同志的倾情救助，在自家售货亭上写下了"共产党万岁"五个大字。

——推进了政府依法行政。干部下访可以了解到人民群众的想法、愿望、诉求、建议和意见，反过来推进了政府机关及其工作人员依法行政。泰州市

城管干部深有感触地说："我们通过下访，主动向群众宣传城管法律法规，并力所能及地帮助群众解决实际困难，群众现在也理解了我们，大大减少了我们执法的阻力。"

——推动了经济社会快速发展。2005年，泰州实现地区生产总值820亿元，增速创建市以来最高水平。完成财政收入110多亿元，增长25.8%。去年，实际利用外资7.22亿美元，增长73.3%，农民人均现金收入增长15.1%。年末各项存款余额836.6亿元，比年初增长17.2%。

三、党政干部下访所引起的思考和启示

干部主动下访，不仅仅是为群众做好事办实事，更重要的它是坚持立党为公、执政为民宗旨的内在要求；不仅仅是进村入户去化解矛盾冲突，更重要的它是建设社会主义和谐社会的具体体现；不仅仅是信访工作方式方法的转变，更重要的它是大力弘扬求真务实精神的必然要求；不仅仅是解决信访问题的一种有效形式，更重要的它是信访工作与时俱进的创新实践。

泰州市推行党政干部下访的实践是深入而丰富的。市纪委领导说："群众的呼声就是我们工作的第一信号，民有所呼、我有所应，民有所求、我有所为。"全国先进工作典型、市信访局局长张云泉说："群众把我们看作希望，我们就不能让群众失望。"推行党政干部下访，旨在把问题解决在基层、矛盾化解在萌芽状态。这种工作机制，就是把做好信访工作的要求寓于具体的创造性实践活动之中，从源头上有效化解矛盾。

（2006年中央纪委监察部北戴河培训中心117期优秀经验）

必须严肃查处村干部违纪问题

"村干部不算官，权力大似国务院。"这句话是过去老百姓对少数村干部"滥用"权力的讽刺。村干部是党和政府在最基层群众的直接代表，一旦违纪违法，不但使自己在群众中的威望丧失，还会影响正常的农村生产秩序和社会稳定，直接损害党和政府的形象。

从近年来纪检监察组织查处的村干部违纪违法案件中分析，村干部违纪违法问题的突出问题主要表现有两方面。一是"筐"中支。在一些村，招待费、通信费、差旅费等非生产性支出成了一个什么都能往里面装的"筐"。例如，某区一村从 1999 年到 2002 年 8 月，村级财务报支的招待费竟然高达 75.98 万元，平均每天近 600 元。再如，某村自 2000 年以来，先后用公款为个人购置了 10 部手持机、3 部无线市话机，金额达 3.2 万元。二是"账"中贪。村财务制度不健全或有制度不执行。一些"村干部"往往采取收入不入账、做假账、虚报支出、私立小金库等手段，从中浑水摸鱼。三是"权"中要。利用手中的职权在工程基建发包、土地征用、企业改制中索贿、受贿。四是为"利"挪。挪用土地补偿款或截留多收取的上缴税费，用于个人经营和为他人谋利。此外，村干部违纪显现出共同违纪趋多、违纪金额趋大的特点。某镇一村支书周某伙同该村其他 10 名村干部，私分群众上交提留款近 9 万元。某村支书张某伙同其他 2 名村干部私分宁靖盐高速公路土地征用补偿费 9.4 万元。

村干部出现腐败的主要原因有：一是自身要求不高。客观上一些村能人在外，乡（镇）党政组织在对村干部配备过程中感到头疼，很难选到合适人选，不得不把已退下来的或转行的"老马"拉上场重新起用；有的村情况复杂，配备干部照顾方方面面，干部政治业务素质难以保证。二是财务管理不善。乡（镇）虽然对村级财务实行"双代管"，但对非生产性支出管理不到位，以致少数村非生产性支出长期居高不下。例如，有的村财务账上，经常出现几百、上千元以"办公用品"名称报销的发票，一年中仅"办公用品"支出就达上万元，尤其是逢年过节时候这样的开支往往大幅上升。三是缺乏有效监督。有的财务管理制度不健全；有的虽有制度，但执行不力。有的乡（镇）虽然也定期对村级财务进行审计，但对发现的问题未及时纠正、处理。有的村虽然也在村务公开栏内公开开支情况，但群众不清楚的就不公开，而清楚的通常只公开一个数字，具体每一笔支出的用途、金额等，均无必要的说明，群众无法监督。

因此，要像重视案件一样，重视村干部违纪问题。村级非生产性支出在一些地方已成为少数干部腐败的"防空洞"，为群众深恶痛绝。一些村干部利用职权通过办公费、招待费、通信费、差旅费、养老保险费等途径，违反财政纪律，进行贪污挪用或侵占群众利益，严重影响了党群干群关系和农村社会的稳定。近年来，少数村干部在非生产性支出方面，存在的问题极为严重，有的已触犯刑律，必须严肃查处。

1. 非生产性开支限额制

根据各行政村集体经济发展的状况，按照一定的比例，确定其全年非生产性支出的总额。各行政村全年发生的办公费、招待费、通信费、差旅费、养老保险费等非生产性费用，只能在限额范围内列支；超出限额的部分，不得在村级财务中列支。

2. 村干部岗位成本包干制

按照村干部工作职责，设置党务、村务、财务、社会稳定、计划生育、民兵、青年、妇女等8个岗位。根据各行政村可用财力情况，按照量入为出、合理必须、适当从紧原则，确定村干部的岗位总成本。岗位总成本包括村干部的工资报酬和办公费、招待费、通信费、差旅费、养老保险费等。根据不同岗位职责的大小，按照党务30%、村务25%、财务18%、计划生育10%、社会稳定8%、民兵、青年、妇女工作各3%的比例，将岗位总成本分解到8个岗位。村干部的岗位成本，包干使用，超支部分个人自理。

上述两种管理模式的共同特点是，强化事前监督，从制度层面上限制村级财务中的非生产性支出，值得学习借鉴。但是，由于各地农村集体经济发展的水平不一，加之缺少配套的管理、制约措施，从实践的情况看，上述两种管理模式还有待进一步完善。

从源头上解决村级财务中非生产性支出方面的不正之风和腐败问题，首要选择是推行货币化改革。然而，推行村级非生产性支出货币化改革是一项系统工程，必须统筹兼顾，综合考虑各方面因素，既要规范管理，堵塞村级财务中非生产性支出的漏洞，促进农村基层的党风廉政建设；又要科学合理，调动基层干部工作的积极性，促进农村集体经济发展。

一是推行村级非生产性支出货币化改革应以实行"薪费合一"为基本模式。所谓"薪费合一"，即将村干部的年工资及办公费、招待费、通信费、养老保险费等费用的总额，作为各行政村村干部全年岗位的总成本。村干部的工资和一年内发生的办公费、招待费、通信费、差旅费、养老保险费等费用，均在岗位总成本中列支。超出限额的部分，不得在村级财务中列支。结余部分，从中提取一定比例的资金，用于发放村干部的奖金。各行政村的办公费、招待费、通信费、养老保险费等费用的确定，以经济指标完成情况为依据，从各村当年集体纯收入中提取。提取的比例，根据近3年各行政村办公费、招待费、通信费、差旅费、养老保险费等费用支出情况，按照合理必须、适当从紧原则确定。村干部全年的实得报酬由基本工资、职龄工资、考核工资、奖金等四部分构成。村干部的基本工资和职龄工资，以不超过乡（镇）机关中层正职年工资的平均水平确定，兼顾各行政村集体经济发展情况和村干部的工作职责，在一定范围内相对统一。村干部的考核工资，根据村干部岗位责任目标考核结果确定，适当拉开档次。村干部的奖金，根据限额的办公费、招待费、通信费、差旅费、养老保险费等费用的结余情况确定。

二是推行村级非生产性支出货币化改革应以实行"村账乡（镇）代管"为必备前提。实践证明，实行"村账乡（镇）代管"是规范村级财务管理的重要途径。因此，推行村级非生产性支出货币化改革，必须以"村账乡（镇）代管"为前提；否则，即使实行"薪费合一"的管理模式，也可能在具体执行时走样。实行"村账乡（镇）代管"，一是要坚持"三权不变"，即村集体资金的所有权、使用权、收益权不变；二是要坚持"两权分离"，即村集体资金的所有权和管理权分离，各村除预留一定数额的备用金外，其余资金全部交乡（镇）代管；三是要坚持"两个统一"，即村集体资金统一由乡（镇）专户储存，统一由乡（镇）分户核算，实行双向监督；四是要坚持"三次决策"，即村集体资金的使用必须经村民代表民主决策、村委会集体研究审批、乡（镇）集体资产管理部门审核把关。

三是推行村级非生产性支出货币化改革应以建立科学的岗位目标责任管理体系为重要基础。建立科学的岗位目标管理体系，既是规范村务管理、调动村干部工作积极性、促进农村集体经济发展的需要；也是考核村干部工作实绩、结算其工资报酬和村级非生产性支出的需要。建立岗位目标管理体系，一要突出重点。将发展集体经济、带领群众致富奔小康作为村干部的主要岗位责任目标。二要因地制宜。岗位责任目标的确定，既要考虑各行政村集体经济发展的现状，又要顾及不同岗位的工作特点，因村而异、因人而异，切忌"一刀切"。三要严格考核。采取定量与定性相结合的办法，严格岗位责任目标的考核。凡可量化的岗位责任目标，由乡（镇）相关职能部门根据有关数据直接进行考核；凡不能量化的岗位责任目标，由村党支部、村委会召开民主评议大会，实行民主考核。四要以绩定酬。将岗位责任目标的考核结果作为核算村干部的报酬、评选先进和选拔任用的重要依据，对工作业绩突出的除发给核定的报酬外，可适当予以物质或精神奖励；对未完成规定的岗位目标的，扣减其个人所得。

四是推行村级非生产性支出货币化改革应以严格管理和民主监督为必要保证。各乡（镇）要加强村级财务的管理，建立健全相关管理制度，严格履行审批手续，严格执行会计制度，坚决杜绝白条抵库、收据入账。乡（镇）纪检监察组织和农经、财政、审计等部门要切实履行各自的职责，加强对村级财务的监督检查，发现问题及时纠正处理。要强化民主管理，充分发挥村民参与村务管理的积极性，保障他们有效地行使监督权、决策权和收益权，始终将推行村级非生产性支出货币化改革工作置于广大村民的监督之下。强化民主监督，要坚持把好"两关"：一是村干部岗位责任目标，由乡（镇）各相关职能部门对口拟订后，提交各行政村党支部党员大会和村民代表大会讨论修改后，报乡（镇）党政联席会议审定。二是村干部的岗位责任目标考核结果和薪费核算情况，必须在各行政村村务公开栏内公布，接受村民的监督。

（写于 2006 年 10 月，作者时任泰州市纪委信访室主任）

关于专项整治医药购销中不正之风的调查

近年来，医药购销领域不正之风导致整个社会医疗费用的过快增长，加重了国家和患者的负担，败坏医德医风和社会风气，群众对此反映强烈。针对这种久治不愈的"顽症"，市委、市政府高度重视，市纪检监察机关协调市检察、公安、卫生等部门，以查处医药购销领域违纪违法案件为突破口，开展专项整治，着力解决人民群众反映强烈的医药购销领域的不正之风。在这次专项整治中，立案查处 33 人，涉案金额 800 余万元，其中党员干部 21 人，副处级 1 人，副科级 4 人，医院药剂、药械（器材）科长、副科长 24 人，有1 120 人自查自纠，上缴违纪金额 269 万余元。

一、当前医药购销领域不正之风的危害

医药购销领域中不正之风由来已久，它像一种传染性疾病，在一些地方逐渐传染和蔓延开来。主要表现在以下几个方面。

1. 涉案人数多、涉及范围广，形成了一条"腐败链"

这次专项整治，共立案查处的医院领导及中层以上干部 29 人。在收受药品回扣中，除政府分管领导，医院负责人及药剂、器械部门负责人以及药剂师、医护人员和医院会计外，甚至药房保管员、门卫都利用工作之便收受药商财物，可以说几乎涉及医院的各个层面。从涉及范围看，从药品到医疗设备直至医用辅助的材料，每个购销环节几乎都程度不同地存在回扣。

2. 涉案金额较大，贿赂手段多样

从涉案金额看，少数热点岗位的工作人员收受回扣少则几千、几万元，多则几十万、上百万元。从手法上看，为把药品打进医院，药商千方百计打通药剂科负责人这个关节，给他们送钱送物；对有处方权的医生则根据用药量定期给予回扣；除给予现金外，有的药商还通过变相赞助、精神贿赂等给医院及医务人员好处。如某医药代表在招标之前向一家医院行贿轿车一辆，向有关人员行贿 72 万元，轻而易举地获得该院抗生素药品的独家经销权；还

有的请医务人员旅游、吃饭、跳舞、洗浴，为他们子女上学开销费用，邀请他们参加"药品推广会""学术讲座""座谈会"等，以加深感情联络，医院及部分医务人员也由起初的意外到后来逐步习惯，变得理所当然。

3. 给予、收受回扣加剧药价暴涨

回扣之所以存在，根源在于药品从出厂到销售有着高额的利润空间。有的药品其成本价、出厂价与供应价之间存在从几倍到十几倍乃至几十倍的差距。而高出的部分除医院获得几成明扣外，其余几乎是医药代表与药剂科负责人、医生及其他人员按私下协商好的比例分成，有的事先约定的回扣率达70%左右。据某医药代表交代，有一种叫"先必先"的药品，生产成本每支只有2元多，但进医院"公关费"约2元，医院明扣14元，"处方费"7.5元，"统方费"1元，再加上其他费用，最终销售价达39元。

4. 医药回扣危及社会

由于回扣的巨大诱惑，一些医院和药剂科负责人对利益小的药品少进或不进，有处方权的医生为了多拿回扣，乱用药、滥用药，没有回扣的药不开或少开，患者不懂医，只能任凭医生开处方。一些群众因为看不起病，只能小病挨，大病拖。同时，部分不合格药品进入临床使用，不仅增加了医患纠纷，而且直接危及群众用药安全和生命健康。医药回扣让国家税收遭受严重损失。有资料显示，某市市直药品购销活动中每年增值税、所得税流失严重，流失税收相当于一个中型企业年税收入的总额。因为拿回扣，还使得一些医务工作者走上违纪违法道路。靖江市在1992年至1996年五年中，就有12人因此被追究刑事责任。

二、整治医药购销中不正之风的基本做法

开展对医药购销领域不正之风整治既无先例，也无其他可供借鉴的经验。市纪委、监察局通过深入调查研究，切合实际，按照专项整治工作计划，狠抓实施。

（一）加强组织领导，把握政策界限

1. 强化组织领导

市县两级均建立了由纪委书记任组长，检察院检察长任副组长，卫生、公安、监察等部门主要负责人为成员的专项整治协调领导小组，并在纪委、监察局设立办公室，由分管案件检查工作的常委任主任。医疗单位也成立专门机构。市委对专项整治工作高度重视，市委书记几次听取市纪委的情况汇

报，提出指导意见。各地及时向上级纪委和地方党委、政府汇报工作情况，取得指导和支持。

2. 明确政策界限

市纪委、监察局采取"积极稳妥、内紧外松"，立足教育绝大多数、打击孤立极少数腐败分子的工作方法，在对广大医务工作者进行普遍教育和立足自查自纠的同时，始终注意领导干部与一般人员的区别，以查处领导干部为主；行政管理人员与医务人员的区别，以查处行政管理人员为主；主动说明与被动交代的区别，以查处被动交代的为主；违纪数额大与违纪数额小的区别，以查处违纪数额大的为主。同时承诺，对于有问题即使是严重问题但能够自查自纠的，能在教育范围内解决的，绝不放到纪律范围内解决；能在纪律范围内解决的，绝不放到法律范围内解决。

3. 加强协调配合

建立组织协调机制，领导小组统一部署，统一指挥，有分有合，协同运作，保证专项整治工作有序进行。在梳理违纪违法案件线索后，明确各自分工、任务和责任。是党员干部的，由纪委、监察局负责，非纪检监察对象由检察机关负责，负案在逃的药商由公安机关负责追逃。领导小组经常通报情况，研究协办方案。市纪委以维护企业发展为己任，对确需到有关医药企业调查取证的，统一扎口把关，保证企业生产、经营不受影响。

（二）加强宣传教育，鼓励自查自纠

为了提高广大医务工作者对专项整治工作的思想认识，市纪委、监察局将思想教育贯穿整治过程的始终。一是深入开展"三个代表"重要思想的学习教育，使广大医务工作者深刻认识到开展这次专项整治活动是实践"三个代表"重要思想、维护广大人民群众切身利益的具体体现，使他们自觉投身到专项整治活动中去。二是大力开展医德医风教育，使医务人员良知良德在教育中得到唤醒。通过学习吴登云，树立医德双馨典型，进行深入讨论，把医德医风教育推向高潮，广大医务工作者思想认识得到了质的提高。三是认真开展警示教育，使医务人员在教育中得到警醒和震撼。在开展正面典型教育的同时，全市各医疗单位利用历史的、现实的，外地的、身边的医药购销领域的违纪违法案例深入开展警示教育。纪检监察机关派员先后到医疗卫生系统上党风廉政教育课12次，组织观看典型案例电教片10部56场次。各地卫生局、医院党组织、纪检监察组织还在各个阶段通报四市二区工作进展和查案情况，要求各科室组织讨论，并由医务人员撰写心得体会。宣传教育的深入开展，使广大医务工作者在思想上受到极大触动和震撼，为专项整治的顺利开展打下了良好的思想基础。

各地按照全市的统一部署要求，坚持以教育为主，讲透政策、讲清道理、讲明纪律，鼓励支持广大医务工作者自觉纠正存在问题。一是启发自觉，引导自查自纠。通过给政策、给机会、给时间、给面子、设立自查自纠接待点等，帮助有收受回扣行为的医务人员主动自查自纠，鼓励他们放下包袱，振作精神，努力工作。在组织的启发、引导下，不少医务人员主动纠正存在问题，有的医务人员一次退款高达7万元。二是积极敦促，帮助自查自纠。"谁纠谁吃亏"是少数有这样那样问题人员的心态特征。为使这部分人丢掉幻想，提高认识，在启发自纠的同时，不断加大"火候"，采取典型引路、缩小范围、个别交心、诫勉谈话等方式，进一步做好思想政治工作。同时，加强"点化""亮底"和敦促，使起初思想犹豫，甚至等待观望人员得到转化。一部分"看大势"的人，在组织敦促下上缴了违纪违法所得。据统计，自查自纠后7天上缴回扣人员达511人，金额80多万元。有些医生说，过去组织上搞专项整治，往往是放掉胆大的，吓住胆小的，逮住老实的，现在看来还是缴了好，否则心里不踏实，觉也睡不安稳。三是通过自查自纠注意发现案件线索。医药领域的"回扣"大多是"一对一"的黑幕交易，具有隐蔽性、连环性等特点。为争取查案工作的主动权，在自查自纠阶段，两级纪委、监察局注意综合分析，努力从中发现案件线索。通过分析药商与相关人员的关系，从医务人员的岗位性质、有问题医务人员在自查自纠中的表现，以及平时群众反映比较集中的相关人员中发现线索。据统计，通过梳理排查，在自查自纠中发现的案件线索多达8条。

（三）严格执行纪律，严查违法案件

医药购销中的不正之风何以成为"顽症"？调查表明，一段时期以来，一些重大违纪违法问题未能得到及时、严肃查处，致使一些人有恃无恐是其中重要原因之一。对此，市纪委、监察局以查处案件为突破口，推动专项整治工作深入开展。首先，通过查处一批不法药商，为查处医药回扣案件提供了重要的线索和证据。纪检监察、检察机关采取临时封药商未提账款，公安机关对涉嫌违法者实行网上追逃等措施，使一批不法药商落入法网。通过突击审讯，这些药商交代了他们向多名医务人员行贿的事实，使一些涉案者浮出水面。全市查处的29件医务工作者收受药品回扣案件，有20件是通过查处药商而突破的。其次，通过查处热点岗位上的人员，促进查案工作的深入开展。各地纪检监察

机关、检察机关不放过任何一个疑点和细节，顺藤摸瓜，同时，注意分析研究医药购销中回扣问题的特点和规律，在掌握大量事实证据的基础上，迅速开展对一些热点岗位人员的查处。这次立案查处的33人中，除4名药商外，有25人是药剂、医疗器械、工程建设、财务等部门的负责人及分管人员。再次，通过查处职级高的重点案件打击犯罪。查处的某副市长案件，在全市上下特别是医疗卫生系统产生了强烈震动，极大地促进了全市医药购销领域违纪违法案件查处工作的有序推进。与此同时，有些市区还先后查处了卫生局副局长、医院正副院长4人。最后，及时追缴赃款赃物，绝不让腐败分子在经济上占便宜。在查案的同时，各地注意及时追缴赃款赃物，努力为国家和集体挽回经济损失。泰兴市纪委、检察院查处的泰兴市人民医院药剂科科长常某受贿案，案值200多万元。在常某供述了收受回扣80多万元后，该市迅即兵分两路，一路继续审查，一路按他的交代追缴藏匿在上海、乡下亲戚家等地点的现金，200多万元的赃款、赃物全部追缴到位。在立案查处的33人中，其案值在10万元至20万元的有8人，超过20万元的有13人。

三、专项整治工作的成效

泰州市开展对医药购销领域不正之风专项整治所取得的成效得到了中央、省市领导的高度重视，并给予了高度评价，其经验做法先后被转发各地学习借鉴。

1. 医药购销领域的混乱状况得到有效整治，药费下降，老百姓得到实惠

通过专项整治，实行药品招标和收支两条线管理制度，医药收入分开核算，药品销售不与医务人员利益挂钩，同时建立较为科学的综合考核措施进行利益分配，优劳优酬，合法取酬，较好地解决了医生用药中的回扣问题。各地还全面推行了药品集中招标采购制度。姜堰市率先成立药品招投监督办公室，通过招标，药品平均价格下降了29.8%。该市溱潼卫生院认真解决药品回扣问题，主动降低药价，真正让利于患者，该院单品种药品购进价只是市场零售价的40%。据统计，泰兴人民医院原先一天的用药金额超过30万元，专项整治后，一天用药金额仅在9万元至10万元，患者负担明显降低。不少群众反映，过去看个感冒只需花三四十元，近几年一下子提高了5～10倍，整治后又回到了原来的价位上。泰兴市群众反映，过去妇女到医院生养，包红包不算，还得花费2 000元左右，现在医生不收红包，费用只需八九百元。目前，全市医疗卫生单位正在实施或探索开通医院与药厂药品购销"直通车"，

堵死从药贩手中进货渠道，杜绝药品回扣，最大限度地减少中间环节导致的药品利差。

2. 医德医风明显改善，重塑了"白衣天使"良好形象

收受回扣、药价高、群众看病贵、少数医生形象差，是广大人民群众对医德医风的集中反映。人民群众一度这样形容："过去怕飞机大炮，如今怕医院学校。"反映了一些医务工作者医风医德差、医院形象不好的问题。通过专项整治，各级医疗卫生单位和广大医务工作者痛定思痛，开门评议医风医德，制定和完善医院内部监督制约机制、民主决策议事制度、院务公开制度、重点岗位轮换制度、岗位经济责任审计制度、药品明码标价等规章制度。同时，改革医院分配制度，建立利益激励机制，"开前门，堵后门"，让职业道德高尚、医疗技术精湛、服务态度优良的医务工作者得到应有报酬。过去一些药商围住医院转，跟着医生走的现象得到有效遏制，医生乱开处方、开"大处方"的现象不见了。特别是在"非典"肆虐期间，广大医务工作者纷纷报名，主动要求到一线工作，全市各大医院的医务人员在抗击非典中都表现出崇高的敬业精神和工作热情，夺取了抗击"非典"的全面胜利。广大人民群众说，泰州没有一人感染"非典"，"白衣天使"功不可没。

3. 人民群众对纠正医药购销领域的不正之风更加坚定了信心

最近我们对专项整治工作效果进行了民意调查，群众普遍认为：这次专项整治，纪检监察、检察机关集中查处了发生在医药购销领域的腐败案件，这是为群众办的一件大好事、大实事；这些事发生在我们身边，过去年年喊，就是不见效果，以为这股歪风恐怕是治不了也治不好了，这次既动真碰硬、打击犯罪、严惩了腐败分子，又保持了医院稳定、正了医风，这是党和政府实践"三个代表"的具体行动。不少老百姓说，我们相信党和政府一定能够纠正医药购销领域中的不正之风，也相信党坚决惩治腐败的决心。

（刊载于 2003 年第 19 期《泰州通讯》，与丁亚明、钱宏琦合作）

高度重视乡镇纪检监察案件审理工作

乡镇纪委是最基层的一级纪委，在抓好农村党风廉政建设、查处群众身边的违纪违法案件以及为民排忧解难等方面发挥了重要作用。据调查，乡镇纪委、监察室每年查处的违纪违法案件大多在 2～3 件，最少的也有一件，基本上没有"空白"，达到了每乡每镇有案件查处。

由于主客观因素的影响，乡镇纪委在办案人员、办公条件、办案水平等诸多方面受到一定制约，有的乡镇纪检监察干部交流换岗频繁，业务跟不上，队伍不能稳定，给办案工作带来不小困难。有的乡镇纪委虽有几名委员，但基本上是由财政、农经、审计、司法等部门负责人兼任的，他们中大多数人很少有时间和精力来从事纪检监察工作，平时多为"拉郎配"，所以，检查的案件往往从立案到审理再到处理，纪委书记既要"挂帅"也要"出征"，有时甚至由纪委书记或监察室主任唱"独脚戏"。

这是极不规范的，也是违背案件检查和审理工作程序的。纪检监察案件检查要求很高，责任很大；审理工作是一项十分严谨、严肃的工作，对每一份笔录、每一个细节甚至对每一个违纪人员的处理，都要分析透彻，量纪准确，经得起历史的检验。因此，案件查处、审理工作中的每一道程序都要慎之又慎，认真把握好，严格按办案"二十字"方针去做，以防止有悖于规定要求的情况出现。

重视和加强乡镇纪检监察案件审理工作，一是要领导重视，配强队伍。乡镇党委、政府要高度重视纪检监察工作，要配备那些党性强、作风正、业务好、敢作敢为的人员，同时，要在办公条件、办案经费等方面给予关心。上级纪委可尝试开展组织专业人员分片审理或直接由县（市、区）纪委进行提级审理。二是加强培训，提高水平。上级纪检监察机关要加强对基层案件审理的业务培训与指导，确保每一件案件处理完毕后都能经得起历史的检验。三是要严格把关，确保无误。定性准不准事关案件质量、关系处理恰不恰当，上级纪委案件审理室可尝试将乡镇纪委调查的案件进行提级审理，即使是组织健全、人数多有专人分工审理的乡镇纪委，也要对所查处的每一件违纪案件的审理呈送上级纪检监察机关把关、定性，防止草率办理，甚至不审理就处理。

（写于 1991 年 9 月，作者时任兴化市徐扬乡纪委书记）

案件调查"五戒"

纪检监察案件调查是案件查处中一项十分严肃、慎重的基础性工作，认真、细致、准确地开展案件调查，确保调查质量，让被调查人对案情实事求是、独立、客观、充分地反映情况，是使查处的案件达到事实清楚、证据确凿、经得起历史检验的前提。笔者认为，在案件调查过程中，不但要做到因案而宜，把握环节，更要特别注意做到"五戒"。

一戒"草率"。我们在平时任何工作中最怕的就是草率，"草率"是不认真、不负责任的表现，容易把案子办糟。纪检监察案件的调查来不得半点马虎，必须认真制订调查方案，分析在调查过程中可能会出现和碰到的这样或那样的问题，不可打无准备之仗，否则，就会影响整个案件的调查结果。要注意因人因事而异，根据情况，区别对待，仅凭老经验，采用一个模式、一种方法进行调查是不足取的，也是不可能达到预期效果的。

二戒"露底"。在案件调查过程中，要注意和防止刚刚与被调查人接触，或与被调查单位领导交换意见，就将全部调查目的和盘托出；一听到被调查人反映的内容与调查设想和已掌握的情况有些相吻合就当即肯定。当听到被调查人反映出重要情节、重要问题或组织上尚未掌握的情况时要沉着冷静，切不可按捺不住，露出声色，甚至将其他人揭露或承认的内容随便透露。要注意因势利导、"顺水推舟"、"顺藤摸瓜"，步步深入。

三戒"偏执"。切忌先入为主，偏听偏信，以偏概全，事先定调子，明示或暗示被调查人按自己预定的设想去说，或按已掌握的情况去证实，对不同反映听不进去，甚至在未掌握其真实情况的前提下就马上加以否定。

四戒"浮躁"。进行案件调查，不是"碗里抓菱"，被调查人往往不会在你调查一开始就马上配合，按照你的要求去办，他总要千方百计对付你，对你提问，绕圈子，回避问题，甚至弄虚作假，在这种情况下，要控制情绪，不要与其争辩、冲撞，甚至用威逼、恫吓等违反党章或国家法律的手段对待被调查人。

五戒"滑边"。调查人任何时候不可向被调查人透露有关案情方面的情况，如说话过头，不留余地，不讲分寸，不注意策略，甚至违背组织原则，超越责职范围，擅自许愿，搞先决条件，这都是调查人不应有的表现，也是党的纪律决不容许的。

纪检监察案件不同于其他性质的案件，对调查人的要求非常高，调查难度也很大，调查过程中做到"五戒"，既是办案工作的要求，也是调查人应具备的基本素质。做到"五戒"，我们的调查工作才能顺利进行，调查结论才能公正客观，准确无误。

（刊载于 2000 年第 5 期《江苏纪监》，与吴玉传合作）

"小金库"存在的原因剖析及治理对策

党中央、国务院历来高度重视"小金库"问题，多次明令禁止，要求坚决治理。但近年来，一些地方、部门和单位设立"小金库"的现象仍时有发生，即使以前也开展过"专项治理"，但有的仍相当严重。因为设立"小金库"，极少数干部走上违纪违法道路，教训十分深刻。"小金库"的存在，直接破坏了党风廉政建设，严重败坏党风、政风和社会风气，人民群众对此反映强烈，应当引起高度重视。

"小金库"缘何屡禁不绝？

"小金库"多年来缘何屡禁不绝？就像"割掉"的"韭菜"为什么又很快会"长"出来，其中究竟积淀了多少陈年陋习？一般有一定工作阅历的人，即使是普通百姓，对此问题只要稍加分析就不难发现其中奥秘：极少数领导人思想认识上出现偏差，小团体利益作祟，监管和查处不力，直接导致私设"小金库"行为屡禁不止，甚至蔓延泛滥。

现实中，一些单位在少数人的策划下，把"小金库"包裹得很隐蔽，一般外人不知，内部也只有少数人知道。设立"小金库"目的很明显，为做那些见不得人的事开辟暗道。他们将"小金库"资金作为与上级同级下级"联系感情"的物质基础，随意支出"小金库"资金，用于送礼讨好上级领导。如凡有不好明里开销的吃、请、送都由"小金库"开支；平日和逢年过节送礼，包括极少数人为自己或家人上学、就业、请客送礼不用自己掏腰包，如同探囊取物般方便自如；花"小金库"里的钱都是少数人，花这些钱往往也会得到个交代，有的还说不定能从中捞到包括政治、经济上的实惠，彼此都心照不宣。设立"小金库"大多打着为集体谋福利的幌子，个别领导甚至利用"小金库"浑水摸鱼，中饱私囊。设立"小金库"者为防止"暴露"，对同级或下级也不忘施以小恩小惠，笼络人心。他们用"小金库"资金或以考察为名搞公款旅游，或给职工滥发补助和福利"改善"干部职工生活，因为大家都有好处，所以一般不会有多少议论，你多点我少点也能"理解"。因此，对内部搞"创收"、类似截留财政拨款专项资金挪作单位自用的活动经费等视而不见，对这些资金来源都心知肚明，因而对单位私设"小金库"保持缄默。这种情况在小集体或单位内部有着共同的利益基础，他们对私设"小金库"现象多采取默认、放任的态度，一般不会积极抵制或主动举报，谁也不愿意捅破那层窗户纸。

当前"小金库"的主要表现特点

笔者通过几个月的调研发现，当前"小金库"主要表现特点有三个：第一，从收入不入账逐步转向收入不进入规定账户或以代支手段设立。近年来，行政事业单位收费票据的管理得到加强，人民群众对乱收费行为防范意识大大增强，用不开票、不入账的方式将收入存放在账外，进行"小金库"运作的难度加大了。因此，一些单位采取更隐蔽的方法，有些单位将收入列为工会账户而不列入部门规定的账户统一核算，有些单位的房屋出租收入不入账而直接抵扣部门招待费或发洗衣券、食品等变相发放职工福利。某县渔业社一班人通过截留上级补偿资金、收入不进入规定账户等方法私设"小金库"，挥霍集体资财100多万元。收入不进入规定账户或以收代支这种手法十分隐蔽，调查取证难度大，如无知情人举报，并与往来单位核对账目，难以发现，即使有少数虚假发票被发现，也不易暴露"小金库"的整体情况。第二，从直接方式逐步向间接控制资金设立。过去一些单位、部门私设"小金库"，多采用个人存折的方式，直接掌握控制资金。随着行政审批制度、预算外资金管理制度、公共财政制度的建立和不断完善，通过传统方式设立"小金库"目标大，容易暴露。因此，这些部门往往将部分行政执法权力下放到下属单位，或将资金秘密转移到下属单位，使下属单位的账户成为其"小金库"。第三，在代收代办业务中违规设立。代收代办业务从财务角度看是一个收支平衡的过程，但在实际操作过程中，大多有一定回扣或手续费。如代收会费业务，这部分资金往往进入了"小金库"。这种情况常发生在具有行政执收执罚权力的单位，这些单位利用行政权力帮助与其有密切关联的协会或培训机构、中介机构收取费用，并采取不入账的方式，形成"小金库"。某县级人大少数人到企业"化缘"，有的"化"来的"缘"直接进入"小金库"，而有的未进"小金库"少数人私分了。另外，有些学校自办学生食堂，账目管理不清，学校的一些费用在食堂支出，形成变相的"小金库"。

账外资金是腐败温床，"小金库"存在危害极大

"小金库"是账外资金的俗称，其形成原因是多方面的，主要表现形式包括违规收费、罚款及摊派设立，用资产处置、出租收入设立，以会议费、劳务费、培训费和咨询费等名义套取资金设立，经营收入未纳入规定账簿核算设立，虚列支出转出资金设立，以假发票等非法票据骗取资金设立，上下级之间相互转移自己设立，等等。"小金库"的形成最关键的是一些单位的党员干部对"小金库"问题存在的严重性认识不够、法纪观念淡薄，极少数人为所欲为、无视党纪国法。"小金库"资金的主要来源是不合法收入，既然是账外资金，其支出则用于不能进入正规账务的灰色支出，在管理、使用上不公开、不透明，更谈不上监督。

毋庸置疑，"小金库"是产生腐败的温床和土壤，容易诱发职务犯罪！在有些单位，极少数人设立"小金库"，动辄以各种名目滥发奖金、补贴，请客送礼，招待应酬，也为报销个人费用和职务消费开辟了"绿色通道"，以支付不便公开的开销。用钱似乎方便了，得到的好处也多了，助长了奢侈之风。但由于"小金库"里的钱见不得人，不能光明正大地分配，一方面会导致少数领导干部违反财经法纪，在"不知不觉"和"甜蜜享乐"中违纪违法；另一方面，"小金库"是典型的化大公为小公，破坏财务制度，使得大量资金游离于财务核算之外，扰乱市场经济秩序，直接损害国家利益，造成财政收入和国有资产的流失，直接破坏党风廉政建设，严重败坏党风、政风和社会风气。

严肃查处，从根本上铲除"小金库"滋生的土壤

从根本上铲除"小金库"滋生土壤，必须着力从三个方面抓实抓好抓到位。首先，要敢于动真碰硬。治理"小金库"顽症需要动真格的。各级党政组织要把财政审计监督和法纪制裁放在突出位置，纪检监察机关及有关部门要加大查处力度，对于在中共中央办公厅、国务院办公厅发布《关于深入开展"小金库"治理工作的意见》（以下简称《意见》）前设立"小金库"自查自纠的，对责任单位可从轻、减轻或免于行政处罚，对有关责任人可从轻、减轻或免于处分。对《意见》印发后再设立或者变换方式继续设立"小金库"的，一经查实，对主要领导、分管领导和直接责任人要严肃处理，按照组织程序先予以免职，再根据党纪政纪和有关法律法规追究责任。高港区畅通举

报渠道，根据群众举报的线索，以办案方式实施检查，共查出 3 个单位设有 13 个"小金库"，收入总额为 348.01 万元，支出总额为 300.43 万元，4 人被移送司法机关。其次，要加强法治教育，增强党员领导干部法治观念。要开展正反典型教育，提高党员干部的廉洁自律意识，增强纪律观念，规范从政行为，使其自觉做到不设立"小金库"，抵制有关"小金库"的行为。与此同时，对查出来的"小金库"问题除在内部通报外，还要在媒体上曝光，相信这样做再也不会有谁愿意为设立"小金库"付出沉重的代价。最后，要注重建立长效机制。加强部门内部管理，建立健全各项规章制度，加强财政审计监督，齐抓共管，形成监管合力。同时，加强宣传教育，防微杜渐，做到既严肃查处，又惩防并重。认真落实中央纪委制定和颁布实施的《设立"小金库"和使用"小金库"款项违纪行为适用〈中国共产党纪律处分条例〉若干问题的解释》，不但要加大对使用"小金库"款项挥霍浪费、谋取私利等行为的经济处罚等追究力度，还要严肃处理设立"小金库"的衍生违纪行为，通过建立健全教育、制度、监督、惩处机制，从源头上削弱设立"小金库"的利益驱动力，消除设立"小金库"的动因，从根本上铲除"小金库"滋生的土壤。

（收录于中央党校出版社 2010 年 7 月出版的《科学发展观与新形势下基层党的建设》，与陆宝存合作）

基层党风廉政建设存在问题与对策研究

习近平总书记在十八届中央纪委六次全会上强调："着力解决发生在基层和群众身边的不正之风和腐败问题，让正风反腐给老百姓带来更多的获得感。"他指出："从严治党，惩治这一手决不能放松。要坚持'老虎'、'苍蝇'一起打，既坚决查处领导干部违纪违法案件，又切实解决发生在群众身边的不正之风和腐败问题。"总书记的讲话，深刻分析党风廉政建设和反腐败斗争的新形势，旗帜鲜明、振聋发聩，对我们坚守阵地、巩固成果、深化拓展，不断把反腐败斗争引向深入、夺取反腐败斗争新胜利，具有重要指导意义。

一、当前基层党风廉政建设和反腐败斗争形势分析

如今的基层，村中有城，城中有村，官员住"农民圈子"里，农民住"官员圈子"里。据权威部门统计，2014年，全国有农民工2.74亿人，部分人还在进城务工后买房、落户，城里人到周边农村购房、居住、安家，尤其是户籍管理改革后，早已没有了过去那种城里人与农村人的本质区别，这种新的居住格局与居民结构，演绎了真正意义上的"居农混居"新常态，"城乡"人们之间的意识形态相互渗透，政风民风互为影响，基层党风廉政建设已不再是县级以下"基层"的概念，所折射出的是党风作风、廉政状况，凸显了在全面从严治党的今天，基层党风廉政建设比任何时候都重要。

1. "'老虎'、'苍蝇'一起打"定反腐总基调

党的十八大以来，党中央持续加大反腐败力度，形成高压态势，党风廉政建设取得重大成果。习近平总书记强调的反腐败斗争形势依然严峻复杂，其中包括基层党风廉政建设和反腐败工作。乡镇是我国最基层的一级党委政府，贯彻党的路线方针政策到最基层就是到这一级，"层层传导压力、逐级落实责任"主要体现在基层，落实不得含糊，执行不能走样。

"'老虎'、'苍蝇'一起打"是党的十八大召开后的一个热词，为反腐败工作定下了总基调。我以为，打"老虎"不仅指要严肃查处各级领导干部、

特别是高级干部的违纪违法问题，而且要重点查处那些危害党的建设、政权建设、国家安全等政治领域的案件，同时，坚决查处严重影响、干扰推进制度全面高效运转、充分贯彻落实的人和事，将反腐败斗争全面纳入法律框架之内。"苍蝇"不仅指那些"小人物""小问题"，更为重要的是，必须切实解决发生在群众身边的不正之风和腐败问题，认真查处那些侵害人民群众切身利益的人和事，这些"苍蝇"，败坏的是党风政风，污染的是社会风气，损害的是党的形象。我们党植根于人民，群众利益无小事，不把老百姓的事解决好，我们党就会失去根基，江山就不会稳固。所以，加强基层党风廉政建设必须抓早抓小，对"蝇贪"零容忍，一旦发现问题，必须将其消灭在萌芽之中。

2. "四大特点"标志反腐进入新常态

党的十八大以来，党中央加强党风廉政建设和反腐败斗争突出表现为四大特点：一是"打虎"实现"全覆盖"，反腐进入新常态。2015 年 11 月 11 日，北京市委副书记吕锡文涉嫌严重违纪接受组织调查，该"女老虎"的落马，标志着中央"打虎"实现 31 个省、区、市"全覆盖"。2016 年第一季度，中央仍保持着反腐"高压"态势，尤其是在"打虎"方面，真正体现出中纪委此前表示"节奏不变、力度不减"的反腐思路，共宣布查处省部级高官 16 人，创下季度"打虎（地方）"人数新高。其中在十二届全国人大四次会议期间王珉落马。中央已连续 3 年在两会期间拿下一些腐败分子，比如，2015 年两会期间，中纪委先后宣布云南时任省委副书记仇和等 3 人接受组织调查，这传递出反腐永不收兵的深意，也说明，没有谁手握"免死金牌"，在重大会议、重大活动期间"打虎"已成"常态"。二是八项规定吹新风，严查顶风违纪不停歇。自 2012 年 12 月 4 日中央八项规定颁布起，截至 2016 年 4 月 30 日，全国已累计查处违反八项规定精神问题 36 863 起，处理人数 47 821 人，其中 11 979 人受到党纪政纪处分。在被处理的人员中，省部级 2 人，地厅级 178 人，县处级 2 391 人，乡科级 45 280 人，乡科级受到处理的人数占比达 94.7%。如今，有些人依然我行我素，尽管"螺丝越拧越紧"，信息定期公开，但基层党风廉政建设问题在一些地方、一些领域仍然突出。2016 年 4 月，全国查处违反中央八项规定精神问题 3 891 起。三是建立国际反腐败执法合作机制与网上追逃机制。据媒体消息，截至 2015 年 11 月 1 日，"百名红通"人员已有 17 名嫌疑犯陆续归案，其中李华波、戴学民、孙新、赵汝恒等至少 10 人在国内等待审判。另有数人在国外落网，等待遣返或引渡。腐败不是高层、高官的"专属权力"，基层不仅有，小官大贪、"前腐后继"的案例很多，其中不乏潜逃国外或是被网上追逃：河北省邯郸市邯山区工业信息化局局长崔某，一个科级干部，涉嫌贪污受贿1.4亿多元，被网上追逃。村干部虽然职务很低，但是在一些地方"权力大似国务院"，尤其是涉及征地拆迁的村，他们手中的权力很大，权威显赫。河南省郑州市二七区齐礼阎村原支书阎海明借政府的拆迁安置政策，贪污受贿2 000余万元；北京市海淀区西北旺镇皇后店村会计陈万寿挪用资金1.19亿元；延庆县旧县镇农村经济经营管理中心原主任袁学勤，挪用公款2 400万元；吉林省四平市秦家屯镇原党委书记、镇长崔连海，因涉嫌贪污公款东窗事发，畏罪潜逃；等等。四是纪律规矩挺在前，筑牢权力制约"防火墙"。把纪律规矩挺在前，就是要常抓纪律教育，进一步扎紧制度的笼子，筑牢权力制约的"防火墙"，把守纪律和讲规矩作为遏制腐败的利器，每个党员干部必须对此有清醒认识。一段时期，曾有人认为"四风"问题、八项规定，对基层而言是"小节"，这是一种认识上的严重误区，必须坚决纠正。"千里之堤，溃于蚁穴。"大的问题几乎都是由"小节"引起的，因而要时刻警惕"小节无害"，远离"温水效应"，决不能放过身边作风不实、效能不高、纪律不严的"小节"。各级党组织、执纪执法机关要攥紧拳头、集中力量，坚决予以惩处逾越制度"红线"、突破"道德"底线、碰及纪律"警戒线"、触犯法律"高压线"的行为，只有认认真真、扎扎实实地去抓，才能多角度、全方位、深层次、全覆盖地把基层党风廉政建设落到实处。

3. 群众身边腐败成纪律审查重点

"苍蝇"是"四害"之一，繁殖快，令人恶心。近年来，在各地纪检监察机关立案查处的案件中，群众身边腐败占比一直位居80%以上，这说明基层是各级要紧抓不放的重点。2016年前9个月，全国有905起侵害群众利益的案件被通报曝光。群众身边的腐败严重损害党的形象，破坏党群干群关系，群众深恶痛绝。如2015年上半年，江苏省各级纪检监察机关立案7 725件，其中县以下纪检监察机关立案查处基层党员干部在土地征收流转、"三资"管理、惠农补贴、扶贫救济等方面的违纪案件6 351件，给予党纪政纪处分4 548人，分别占全省案件总数和党纪政纪处分人数的82.2%和81.1%。省纪委印发的《关于专项督办群众身边"四风"和腐败问题线索的工作方案》明确，从2015年7月至2016年年底，重点围绕基层干部在土地征收流转、"三资"管理、惠农补贴、扶贫救济、低保资金管理使用、城市拆迁改造等方面问题，开展督查督办；对于其中问题重大、情况典型、反映突出、久拖不决的线索，由省纪委挂牌督办，限时核查办结。同时，成立农村纪检监察工作室，直接聚焦具体人、具体事，充分体现了"把纪律和规矩挺在前面"的精神，使一些"小病"及早被查出并得到诊治，从而让"四种形态"在基层得到更好实现，达到惩处极少数、教育大多数的目的。

笔者对泰州市近年来案件查处情况进行了分析研究。2015 年，全市纪检监察机关立案 1 369 件，查处县处级干部 20 人、乡科级干部 108 人，给予党纪政纪处分 1 335 人；其中党纪处分 1 138 人，政纪处分 267 人，双重处分 70 人。有几个数据值得重视：前些年全市立案查处的案件数一般在 840 件左右，而近几年查处的违纪违法案件数量上升幅度较大，在所处分人员中，受到党纪政纪处分的占 86%，其中轻处分占 73.9%；立案查处群众身边的腐败案件 231 件，占案件总数的 16.9%，处分村（社区）干部 162 人。从这些数据中可以看出，把纪律规矩挺在前，不论是上级机关、领导干部，还是基层组织、基层干部，谁不重视谁就会犯错误。"不作为、慢作为"在不少部门单位和个人身上常有表现，这种不思群众冷暖的行为，似乎不像贪污受贿那样让人看得见，然而，就是这种看不见、又让人难找纪律处分"条款"的问题，其实就是脱离群众的"慢性病"，任其发展下去将会十分危险。加大执纪审查力度，严肃查处这些问题，把党风廉政建设落实到基层每个环节，整个党风政风才会好转，老百姓心里才能得到最大慰藉。

二、基层党员干部违反党风廉政建设的案件特点及原因分析

有这样两组数据，第一组：近年来全国每年查处的强农惠农资金管理使用中违规违纪问题有 3 000～6 000 件，查处涉农乱收费乱罚款乱摊派等问题有 1 000～3 000 件，给予纪律处分或其他处理上千人，尽管各级纪检监察机关对此类问题及时纠正和查处，但为什么前面查了后面还有人敢重蹈覆辙？原因在于基层党风廉政建设落实不力。第二组：一些损害群众利益的违纪违法案件、工程建设领域方面的案件每年都有几千件甚至上万件；查处"四风"问题、违反中央八项规定精神问题，尽管各级纪委不断曝光，可全国每年仍有上千件，而且基层占比较大。这两组数据只代表了"基层"的一定比例。

（一）基本特点

1. "四风"问题、违反中央八项规定精神问题基层成重灾区

一些基层干部认为，"四风"、中央八项规定是对上级组织、上层领导的要求，自己一个乡科级干部、村（居）干部，"小鱼"怎能泛起"大花"，中央哪有精力管到自己这一级。各级都在宣传、曝光一些违规、违纪案件，还

是有人敢顶风违纪、不执行纪律规定，新的案件屡屡发生。如有的借婚丧喜庆，大操大办，借机敛财；有的明的改成暗的，大酒店改成小排档，把好酒装在雪碧瓶子里等不一而足。常熟市虞山镇顶山村党总支书记蒋伟民为儿子操办婚宴 80 桌并邀请镇村干部参加，被处以党内严重警告处分；连云港市海州区新坝镇镇村管理办公室主任徐兴兵驾驶城管执法车接儿子，被处以党内严重警告处分；丰县王沟镇刘小集村党支部书记刘安生向农户收取改厕费用，并将其中 18 162 元据为己有，被处以撤销党内职务处分……2015 年 1—11 月，全国共查处违反中央八项规定精神案件 3.2 万起，处理党员干部 4.3 万人，给予党纪、政纪处分 2.9 万人，受处分人数占处理人数的 67.4%，比 2014 年翻了一番。2016 年 1—8 月，查处违反中央八项规定精神案件 2.51 万起，给予党纪政纪处分人数 2.661 万人。这一数据一方面说明监督执纪力度不断加大；另一方面，说明仍有人不收手、不知止，其中，乡科级干部成违规重灾区。

2015 年 11 月 18 日，中纪委监察部官网发布了"各省区市查处违反中央八项规定精神问题汇总表"，共有 16 699 名被处理干部和 3 721 名被处以党纪政纪处分的干部，汇总表细化了级别。结果表明，违规级别呈金字塔结构，乡科级最多。在 16 699 名被处理干部中，乡科级 16 080 人，占比 96.29%；在 3 721 名被处以党纪政纪处分干部中，乡科级 3 535 人，占比 95%。而 2016 年 8 月 31 日公布的问题汇总表，共有 26 609 人受到党纪政纪处分，乡科级干部为 23 820 人，占 89.52%。违规公款吃喝 3 210 起，违规配备使用公务用车 4 388 起，违规发放津补贴或福利 6 338 起，违规收送礼品礼金 4 482 起；大操大办婚丧喜庆等七大类中的每一类，乡科级也都高居榜首，违规人数最多。

2. 改头换面，花样翻新，案情涉及基层多个领域

从近年来查处的基层党员干部违纪违法案例来看，主要表现为以下十方面：一是贪污、受贿、私设"小金库"案件。此类案件在基层一些部门、经济发达的乡镇（街道）、村（居）较常见。焦作市水利系统系列贪腐问题，6 人因涉嫌违法犯罪被移交司法机关处理；固始县水利局则通过虚列工程支出、套取专项资金等手段私设"小金库"，该案共涉及 9 人，其中 8 人受到党政纪处分，1 人被移交司法机关处理。二是挪用公款案件。某市教育局国际合作与交流处负责人于 2007 年至 2014 年，利用其开展学生暑期修学旅行活动之职务便利，先后 31 次挪用基层 4 所实验学校学生出国修学旅行费用 1 083 万余元，用于个人购买银行理财产品、申购新股，违法所得人民币 20 632.63 元。某村党支部书记利用职务之便，擅自将本村土地补偿款 60 万元借给其弟弟的个人

企业用于经营活动，还利用职务之便，为他人在承建新农村工程等方面谋取利益，收受他人的贿赂，涉案金额达 80 多万元。三是职务侵占案件。有的基层干部住的公家房子，水电气、生活用品全由单位承担，更有甚者，有的调离后仍霸着不交，或安排自己的亲属住，产生的一切费用仍由原单位承担。四是假借公事、干部合伙挪用资金案件。某村党支部书记假借为村里订购办公用房，将村集体资金 150 万元私自借给开发商用于房地产开发；此外，还利用职务上的便利，为他人谋取利益，非法收受他人财物，被判处有期徒刑五年。五是骗取"农机购置补贴"、克扣农民资金案件。泰州市把查处侵害群众利益的不正之风和腐败问题，作为基层纪检监察机关的重要工作任务，严肃查处了一批群众反映强烈的违纪问题。2015 年 10 月，该市纪委结合泰州实际，在全市部署开展查处骗取"农机购置补贴"问题专项行动。截至 2016 年 3 月，共查处"弄虚作假、骗取冒领，假公济私、截留挪用，巧立名目、中饱私囊，官商勾结、以权谋私"四种骗取"农机购置补贴"问题案件 113 件，涉及 106 人，已移送司法机关处理 5 人，给予党纪政纪处理 94 人。在查处克扣农民资金案件方面不手软，如某村党支部书记违反国家强农惠农政策，私自克扣农民种粮补贴款 9 万多元用于该村闸站建设，抵算村民上缴费用，受到党纪处分。六是官僚主义、失职渎职案件。少数基层干部在处理基层事务特别是处置集体资产时，不按照议事程序办理，该研究的不研究，独断专行，搞一言堂，甚至官僚主义严重，导致失职渎职。如某社区负责人在得知辖区内出现违章建设时，不及时向上级汇报，也不制止，致使该社区三个组违章建筑大面积蔓延，违章建筑面积达 3 500 平方米，在群众中造成了极大的负面影响。七是违规"补课"、违反社会公德，参与赌博、"傍大款"案件。有的基层教师在自家开设"第二课堂"，上课时"留有余地"，把学生要学习的"精华"留到自己家里"传授"；有的教师一个学期就收取每个学生上千元"补课费"，一年下来仅"补课"违规收取学生家长款项达十几万元乃至更多。有的基层干部把赌博作为"生财之道"，通过赌博达到变相受贿的目的，这种现象不仅经济发达的地方有，经济落后的地方也有，乡科级干部中有，其他干部中也有。少数基层领导干部与个体老板"结亲"，把自己的子女认给老板做"干儿子""干女儿"，这样老板便可以"名正言顺"地为自己的"子女"购房、买车、入股。八是拉票、贿选案件。有的人为达到当选基层干部的目的，委托他人出面或纵容默许他人采用请吃、送礼的形式帮助自己向选民或代表拉票，在群众中造成极坏的影响。临汾市浮山县张庄乡张庄村党员邹某为拉票贿选，在县城某饭店分四次宴请本村党员、村民代表共 13 人，目的是竞选村党支部书记。九是套取征地、拆迁补偿款案件。随着城市化进程的逐步加快，农村的征地、拆迁任务日益繁重，此类案件的发生也日益增多。某街道几名干部竟然动员拆迁户到医院开患病证明，一人（开一张）补偿 2 万元，一个时期，凡是拆迁户家庭几乎人人都"患病"，而他们拿"病人"送的好处；某街道的村民集体上访，其原因是巨额征地拆迁款去向不明。上级纪检监察组织派出调查组，最终问题得到了处理，维护了村民利益，促进了一方稳定，群众自发敲锣打鼓给上级纪委送去锦旗。十是私自"借用"公款案件。一些近郊农村征地、拆迁款长期挂在集体账户上，有的人就动起了拆迁款的歪脑筋。有的干部违反土地管理法规，未经审批进行旧村改造，擅自出让土地给村民或上级部门某些干部自行建房，违规收取土地出让费，将大额资金"借给"个人，获取的利息供少数人乱支滥用，等等。

3. 违纪违法案情折射制度建设层面存在缺失

高层腐败分子数额大、性质严重、政治影响坏，但如果不公开老百姓就不知情，而基层干部与老百姓朝夕相处，百姓对他们的一言一行看得最清，党风廉政建设出了问题会引起百姓高度关注。但有些基层干部却悠然自得，认为小小"蝼蚁"没什么大错犯，其行为已经违犯了党规法纪却浑然不知。分析基层党员干部违反党风廉政建设规定，主要有以下十大类。

（1）从违纪性质来看，基层贪污贿赂类案件较多，占比较大。

（2）从违纪人员身份来看，城郊乡镇（街道）、村（居）主要发生在领导干部身上。

（3）从违纪人员的年龄来看，40～60 岁是违纪违规的高发年龄段。

（4）从涉案款物的来源来看，主要集中在强农惠农资金、村组土地出让金等方面。

（5）从涉案金额来看，贪污贿赂金额城郊的大，其他的小，但违纪违法案件数量多。

（6）从违纪手段来看，主要采取直接截留、虚报冒领、克扣挪用等。

（7）从发案态势来看，贪污贿赂类、违反中央八项规定精神的仍呈高发态势。

（8）从查办结果来看，违纪违规的多，违法的占比少。

（9）从违纪特点来看，乡镇（街道）主要领导、分管征地拆迁、工程建设的领导以受贿居多，村（居）组织书记、主任、会计窝案串案多，基层少数地方也有"塌方式"腐败。

（10）从违纪的后果来看，造成基层群众群体上访、重复访、群体性突发事件，成为破坏社会和谐稳定的主要原因之一。

这些违纪违法案件之所以出现，一方面反映出基层一些党员干部自身放松要求、为所欲为；另一方面，它折射出基层党风廉政建设存在严重制度缺失。有的党员干部把经济建设与党风廉政建设割裂开来，有些组织和基层领导甚至长时间不学习研究党风廉政建设，上级检查时做假材料应对，到出了问题方知有制度。制度缺失、监管不到位是出现问题的主因，如不引起重视、抓好防范，有的甚至会面临"决堤"的危险。

（二）原因分析

基层党风廉政建设存在问题主要与思想认识、主体责任、监督责任、制度落实不到位有直接关联，具体可从两大方面进行分析。

第一，就组织层面而言，一是教育弱化，缺乏针对性。少数基层党组织疏于对党员干部的思想教育、日常管理，总是老一套、老方式，浅层、表象、走形式，浅尝辄止，工作精力的投入不像抓经济工作那样，上面有布置就去应付。一些基层组织对基层干部存在重用轻教、重用轻管的现象，开展党风廉政教育的针对性不强，很少从实际出发，抓先进典型示范教育和反面典型的警示教育重形式、轻效果，不能触及灵魂深处，导致一些党员干部廉洁意识和法纪意识淡薄。二是制度滞后，缺乏保障性。有的基层党组织在领导分工、人事安排、财务管理、征地拆迁、资源发包、惠农专项资金监管等方面未建立与之相配套的工作制度；或有要求不去落实，有制度不去执行，给少数干部违纪违法留下漏洞。三是监督虚设，缺乏实效性。特别是在政务、财务、村务公开方面，有的常年不公开，或用"半公开""假公开"等形式主义遮人眼目、糊弄群众，导致监督渠道堵塞、监督成效低下，从而产生腐败漏洞，给一些人以可乘之机。四是惩处不力，缺乏严厉性。少数基层党组织思想认识存在误区，对党员干部要求不严，少数干部产生侥幸心理，致使各种违纪违规行为屡查不止，基层党风廉政建设各项工作要求得不到有效落实。

第二，就个人层面而言，一是认识存在偏差。少数基层领导干部认为，腐败的土壤不在基层，特别不在经济落后地区，因此在主观上认为党风廉政建设工作在他们这里可紧可松，可抓可不抓。二是放松自我要求。一些基层党员干部平时放松自我要求，有时间打牌，没时间学习，有时间玩乐，没时间"洗澡"，自己身上有污垢并不清楚。有的由于法律意识淡薄，权力膨胀，私心过重，千方百计找好处、捞油水。三是法纪意识淡薄。表现为："家长式"

作风严重，做事武断，习惯"一人说了算"；缺乏廉洁从政意识和自律意识，不作为、不会为、乱作为，不给好处不办事、给了好处乱办事，优亲厚友的现象时有发生；宗族观念严重，封建主义思想蔓延，为个人或亲属谋取不正当利益；工作方法简单粗暴等。四是落实制度、执行制度不到位。在民主决策、民主管理、民主监督、考核等制度方面执行不严、落实不力，甚至无视制度的存在，使制度在执行中大打折扣，形同虚设。

三、新常态下加强基层党风廉政建设的对策探索

习近平总书记在中央纪委六次全会上明确指出，要坚决整治和查处侵害群众利益的不正之风和腐败问题，切实加强基层党风廉政建设。释放的这一明显信号，是对全面从严治党的进一步推进和延伸，其意义重大而深远。

1. 推动全面从严治党向基层延伸

紧紧围绕协调推进"四个全面"战略布局，保持坚强政治定力，打牢基层党风廉政建设这一重要基础。一要落实党委主体责任。牢牢抓住主体责任这个"牛鼻子"，强化日常管理监督，抓早抓小，以问责倒逼责任落实。推行任务清单、负面清单、监督清单制度，并在一定范围内公开责任清单，推进主体责任落实。要把对基层组织的"政治巡视"作为巡视的重要内容，突出党组织"一把手"责任担当，党风廉政建设出了问题就拿"一把手"是问。基层党组织成员要履行"一岗双责"，自觉接受责任传导，承担本单位的业务工作和党风廉政建设双重责任，切实防止一谈到落实党风廉政建设责任制，就"委婉"说成是主要领导的事，是纪委的事，把责任推得一干二净。2016年1月15日，泰州市委常委会专题听取各市（区）委书记抓基层党建和履行党风廉政建设主体责任述职，由市委常委分别就主体责任落实情况进行点评，并通过网络视频现场直播，由市民测评，这种"红红脸、出出汗"的创新做法值得推广。二是加强基层组织建设和干部队伍建设。目前，全国有党的基层组织436万个，他们担负着传达、贯彻、落实党的一系列方针政策的重任。近年来，基层组织建设不少创新模式与做法在基层落地生根。如泰州市成立群众工作团、上级机关在职干部、退休老干部到经济薄弱乡镇（街道）、经济开发区、村（居）挂（任）职，既锻炼了机关干部，又"接地气"融入基层，解决突出问题，提升了基层组织服务能力，基础保障得到加强，老百姓得到实惠。抓好基层干部队伍建设，必须严格要求、严格管理、严格监督、严格纪律，持之以恒，不搞"一阵风"，形成鲜明的队伍建设导向。三是充分发挥

基层广大党员的先锋模范作用。有统计数据显示，2015 年，全国有共产党员 8 779.3 万名，农村党员超过 2 000 万人，农村是基层的一部分，对基层而言党员是一支重要力量。一个党员就是一面旗帜。基层党员同广大群众最接近、最密切，党员代表着党在群众中的形象，老百姓看党就是看身边党员。应当肯定，基层绝大多数党员是好的，他们有着正能量，但也应看到基层极少数党员说话、做事、个人行为表现与组织要求、群众期盼存在不小距离。"基础不牢，地动山摇"。党员要模范带头执行党的章程，自觉践行"三严三实"，并始终作为自己的"行为准则"，内化于心，外化于行。

2. 坚决整治和查处侵害群众利益的不正之风和腐败问题

基层党风廉政建设涉及的内容多，一些领域的问题总是像"割韭菜"似的，"前腐后继"，少数人就是不听忠告，胆大妄为，顶风违纪，千方百计规避组织监督。对此，要从制度层面加强对系统性问题、区域性问题的治理，坚决查处侵害群众利益的不正之风和腐败问题。一是加大问题排查和督办力度。纪检监察机关要加强与信访、民政、国土、财政、审计、公安、检察等部门的沟通协作，建立信息共享平台，发挥部门职能作用，及时发现和受理反映侵害群众利益的问题线索。敢于向"沉疴顽疾"开刀，做到体现效果、明确措施、建立制度、落实责任。要充分发挥媒体和群众的积极力量，让他们拿起"麦克风"，当上"记者"，发布消息，最大限度地发挥监督的针对性和有效性。二是严肃查处"四风"和违反中央八项规定精神问题。各级纪检监察机关要坚持以上率下，看住"关键少数"，加大问责和通报曝光力度，有一起查处一起，通报曝光一起，持续形成威慑。继续盯紧重要节点，凡是踩"红线"、闯"雷区"的要严查处，使他们心有所畏、言有所戒、行有所止，真正做到不敢为、不想为、不愿为。三是严肃惩治"小官巨贪"，查处损害群众利益的不正之风和腐败问题。李克强总理在国务院第四次廉政工作会议上指出，权易滥用、滥则腐败。有的基层干部利用手中的权力，耍尽"权"威，大肆敛财，"小官巨贪"。基层群众对侵害群众利益的这些嗡嗡乱飞的"蝇贪"感受更为真切。这些案件如不及时、严肃查处，老百姓就会对我们党的信念产生怀疑，甚至失去信心。

新常态下，加强基层党风廉政建设必须从群众看得见、摸得着、切身感受得到的人和事抓起，从群众身边的腐败查起，从那些被少数人认为的"微腐败""小歪风"刹起，把那些党的十八大后不收敛、不收手，群众反映强烈，问题严重，现处重要岗位可能还要提拔任用的党员干部作为惩治的重点对象。

3. 以完善机制制度为抓手提高教育监督的针对性和实效性

必须高度重视机制制度建设，在执行中严格到位、不打折扣。抓党风廉政建设无论是上层组织还是基层组织，不存在谁重要、谁不重要的问题，都有同样的要求与责任。一要制度固定，始终把学习教育放在首位。分析基层及一些领导干部被组织查处后的心理、写下的忏悔书，90% 左右开篇几乎如出一辙，都是同样的"认识"——放松政治学习，放松世界观改造，价值观发生扭曲，等等，这时他们讲的不是套话、空话，而是真话、实话。基层组织要建立刚性制度，把学习教育作为硬任务、硬要求，列入目标管理。当前和今后一个时期，特别要加强对《党章》《准则》《条例》和习近平总书记系列重要讲话精神的学习教育。要创新学习方法，使每个人都懂得"好学近乎知""念终始典于学""学而时习之"的道理，经常预习要学的、温习所学的、复习已学的，知晓这个互补的积极作用。要注重教育效果，理解教是育的基础和前提，育是教的指向和目标，利用现代科技和教育手段，多形式开展红色、警示正反两方面典型教育，课堂教育与现场教育相结合，使党员干部入脑入心、融会贯通，始终牢记宗旨，做到"三严三实"。二是挺纪在前，实践运用好监督执纪"四种形态"。中央明确的"让咬耳朵、扯袖子，红红脸、出出汗成为常态；党纪轻处分、组织调整成为大多数；重处分、重大职务调整的是少数；严重违纪涉嫌违法立案审查的是极极少数"的"四种形态"，既是对基层党风廉政建设的强化，也是对新常态下各级党组织、纪检监察组织监督执纪的要求、对党员干部的基本要求，充分体现了纪在法前、纪严于法，实事求是、准确界定，民主集中、程序规范，惩前毖后、治病救人，对党员干部的厚爱与保护，实现惩处极少数、教育大多数的政治效果和社会效果。组织上要更多从制度层面进行设计，开展监督执纪、实践运用。三是加强监督，用"阳光""公开"释百姓之疑。基层党风廉政建设主要包括以下方面：执行党的路线方针政策，规范基层干部廉政行为，开展反腐倡廉教育，党务与政务公开，规范集体资金、资产、资源管理，财务审计，民主管理，有关强农、支农、惠农政策等，上级最重视，百姓最关注。公开是最好的阳光，阳光是最好的防腐剂与清醒剂，必须以制度落实下来。要全面建立和落实乡镇（街道）党委（党工委）为"第一责任人"、村（居）"两委"为"第一执行人"、村民代表为"第一监督人"、村（居）群众为"第一评价人"的监督约束机制，及时、真实、全面地公开，把群众关心、关注的置于阳光之下，如此，干部心中就"没鬼"，百姓心中才"没气"，党风廉政建设抓好了，干部就会清廉，老百姓才会点赞。公开，就是主动而又自觉地接受来自方方面面的监督，让疑虑变成信任，让反对变成拥护，这本身也是对党员干部的一种保护。

4. 积极推广基层党风廉政建设的创新做法与成功实践

近年来，各地切合基层实际，加强实践探索，积累了不少好的做法和经验，基层党风廉政建设得到了进一步加强。一是以效能考核力促政府绩效管理迈出新步伐。绩效管理制度的本质特点是为了实现科学、公正、务实的管理规范，使之成为有效提高公职人员积极性和政府工作效能的手段，也是人力资源管理核心之保障。作风、纪律是党风廉政建设的重要组成部分，是整治"不作为、慢作为、乱作为"的有效工作机制。通过年初科学制定个性化目标、按月度或季度考核、平时加强明察暗访，把违反规定、行为失范、效率低下等问题都纳入管理，其目的是为加强基层党风廉政建设奠定良好基础。二是以"负向激励"倒逼治理"庸懒散"，形成工作新机制。动员千遍，招呼千遍，不如问责一次，党中央已言出纪随，各地积极响应，狠抓兑现。基层也有机关病，也有懒政、庸政、怠政行为，追究基层组织和党员干部"庸懒散"责任不是小题大做，是有效倒逼各项工作高质量高效率、快推进快到位，泰州市的做法值得借鉴。该市从 2016 年起设立效能建设"蜗牛奖"，这既是绩效管理的延伸，也是一种负向激励。从调查研究中发现，此举为加强基层党风廉政建设注入了新的活力，各级党政组织和部门单位的公职人员心中有目标，有责任，有人民，有担当，在拒做"蜗牛"、争做"奔牛"的同时，倒逼了"黄鹂鸟"不敢"慢飞"、"兔子"不敢"睡觉"。这种机制所赋予的新内涵，使基层机关每个人将"获奖"烙印脑海，深铭肺腑。三是以成功实践推进基层党风廉政建设取得新成效。经过多年实践探索，基层不少好的经验被中央和地方各级推广应用，有的还上升到了制度层面，这种由实践到理论，再由理论指导实践的应用体系，泰州市的做法为进一步加强基层党风廉政建设形成了机制与制度规范，概括起来有：（1）村民直评村主任制度。实现村民参与的广泛性、诉求表达的直接性、评议监督的公开性、整改落实的严肃性，极大地促进了基层民主建设，密切了党群干群关系。（2）编制村务公开目录。进一步规范村级党务事务和村务公开工作，防止了村务公开的随意性，其做法得到了民政部的充分肯定，并发文在全国推广。（3）基层站所作风建设。通过深入开展"为发展服务，让群众满意"基层站所作风建设活动，作风建设明显加强，中央电视台《新闻联播》《焦点访谈》节目分别进行了报道。

（4）"三级联建"工作机制。以党风廉政建设责任制为龙头，调动和强化各级领导责任，全面构建基层党风廉政建设县乡村"三级联建"工作机制。

（5）农村党风廉政建设"双创"机制。开展农村基层党风廉政建设合格、示范乡镇（街道）、村（居）创建活动，全面提升基层党风廉政建设工作水平。

（6）财务集中支付中心建设。不改变村级集体资金的所有权、使用权、分配权、收益权，将村级财务纳入乡镇（街道）集中收付中心统一管理，加强对村级财务的事前、事中、事后监督，村级省心，干部安心，群众放心。

（7）村务监督委员会建设。将纪律审查工作触角延伸至农村基层一线，进一步强化对村党组织的监督，实现党内监督与民主监督的有机结合。（8）农村集体资产股份制改革。实现"耕者有其田，工者有其股"，构建农村集体资产相对合理的财产组织形式。（9）规范农村集体"三资"管理。深入推进农村集体资源改革，全面清理农村集体"资源、资金、资产"，建立农村集体资产信息化监督管理平台，实现"三资"的动态管理。（10）推行"先理财，后审批，再记账"。理财、审批、记账三环紧扣，公开、审查、评议三管齐下，培训、激励、管理三着并举。这种新的管理机制实现了由"制度民主"向"程序民主"的延伸，从"为民作主"向"由民作主"的转变，减少了干部之间、干群之间因经济利益引起的各种猜疑和矛盾，增进了了解、理解，有效防范了违纪违法问题的发生。

上面千条线，基层一根针。实践证明，基层党风廉政建设抓好了，党的组织、党员干部形象就好，就有威信，一方就会和谐稳定，经济社会发展才能有牢固的基础保障。基层工作千头万绪，点多线长、面广量大，带领群众致富奔小康责任重大、任务艰巨。基层各级党组织要认真学习贯彻党的十八大、中纪委六次全会精神和习近平总书记系列重要讲话精神，严格落实"两个责任"，把问责作为从严治党的重要抓手，让失责必问成为常态。各级纪检监察机关既要重点查处强占掠夺、吃拿卡要、贪污挪用等突出问题，又要把纪律和规矩挺在前面，严肃查处群众身边的不正之风和腐败问题，加强制度建设与执行，狠抓工作落实，以党风廉政建设的新成效取信于民。

（刊载于 2016 年 8 月 22 日人民论坛网，收录于经济日报出版社 2016 年 8 月出版的《践行中国梦创新与探索》）

纪检监察机关要服务
和保障科学发展观的贯彻落实

党的十六大以后，以胡锦涛同志为主要代表的中国共产党人，团结带领全党全国各族人民，在全面建设小康社会进程中推进实践创新、理论创新、制度创新，深刻认识和回答了新形势下实现什么样的发展、怎样发展等重大问题，形成了科学发展观。党的第十七次全国代表大会把科学发展观写入党章，党的第十八次全国代表大会把科学发展观列入党的指导思想。

科学发展观的内涵博大精深，重点是要健康发展、协调发展、稳定发展、可持续发展，一句话就是又好又快发展。科学发展观把以人为本作为发展的最高价值取向，强调发展为了人民、发展依靠人民、发展成果由人民共享。纪检监察机关的工作就是要以人为本，服务和保障科学发展观的贯彻落实。

一、破解发展难题，把科学发展的要求贯彻落实到经济社会发展的全局之中

践行科学发展观，就是要在狠抓落实、改革创新上下功夫，在能力提升和解决问题等方面有新举措。一要在解放思想上有新飞跃，在破解难题上有新招数。今年是改革开放 30 周年，这 30 年来，我们有过 4 次解放思想：1978 年关于真理问题的大讨论，1992 年姓资还是姓社的讨论，1997 年姓公还是姓私的讨论，2005—2007 年关于改革的争论。这 4 次解放思想，使人们明白了一个基本道理，经济要发展，社会要进步，需要破解影响和阻碍发展的各种难题，按照科学规律来谋划发展大计，而不是急功近利，做危害人民健康，用子孙饭碗换来的所谓发展。因此，纪检监察机关要在解放思想中主动调高定位、明确目标，振奋精神、开拓创新，破解难题、真抓实干，为泰州经济社会发展做出新的贡献。二要在理论创新上有新突破，在服务发展上有新理念。创新是动力源，效果是"晴雨表"。践行科学发展观，既要狠抓落实，

又要改革创新。我们要善于创新，敢于创新，坚持创新。理解和把握它的丰富内涵，还必须把服务经济发展、服务人民群众放在首位，做到懂服务、会服务。纪检监察机关服务经济建设，服务人民群众关键是懂不懂服务、会不会服务、服务的能力怎样、服务的效果怎样，而这种效果就是群众的"脸色"。三要在寻求发展上有新模式，在解决问题上有新成效。我们既要顺潮流而动，有所为有所不为，又要切合地方实际寻求新的发展模式，谋求新的发展之路，不断解决发展道路上遇到的各种问题，扫除一切障碍，把科学发展的要求贯彻落实到经济社会发展的全局之中。

二、紧紧围绕妨碍科学发展、影响社会和谐的突出问题和群众反映的热点问题开展专项治理

从信访举报层面看，要不断创新工作理念，科学分析人民内部矛盾产生的原因、背景，深刻认识做好新时期纪检监察信访工作的长期性、艰巨性，掌握矛盾纠纷的特点，分析信访案件线索，加大查结力度，充分发挥群众参与改革和发展的积极性，不断推进科学发展观的落实。当前，妨碍科学发展、影响社会和谐的因素固然很多，但群众反映的热点问题突出表现在征地拆迁、环境保护、医药购销领域不正之风以及教育乱收费等。对此，纪检监察机关不可等闲视之，应把它作为服务科学发展、服务人民群众、服务反腐倡廉建设、构建和谐社会的重要工作切实抓好落实。2003 年以来，市纪委、监察局紧紧围绕党委政府工作中心，从科学发展、关注民生、解决群众反映的热点问题着手，先后推广党政干部下访工作制度，建立基层站所作风建设创优争先考评机制、纪委挂帅环保专项整治行动新机制、纪检监察工作创新成果评选机制以及对医药购销领域的不正之风、工程建设领域、教育乱收费、环境污染等开展专项治理，所取得的成效上级充分肯定，老百姓非常认可。专项治理工作的开展，得到实惠最多的是老百姓，受到评价最高的是党委政府，取得效果最明显的是经济社会的健康、协调、可持续发展。从这个意义上说，要让老百姓得实惠，就要在解决他们的实际问题上下功夫，要多办实事，实事办得越多，老百姓得到的实惠就越多，科学发展观就会更加深入人心，党的主张就能得到群众的理解和支持。相应地，纪检监察机关围绕党委政府工作中心，始终把关乎民生、维护人民群众切身利益问题放在第一位，对群众反映的热点问题开展专项治理，其实质就是服务和保障了科学发展观的贯彻落实。

三、充分履行职能，严查违纪违法案件，更好地服务经济建设

党的十七大科学分析了当前经济发展中的矛盾和问题，提出了经济发展方式的任务，从"转变经济增长方式"到"转变经济发展方式"的改变，把"增长"改为"发展"虽然只有两个字，却关系到发展理念的转变，发展路径的选择，发展模式的创新，其实质就是解决如何发展得又好又快的问题，即科学发展。

纪检监察机关服务经济建设，必须树立主人翁意识，与经济建设同频共振，协调并进，不作壁上观。解放思想不意味着纪律松绑。纪检监察机关既要及时发现和消除影响经济发展的不利因素，又要着力查处经济领域里的违纪违法案件，这样，才能更好地为经济建设又好又快发展鸣锣开道，保驾护航。与此同时，还要把开展对贯彻落实科学发展观的监督检查作为维护党的政治纪律的重要任务，坚决纠正违背科学发展观的行为，严肃查处影响和妨碍科学发展的行为，特别是置国家、集体和人民利益于不顾的各种人和事，为贯彻落实科学发展观提供坚强的政治保障。

（刊载于 2008 年第 5 期《泰州通讯》）

对当前票据管理现象的思考

票据，直接关系到机关、单位、部门、个人的经营活动及上交、报销的方方面面，它的价值与现金等同，因此，对票据的管理历来被人们重视。笔者在基层工作 20 余年，曾分管过纪检、财务等工作，查过一些经济案件，接触到不少票据管理方面的案件，认为票据的管理亟待加强。现就有关这方面的管理做些思考。

一、缺乏有效的管理监督机制，导致票据管理上的失控

一个单位的领导管不好财务，实质上是不称职的领导，而财务的管理，票据是最为重要的。某市卫生防疫站由于忽视了票据管理，出现了单位空白发票"流失"现象。这个防疫站在 1994 年 4 月—1995 年 3 月先后有几名干部职工做起了甲肝、乙肝疫苗生意，他们所开出的都是卫生防疫站的正规发票，而药却是个人拿的，同一编号的发票开出的数字不一样。某乡卫生院报销的 5 张疫苗发票总额为 64 000 元（虽有药品入库），而防疫站的联号发票只有 82 元，且不全是这家卫生院购的，具体为：1994 年 4 月 8 日，二联（防疫站，下同）8.00 元，三联（某卫生院报销联，下同）22 000.00 元，凭证号：0015803；1995 年 3 月 8 日，二联 4.00 元，三联 7 700.00 元，凭证号：0013972；1995 年 3 月 11 日，二联 2.00 元，三联 7 700.00 元，凭证号：0013973；1995 年 3 月 11 日，二联 8.00 元，三联 7 700.00 元，凭证号：0013974；1995 年 3 月 19 日，二联 60.00 元，三联 18 900.00 元，凭证号：0019773。这种"小头大尾"以及空白发票的出现导致了个人贩卖药品和经济问题的发生（此案已引起该市有关部门及某乡的重视，目前正在查处）。

由此不难发现，这里至少有三个问题值得深思：其一，卫生防疫站票据"流失"到科室人员的手里，并非"一时之误""一人所为"；其二，卫生系统的干部职工应该懂得药品管理条例，然而，少数人却做起了药生意，且已不是"个别现象""一时现象"；其三，如果对票据有一整套规范管理和监督机制，

此类事件即使出现，也很快能发现和查处。

二、少数领导对发票报支中的漏洞熟视无睹，拜倒在金钱脚下

发票的报支都要经领导审批的，有的领导明明晓得有些发票所涉用途、金额有问题，可就是"明知不问"。某驾驶员到分管负责人处批报费用，多次的"总结"，摸到了领导"特性"，于是，总是要带些吃的、穿的、用的，有时一次价值就有几百元乃至上千元。分管负责人对驾驶员拿来的发票"充分信任"，不管多少，不问明白，大笔一挥："报"某某某几个大字告成。像这类情况，往往是难于查证的，有的是白纸发票，有的则是"招待费"，有的饭店里的票"吃只鸡子报条猪"的也不属鲜见。

三、票据本身的不规范，给少数人提供了可以隐藏的"防空洞"

翻开村级及一些单位的账册，市场上到处可以买到的"收据"随处可见，有的收据购回后不登记，不上报。有些上交款、罚款也照开，上交人、被处罚人只要拿到这张"收据"就当成了"圣旨"。少数别有用心的人款一收便放进自己的口袋，时间长了，别人忘了，他也"忘了"。某村干部到外地寻找某离村多年的计划生育管理对象，发现这个对象已超生，"要求"进行处罚，并言明：罚给村里，我只罚你几千元，如果给乡里知道了，要几万元。那对象说尽了好话，备足了好酒，给了几千元，结果连发票也不要，反正领导已出面"关心"，不能自找麻烦。有的"聪明"的干部则为了"保险"，把收取的钱送到保险所，为自己搞养老保险。查到了，我是干部参加保障，集体支出这点不为过，查不到，反正日后属于自己的福禄。

票据管理不规范、不严格给少数贪婪的人大开方便之门，由此导致经济案件的发生。其实，抓好票据管理并不难，问题在于各级组织要建立健全完整、科学的管理体系。同时每个干部尤其是领导干部要严于律己，加强防范，并教育好本单位的干部职工自觉执行，切不可跌倒在一张票上，被这张"软刀子"砍断自己的政治生涯。

（刊载于 1997 年第 9 期《扬泰纪监》）

切实抓好村务公开和民主管理工作

《中共中央关于推进农村改革发展若干重大问题的决定》中指出："以规范和制约权力运行为核心，全面推进政务公开、村务公开、党务公开，健全农村集体资金、资产、资源管理制度，做到用制度管权、管事、管人。以维护农民权益为重点，围绕党的农村政策落实情况加强监督检查，切实纠正损害农民利益的突出问题，严肃查处涉农违纪违法案件。"这一重要论断明确，在农村落实科学发展观，就是要大力加强农村党风廉政建设，尤其要切实抓好村务公开和民主管理工作。因此，要用科学发展观指导农村党风廉政建设工作，努力防止和切实解决村务公开和民主管理工作中出现的突出问题，并有针对性地采取措施，认真加以解决。

防止走过场和公开中的"猫腻"问题。要防止极少数村村务公开形式单一，内容死板，程序不规范；公开不及时、不全面、不正常；重点的、群众想了解、也必须让群众了解的没有完全公开。尤其要防止以"总账公开"之名行"细账猫腻"之实，挪用、侵占、截留、私分集体或他人资金。例如，挪用村组集体资金抵押贷款搞经营，而在集体账面上却反映不出来；利用收取公房租金、粮食和田亩补贴等机会，将其中某项资金或某项资金的一部分不纳入总账；对账不及时，记账凭证传递方式不规范，将应及时分发到群众手中的资金（或返还资金、补偿资金）搁置账外，由自己或少数村组干部使用；等等。

防止少数干部群众认识偏差问题。如今农村富余劳动力大多实行了转移，不少人举家外出，过年过节回来探亲访友，一般无暇顾及村里财务公开的事，他们更多的是关心家乡的桥梁、道路建设，关心家乡的经济发展，且愿意出资为家乡建设做贡献。在家的一些群众大多为老人和妇女儿童，对村情不了解。加之如今农民享受国家对粮食、田亩补贴，政策透明度高，补贴直接发放到村民手中。因此，一方面要防止一些人认为搞村务公开、民主管理多此一举，另一方面还要防止有些村干部认为的自己经济上没有什么问题，清正廉洁，"身正不怕影子斜"，村务公开、民主管理没有实质性意义，抓与不抓没有什么大不了。

防止村干部队伍不够稳定问题。从村级集体经济基础薄弱的村看，这些村的"能人"大多外出，干部队伍一般不够稳定，班子缺乏号召力、战斗力，各类社会矛盾较为突出。有的村一两年村支书或村主任就要换人。近年来，尽管组织上重视大学生村干部的培养和使用，但所占村干部比例太小，同时，大学生村干部适应村级工作还有个时间和实践锻炼的过程。基于这种情况，有的乡镇党委政府安排村级干部时，有时不得不请退下来的"老将"复出。"老将"多为"维稳"型，他们对新生事物，特别是村级民主管理方面往往接受慢，思想观念转变不快，甚至"我行我素"。所以，加强村级组织建设，村级干部队伍特别是村"两委"负责人经常缺职问题，村务公开工作、民主管理工作难以做到一贯性、连续性，村级管理很难到位的问题必须从根本上解决。

用科学发展观指导农村党风廉政建设，重点就是村务，尤其是"三务三公"是不是真公开，民主管理是不是真民主，老百姓要的也就是这两句话。所以，用科学发展观指导农村党风廉政建设，必须解决好这些实质性问题。

笔者认为，首先，要将科学发展观的深刻内涵、基本要求和精神实质融汇到农村党风廉政建设工作中，防止一些意识薄弱的基层农村党员干部受到消极腐朽思想的侵蚀，动摇他们的理想信念，从而诱发和产生腐败行为，阻碍社会经济的健康发展。其次，切实解决好村级组织建设中存在的薄弱环节。要以加强村级班子建设为"龙头"，认真解决好村"两委"班子、部分村干部对农村党风廉政建设理解不深入、不透彻，贯彻执行能力不强的问题，提高农村党员队伍的整体战斗力。最后，加强对农村集体经济运行的监管。弄清村级组织集体经济产权，防止因主体错位而使一些农村基层干部利用手中权力控制集体资产的经营管理，农民的合法权益得不到保证，从而激化各种矛盾和问题。镇村组织要在管人、管事的重点领域增强监督意识，健全监督体制，把制度真正落实到位。实践证明，制度不健全、管理不到位，必将引发农村基层干群矛盾，影响农村和谐稳定，也容易引起基层各类违纪违法现象发生。鉴于此，笔者以为，当前和今后一段时间，用科学发展观指导农村党风廉政建设须从以下三个方面着力抓紧抓好抓到位，抓出新的成效。

第一，不断完善乡镇政务、村务、党务"三务三公"制度。深入开展党风廉政建设合格、示范乡镇、村创建活动，全面推进农村党风廉政建设。在创建标准中，始终将"三务三公"、民主管理作为一项重要内容，做到责任落实、公开及时、内容完整、程序规范、监督到位，村民议事规范，实行村级事务民主决策、民主管理，为农村党风廉政建设提供重要载体。政务公开重点抓住各项支农、惠农资金分配和使用情况，筹资筹劳等情况，财务收支、资金发放情况等方面；纪检监察、民政等部门严格按照《村务公开目录》对村务公开工作进行督查。村务公开要发挥主体作用，调动群众广泛参与，同时，建立和完善村务公开、民主管理工作的长效机制，依法保障农民知情权、参与权、表达权、监督权。公开栏要方便百姓24小时看到，还要经常征求群众意见；党务公开重点抓住党的组织工作目标、工作决策内容和程序，党的组织建设和发展党员情况，民主评议党员情况，党员干部违纪违法问题的处理情况，落实党风廉政建设责任制情况等加强明察暗访，督促公开内容规范，及时更新，对虚假公开、不按时公开、不按规定的内容公开，按照有关规定，追究其责任。

第二，全面推行农村"三资"管理制度。规范村级资源经营监管模式，着力推行乡镇纪委直接介入农村集体资源经营管理的工作模式，以乡镇为单位建立农村集体资源管理服务中心，对农村集体资源实行统一管理。凡涉及新农村建设的招标采购项目，严格执行项目公示、工程招投标、设计变更会签和质量监督制度等进行，推进农村集体资源经营管理按照"公平、公正、公开"的原则规范运行，有效实现村级集体收益最大化，坚决杜绝暗箱操作、坐收坐支现象的发生，促进农村经济发展，加强基层党风廉政建设。继续建立和完善农村"三资"管理相关制度，如集体资产处置公开竞价和招投标制度等。要规范和完善民主管理、民主决策制度，充分发挥民主理财小组的作用，完善村务监督管理的责任机制。凡涉及新农村建设的招标采购项目，推进农村集体资源经营管理按照"公平、公正、公开"的原则规范运行，有效实现村级集体收益最大化，加强农村党风廉政建设。

第三，积极构建农村基层党风廉政建设的监督体系。一是采取多渠道监督。重点建立健全乡镇、村两级领导班子议事规则和民主决策机制，开展述职述廉和民主评议活动。突出民主建设，加强对村级组织和干部权力运行情况的监督。发挥村务监督委员会职能作用，对村里重大决策、财务开支、村务公开等事项进行审查。强化审计监督和部门监督，严肃查处贪污、挪用、挥霍浪费等违纪违法行为。二是加强对镇、村干部的考评，对考评不合格的村干部和违法违纪的党员干部进行责任追究。三是严肃查处农村基层案件。以农民群众最关心、最直接、最现实的问题为着力点，严肃查处农村基层党员、干部违纪违法案件，切实解决损害农民利益的突出问题。

（刊载于 2009 年第 3 期《大众社会科学》）

做好纪委党风廉政建设室主任的基本功

纪委党风廉政建设室有"小纪委"之称，工作头绪多，任务重，要求高，责任大，某种程度上体现了一个地区纪检监察工作的水平。要当好党风廉政建设室主任，我的体会是，除了必须具备良好的政治素质、工作激情和强烈的事业心、责任感外，更要定位准、思路清、起点高、方向明、业务精。

一、定位要准，把握八个字，扮演好五大角色

一个部门单位，一个处室，哪怕是一个村、一个车间，做好主要负责人的工作，学问多多，体会也不尽相同。其实，做党廉室主任也好，做其他室主任也好，我个人理解共性的方面主要体现在八个字：定位、谋划、干事、做人。

定位：角色定位。这个定位具体体现在两个方面：一个是对党廉室工作的定位，另一个是对自己的定位。在委局，室主任的职级是副处级，属于市管干部；在室里，主任是主要负责人，既要当导演，又要唱主角，工作的思考、决策、提炼、推广、统筹、协调、实践、指导、总结、创新等，必须考虑得细致入微，周到全面，工作要有计划性、连续性和实效性。但我认为室主任虽为副处级干部，但不是做官的，而是个做事的，是带着室里人员一同做事的普通办事员。"办事员"就要从办公室的点滴做起，而且要带头去做，一般都得讲个"亲自"；党风室的工作职能与其他室有相同之处，也有不同要求，所站高度、思考角度、把握尺度等都有其"个性"特点，对上做要有协调能力，对基层要有指导水平。

谋划：做大事、谋大局。党风室素有"小纪委"之称，工作头绪多，任务重，所以，思考问题要全面、具体，要有高度、深度，要站在全局的角度、站在领导的位置上来谋划工作，也就是说"不在其位，也谋其政"。这不是说你有什么野心，而是要有做大事、成大业的意识，有主动为组织分忧、为领导分忧的境界。党风廉政建设工作量大，要求高，不是靠党廉室的几个人就

能做好的，而是要靠各级党委政府、各个部门乃至全社会的共同努力，作为室主任要多谋划、多思考。同时，"众人划桨开大船"，必须充分发挥好包括基层同志在内的一班人的作用。任何一个单位事业的成就要靠全体同志齐心奋斗，共同努力，人人争当主人翁，献计献策，争先创优，事业才能不断取得辉煌。

干事：既要抓大事，又要做具体事，更要多干事、做实事。一方面，党风室的事每项都是务实的，实事要做实，来不得半点浮躁；另一方面，党风室人手不多，基层纪委党风室的人手也不多，室主任既要考虑全面工作，抓好统筹协调，又要带头干事，不能打"离身拳"，更不能做"甩手掌柜"，要按照工作目标，精心谋事、潜心干事、专心做事，一步一个脚印带好全系统人员大胆地干、务实地干、富有成效地干。

做人：自身品行要端，作风要实，表里如一，勇于担责。我的观点是，真心为人，对领导要尊重，不搞当面一套，背后一套，口是心非；对同事要关心帮助，真心付出，不玩弄权术，更不糊弄人。做人，就是实实在在，不搞虚伪，同志之间讲信任、讲诚实、讲友谊，以诚相待，与人为善，己所不欲，勿施于人，光明磊落，坦坦荡荡。做人，就要宽宏大度，既要容人之短，又要容人之长；既要容人之过，又要容人之功。做人，就是工作中要求大同、存小异，对大是大非和原则性问题，时刻保持清醒头脑，不能动摇；对小事、非原则性问题，学会让步，学会忍耐，学会放弃，受得住委屈，做到坚强、智慧、豁达。

各室之间由于职能不同，故工作方式方法也不尽相同。党风室主任是个承上启下的角色，既要对上层负责，也要面对基层，所以自己的角色定位很重要。通过近几年的实践，我认为，做好党廉室主任必须扮演好五种角色：一是智多星角色。即要政治敏感，足智多谋，能把握大局，看问题要准，分析问题要透，处理问题要果敢，要给后任留赞叹，不给后任留遗憾。二是听看说角色。即要耳聪、目明、嘴勤。听得清、看得准、说得出、办得好。思考问题冷静，反映问题敏捷，讲究效率，处事果敢，不优柔寡断。要能写，就是要能写大材料，能总结，会提炼。重点是领导讲话、工作汇报，经验总结、调研论文，还要懂得怎么写新闻、信息；要会说，一是党风廉政建设的相关业务要熟悉、说"行话"，到基层能有针对性地开展工作指导。另一个是能进行党的基本理论及纪检监察业务等知识的宣讲，知识面要宽，口才要好。三是协调官角色。即协调上下左右。协调是一门艺术，思路要清，情况要明，能很好地完成组织和领导交给的各项工作任务。对上请示汇报要有充分准备，对领导的指标、批示，细心琢磨，深刻领悟；到部门协调工作态度要谦逊，要说清楚来意、协调事项、领导要求等；协调基层要放下架子，虚心听取基层意见和建议，善于总结归纳，阐明自己的观点。四是监察员角色。党风室要做的事很多，包括党内监督、党风廉政建设责任制落实、领导干部廉洁自律、农村党风廉政建设、履行政府纠正行业不正之风办公室职能、监督检查承担纠正损害群众利益不正之风任务的相关部门履行职责情况、指导纪检监察系统的党风政风监督工作、组织协调"党风联络员""特邀监察员"工作等，其中平时对人、对事的监察是重要的工作职责之一。领导机关作风建设问题、厉行节约问题、公款吃喝问题，公车私用问题、廉洁自律问题、八小时外行为规范问题，等等，既要明察也要暗访。作为主任平时要多动脑筋，注意收集群众反映的问题，做好宣传、调研和服务工作，及时发现问题、分析问题、研究问题和解决问题。五是老黄牛角色。地级市党风室主任是个副处级干部，算是个"芝麻官"，但你不能只"像个官"。郑培民同志的"做官先做人，万事民为先"当深记脑海，并落实于行动。从省纪委到地级市纪委再到县一级纪委，党风室多的十几个人，少的一两个人，工作靠谁去做？主任既要"抓大"，但又不能"放小"。室里事得多思考，抓安排，促落实。要记住这样几句话：对上请示汇报，对下开展指导，对内加强领导，对外搞好协调，大事不能让，小事主动上，要像老黄牛那样俯下身子，埋头耕耘，一步一个脚印地把每一件事做好、做实。

二、思路要清，明确大方向，突出好六个重点

思路决定出路，思路决定成败。党风室主任与其他室主任一样，是否有清晰正确的工作思路非常重要，它会决定你工作的成效与成败。大小你是这个团队的领军人物，有清晰的思路才能指挥得当，得心应手，不出差错。实践表明，要使自己具有清晰正确的工作思路，必须吃透上情，弄清本级实情，注意把握下情，明确大的方向，否则思路"走一寸"，结果"走一尺"。要打破唯上唯书窠臼，找准工作的着力点来思考问题、谋划未来，使决策、思路既贴近实际，又富有前瞻性和创造性。如今，各地都在千方百计地开展工作创新，形成了不少工作特色和经验，有的被上级总结推广，应当予以学习借鉴。因此，从有利于工作开展与提高效率方面来说，"拿来主义"不是"偷""懒"，在做好党风廉政建设工作方面仍然具有积极作用，这就是借鉴别

人的成功做法，与自身工作进行"嫁接"，加强交流、拓宽视野、更新观念、把握重点、调整思路、少走弯路，使形成的决策、思路更具原则性、全面性、系统性、前瞻性、创造性和科学性，从而推进党风廉政建设工作整体迈上新水平。

1. 把规定工作做强

党风室工作重点主要体现在三个方面，即落实党风廉政建设责任制、领导干部廉洁自律、党内监督。前几年，中央纪委高屋建瓴，农村党风廉政建设"闪亮登场"，成了各级纪检监察机关抓好党风廉政建设工作的又一重头戏，党风室作为主抓的职能部门又在过去规定工作的基础上浓墨重彩添上了一笔。党风廉政建设的规定工作从中央到地方都是统一部署和要求的，必须做细、做实、做到位。如落实党风廉政建设责任制，市委要接受省委检查考核，又要对各个市（区）、机关各个部门单位进行考核。从活动的组织安排到每个细节的周到考虑，党风室几乎承担了整个工作量的90%左右。市委文件、领导讲话、工作方案、实际操作、结果运用等都是党风室的分内事，既要牵头，又要去做。是平平淡淡、应付了事地完成，还是力争做出自身特色，其中大有学问。去年底，市委在接受省委检查考核时，党风室就党政领导班子及领导干部述职述廉报告的编印、所有责任制考核资料的收集整理、分类装订，形成165本卷宗，所有工作忙而不乱，有条不紊，我市落实党风廉政建设责任制的成果得到了充分展示，得到了省委检查考核组的充分肯定。

2. 把自选工作做亮

一位哲人说过："这世界没有比人更高的山，没有比脚更长的路。"山虽伟岸，人更伟岸，山到绝顶我为峰，海到无涯天作岸！任何一件事只要你用心去做就会精彩斑斓、亮点迭出，路会越走越宽。用不同的理念、方式、要求去做，其结果、效果就会不同。总结党廉室的工作，无论是我的前任还是现在，都在不断进行积极的探索实践，在做好"规定动作"的基础上，力求把"自选动作"做得精彩。自选工作其实就是规定工作这个"枝头"上开出的"花"，也是你脚下的路。这路怎么走？是走老路，还是另辟蹊径，一步走出来了下一步怎么走？一个空间被他人占去了，有没有新的空间了？回答是肯定的：有！举几个简单的例子：泰州市党政领导干部向纪委常委会报告个人勤政廉政情况，这本身是党风室工作的一个创新。原来报告的情况很简单，领导班子成员参加。后来扩大到了报告单位的中层干部，请人大、政协有关委主任、单位党风政风监督员参加，又由纪委领导带队调研到报告人情况公示，都在一步一步推进。今年，我们建议领导将部门主要负责人勤廉当面报告的情况、领导点评情况、民主测评情况等在互联网上公开，接受社会的监督，拓宽了监督的渠道，其效果不言自明：这就是在事前、事中、事后促使部门领导主动接受监督，领导班子其他成员也会从中受到启迪与教育。另一个是，对拟提拔考察人员进行联合预审，这是自选动作。过去先考察再预审本身是个创新，现在在实践中进一步完善，先预审再考察，就这么一个程序的调整就是一项创新。这几年纪委预审的 381 人中有 8 人被建议暂缓使用，其中 3 人被立案查处，有效防止了干部带病提拔、带病上岗。被上级评为创新奖。再一个是，村民直评村主任活动。发端于市纪委领导在基层调研时的思维，但党风室怎么去试点、培植、总结，再到推广、规范，联合相关职能室去加强宣传、做大做强、做出品牌，这就看我们怎么去做。事实证明，经过努力做到了，时任中央政治局委员、中组部部长李源潮作出了重要批示，省工作会议以及报纸杂志进行推介，还被评为 2009 年度泰州十大新闻。这说明，自选工作不仅要选得好，更要做得好，只有这样，才能越做越强，越做越亮。

3. 把配合工作做实

党风室工作除"多年一贯制"或"一年一贯制"的几大重点工作外，每年都有配合性工作要做。这些配合性工作有的时间短，只有几个月，有的时间长，需要一年甚至更长时间。但是，不管时间长与短、配合哪个部门单位，工作的要求都很高，所以，不可被动应付、敷衍了事，必须做得认认真真、实实在在。这几年，党政机关厉行节约、"小金库"清理、制止党政领导干部公款出国（境）旅游、"两项法规"试点工作等，虽然是配合性工作，但时间长，大多是跨年度的，不管哪项工作，我们都用心去做，并努力做得好一点、实在一点、成效明显一点。对以上工作，我们配合市财政、审计、外办、组织部等一起抓，没有做"旁观者""二传手"，而是"身入其中"。配合工作与主抓工作一样，从工作方案的研究到实施，用高标准、高要求去抓，才能达到好的效果。如 2009 年我们配合做的三项工作成效非常显著。一是开展厉行节约十项要求专项工作。全市车辆购置及运行费用支出压缩 2 311.8 万元，公务接待费支出压缩 1 695.5 万元，用电、用油、用水支出压缩 403.2 万元。二是制止党政干部公款出国（境）旅游工作。全市公款出国（境）支出压缩 170.8 万元、减少团组 149 个、减少人数 164 人，配合省纪委对 2 件领导干部出国（境）有关问题进行调查，对省交办的 5 起违规违纪情况及有关信访件及时进行调查上报。三是"小金库"清理工作。通过精心组织，严格检查，全市有 22 个单位主动上报"小金库"23 个。全市共查处存在"小金库"单位 35 个，查处"小金库"45 个，查处涉及"小金库"问题金额 1 613.6 万元，查处涉及其他违规违纪问题金额 1 015.54 万元，有 4 人被移送司法机关，22 人受到党纪政纪处分。

4. 把协调工作做细

党风室工作有很多需要与相关方面进行协调，对上的、对部门的、对基层的都有。出面协调代表的不是你个人，因为你代表的是纪委，所以，协调工作要考虑细致，周到全面，每一个细节都不能有半点疏漏。协调是一门艺术，协调检验你的知识结构，检验你能否把工作要求落到实处。一个优秀的领导要善于协调、管理和用人。党风室开展组织协调还要努力做到争取领导支持、调动领导智慧、借助领导力量。具体我认为，做好协调工作就是要当好"三员"：一是联络员。有时向上一个请示、一份文件审批（阅）到领导那儿需要跑几个来回，但你切不可怕烦，更不能有怨言。领导公务繁忙，手头事情多，你要主动与领导联络沟通。一般来说，对上的协调工作和与领导沟通联络主要由主任去做，这时主任的角色就是联络员。二是解说员。与其他工作一样，党风室工作也有其专业性。有的工作是上面对口布置的，领导不一定清楚，其他部门也不一定了解，需要我们做出宣传和解释。宣传解释要有针对性，要细致、透彻、入微，力求用最通俗的语言，用最简单的方法使人领会。三是协调员。协调工作要做细，首先要会协调。协调工作有很多学问，除了政策、法律、法规和专业方面的外，协调也是一门艺术。过去有句话，叫"把戏人人会唱，各有巧妙不同""一句话把人说得笑起来，一句话把人说得跳起来"，讲的就是说话技巧与协调艺术。党风室出面协调的每一件事要达到理想的效果，需要党风室主任运用高超的方法和有效的手段来进行，在不违背原则要求的情况下，要灵活掌握，把组织和领导的意图充分表达出来，从而达到协调的目的。

5. 把上下工作做顺

我到党风室工作不长时间，纪委领导在点评年度工作时就特别教导说："现在党廉室的工作有两个方面，一是面对领导干部，要高层次思考，要很好地组织、策划、运作；二是面对基层，要体现求真务实。"这话很精辟、很实在。以往，党风室工作主要是对上的，而今，除了原有的"三大块"外，农村基层党风廉政建设任务重，工作量大，要求高，特别是新农村建设对此项工作在大的规划与目标及阶段工作安排方面都要考虑周到。中央和省市纪委对党风廉政建设工作都非常重视，作为主任对整体工作必须统筹考虑，通盘安排，实事求是。我说的"上下做顺"主要指三个方面：一是把"上层"布置的工作不折不扣地做好。党风廉政建设工作上面布置给我们这一级的任务很多，没有虚的，每一件都实实在在。所以，我们必须在高层思考的基础上，认真组织、策划，务实地去做，按时、按质地去完成；二是理顺上层与基层的关系。就党风室而言，基层工作目标多为上层统一部署的，但市委市政府、市纪委以及本室的"自选"动作较多，也就是创新工作，你要把它做大、做强、做亮。把上下工作做顺，还要通盘考虑好、统筹协调好"上下"工作的关系，切不可顾此失彼，抓"大"放"小"，更不可因"小"失"大"；三是及时总结推广基层工作经验。党风廉政建设工作不少好的经验做法是基层通过探索实践形成的，这些经验做法要通过上级的宣传推广产生效应、形成影响，因此，作为室主任，既要能及时帮助总结基层的经验做法，又要不断与上级主管部门包括新闻媒体主动对接，把成功经验做法及时推出去，不能墙内开花墙内香，也不能墙内开花墙外香。

6. 把整体工作做活

落实党风廉政建设责任制、党内监督、领导干部廉洁自律、农村基层党风廉政建设是党风室工作的"主打产品"，也是四根"擎天柱"，这四大块工作中的每一块分量都很重。例如，领导干部廉洁自律方面就有八个方面的重点，可以形象地归纳为票子、房子、车子、位子、杯子、骰子、老婆（丈夫）孩子、印把子。四个方面的整体工作既有区别，更有联系，形成了一个整体。这个整体中不能存有"梗阻"，更不能出现"死角"。所以，一个室的工作就像一条灌渠、一条河流，"一尺不通，万丈无用"。一条路修得再好，如果最后一公里不通等于没修，这"一公里"甚至还会使一些不知情的人走"冤枉路"。整体工作能走在全省乃至全国前面更好，但做"活"不是要你把所有工作都做得十分出彩，都在他人之上，而是要在"齐步走"的同时，每年能把一两个方面工作做亮，这样就"活"了。"活"了，工作的指导性就强，推广就有价值。工作做不"活"就像中学生一样，参加中高考出现"瘸腿子"，有一门学科"瘸腿"就会直接影响整个考试成绩，即使是特长生恐也难以被录取到理想学校。因此，整体工作做"活"既要增强计划性、统筹性、协调性，又要从每一项具体工作做起，再小的事也要把它做出精品来，这就要求室主任能像"军事家""音乐家"那样，既要会"排兵布阵""带兵打仗"，又要能"识谱"，懂"乐器"，学会"十个指头弹钢琴"。

三、层次要高，善于谋全局，具备好七种素质

我刚到党风室任职时，市纪委领导提出："党廉室的工作是高层次的工作，层次比较高。高层次的工作，必须深层次思考，如果人云亦云，就没有创新，就很难做好高层次工作。……说到底，党廉室工作的水平在某种程度上可以体现一个地区纪检监察工作的水平。可以说，你这个室的工作水平有多高，就体现我们纪委的水平有多高。"这既是对党风室提出的希望，更是对主任提出的要求。在十多年前，党风室的工作职能主要是对上的，上面怎么布置下面就怎么抓，主要有三个"轮子"，而且工作内容、范围、涉及具体事项等相对于现在要少得多。现在党风室工作增加了一个"轮子"，只有"四轮驱动"才能在创新的道路上快速前进，实现工作的突破与跨越。

首先，要有思考问题的层次。党风室主任想的问题层次要高些、周到一些、全面一些，考虑复杂一些、成熟一些，即使是配合性工作也应如此。其次，要有谋划全局的责任。要主动站在委局领导的角度上去思考工作，这既是一种要求，也是一种责任。主动谋划全局是一个人综合能力和水平的反映，同时也是一个人综合素质的反映。最后，要有创新工作的意识。每个室的工作都有创新的空间，党风室相对于其他相关室空间要大些。创新是无止境的，就是要人无我有，人有我优，不断推陈出新，把工作做出特色，做出成效。

实践表明，当好党风室主任至少要具备七种素质。

1.要讲党性，绝不偏离方向

与所有党员干部一样，党风室主任必须有坚强的党性，严格按照工作职能分工和职责要求去做好每一项工作，绝不能偏离方向。政治上、思想上始终同党中央保持高度一致，对党、对组织、对事业忠诚老实、极端负责。一是加强党的理论创新成果的学习，不断提高理论素养。牢固树立正确的世界观、人生观、价值观，坚定理想信念，旗帜鲜明，讲政治、顾大局，不断增强贯彻执行中央路线方针政策的自觉性和坚定性。二是坚持原则。按照党性原则办事，切忌只凭个人恩怨、个人兴趣。敢于说真话、说实话、说公道话，积极开展批评与自我批评，做到表里如一，言行一致，对组织忠诚，对自己严格。三是自觉接受各方面监督。作为党廉室主任，自身要求要更高，要清白做人，忠诚做事，允许自身有缺点，但决不允许自身有污点，要自觉置身

于社会各个方面的监督之下。

2. 要讲严谨，力求心如细发

严谨是每个纪检监察干部的基本要求。古人治学理事要严谨在今天仍然是至要之理。无论是求知还是致用，都要求我们具有科学的求实精神和严谨的做事态度，而不是哗众取宠、沽名钓誉、妄自尊大。古往今来，凡是有成就的科学家、艺术家、思想家治学都是严谨的。以写作的严谨态度为例，鲁迅的"竭力将可有可无的字段删去"已成为作文的座右铭；"吟哦一个字，拈断数根须"，"为求一字稳，耐得半宵寒"的炼字功夫令人钦敬；而贾岛的"二句三年得，一吟双泪流"足使今天的某些高产作家、高产诗人汗颜！

党风室工作政策性强，涉及的法律法规多，要做的事也越来越多。近几年，从党廉室先后派生出了执法室、纠风室，将来会不会再往下分出什么室来姑且不说，有一点可以说明，它的职能、地位越来越重要。因此，无论是对上还是对下，无论是向领导汇报还是到基层指导或者协调部门工作，无论是一张会议通知还是每一篇文稿，小到标点符号、词句结构，大到谋篇布局、整体思路；无论是每说一句话还是每做一件事，党风室的工作人员从工作计划到实施过程、结果，都必须始终保持严谨的态度、科学的方法、扎实的作风，一丝不苟，来不得半点马虎。对所涉及的各类问题要多查证、多思考、多分析，力求全面周到，不要轻下结论。严谨的态度还要求党风室主任有心细如发、守口如瓶的高尚品质，有不粗枝大叶、大而化之、工作甩手的职业操守，同时还要有强烈的保密意识，不该问的不问，不该说的不说，不论什么事要考虑成熟，"话到嘴边留三分"，不能随口就说，包括对领导、对同志也要"静坐常思己过，闲时莫论人非"。

3. 要讲奉献，不计个人得失

国而忘家，公而忘私，利不苟就，害不苟去，唯义所在。具有奉献精神是纪检监察干部的本质特征。历史上党员干部讲奉献是不考虑个人利益的，他们把个人一切置之度外，甚至牺牲个人生命。党风室主任讲奉献要体现在以下几个方面。一是结合实际，不断学习，不断创新，提高实际工作本领，在组织给你的舞台上尽情发挥，施展才华。二是敬业奉献，增强责任意识、进取意识。有一抓到底的工作狠劲、一说就做的工作实劲、锲而不舍的工作韧劲。三是甘于吃苦，甘于寂寞，甘于清贫，克己奉公，无私奉献，正确对待成绩，正确对待荣誉。四是学会克制自己，既任劳又任怨，当自己取得了一点成绩，组织给予荣誉时，首先要看到组织的培养、领导的栽培、同事的帮助，把功劳记在领导和同事身上，而不是自以为是，居功自傲。如果没有得到提拔重用，要多从自身找原因，而不是错怪组织，埋怨领导，嫉妒同事，心存不满，把责任推到他人身上，成天感到有委屈，从而放松对自己的要求。总之，我们要在平时工作中，一切从工作出发，一切从大局出发，乐于奉献，舍小家，为大家，不计个人的得失。

4. 要讲纪律，始终慎独慎微

"加强纪律性，革命无不胜"，是我们从小耳熟能详的名言。正如毛泽东同志所说，没有严明的纪律，就不可能有严谨的工作作风；没有严谨的工作作风，就没有组织的权威。纪检监察干部所从事的纪律检查工作应该成为执行纪律的表率。作为纪委党风室主任，你的工作职能与其他人是有区别的，这个区别就是自身要求要更高，要成为室里和系统方面工作表率和人格表率。工作表率主要体现在"勤"和"绩"，人格表率取决于修养和作风两大方面。因此，要加强个人品德修养，洁身自好，慎独慎微，"显""隐"齐抓，做一个品德高尚、遵纪守法、清正廉洁的人。"显"，一般情况下是人们能看到和观察到的，党员干部会注意自己身份和影响，就是说人们处于监督之下往往能够循规蹈矩，其行为表现会"自我约束"；"隐"，《礼记·中庸》称"莫见乎隐，莫显乎微，故君子慎其独也"，意思是讲不要因为没人看见，就放纵自己，甚至出现越轨。一是慎独。在"隐"上加强"自克"，无论在何时何地何种情况下，都要一丝不苟地按照道德、法律法规、党规政纪来约束自己，努力在那些不为人知的事情上做到固本守节、清正廉明。二是"慎微"。"君子慎始而无后忧""疾小不加理，浸淫将遍身"。在小事小节上不自我放纵，在大是大非面前头脑清醒，不犯错误，在"慎微"上下功夫，规范自己、约束自己，树立正确的世界观、人生观和价值观。

5. 要讲团结，不搞各自为政

团结是做好一切工作的基础。团结就是拧成一股绳，心往一处想，劲往一处使，汗往一处流，一齐向前进。团结是一个班子、一个部门建设的主题，也是确保党的先进性基本要求。有句俗话叫"家不和遭邻欺"，讲的是一个家庭的团结。"家庭"应是个"健康的肌体"，在这个肌体里，每个人是其中的一个细胞。肌体里如果出现不健康的细胞就要给予及时治疗，如果出现组织坏死那就要手术。从大的方面看，我们生长在中华民族这个大家庭里，构建社会主义和谐社会最重要的基础就是"大家庭"的每个成员都要讲团结，我们的民族大家庭是团结的，团结一致才能勇往直前、共同对敌；从小的方面看，包括党风室在内的各室共同组成纪委这个"大家庭"，我们的纪委"大家庭"是团结的，团结一致才能事业发展、共同进步。讲团结，就是领导、同事间相互支持、相互理解。团结出干部，团结出政绩，团结出活力，团结出生产力。泰州市纪委组建十多年来人数虽然不多，但历来是团结的，工作政绩也是显著的，这与几任"班长"有关，与班子每个成员有关，也与纪委"大家庭"有关。团结问题不能小视。我认为，包括党风室在内，无论哪个部门，如果存在不团结现象，就会出现"内耗"。"内耗"是可怕的，"耗"掉的生产力，是资源，是同志间的感情，是事业的成就与辉煌！所以，一个室、一个单位如果出现不团结现象，主要负责人应从自身多查找原因、主动承担其中责任，不要把成绩留给自己，把问题推给他人，否则会造成"军心涣散"，影响事业发展。历史和现实的经验教训告诉我们，独自难撑大厦，必须群策群力，团结合作，才能完成宏大的事业。用人就要团结人、关心人、信任人；既要放手让大家干，又要做到放手不甩手，信任不放任，知人善任，用人所长，容人之短，用人不疑，疑人不用，珍惜人才，爱护干部，及时指出同事工作中存在的问题和不足，用真心换取真情。讲团结不能庸俗化，不是讲哥儿们义气，要在干事中增强团结，在团结中提高干事的质量，只有这样才能使我们市纪委的各项工作继续成为全省乃至全国纪检监察同行的领跑者。

6. 要讲大局，维护整体利益

敬爱的周恩来总理有一句名言："遇事讲大局，全国一盘棋。"这句话深刻地反映了周恩来的大局思想。讲大局首先要体现在维护整体利益上。当个人利益与国家利益、集体利益发生矛盾时，个人利益首先要服从国家、集体利益。其次，讲大局体现在集体荣誉感上。"一花独放不是春，万紫千红春满园。"因此，我们每个人都要有团队精神，有集体荣誉感。最后，讲大局体现在个人的行为表现上。把"广角镜头"扫描到我们每个室、每个人，所讲的大局就像委局机关一盘棋，我们要用实际行动维护委局机关形象，维护集体利益、集体荣誉。例如，每一年各级都要对集体和个人表彰，名额是有限的。表彰到的不等于是十全十美，没有表彰到的不等于比表彰到的差多少。今年上面分配你单位一个报表彰名额，其他的单位没有，你能说你比人家单位优秀？！我在市纪委工作近14年，先后走过五六个室，可谓多岗位锻炼，没少做过事，但不谦虚地说我对荣誉看得比较淡。我的看法是两句话：上面的评先要争取，本级的评先要谦让。我工作34年拿的荣誉证有几十个，在纪委的十多年也有十多个"红本本"，基本都是上面评的，本级的却很少，但为本级集体争得了不少荣誉。例如，党政干部下访，2006 年 2 月，中纪委副书记张惠新带中纪委调研组专题到泰州进行调研，他认为在全国推广切实可行。2007 年 12 月，我在信访室期间，市纪委、监察局被市委、市政府表彰为信访工作先进集体。村民直评村主任等工作在全省、全国都产生了重大影响。这些虽有个人的成绩，但应归功于集体，归功于我们这个团队。总的来说，荣誉属于过去，一个人任何时候都不要吃老本，更不要躺在功劳簿上跟组织讨价还价。作为负责人要与部下争做事、争贡献，不要与部下争待遇、争荣誉。因此，大家都讲大局，看长远，不计眼前得失，我们这个光荣的集体、伟大的事业才能得到最广、最多、最长远的利益。

7. 要讲忠孝，懂得感恩

所谓忠孝，就是对国家尽忠，对父母尽孝，两样都应当做好。有一个说法，叫"忠孝不能两全"。其实，此话不尽然。对父母不孝的人，对国家、对事业也忠不到哪里，也就不会做出什么大的成就来。孝敬父母与忠于职守在大多数情况下并不是对立的，即使偶有矛盾冲突也是有办法解决的。百善孝为先。孝道是中华民族最看重的美德。岳飞说："若内不能克事亲之道，外岂复有爱主之忠？"意思是在家里尚且不能孝顺父母，又岂能忠君报国？花木兰替父从军，多年在军队生活，要的不是功名利禄，12 年后凯旋后，皇帝赏赐官职，花木兰拒绝了，她只想回家，好好地孝敬父母。

说到忠孝，往往会触动一个人的神经，甚至灵魂。我的粗浅理解是，在事业上讲忠孝，就是你既要踏踏实实干好工作，做出成绩，还必须懂得感恩。懂得感恩主要包括两个方面：一是要想得到，二是要做得到。你事业有成了，自身所付出的努力是无可厚非的，必须得到肯定，但千万不能忘记，你的每一步成长、每取得的一点成绩都离不开组织的栽培，离不开领导的关心教导，也离不开你身边一同工作、并肩战斗的同事、战友。因此，感恩不仅是对组织、领导感恩，还要对你的同事、你的战友、你所生存的社会感恩。不要等到"当家才知柴米贵，养儿方知父母恩"。俗语说"会做事不如会做人，会做人不如会感恩"。忠孝、感恩不是说在嘴上，而是要见诸行动；忠孝、感恩其实是一种精神，是一个人优秀品德的体现；做一个讲忠孝、懂感恩的人，并要以此精神影响我们的行为。

四、业务要精，立足做大事，树立八种意识

在一个部门单位，它的基础业务是相通的，也是人们必须掌握的，但它

下设的科室业务就有其专业性了。例如，学农的都记得农业八字法："土、肥、水、种、密、保、管、工"；都清楚什么是"光合作用"，什么是水稻的分蘖期、灌浆期、成熟期，什么是小麦的越冬期、返青期、拔节期等。但同样是学农的，学土肥与学植保的就有区别了。学医的也一样，内科、外科、骨科、放射科等都有它的专业性……我们从事的纪检监察工作也如此。刚开始到新的岗位，是新兵、是学生，但一段时间可以，你不能总是"当新兵""做学生"，甚至做"留学生"吧！你得谦虚谨慎，好好学习和钻研，尽快入门，进入角色，从了解掌握到弄懂弄通直到精通。我认为衡量在党廉室工作的业务水平怎样，能否立足做大事、成大事，关键要树立八种意识。

1. 本领意识

这里说的本领是指在自己的本职岗位上有本事，有较强的工作能力和领导水平。有句话叫"本领恐慌"，说的是一个人要防止跟不上时代步伐，不能很好地履行本职工作，出现本领恐慌。我的理解有三层意思：第一，本领超群却永不满足。自身水平很高、能力很强，但又总是担心落伍，担心有一天会被淘汰，因而，始终不放松学习，不断去求索、奋斗、进取。第二，能力一般却意识麻木。本身能力一般，水平不高，又不加强学习、钻研业务，做任何事情底气不足，已经出现"本领恐慌"，自己却意识不到，还自以为是，自我陶醉，成天昏昏然、飘飘然。第三，腹中"无货"却骄傲自大。这些人只会阿谀奉承，溜须拍马，在领导面前说好话，虽然人们知道他是"山中竹笋"，但他时刻摆出一副领导架势。一生没有什么本领，却借助某种关系，整天"躺在大人怀里睡不醒"。总认为晴天雨天有人打着"晴雨伞"，大事小事有人帮助做，关键时候有人会帮助说话，"肚子饿了"就"叫"，"没奶吃了"就"哭"。对此，我们绝不能成为后者，要树立有真本领的意识。做党风室主任如果出现"本领恐慌"，"固定资产"就不会"盘活"，也不会"升值"，工作不会有大的起色，更不会有飞跃。有真本领需要具备两点：一是有能力，会做事。能力就是业务能力和办事能力。"学必求其心得，业必贵于专精"。做主任不仅要会安排工作，更要会办事、能办事，好办的事要办好，难办的事要设法办成，这就要求把握六个字：造势、借力、协调。较强的业务能力和工作能力不是与生俱来的，它与人的悟性、进取精神、敬业精神、做事态度、业务熟练程度、工作责任心、工作经验和方式方法等密切相关。党风室主任除必须具备的业务素质外，还要会办理信访、查办案件等，如每年上级转来的、本级领导批示的信访件要如期按质查结；领导干部廉洁自律方面的案件，要掌握其特点和规律，应注意哪些问题，如何加大预防违纪案件的力度等。二是有理论功底。党廉室在理论研究、文字撰写、新闻宣传方面不可与调研室、办公室、宣教室相提并论，但各类文稿一年下来也有不少，而且都是重要文稿，你总不能让人替你写材料。我在去年底曾做了个大概统计：全市在中央、省市各类报刊采用党风廉政建设工作方面的稿件 351 篇，其中，经验类 21 篇，消息类 162 篇，信息类 168 篇。河南焦作市、南京市浦口区、淮安市等纪委先后来我市考察学习了农村党风廉政建设工作经验。去年党风室起草领导讲话 21 篇，通报 2 篇，代市委起草下发文件 7 个，调查信访件 7 件，协助领导对领导干部进行诫勉谈话 6 人，完成汇报材料 9 篇，办理提案 3 件。这说明，在党风室工作同样要有扎实的理论功底和良好的写作能力。

2. 学习意识

说到学习，每个人都有不少感慨。古往今来，刻苦学习的例子很多，"头悬梁锥刺股""凿壁偷光""囊萤夜读"的典故尽人皆知。树立学习意识，就是要把学习当作你每天吃饭、睡觉一样，应该主动地、自觉地、积极地、有目标地、富有成效地学，而不是被动地、甚至是被逼地学，把"要我学"转化为"我要学"。党廉室主任首先要善于学习，否则就会底气不足。学习的方式方法很多，我这里说的不是指学什么，而是特指向谁学。我以为，以下几个方面是要做到的：一是向书本学。"书山有路勤为径，学海无涯苦作舟"。每个人刚到新的工作岗位时所接触的、面对的都是全新的知识。党廉工作所涉及的文件、政策和法规很多，包括工作的职能、要求、技巧、外地工作经验等，必须了解和掌握。如《廉政准则》颁布后，党风室主任就要先学一步，学深一步，知其然，更要知其所以然。二是向实践学。实践出真知。有很多东西书本上没有现成的知识，实践能给你找到圆满的答案。这些年，从中央到地方，党风工作通过积极的探索实践，既促进了一批批创新成果在实际工作中的转化和运用，又使党廉工作理论不断得到丰富。三是向基层学。基层干部群众是最好的老师，要"多向基层学本事，少到基层摆架子"。近年来，姜堰市的农村党风廉政建设"三级联建"、村务公开目录，兴化市的纪委参与集体资源管理，泰兴市的村务监督委员会、村民直评村主任，靖江市的党内监督，海陵区的落实党风廉政建设责任制分级报告，高港区的群众代表直评民生部门等，这些创新成果都来自基层的积极实践和经验总结，为全面推进我市党风廉政建设工作迈上新台阶做出了积极贡献，得到了上级的充分肯定。基层干部和人民群众，他们在实践中有着丰富的经验，是我们学习的好老师。

四是向领导学。学习领导思考问题的角度，观察问题的高度，研究问题的深度，把握问题的尺度，解决问题的气度。五是向同事学。"先进山门为师""三人行，必有我师焉"。作为主任，无论你从事党廉工作时间长短，都要放下架子，善于发现自己的不足，向包括本室及基层市（区）党廉室所有同志学习，学习他们的长处，相互取长补短。

3. 思考意识

我在基层四个乡镇工作过20年，1997年选调到市纪委后又在几个室待过，34年来，对于我所从事的工作取得的成绩、存在的不足、原因是什么、有什么启示，我都没有停止过思考。我认为，一个人要有思考意识至少包括三个方面：一是善于学习。在室主任这个岗位上，要勤学、善学、博学。上级的文件、方针政策、规定、会议精神、领导讲话、工作要求等，要及时了解、领会、掌握，否则不经意间就会犯错误。二是善于思考。"学而不思则罔，思而不学则殆。"我工作30多年写的文章多次被《人民日报》《新华日报》《中国监察》杂志采用。如撰写的《警惕"重女轻男"》《谨防基层干部搞"双保险"》《提升基层办理信访举报工作能力和水平的若干思考》《切实抓好村务公开和民主管理工作》《"小金库"存在原因剖析及治理对策》等。思考还要做到超前。"赶早"总要比"拖延"好，"早起不忙，迟起着慌"，说的是工作的前瞻性。例如，党内监督工作，近年来非公有制企业蓬勃发展，已成为经济社会发展的重要力量。非公有制企业党员人数不断增加，但党的纪律监督工作怎样，如何加强对党员的教育、管理和监督，这些就要去思考。三是善于动笔。好记性不如烂笔头。对平时手上正在做的工作要勤记、领导交代的事情要勤记。一年的工作计划如何分季度、月度实施；每周、每日、每件事怎么安排等都要思考。我坚持每天对工作上的具体事情做些思考，星期天、节假日、工作日的每天起床、晚上休息基本都这样，有些事情怎么做，想到什么好的办法就记下来，有时不方便记在本子上，就随时记在手机记事本上，然后再记到笔记上。

4. 积累意识

积累是一种良好习惯，更是一种学习方法。这里所说的积累是指知识的积累。做报告、写材料、发表即席演讲时"手头无货"就会觉得"书到用时方恨少"了。多年来，我坚持每天记事，哪一天做的什么工作都有记录。现在有些人平时不善于积累，关键时候就容易自己"难为"自己了。积累，其实并不是什么难事，只要平时做有心人，养成良好的习惯就好。清代学者顾炎武日学日思日有所得，集腋成裘写成著名的《日知录》；爱因斯坦以科学许身、以真理为贵、不懈地探索，创立了相对论。我举这些例子，是说一个人的学习态度和积累意识必须严谨，防止极少数人读了几本古书，便以为掌握了中国古代文化，从而妄加评论、剪裁历史、拼凑事实、主观臆断；防止取得了一点成绩便飘飘然，目空一切；防止刚发表了几篇"豆腐块"便自命不凡，自己就成了记者、作家了。积累可以使人成为"活档案"。好的积累习惯还体现在平时注意收藏整理。"手里有粮，心中不慌"，这样才不会出现"巧媳妇难为无米之炊"的尴尬局面。

5. 责任意识

从本质上讲，责任心就是一种想要干好工作的状态。凡是有责任心的人，都有一种干好工作的强烈愿望。责任是一种能力，又远胜于能力；责任是一种精神，更是一种品格。无论是家庭责任、职业责任、社会责任、领导责任，责任无处不在。有句话说得好：责任重于泰山。"国家兴亡，匹夫有责"。范仲淹写下了"先天下之忧而忧，后天下之乐而乐"；牛玉儒以勤政为民、忘我工作诠释了"生命一分钟，敬业六十秒"；纪检监察干部的楷模王瑛廉洁奉公、秉公执法、恪尽职守所展现的可亲、可敬、可爱的人格魅力；郑培民、任长霞、张云泉、陈燕萍……他们爱岗敬业，在自己岗位上忠实履行着对社会、对国家、对人民的责任；他们忠于职守、利居众后、责在人先，是仁人志士薪火相传的思想标杆。他们是我们学习的榜样。而今，我们做好本职工作是对纪委尽责，是对党的事业尽责，是对人民尽责，要毫无怨言地去做，并认真做好。责任上升到制度层面，就有了问责、责任追究。例如，党风廉政建设责任制把责任落实具体化、制度化，是市委、纪委及各级党组织的责任，落实到人就是责任到人了。党风室在这一工作上要做的事很多，作为主任必须有强烈的责任意识，把每一项工作做好、负责好。室里取得成绩、有了荣誉，是集体的，是大家的，见荣誉要让；室里出现要负责任的方面，是主任的，要主动承担，不要推给下属。尽到对上级的责任，尽到对下属的责任，这既是使命的召唤，也是能力的体现。室主任只有敢于承担责任，善于承担责任，勇于承担责任，才能让组织放心，使人民满意。

6. 应变意识

即应变能力，是人综合素质反映的一方面。通常有这种情况，定好的事情因为什么特殊情况临时改变。如开会，时间推迟了还好办，但改早了，议程增加了，对象也调整了，这就要求有关领导同志特别是负责会务的人能从容应对，不能掉场子，更不能误大事。所以，做任何工作都要有应变意识，也就是在实际工作中要建立预警机制，把问题考虑多一点、细一点、周到一点、复杂一点，不是要你做"墙上狗尾草，风吹两面倒"，那就是原则问题、立场问题、品德问题了。应变能力其实也是一门学问。大型露天现场活动要准备雨具，饭店要有应急灯，开会要有备用话筒，汽车要有备用轮胎……党风室在不少工作中会直接或间接碰到此类情况。每年的县处级党员领导干部民主生活会，参加会议的领导定了，时间定了，但有时"计划赶不上变化"，市（区）委、部门经常会调整时间，上面派去的参会领导也会经常改变，对此，要沉着应付、镇定自若，忙中求快、快而不乱。每年的党风廉政建设责任制检查考核，无论是省里还是市委对基层检查都会碰到这类情况。去年12月18日，省委检查组来我市检查考核党风廉政建设责任制，省里领导有特殊情况，个别谈话改到了24日上午。这天，原来安排在上午8点30分开始，人员名单早就排好了，但头一天晚上接到通知，说教育部专家组9点来考察建泰州大学的事。24日早晨7点，检查组领导通知把谈话时间提前到7点30分。所有原来确定的人员和时间都要调整，领导也不确定。说实话，对市领导进行时间调整不是党风室主任能做主的，就市（区）领导而言，有的还要行车一小时。尽管如此，由于我们应变快，及时与市领导和各市（区）委书记、市（区）长、纪委书记联系、协调，才在时间、人员衔接上没有出现脱节。

7. 效率意识

工作效率是评定工作能力的重要指标。提高工作效率不仅是组织对我们的要求，更是我们实现自身价值的重要途径。就党风室所承担的工作而言，工作性质与其他室有所不同，有的工作仅凭个人能力难以完成，有些工作时间要求很高，必须把工作效率放在首位，绝不能敷衍了事、拖拖拉拉。特别是有些"集体项目"，团队精神显得尤为突出。有的要请全委乃至请市领导和部门领导一起参加，如责任制检查考核、农村党风廉政建设"双创"考核等。讲求效率就是要保持最佳的工作激情。树立效率意识还要做到上情熟、下情熟、政策熟。党风室主任任何时候都要对此"心中有数"，如果这三方面不熟或熟悉程度不深，最终只能是"以其昏昏，使人昭昭"。就像一个稀里糊涂的指挥官带着他的士兵没有目标地作战，打光"子弹"连"敌人"的皮肉都没伤到，倒是伤了"士兵"的士气。上情熟就是对上面的工作目标、任务、部署、要求、情况要熟；下情熟就是对基层工作开展情况、任务完成进度、质量、困难、需求、想法以及工作成效等要熟；政策熟就是党风廉政建设工作所涉及的方方面面的政策规定，包括上级的、本级的、基层的都要熟悉。情况不明决策就会出现失误，工作方向就不会正确，甚至"劳而无功"，达不到当时的初衷。

8. 创新意识

创新意识就是求新意识，它是影响一个国家、民族创新能力最直接的因素。2003年以来，我们市纪委转变理念，把创新作为促成人才素质结构变化、提升人的本质力量、推进纪检监察工作更好服务于经济社会发展的着力点贯穿于纪检监察工作全过程。所以，市纪委的创新工作效果之好、影响之大在全省乃至全国纪检监察系统是数一数二的。其中在党风廉政建设工作方面就有几项，突出的有拟提拔考察人选联合预审制度、村民直评村主任活动、编制村务公开目录、公车改革、勤廉当面报告、勤廉双述、建立村务监督委员会等。我认为，树立创新意识还须防止两个误区：第一，抓住"专利权"不放。"专利"只有"转让""转化"才能有效果，产生效益。各家都在鼓励创新，创新成果出来了，不能是你创新的就是你"单独享用"。第二，在已有创新成果上继续深挖。对已形成的创新成果不是继续拓展，而是弃之一边再去搞所谓新的创新。实践证明，无论是别人的还是自己过去的创新成果，由于政策的调整、形势的变化，总会形成新的要求，我们应在原有基础上继续进行创新，好比企业进行技改一样，投入少了，成本降了，产出高了，就是创新成果。

（刊载于中国方正出版社2011年4月出版《我们应该怎样让党和人民放心》一书）

第三部分

有话直说

说说家风

关于家风问题，早已不是人们谈论的新话题。

但为什么如今重视这个话题？其实任何时候这个话题都是极其重要的：家风好，则族风好、民风好、社会风气好；家风纯正，雨润万物。

在 2015 年春节团拜会上，习近平总书记着重谈到家风建设，他说："不论时代发生多大变化，不论生活格局发生多大变化，我们都要重视家庭建设，注重家庭、注重家教、注重家风。"春节是万家团圆、共享天伦的美好时分。中华民族自古以来就重视家庭、重视亲情。习近平总书记在春节团拜会上讲家风，深刻阐述国家发展和家庭建设的辩证关系，强调家庭在增进社会和谐中的重要作用，无疑对进一步培育和践行社会主义核心价值观具有重大的现实意义和历史意义。

领导干部对家属严格要求十分必要，他所产生作用、影响远不止自己的家庭，而是一个地方乃至全国。当年的焦裕禄，因为两个孩子白看了一场戏，便狠狠地批评了他们一顿，并带他俩去戏院当面赔礼道歉，补买戏票。金华军分区政委范匡夫不止一次地告诫家人："党风连着家风，一个领导干部如果连自己的家都治不好，自己的亲属都管不住，那是对他为政之道的莫大讽刺。"

家风一破，污秽尽来；家风隳坏，祸及全家。这些年来，有些失足落马的领导干部，都是从家风不好开始的。小漏不补，必生大患。中央纪委在对苏荣严重违纪违法的通报中，指出其"自身严重腐败，并支持、纵容亲属利用其特殊身份擅权干政，谋取巨额非法利益，严重破坏了党内政治生活，损害了当地政治生态，性质极其严重，影响十分恶劣"。苏荣落马后在忏悔录中写道："正常的同志关系，完全变成了商品交换关系。我家成了'权钱交易所'，我就是'所长'，老婆是'收款员'。"

家风与党风、民风枝附叶着。家风是齐家的要素，而要"治国平天下"先得修身齐家。《礼记·大学》云："古之欲明明德于天下者，先治其国；欲治其国者，先齐其家；欲齐其家者，先修其身；欲修其身者，先正其心；欲正其心者，先诚其意；欲诚其意者，先致其知，致知在格物。物格而后知至，知至而后意诚，意诚而后心正，心正而后身修，身修而后家齐，家齐而后国治，国治而后天下平。"这就是我们常说的"修身齐家治国平天下"。

中国传统文化里对"家风"重视已久，习近平总书记有关家风的讲话，引发社会各界广泛关注，各大媒体也予以重磅报道。人民网记者检索统计发现，从2015年习近平总书记在春节团拜会上讲话一年来，《人民日报》至少有260篇报道谈到"家风"，而"家风"这两个字出现在《人民日报》的新闻标题中累计已达40余次。

古人说："将教天下，必定其家，必正其身。"开国领袖毛泽东在家风家教方面也堪称一代典范。他给自己定下三条原则：恋亲不为亲徇私，念旧不为旧谋利，济亲不为亲撑腰。毛泽东同志对待子女要求他们与老百姓一样，不允许搞特殊化，他常说的一句话是："谁叫你是毛泽东的儿女呢？"在亲情与党的利益、人民的利益之间，他始终保持着清醒的头脑，为全党作出了表率。

重温革命先辈的优良家风，故事很多、很感人。周恩来定下的"晚辈不准丢下工作专程来看望他，只能在出差顺路时去看看；来者一律住国务院招待所；一律到食堂排队买饭菜，有工作的自己买饭菜票，没工作的由总理代付伙食费等'十条家规'"，为全国人民树立了典范。我身边有一本由宋平同志题写书名的《陈云家风》一书，这本书依据多年来对陈云同志夫人、子女、孙辈，以及身边工作人员的采访资料整理编辑而成，阅后深受教育，在他身上体现着光辉的革命品质和优良传统。1976年唐山大地震，陈云的住所成了危房，但他坚持在危房里办公。后来工作人员给他在办公室搭了一个防地震的架子，是用铁管子搭起来的，上面铺着厚木板。他就坐在那个铁架子里，见了好多中央领导同志，在那铁架底下谈话。罗荣桓一生清苦，几十年如一日，兢兢业业为党和人民工作，不搞特殊化，这不仅是他给予子女的精神财富，更是他给予全党的精神财富。董必武始终以"新功未建惭高坐"为座右铭，始终保持着艰苦朴素的优良作风，并以此严格要求亲属和身边人，留下了很多佳话。这些革命先辈的"家风"故事，激励教育着一代又一代人。

家风是一个家庭或家族在日常生活中积淀形成的风范。当今，有很多党员领导干部的家风故事获得了人民点赞。在溱潼镇上的院士旧居，我看到悬在厅堂的李氏80字家训："爱我中华、兴我家邦，少小勤学、车胤孙康，弦歌雅乐、翰墨传香，尊师益友、孝德永彰，和亲睦邻、扶幼尊长，敬德修业、发奋图强，女红针黹、娴淑贤良，诗书共读、兰桂齐芳，扶贫济困、造福一方，克勤克俭、家道隆昌。"阅读完这80字家训，我们就不难明白，为何这个家族会创造"一门五院士"的奇迹了。

"李氏80字家训"是家风文化标杆。这个家训包括爱国爱家、修身治学、为人处世等中华民族的优秀传统文化，这80字家训是这个家族的精神营养源，是这个家族成员的强大正能量。在80字家训的滋养下，家庭成员陶冶情操，提升素质，打造出彩人生，打造家庭幸福，打造了他们的人生灿烂价值。

家是国的基础，国是家的延伸，在中国人的精神谱系里，国家与家庭、社会与个人，都是密不可分的整体。在传承优良家风中筑牢责任意识和担当精神，在正家风、齐家规中砥砺道德追求和理想抱负，在履行家庭义务中知晓责重山岳、公而忘私的大义，正是家风传承中所蕴含的时代课题。

关于我们家的家风，我曾通过散文手法写成文章在媒体发表过。写《父亲的米袋子》适逢泰州大市组建，也是1996年《泰州日报》创刊不久发表的。家之兴替，在于礼义，不在于富贵贫贱。知礼仪、重家风是中华民族的优秀传统。我写的《母亲的礼仪》是2014年在《中国纪检监察》杂志上发表的。虽然写的是几十年前发生的故事，发表时间也长了，但我想，良好的家风是永远不会过时，更不会变质的，它永远是家庭和社会的无价之宝，对当今乃至后来的人们会有启迪、教育、激励的作用。今天我重提父母在家风上的严格要求，也当是我对父母在天之灵的告慰吧。我们家的家风故事很多，与其他人家有所区别的是，我们兄妹8个不仅从小就耳濡目染、受到父母的良好教育，也影响了一代代人和整个庄上的庄风，所以，从我20世纪60年代后记事直至今日，我们家的家风和庄上的庄风都是淳朴的。

父母教育我们最多的是做人要诚实、做事要踏实，他们首先自身树立表率。在父母面前，子女再大也是孩子，能力再强、本事再大，他们都会时刻牵挂，这个道理直到我们都长大了、工作了、成家了，体会才更加深刻。即使他们到了年老的时候也像课堂教学、现场教学、体验式教学一样，一刻也没有放松过，把教育的方式方法巧妙地融入平常的交流与智慧之中，让人无论到什么时候也不会忘记。如我小的时候，父亲就常对我讲述他当年用过的米袋子的故事，也成了我写《父亲的米袋子》的原始素材。父亲说，那只米袋子曾伴随他二十多年，六七十年代，他外出开会都是从自家带上米装进这只袋子里，带角把钱，在公社食堂或开会的地方统一代伙。父亲还对我说：

"现在当干部要严格要求自己，公私要分得清，要廉洁自律。平时生活上要注意节俭，即使遇有接待等特殊情况，也要按照上面的规矩办，不能奢侈。下乡工作，尽量不要在村里就餐，实在没法回家吃饭，就在村里吃个便饭。"每次说及这些，父亲总是像个老师，有板有眼的，却又那么动情。

母亲对我们从小的品行培养非常重视与严格，尤其是对待公家的东西她从不含糊。一次，集体农田里的黄花草夜里被人偷了，集体组织社员代表挨家挨户进行检查。母亲把儿女们叫来严格"盘查"，所有人都表态没有偷。她深情地跟儿女们说，我们家祖上就没有一个人跟人家红过脸、吵过架，更没有任何人做过对不起公家的事，人要有志气，不论穷到什么程度，公家的东西都不能拿，不是你的坚决不能要，这是品行，不能坏了自己的名声和家风。母亲说的这番话，与历代革命先贤的家风是一脉相承的。如今有些党员干部走上违纪违法道路的原因很重要的一条就是家风出了问题，"公家的东西都不能拿，不是你的坚决不能要"，母亲说的话时刻警醒着我们，我想，如果你做到了，怎么可能违纪违法？《母亲的礼仪》这篇散文首先源于生活，在《党的生活》发表后时间不长，我便接到《中国纪检监察》杂志社的电话，他们认为这篇稿子以小见大，以母亲化身组织教育孩子如何对待公与私，不能坏了家风，其实上升到了一个新的高度，他们很快便进行了转载。

家庭是社会的基本细胞，是人生的第一所学校。党员干部的家风，是反映党风和社会风气的一个重要"窗口"，也是党风廉政建设的"晴雨表"。党员干部特别是基层党员干部生活在群众之中，他们不仅要自身廉洁自律，还应十分注意其配偶子女在社会上的言行举止。《中国共产党廉洁自律准则》将树立良好家风列为党员领导干部的必修课，这必将开创党风、政风、社风建设的崭新局面，让中华民族传统家庭美德发扬光大，让良好的家风长久地传承下去。

（刊载于 2016 年 5 月 16 日人民论坛网）

也说"蜗牛奖"

　　在 2016 年 1 月 7 日的市委四届十次全会上，江苏省泰州市委书记蓝绍敏在工作报告中的一句话让与会者十分关注："市效能办将设立'蜗牛奖'，发给那些推进重点项目不得力、履行行政职能不到位、解决群众关切问题不及时的责任人。市委将建立干部实绩档案，形成能者上、平者让、庸者下的鲜明用人导向。"有人议论，可能也有人"出了汗"。

　　多少年来，奖项的设立有若干种，从国际上的最高奖项到哪怕是一个家庭设立的奖项，每个国家和地区，每个部门和单位，可谓比比皆是，不胜枚举。

　　设立任何奖项都有其目的所在和鲜明特点。管理心理学认为，奖励是对人的某种行为给予肯定与表扬，使人保持这种积极行为。而要对"慢作为"的"蜗牛"也进行奖励，则使不少人有些疑惑不解。笔者以为，在一级政府设立"蜗牛奖"虽实属少见，但为何设立此"奖项"，不是头脑发热，显然表明了地方政府治理懒政怠政的决心。即不是知道别人比自己快了，而是要剖析自己为什么比别人慢。

其实，设立"蜗牛奖"的目的还有一点，就是有效倒逼各项工作高质量、高效率、快推进、快到位。今天的事今日毕，不可拖到明天，这也体现出时间与效率之间的特别关系。

既然提出来了将来就会兑现，谁会是"获奖"第一人，也一定会引发诸多关注与思考，因为毕竟一个地方有一个地方的特点，有人认为"拿"到的说不定有些"冤"，"拿"不到的也许付出还没有"拿"到的多。而不管一个地方自然条件、有利因素有多优厚，有多少理由，如果不去努力，不去奋斗，不去进取，总是认为自己有多少优势，躺在优越的自然资源和前人留下的功劳簿上睡大觉，终究要离"追兵"越来越近，甚至被"反超"。反之，就会离"追兵"越来越远。

倒是有一点，设"蜗牛奖"目的很明确，其组织用心也很良苦，并不是跟谁过不去。我以为，其实这么做也不是什么坏事，就是要让那些蹲在茅坑上不"拉屎"的人让位，组织留他何用？而从另一个角度看，对暂时"先进"的也是一种提醒，今天你做得比别人好，不等于永远比别人强，稍有骄傲自满、工作松劲，说不定就是明天的"蜗牛"。

任何一个地方有其自然和客观等方面因素，一时落后并不可怕，可怕的是缺乏理想信念与责任担当。条件比别人差点，基础没有别人好，甚至能力没有别人强，哪怕就是拿到"蜗牛奖"了都不要悲观，重要的是好好总结经验教训。我想，只要"笨鸟先飞"，埋头苦干，心中时刻有目标，有责任，有人民，有担当，今天的"乌龟"也能胜过昨天的"兔子"，今天的黄鹂鸟也未必取笑昨天的"蜗牛"。

（刊载于 2016 年 2 月 3 日《泰州日报》，3 月 18 日人民网）

"害病"与"吃药"

在 2016 年全国两会上，江苏省泰州市委书记蓝绍敏接受《新华日报》关于设立"蜗牛奖"的专题采访报道后，迅速引发社会热议。其中，议论颇多的不仅是谁先拿"蜗牛奖"并将受到什么责罚的问题，还认为因此受牵连的不只是"获奖"者本人，可能是一群人，其中也包括一些领导，岂不是"一个有祸，气煞一窝"？一人"害病"，大家"吃药"？

"谁害病谁吃药"，本来是指谁的身体健康出了问题，谁就需要医治，这话说了多年了。人有病，最简单的是吃药，严重的需要住院，特别严重的则需要手术或辅助其他治疗手段与措施。而将这一理念移植到绩效管理、效能考核环节，"害病"与"吃药"的解释就领异标新了，强调的是不仅要"雨点大"，而且要"落地实"，就是要健全责任分解、监督检查、倒查追究的完整链条。

一个时期，社会上曾出现"害病"的"不吃药"，如某些领导出了事，由部下承担责任；职工出了事说是临时工；领导开车出了车祸，想方设法由其驾驶员或其他人去顶罪……殊不知，事实终归是事实，如此想瞒天过海、遮人眼目的"聪明"之举早已行不通，非但达不到目的，反而会在各种监督、监控之下现出原形，有的即使一时蒙混过去了，也终会东窗事发。

与此相反的是，如今一个人"害病"了，其他人也要"吃药"，下属"害病"了，领导可能也要"吃药"！这似乎有悖常理。其实不然。这种"吃药"的处罚机制早在 20 世纪八九十年代就运用到机关部门或一个地区的工作考核之中了。如违反了计划生育"国策"的实行"一票否决"，等等。有些"流行病"虽尚未进入人的体内，但积极做好预防工作是必要的。还有，有些人"害病"与其所处"环境"或"监护人"失职相关联，好比一个婴儿感冒了，你能把因少穿衣服而着凉的责任推给孩子？下属出了问题固然有责任，但领导是否更要总结问题的根子在哪儿？下面出了问题是否要对某一级组织或个人问责追责，就看党委（组）是否真正抓住了"主体责任"这个"牛鼻子"，这对推动责任有效落实至关重要。

一个人"不作为""慢作为"看似小事小节、个人行为，而受害的是我们的事业，受罚的是朝夕相处、同锅吃饭的同事，受伤的是老百姓的心，受损的是党和政府的形象。解决"不作为""慢作为"行为，需要个人去努力，大家齐发力，否则，"一泡鸡屎坏缸酱"。从另一个层面说，让没有"害病"的人"吃药"，不仅可以起到警示、警戒作用，还能使同事间落实有效的监督责任，经常"扯袖子""拧耳朵""搓搓背"。

事实上，这些年绩效考核"一票否决"制执行得都非常严格，一个单位公职人员违纪违法受到了党纪国法的惩罚，一个处室甚至一个单位年终考核会被"一票否决"，"一票否决"拿不到先进不说，还会丢"面子"、少"票子"。

要想不"吃药"先要不"害病"。如果"有病"了就要及时"治疗"，防止养疴成患，每个人都要时刻绷紧纪律规矩这根弦。对极少数"不作为""慢作为"者颁发"蜗牛奖"，进行严格问责追责，目的是更多地运用"负向激励"手段，促进党政机关和干部提升工作效能，以强化"查处一个、教育一片"的警示教育作用，形成敢于担当负责、奋发进取、聚力"三大主题"、建设"四个名城"的鲜明导向。

（刊载于 2016 年 3 月 17 日新华网，4 月 20 日《泰州日报》，4 月 27 日《江苏机关党建》）

把媒体和群众的力量充分调动起来

在"人人都有麦克风"的时代，媒体和群众的监督已无处不在，其速度快、范围广、影响大。调动媒体和群众力量监督社会事务、监督国家公职人员，无疑就是针对"马上就办"落实不到位，针对懒政、庸政、怠政的一个撒手锏，使长期沉积在机关里的顽症得到有效治理。

必须置"蜗牛"于阳光之下。蜗牛是"庸懒散"的代名词。蜗牛喜欢生活在潮湿阴暗隐蔽的环境，惧怕阳光直射。这种阳光就是媒体的公开曝光、群众雪亮的眼睛、各方监督的力量和问题的跟踪解决。媒体和群众通过自身手段监督机关及其公职人员，具备了监督者与被监督者这两个不同的主体，其利益上无涉、管辖上不及，既充分体现了监督制度的本质特征，也最大限度地发挥了监督的针对性和有效性。

阳光是最好的"防腐剂"，也是最好的"清醒剂"。媒体和群众对"不作为""慢作为"的机关病看得最清，他们是永远的"阳光"。"蜗牛奖"没有指定给谁，但指定了那些"庸懒散"之人，是对好逸恶劳、好吃懒做行为的惩戒处罚，使平者让、庸者下。

既要抓大也不可放小。有人认为，"蜗牛"所表现出的都是些"不伤筋骨"的"小事""小节"，不值得大惊小怪。殊不知，这些"小事""小节"所折射出的却是与人民群众切身利益休戚相关、影响党和政府形象与公信力的大事。"小节"里有细节，细节决定成败；"小事"里有大题，古往今来，因小节导致失节的事并不鲜见：一颗螺丝钉拧不紧，整台机器就不能正常运转；一个马掌钉子丢了一个国家；大而化之的作风会"失之毫厘，谬以千里"……

慢作为似蜗牛爬行，虽慢，但"繁殖"快，必须猛药去疴，露头就打。媒体和群众的监督，既要抓住一些影响政治生态、"三大主题"工作、"四个名城"建设的大事，也决不能放过身边作风不实、效能不高、纪律不严的"小事"，如此监督才能多角度、全方位、深层次、全覆盖，使每个人都时刻警惕"小节无害"，远离"温水效应"。

支持、调动媒体和群众的监督力量。下大力气精准治理沉疴宿疾的机关病，不失为组织精心配制的一剂仁心仁术之良方。让身边蜗牛现形，不是搞运动，也不是组织拿谁过不去，人人必须有新的认知，新的行为自觉，严格对照标准、查找问题，争当"奔牛"，不做"蜗牛"，以时不我待、只争朝夕的精神状态，你追我赶的干事创业氛围，把各项工作做出突出业绩来。一方面，如今媒体数字化，每个人都可能，也可以成为"记者"，他们手中都有发布新闻的权利；另一方面，被监督者其实也是群众力量，监督与被监督，我在群众之中，群众也在我之中，大家相互监督，相互提醒，相互帮助，提振精气神，如此可摈浮去躁，涵养定力，激发笃行之力，力戒虚浮之风。

好作风养身、立威、服人。监督是一种民主权力，媒体和群众监督政府和工作人员的权力，既要"揭短找碴"，同时要弘扬主旋律，及时宣传、表扬、奖励那些干事创业先进、那些有突出贡献的"老黄牛""孺子牛"，激发干事创业的正能量。

（刊载于 2016 年 3 月 16 日《中廉舆情》《泰州日报》）

形成常态化的"负向激励"机制

作风问题具有顽固性和反复性，抓就好转，松就反弹，此类表现在一些部门或个人身上并不少见。中央八项规定出台之初，曾有人认为是一阵风，等一等就会松动，而三年时间过去，方知这"螺丝越拧越紧"，要求越来越高，力度越来越大，作为一项常态化的工作手段，"蜗牛奖"也必是如此。

要让每个人入脑入心。设立"蜗牛奖"的目的很清楚，不是心血来潮，不是让民间吐槽，而是一种组织行为、一种"负向激励"的有效手段，也是促进党政机关和干部提升工作效能的一条硬措施，所以，部门最重视，群众最关注，个人最谨慎。作为效能建设的新考题，定下来了就有其严肃性，指望朝令夕改只能是徒劳的。我们做任何事情，不能只是雄心壮志、豪言壮语，更要守正笃实，久久为功，从"主考"到"考生"都要严肃面对。制度总是在实践中不断完善起来的，"蜗牛奖"这个新生事物，如何操作，既要招数，更要章法，使这一新的概念深深烙在每个人的心中，让获奖者"入脑入心"，让机关人员"触目惊心"，让老百姓和投资者"充满信心"。

融入绩效管理各个环节。"蜗牛奖"既是绩效管理的延伸，也是理论上的飞跃、实践中的升华，是实招。长期以来，有些人总是以老思想、旧观念、惯思维看待一切，特别是对待新的东西喜欢坐而论道、品头论足。要知道，"蜗牛奖"不同于其他奖项，不是一年评一次或是几年评一次，而是按照任务项目化、项目目标化、目标节点化、节点责任化的原则，抓住每个节点、每个事件，落实到绩效考核的各个环节，哪个环节出了问题，哪个环节领奖，随时颁发，只会越抓越紧，并不断总结、赋予新的内涵，使机关每个人将"获奖"概念烙印脑海，深铭肺腑。

"奖励"兑现必须零容忍。负向激励是"高压线"，必须通上"高压电"，以制度加以固化。"蜗牛奖"发给谁、怎么发，不是"搞研发"、进行"临床试验"，而是对看准了的人和事果断拿起手术刀，发现了就查，违规了就惩，绝不优柔寡断，绝不搞下不为例。治理"庸懒散"需要先治标，再治本，实行标本兼治，只有下决心治标才能为治本赢得时间。设"蜗牛奖"其实是把纪律规矩挺在前面，既体现"从严要求"，也体现"关爱保护"。"蜗牛奖"评奖范围广泛而全面，尤其要对群众身边的"蜗牛"以零容忍的坚决态度，发现一起，查处一起，曝光一起，跟踪整改落实一起，促使其幡然悔悟，改弦更张。

形成常态化治理制度。"蜗牛奖"针对的是那些"不作为""慢作为"的人和事，是"慢性病症"，有一定的"耐药性"。它可能是个别现象或个别问题，但"潜伏期"长，容易"传染""蔓延"，影响的绝不会是其个体，而会是一个处室或一个部门，甚至一个地方、一个时期。怎么办？就是要抓宣传、教育、查处，"问责＋惩罚"与"面子""票子""位子"挂钩。组织上从不搞不教而诛，但总有人敢顶风违纪。如此会一个人"生病"其他人跟着"吃药"，这就是负向激励的群体性，必须严抓严管，形成常态化的治理体系。

（刊载于 2016 年 3 月 17 日新华网，3 月 18 日《泰州日报》）

正确面对"蜗牛奖"

2016 年 4 月 13 日，泰州市效能办向社会公布了首批"蜗牛奖"获奖名单，12 个部门单位榜上有名。其中，既有市级机关，也有基层站所；既有关乎经济社会发展运行的重要部门，也有外界看来高枕无忧的"清水衙门"。

得了"蜗牛奖"就像冷手抓热糖，甩也甩不掉，怎么办？是成天背上沉重的包袱，一蹶不振，还是正视存在问题，切实加以整改，这无疑是对"获奖"者的一大考验。

必须调整精神状态。19 世纪英国著名作家狄更斯有句名言：一个健全的心态比一百种智慧更有力量。心态代表一个人的精神状态，只有具备良好的心态，才能保持饱满的心情、干事创业的热情。既要正视存在问题，认真分析原因，更要调整好精神状态，强化执行力，促进快作为，切不可让"蜗牛""压"得"爬"不起来。

树立牢固的自信心。出现问题、受到挫折不可怕，可怕的是背着个包袱，精神萎靡不振，成天死气沉沉，甚至破罐子破摔，如此会形成恶性循环。中科院院士裘法祖有一句座右铭："做人要知足，做事要知不足，做学问要不知足。"这是检验我们心态好不好的一面镜子。既然出现"不足"了，不是去怨天尤人，而是要打起精神来，抓紧去改，改到位，同时，举一反三，建立健全制度，严格落实制度。只有这样，才能尽快走出低谷，找回自信。

摒弃急功近利思想。"路漫漫其修远兮，吾将上下而求索"。想在短期内把存在问题解决掉本是件好事，但不能有急功近利思想，违背常规抢进度、争速度，不按规矩要求办事，甚至搞假象，对上欺骗，对下隐瞒、掩盖真相，如此非但解决不了问题，还会使"蜗牛"加速"繁殖"。要遵循规律、知行合一，勤勉谦恭、积极进取，以求实、务实、落实的良好作风把工作做得更好。

正确认识"蜗牛奖"

全国人大代表、泰州市委书记蓝绍敏在接受《中国之声》记者采访时说，对懒政、怠政、不作为的干部和部门要点名道姓、通报曝光。

"蜗牛奖"因不受名额、类别、级别、区域限制，与"名利"挂钩，其社会关注度高。如今，一季度"蜗牛奖"已尘埃落定，拿到的心里头除少了"甜味"，其他什么滋味可能都有，早知今日，何必当初？这一掌击得好！

要引以为戒、心中有戒。必须清醒地认识到，设立"蜗牛奖"就是针对"不马上就办"，是一次问责、一次批评、一次曝光，目的是使"拿奖"的深刻反省、认真整改，未"拿奖"的引以为戒、得到警示，不犯类似错误。

要正确认识，形成共识。设立"蜗牛奖"既是作风建设所需、绩效考核之要，也是对干部的一种爱护、保护，是预防干部犯错误的一剂良方，似扁鹊治病，可遏渐防萌。为官者享国家俸禄，必须身入群众，心系群众，服务群众，献身事业，不做碌碌无为、百姓唾弃的混世魔王。

要消除疑惑，打消困惑。"蜗牛奖"针对的是某件事或某个人的某种特定行为，扣除相应的绩效考核分和奖励，而不是一票否决、否定所有工作成绩，对事不对人。拿到"蜗牛奖"的不能萎靡不振，而是要振作起来，更不能因此而影响正常工作，挫伤工作积极性。当然，未拿到奖的也不可骄傲自满、取笑他人，如果思想麻痹、工作松懈，下次的"得主"也许就是自己。

正确用好"蜗牛奖"的负面激励作用

智者千虑，必有一失；愚者千虑，必有一得。人的一生无论处于何种境遇，总会有坦途，也会有坎坷；有成功的喜悦，也有失败的伤痛，只有从成功中找不足，在失败中反思，方可求仁得仁，更好地促使工作迈上新台阶。

正确把握尺度。小洞不补，大洞吃苦。有些责罚乃至惩罚也是一种爱护、一种预警，不是一棍子打死。对于"蜗牛奖"，不要看得太复杂，也不要看得过于沉重，坚持负面激励面前人人平等。要正确看待评选结果，把握好尺度，切不可矫枉过正、过犹不及，尤其要防止产生心理包袱，挫伤工作积极性。

不搞人人自危。"蜗牛奖"不同于正向激励，不但会整醒自己，而且会警醒他人。但凡设"奖"就要有目标、有质量、有说服力，这就是坚决整肃庸政、懒政、怠政行为，上不封顶，下不保底，使"得奖"的人或单位都心悦诚服、受到教育。但不是搞运动，搞人人过关，一旦出现失误、错误就气不打一处来，层层加码处罚，甚至冷言冷语、另眼相看、给小鞋穿，搞得人人自危、人心惶惶。

涌现更多"奔牛"。令人高兴的是，"蜗牛奖"还没发就已经取得了积极效果：不少部门开展了不当蜗牛，争当快牛、黄牛、奔牛等活动。"蜗牛奖"是负面激励的手段，目的是化压力为动力，弘扬正能量，把整治"庸懒散"作为作风建设的重点，使每个人都恪尽职守、夙夜在公，主动作为、善谋勇为，积极投身"三大主题"工作和"四个名城"建设之中，这是设立"蜗牛奖"的根本之所在。

让实干者扬眉吐气

2020年开年之际，海陵区对获得市"骏马奖"及区"骏马奖"的17家单位和个人进行表彰，这是送给跑在先、干在前、有实绩，敢担当、善作为、快落实的单位和个人的一份春节厚礼，也是给全区人民树立的"新时代、新担当、新作为"的一类标杆，激发广大干部见贤思齐、奋发有为，通过褒奖一些人，带动一班人，激发一群人，形成"一马当先、万马争先"的良好格局。

既治不为，更促有为。无论评选"蜗牛奖"还是"骏马奖"，其结果都会成为社会关注的焦点，引起社会各界广泛关注。作为"蜗牛奖"之后设立的又一特别奖项，"骏马奖"补齐了"蜗牛奖"只重负向激励的短板，形成了奖优罚劣的闭环。更为重要的是，"骏马奖"确立了新时代干事创业、担当作为的鲜明导向，激励广大干部见贤思齐、奋发有为、撸起袖子加油干。

奉献几多血和汗，不求青史留英名。设立"骏马奖"，既是认真贯彻落实鼓励激励、容错纠错、能上能下"三项机制"，突出正向激励主基调的有力举措，更是要求我们不忘初心、牢记使命，让实干者扬眉吐气，让担当者不挫锐气的妙招实招，必将驱策广大干部思想走进新时代，保持定力、实干担当，为建设繁荣富庶的新海陵锐意进取、建功立业！

（刊载于2020年1月23日《人民日报》人民数字泰州）

必须增强企业业主的工伤保险意识

某建材厂一名 58 岁的员工不久前在搅拌机作业时不慎被搅进机器内，当场死亡。因企业业主没有对员工进行工伤保险，一次性赔付了员工死亡补助金、丧葬补助金、抚恤金 14 万元，业主们在为员工的死亡感到悲痛的同时，也为没有为员工买工伤保险而自责。

据调查分析，企业业主的工伤保险意识不强主要表现为五种态度：一是应付。部分企业业主不是从工伤保险可以化解和防范企业风险，保障受伤员工及时得到补偿的角度来积极参保，而是对上门做工作的劳保工作人员碍于情面，只给"一线的、风险系数相对较大的"少数员工投保，把参加工伤保险作为一种应付手段。二是拒绝。有的企业业主认识不清，概念模糊，往往以参加商业保险为由而拒绝工伤保险，把社会保险混同于商业保险。三是拖延。嘴上虽答应，心里却不愿，所以就拖着不保，直到员工出了安全事故，才后悔莫及。四是等待。部分企业业主对工伤保险好处有认识，但又以企业经济上不太宽裕，暂时没钱而推托、等待。五是错解。有的业主认为企业与员工合同条款明确，出了事故责任自负，所以员工受到工伤不愿按照工伤事故处理条例的规定给予赔偿，对"职工无过错"原则不能理解。

工伤事故是指在工作时间、工作场所因工作原因造成的伤害，且要贯彻职工无过错原则。企业为员工投保工伤保险可以化解和防范企业风险，保障员工受到伤害后能够及时得到补偿，这样的社会保险险种的好处企业业主都清楚，但并未得到企业业主的广泛认同，为什么？企业业主的工伤保险意识不强，对员工漠不关心，以及"不会出事"的侥幸心理、"多花冤枉钱"的指导思想是主要原因。对此，相关部门要认真开展工伤保险重要意义的宣传教育，切实提高企业业主工伤保险意识，与此同时，要采取必要措施，落实工作责任，使企业员工的人身安全得到保护，合法权益不受侵害。

（刊载于 2007 年 1 月 11 日《泰州日报》）

由几个并不醒目的数字想到的

　　笔者于 1990 年年初担任兴化市徐扬乡纪委书记，那时，乡纪委每年都会同乡土管、村建部门对乡管干部建私房占地情况进行检查和处理。记得那年 5 月底至 6 月初进行的一次检查，基层干部对超标部分按有关规定主动让地 138.3 平方米，调出宅基地 2 个 300 平方米左右，办理临时用地手续 371.1 平方米，还按照市政府有关文件精神补交了 1 104.8 元的土地建设超标费。

　　对于一个乡镇来说，以上的这几个似乎很小的数字并不醒目，也算不了什么，但笔者以为，这却是一个值得人们警觉的社会问题。

　　多少年来，一些地方由于对土地管理缺乏正确认识或措施不力，乱占滥用现象时有发生，有些干部由于对土地管理法规不甚了解，或缺乏原则性，加上自身不过硬，对群众的违法占地视而不见，不敢处理，结果使土地的浪费程度相当严重。

　　土地是人类赖以生存不可缺少也不可多得的重要基础条件，合理使用和十分珍惜每寸土地应成为每个公民的应尽义务和自觉行为，切实加强土地管理刻不容缓。笔者认为，全党、全社会都要高度重视土地管理工作，要增强广大党员干部、人民群众的法治观念和对土地基本知识的认识，但存方寸土，留与子孙耕。各级党政组织要通过多种形式进行《土地管理法》的宣传学习，提高全民国土忧患意识。同时，要采取积极有效措施，加强调查研究，扎实抓好新的土地资源的开发利用，继续推行依法行政，切实加强土地执法队伍建设，抓好土地有偿使用和其他用地遗留问题的查处，坚决遏制乱占滥用。

　　一晃多少年过去了，那几个并不醒目的数字我却记忆犹新。

　　（写于 2000 年，获泰州市土地管理征文奖）

该为百姓做点啥

日前，笔者在兴化市张郭镇采访时，镇纪委副书记汤广均讲了这样一件事：该镇罗么村党支部书记纪安祥为了请到"能人"，自己掏钱请客，不在集体报支一分，为外地能人来本村办企业忙前忙后，用真情赢得了他人信任。现在这个村已发展12家企业，上缴税费50多万元，群众有了实惠，干部拿了奖金，还有了"面子"。

在现实生活当中，有些干部为集体办企业所作所为与纪安祥形成鲜明对比："八"字还未成一撇，就大肆请客送礼，所有花费全由集体包下来，谓为"欲取先予""感情投资"；外出"跑"项目或坐飞机或包用小汽车，耗资若干，长时间在外面"转"。回来后汇报，先是形势大好，后是问题多多，什么交通问题、技术问题、资金问题，等等，一大堆困难，让人捉摸不透。"信心十足"外出，两手空空归来，钱花了，时间去了，项目一个不成，怪谁呢？别人说不清，自己最晓得。

村级党支部是带领农民群众致富的"火车头"，党支部书记无疑就是这"头"里的"头"。办企业一点困难没有、一点风险没有这不现实，但总不能"困难总是属于你"。如果你真正把老百姓的利益放在第一位，把心"贴"到事业上去，把为集体、为人民办事看得比自家的事重些，我想只要多些这样的理念，并认真付诸实施，大概就不会有那么多的"困难"和"问题"了。

在张郭镇或在其他地方，有像纪安祥这样做法的村支书不乏其人。纪安祥之所以能这样做，也是被"逼"出来的，张郭镇的"铁家规"里就有这样一条：村支书连续三年没有新发展私营个体经济的就地免职，新培植1户50万元以上的私人企业，不但能堂堂正正拿到奖金，还有了"面子"。而在我们有些地方的干部又是如何？笔者以为，关键还在于一级党委、政府在发展私营个体企业中是不是像张郭镇那样对镇村组织和干部真正采取了一整套的行之有效的措施，真正把发展镇村经济作为党委、政府的重要责任，作为造福一方百姓的实实在在的工程来抓。如是，真正无所建树的人就混不下去了。

（刊载于 2001 年第 4 期《泰州通讯》，2001 年第 8 期《党建天地》）

减负要做四项工作

现在农民负担过重仍然是一个突出的问题，根据现在的实际状况，建议做好以下四项工作。

一、认真落实减负政策。现在有的农村乡镇领导为了多办点"实事"，不断增加村提留和乡统筹费，这显然是违反国家有关规定的。中央规定要求现在农民负担"一定三年不变"，即负担不仅不能超过上年人均纯收入的5%，还要求负担额度不超过1997年。因此，凡今年预算征收额大于1997年的地方，都要减下来，使负担的数额控制在1997年水平以内。

二、进一步改进资金收缴办法。以往，不少乡镇在农民售粮（棉）时，由乡镇农经站派员在粮（棉）收购站代扣代缴村提留和乡统筹，这也是不符合中央精神的。中央要求集体提留和统筹费全年统算统收。各地要加强党在农村的各项方针政策的宣传，教育广大农民认真履行好自己应尽的义务。农村党员干部自身素质要过硬，教育自己的亲朋好友带头执行政策，主动上缴，为群众做出好样子；对有能力缴纳而拒不缴纳的农户，可按照司法程序依法解决。

三、及时处理农民反映的热点问题。农民对乱收费很反感，乡镇党组织和政府平时应该十分注意这方面的问题，对反映集中和突出的问题要及时进行专项整治，不能等到问题成堆才去解决。

四、全面实行村务公开。实行村务公开，有利于提高村级工作的透明度，密切干群关系，保持农村政治稳定和社会安定。村务公开不能图形式，应该把党在农村的相关政策，涉及农民负担的具体内容（计划、标准、数额）、负担理由、财务收支明细等如实地公开，真正让群众心里有一本明白账。

（刊载于1999年第6期《中国监察》）

看看群众的"脸色"

　　泰州市在"三个代表"学习教育活动中，不少干部打起背包，进村入户，与老百姓同吃、同住、同劳动，体察民情，关心疾苦，切实为群众释疑解难办实事，群众消了怨气，添了喜气。

　　一个人的"脸色"，往往是其喜怒哀乐的反映，群众的"脸色"则往往是对干部工作满意程度的"晴雨表"。在现实生活中，少数人办事要看领导"脸色"，往往只重视上面的意思，对领导的一个电话、一张便条、一个口信，坚决照办，唯恐得罪了他们影响自己的进步，严重的发展到阿谀奉承，极尽讨好诌媚之能事。而对下却不愿搞深入细致的调查研究，不愿听取人民群众的意见和要求，分内事不做，"分外事"不管，只懂得"领导说行就行"。

　　"水能载舟，亦能覆舟"，民心不可违。人民群众是我们的衣食父母，我们一切工作的出发点和落脚点只能为人民着想，为人民谋利益，如果不去为人民排忧解难，甚至搞不正之风、以权谋私、贪污腐化，群众就有意见，就反对，最终会被人民群众唾弃。

　　看群众"脸色"办事，就是要善于听取群众意见，放下架子与群众平等交谈；就是要深入实际，深入基层，在广泛调查研究的基础上，真正听听群众的心声，了解群众的思想，关心群众的疾苦；就是要善于通过看群众的"脸色"找出工作中存在的不足，认真思考分析，多办、办好群众关心的事。

　　当前，与人民群众利益休戚相关的改革措施不断出台，怎样把这些合民意、得民心的改革落到实处，要求我们每个党员干部必须具有良好的工作态度、务实的工作作风和一切为了群众利益的指导思想与目标要求，真心实意地去做，脚踏实地地去抓，这样，才会得到群众的理解、支持和拥戴。

　　清人郑板桥为官时曾作诗曰："衙斋卧听萧萧竹，疑是民间疾苦声。些小吾曹州县吏，一枝一叶总关情。"一枝一叶，一点一滴，关乎于民，关乎于情，凡事多看看群众"脸色"，多考虑群众利益，当是每个党员干部尤其是领导干部应当做到的。

（刊载于 2001 年第 14 期《泰州通讯》）

学点真本领 适应新要求

不久前，一位老同事告诉我，他向某部门的"上司"请教一个问题，那个"上司"爱理不理，甚有官架，且对老同事所请教的问题未能准确地回答出来，说的竟是一套早已过时的"老皇历"，不再适用，他只得扫兴而归。

无独有偶，朋友 L 因身体不适，几天前的一大早没吃早餐就来到 Z 医院，准备做个体检，内科医生为他开了张有十几个项目的化验单（抽血化验），L 拿着那张能反映他身体状况的"神圣"化验单，来到"划价处"划价，谁知，划价的 W 小姐竟有两个项目"划"不出来，"很自然"地便将化验单从窗口里面推到 L 手中："你自己去问问这两个项目的价钱。"W 小姐用指头指住那两个项目对 L 说。"你去呀！"W 小姐对僵持在窗口外面的 L 再次说道。L 无奈，只好走到医生那儿问，还好，几经周折，总算在医院里"找"到了"价"。

在一行懂一行，这无论对从事什么职业的人来说，都是必须做到的，你是教师就应懂得怎样教书育人；你是农民就应懂得"四时八节"，懂得怎样科学种田……一句话，你所从事的行当，如果不懂怎么去做，精通业务又从何谈起呢？倘若你是个农技员，农民向你请教什么病虫害用什么药防治，何时用，怎么用，你答非所问或答不到点子上，人家照你的意见办了，非但病虫防治不了，还会浪费钱财，误了病虫害防治季节，导致农作物减产。

诚然，有的同志新进机关对初涉的某项业务不太熟悉或不太熟练，此乃情有可原，但是，总不能对本职工作中最基本的、基础性的东西不掌握吧！退一步说，你不懂，你可以请教其他人，上述的那两位同志在那样的情况下，非但不热情接待，表示歉意，反而要病人、求教业务的人去"跑腿"，这与文明服务、礼貌待客形成多大的反差？笔者无意指责刚刚接触某项业务的人，但是，此类现象与任何一个行业的一贯要求是格格不入的，应当予以纠正。

时代在发展，知识在更新，社会文明程度在提高，需要每个人不断加强自身学习，去用新的知识武装自己、充实自己、提高自己，这对于"窗口"

行业来说，又显得突出一些。地级泰州市组建两年多了，百业待兴，百事待举。建设新泰州是我们的历史责任。每个泰州儿女，都要以新的知识结构和文明程度适应时代要求，适应地级泰州市工作要求，为全市工作大局服务，为人民服务，切实弘扬泰州精神，在各自的工作岗位上，树立一流形象，创一流业绩，为泰州的繁荣、富庶、振兴奉献自己的一切。

（写于 1998 年 11 月 8 日）

做人高于做事 做功高于说功

　　大到一个国家，小到一个单位部门、一个处室，当好主要负责人这个角色，其中学问多多，各有见解，体会不尽相同。作为地级市纪委的室主任我简单谈点粗浅体会，纯属一孔之见，难免见解浅薄。

　　一要唱好主角，当好表率。纪委有好几个室，分工虽不同，但目的却一样。要使室里的风气正、工作好，室主任唱好主角、当好表率、起模范带头作用非常重要。我认为，无论是过去还是在当前形势下，室主任的模范带头作用重点应体现在以下三个方面。一是带头学习，成为行家里手。作为室主任要有坚强的党性、优良的作风、驾驭全局的能力和广博的知识，要成为专家行家，学习是第一位的。二是率先垂范，带头执行各项规章制度。率先垂范就是要多做事，用心做事，多承担责任，把成绩留给同事，把责任留给自己。"表率"二字主要体现在工作表率和人格表率上，工作表率重要的体现在"勤"和"绩"，人格表率又取决于修养和作风两大方面。室人数少，规模小，相互工作在一起，主任的表率作用尤为重要。委局机关有制度，每个室也有自身的制度。制度不能只让其他人员执行，而主任做特殊人。三是廉洁自律，严格要求。要求他人做到的自己首先做到，要求他人不做的自己坚决不做，八小时内外一个样，时刻以优秀纪检监察干部的标准严格要求自己。

　　二要谋划全局，清晰思路。在其位，谋其政；不在其位，也谋其政。室主任是个承上启下的角色，在这个岗位上，既要接受书记、常委的领导和上级纪委对应室的指导，同时又要对基层对应室进行指导和工作经验的总结推广，所以自己的角色定位很重要。首先，要有清晰的工作思路。阶段性是什么目标，长期有什么规划？规定动作如何争一流，自选动作如何创特色？这对室主任而言是必须思考和努力做到的！其次，要有谋划全局的责任。室主任的岗位既要抓好宏观指导，更要实实在在做事。在谋划好自身工作的同时，如何主动站在委局领导的角度上去思考工作，这既是一种要求，也是一种责任。谋划全局不是说你有野心，对本职工作不安心，它是一个人综合能力和水平的反映，同时也是一个人的综合素质的反映。最后，要有创新工作的意识。每个室的工作都有创新的空间，就是要人无我有，人有我优，不断推陈出新，不断把工作做出特色，做出成效。

三要善于协调，抓好管理。每个室都有协调上下、沟通左右的职能，有不少需要主任亲自出面。协调是一门艺术，协调检验着你的知识结构，检验着你能否把工作要求有效落到实处。一个优秀的领导要善于协调、管理和用人。历史和现实的经验告诉我们，独立难撑大厦，必须群策群力，分工合作，才能完成宏大的事业。用人就要团结人、关心人、信任人，既要放手让大家干，又要做到放手不甩手，信任不放任，知人善任，用人所长，容人之短，用人不疑，疑人不用，珍惜人才，爱护干部。要及时指出同事工作中存在的问题和不足，用真心换取真情。还有一点很重要，就是室主任要主动关心室里同事的工作、家庭、个人问题，哪怕是一件小事你也要看得比自己的事重要，尽最大努力去做。关心帮助同事必须是真心的，不要玩弄权术，玩虚伪，不要光说好话，更不要糊弄人。

最后有一句话愿意与大家共勉：作为室主任，修养高于技巧，品德高于方法，做人高于做事，做功高于说功。

（刊载于 2009 年第 9 期《泰州廉政》）

泰州是我家　市容是我脸

　　刚懂事的孩子都晓得，家中的垃圾袋、街上的垃圾箱是做什么用的。记得上海一朋友来我家做客，因是第一次来，我便带他们一家到城区看看泰州的发展与变化。

　　在街上，朋友3岁的小孩要买"大大"泡泡糖吃。剥开泡泡糖，小孩将糖纸抓在手上，就是不肯扔掉，四处张望，后来，走了50多米，她见到了路边的垃圾箱，小跑步地将手中的糖纸小心翼翼地丢到了里面。

　　一个3岁小孩的这一举止说明了什么，不言自明。在她幼小的心里就养成了维护城市环境卫生的好习惯。泰州也好，其他城市也罢，无论是外界人看泰州，还是泰州人看外地，都有一种共同的感受："城市变大了，城市长高了，城市漂亮了！"每当人们走在城市宽敞明亮的道路上，无不赏心悦目，赞叹不已，就连路边上、小区内的垃圾箱也"现代"了。

　　应该看到，任何一个城市的组建，不但会给这个城市建设、经济发展注入新的活力，更重要的是人们的生活理念将会发生重大变化，市民的整体素质会有质的提高，她会以崭新的形象展示在世人面前。然而，我们在赞美这一切的同时，不能盲目乐观，不能自我陶醉，任何时候，我们尽最大的努力还会与一个地方的发展和形象存在不相适应的方面，一些陈规陋习还依然存在，有的甚至还很严重。就说生活垃圾吧，在有些城市谓之"陆海空"现象并不过分，街上有，水上有，刮风时空中也有，这种现象不仅大煞这个城市之风景，而且还严重"污染"其发展的软环境。高级不锈钢垃圾箱被盗时有发生；垃圾屋、垃圾箱被垃圾"四处包围"随处可见；大街小巷的行人、自行车、摩托车被西瓜皮"滑倒"屡见不鲜……

　　一个地方建设的硬环境与软环境就像展翅翱翔的一只雄鹰的两只翅膀，少了其中一只就不能飞翔，哪怕是缺少了其中的一根羽毛，也容易"染病"，出现自身运动的不协调。硬环境要投入，软环境要上去，这才是一个城市建设、一个地方经济发展提高"互动效应"的关键所在。

一个城市的良好形象需要每个市民共同维护。新的世纪，要有新的精神，新的理念。富民强市，迅速崛起，呼唤高尚的人文素质，呼唤每个有识之士的共同参与。笔者无意中伤过去或多或少曾有损于自己城市或其他城市形象的人和事，只是真诚地敬上一言：你所在的城市也好，你到了哪个城市也好，它们就是你的家，这个城市的市容就是你自己的脸。

（刊载于 2001 年 7 月 27 日《泰州日报》）

大力弘扬文明城市创建精神

这些天，我留意观察泰州城市道路、大小餐饮店、住宅小区、公共场所等车辆、行人、顾客、市民的一些行为举止，颇有感触。

泰州要创成全国文明城市，以"既要拿牌子，更要惠民生"作为总体工作思路，各级组织，每个市民包括外来务工人员都积极参与，热情高涨，精神振奋，思想认识空前提高，行为观念得到改变，交通意识明显增强，文明素质显著提高，这反映出通过创建发生的可喜变化：城市更加亮丽了，秩序更加规范了，交通更加畅通了，人们心情更加舒畅了。

通过创建文明城市，非机动车、行人过马路不逆向行驶、不闯红灯已成为绝大多数市民的出行习惯；随地吐痰、乱扔垃圾、乱扔烟蒂的现象大为减少；小区、道路、绿岛内的清洁卫生、环境治理让人耳目一新；后街背巷、城郊接合部继续出新……所有这一切让人们深感通过创建全国文明城市所发生的重大变化，这种变化就是人们良好习惯的养成，就是市民文明素质的整体提高，令人备受鼓舞。

全国文明城市牌子拿到了，各级组织和广大市民思想上没有松动、工作上没有松懈、措施上没有松劲、举止上没有松弛，继续保持着"我是泰州人，要做文明人"的那股热情与执着。市文明委、文明办、创建办组织开展的"未成年人寒假系列活动"、"文明泰州"志愿服务行动、文明过大年等系列活动，以鲜明的导向、扎实的措施、明确的责任持续发力，久久为功，把文明城市建设纳入长效管理。

全国文明城市是我国城市的最高荣誉。市委、市政府放眼全局，志在必得，以科学发展观为指导，以"三个名城建设"为定位，以"思想大解放、项目大突破、城建新提升"为己任，通过全市上下的共同努力，描绘泰州转型升级融合发展的新蓝图，坚定不移续写好造福百姓这篇大文章，让泰州科学发展的道路越走越宽广。

文明，既浸润于道德的灌溉，也根植于法治的土壤。全国文明城市是反映我国城市整体文明水平的综合性荣誉称号,文明城市只有更好,没有最好。我们要大力弘扬文明城市创建精神,始终保持强烈的使命意识、良好的精神状态、务实的工作作风,抓好长效管理。每个市民都要有"文明城市,责任有我"的时代精神,真正把自己融入文明城市之中。

（刊载于 2015 年 3 月 9 日《中国廉政》, 3 月 12 日《江苏商报》）

泰州，选择你没错！

——感受建市之初"吃住行"

"吃住行"乃人生三要素，对此人人都会有切身感受。回首调泰那时的"吃住行"，我简单归纳为：吃饭"打游击"，住宿"微面积"，出行不是"一身灰"就是"一身泥"。

建市之初，市纪委人手较少，从外地调泰的占了一半以上，我是其中之一，家属都没过来。当初是否组织上想调的都能来我不太清楚，但后来我知道，有人工作过一段时间后又设法回老家原单位了，什么原因？我更说不清。我们13个人在某单位食堂带伙，但没晚饭吃是常事，特别是冬季，原因是工作量大，上班早，下班迟，加班多，夜里工作到10点乃至通宵是常事，而大家没有怨言。于是，路边小吃店成了我们调泰干部常去的地方。不过也有聚餐"饱口福"的时候。大家约定，每周改善一次伙食，轮流做东，到教导大队前的"紫荆花"排档，13个人一桌，费用控制在200元以内，4.5元一瓶的绵竹大曲很是尽兴。这每周一次的聚餐，就是家人团聚的感觉。

住教导大队集体宿舍近两年凝聚了大家的友谊与感情，13个人每人房间差不多10平方米，这巴掌大的地方可放一张床、一只液化气单头灶。大家合用一个洗手间，里面有两个水龙头和一个大家合用的蹲厕。一年四季错时洗漱、方便，除大冷天外，都自带盆子冲澡，无论早晚，大家动作麻利，总是带着"速度"进行。1997年冬季，有几天水龙头冻得放不出水，我们就拿着盆子向周围市民"借"。而我知道这儿自古就有"宁借人停丧，不借人成双""宁借死，不借水（财富）"等习俗，但有句话我至今清楚地记得，有市民说，你们为了新泰州的建设，从他乡而来，连水都没有，我们从此就"破"了这习俗吧！

20世纪八九十年代前，对于一个长期在农村基层工作的人来说，能在城里买房、落户，这是我祖辈做梦也不敢想象的，我更是。小时候在兴化市戴窑镇读高中时，对"城"里的同学羡慕不已，因为长辈说的"三世修不到城脚跟"这句话对我印象太深了，而我的理解就是当时的戴窑镇了。后来能在泰州工作、买房、安家，当时的心情是难以形容的。因心切，有几次我骑着自行车到莲花二区看房子，那路，颠颠簸簸；那车，摇摇晃晃；那人，车技稍差的容易跌倒。印象最深的是晴天一身灰，雨天一身泥，总感觉新房子离"老市区"太远了。后来，我家（莲花二区）装修时，路东（现莲花一号区）的麦田成了工匠"解手""方便"的去处。记得 1997 年某周五下班后，我想回老家看看父母，在路边等了半个多小时，终于上了去盐城的班车，经过姜堰再到新丰下车，再搭乘"三轮卡"，路上花了 4 小时左右，到家已近夜里 10 点。父母没责怪我，反而好好表扬了一番，他们说，到了泰州工作，路虽这么远，外面又寒冷，这么晚能回家，我们心里很暖和。

建市 20 年了，如今自家有厨房，单位有食堂；城区有饭店、大酒店，还有特色大排档。而偶到路边店小聚，20 年前的那种特别感觉却怎么也找不回。

建市之初，我有幸拿到了第一批房子，90 平方米，人们议论颇多："这么大面积，人家老城里人几代同住才几十个平方，这一世也不要再换了。"此话当时很有道理。后来呢，如今呢，将来呢？

如今，在泰州城区出行，或乘坐公交车，或骑公用自行车，绿色环保，十分便利，而去老家戴窑，小车只需一小时。

20 年，你惊人的发展速度，让国内外公认！我作为建市之初的调泰干部，20 年，如此成就，工作再苦再累算什么？泰州，选择你没错！

泰州，我为你点赞！

——写在泰州建市 20 周年之际

　　光阴荏苒，日月如梭。泰州建市 20 周年，全市上下始终不忘初心，砥砺奋进，使这座城市日异月更，越发美丽、漂亮！我调泰工作 20 年，见证了一切变化。

　　我清楚，这篇稿件发出再快、发表再快也已经过时了，因为你时刻都在发生着变化，这变化，不是任何人能知道的，所有的一切，至少表现在这样几个方面。

　　你是宜居城市。泰州四季分明、风调雨顺。20 年的发展，吸引了全国及世界各地数十万人来这里投资、兴业、定居。理由很简单：这里人杰地灵、和谐稳定、民生幸福指数高，群众安全感列全省第二。

　　你是文明城市。泰州人一直保持和发扬建市之初的那种精神，特别能吃苦，特别能奋斗，特别有智慧。三年一个周期，一举创成了"全国文明城市"。市委市政府响亮地提出，既要拿牌子，更要惠民生，让每个市民都能有更多获得感。一系列举措让百姓持续受益，社会主义核心价值观在每个市民心中落地生根。

　　你是旅游城市。泰州太美，顺风顺水。这 20 年，泰州的旅游业长足发展。溱湖国家湿地公园、溱潼会船、水上佛塔、华侨城、溱潼古镇；千年城河、秋雪湖、天德湖；千垛菜花、李中水上森林；乔园、望海楼、桃园、梅园、柳园；学政试院、口岸雕花楼……一年四季，到处都有好去处。

　　你是医药名城。中国医药城拔地而起。拥有扬子江药业、济川药业等中国医药百强企业，医药产业销售已连续 14 年领跑全省，并在全国地级市排名第一。2015 年，全市列统医药企业实现产值 720 多亿元、销售收入 717 多亿元、利润 47.66 亿元、利税 90.03 亿元。今年上半年，扬子江药业集团总部各项指标全面飘红：实现产值超过 300 亿元，完成产、销、利税同比分别增长18.1%、17.3% 和 20%，为泰州建市 20 周年献上了一份厚礼！

你是生态名城。秉承"生态立市"、突出环保优先理念，经济发展与生态建设相融合、城市发展与环境保护相协调。我感受最深的是，这些年，市委市政府高度重视大气和水污染的治理，城市污水集中处理率86%以上，城市生活垃圾100%无害化处理，成为江苏省唯一一家具有二噁英监测资质的市。泰州天蓝、地绿、水清，一派生机盎然。2015年，成功达到国家生态市创建考核标准。

你是文化名城。"汉唐古郡、淮海名区"，历史文化底蕴丰厚，城市里隐伏的文化线索随处可见。历史悠久，遗存丰富，街区特色鲜明，古城传统格局和风貌保存完整。目前，市区有各类博物馆、纪念馆8座，馆藏文物近2万件。以明代建筑、服饰、书画、墓葬、风土民俗等为代表的明代历史遗存尤为丰富，在全国城市中都具有鲜明特色；被列为国家历史文化名城。

你是港口名城。20年，让国际国内很多知名港口都看好泰州港的优势和潜力。"十三五"期间，泰州港集装箱吞吐量力争突破100万标箱、货物吞吐量超过3亿吨。下一个10年，将进一步放大港口优势，以港兴城、以港兴市。随着"一带一路"、长江经济带建设等国家战略的深入实施，泰州的岸线资源优势、区位交通优势、江海换装优势将进一步凸显。

……

泰州，没有因发展巨变而自满、沉醉。全市上下正以"五四三二一"的工作理念，"四个长期""三个不相信"的创业精神，团结拼搏，孜孜不辍，泰州的明天一定会更加美好！

泰州，我为你点赞！

把校园食品安全监管放在第一位

据报载，2014年3月19日发生在云南省文山州丘北县双龙营镇平龙村佳佳幼儿园的幼儿中毒事件系一起人为投毒案，该案已于4月8日告破。目前，犯罪嫌疑人赵建芝（女，44岁，平龙村人）因涉嫌投放危险物质罪已被公安机关刑事拘留。

公安部门在中毒事件发生后不长时间成功告破令人欣慰，犯罪分子理应受到法律的严惩。但分析此案发生的原因，犯罪嫌疑人赵建芝是趁幼儿午睡时，将自己事先掺入了"毒鼠强"的一袋比萨卷从幼儿园后窗扔入该园中班教室的。赵建芝何以购得"毒鼠强"？又如何能进得校园？3月的天气气温并不高，幼儿午睡了，窗户竟然没关，孩子会不会着凉？教师在干什么？这一连串问题要求我们相关部门和人员逐一回答。

此前，曾有报道称，这起中毒事件是一名儿童从外面带来零食到校园里食用引发的中毒事件，是报道失实，还是逃避责任？如今案子破了，一切真相大白。犯罪嫌疑人因对幼儿园租用自己原看守、暂住的用房作为办园用房致其被迫搬走一事怀恨在心，因此做出犯罪行为。有关方面平时有没发觉什么姑且不论，重要的是，至今仍有一些地方校园安全保卫工作、学生饮食安全措施不到位，责任不落实，导致类似事件频发，严重影响社会安定，对孩子身心健康带来极大伤害。

校园发生安全事件已不是一起两起，血的教训也不是一次两次！陕西、吉林、湖北三地相继曝出幼儿园为提高出勤率、多收保育费给孩子集体服用"病毒灵"事件后，幼儿园又出事了！某些部门、某些领导、那些成天与孩子们一起的人都去哪了？那重重关卡为何关关失守？师者仁心，伦理道德、法律规章、监管义务都去哪了？

而之后呢？学校、监管部门引起高度重视了吗？吸取教训了吗？学校的监管盲区消除了吗？监管漏洞堵塞了吗？看看下面一起起深刻教训的事件吧。

2014年12月19日下午，海口市龙华区布朗幼儿园部分幼儿疑因食用不洁食物出现腹痛呕吐症状，年龄均在 4～5 岁，原因：食物中毒。

琼海万泉镇新市幼儿园幼儿从 2014 年 11 月 7 日开始陆续出现呕吐、腹泻发热症状，当天有 9 名学生感染，随后 3 天，共计有 28 名学生出现类似症状。原因：由轮状病毒引发。

2014 年 9 月 24 日上午，昌江海尾镇中心幼儿园的数百名学生吃过早餐后，21 名学生先后出现呕吐、腹痛等不良反应，另外还有 15 名学生也出现了身体不适。原因：早餐豆浆没煮沸，皂素未完全溶解致学生中毒。

2014 年 9 月 3 日下午，文昌市龙楼镇中心小学附属中心幼儿园 65 名幼儿先后出现不同程度的头晕、呕吐、腹泻、肚子疼等症状，经医务人员检查，部分幼儿被诊断为急性胃肠炎。原因：饮用水大肠菌群严重超标。

2015 年 1 月 19 日至 1 月 22 日，琼中黎族苗族自治县上安乡中心小学共有 66 名学生陆续出现腹痛或腹泻症状。原因：疑食堂饭菜出现问题。

2015 年 3 月 10 日，海口市第 25 小学海甸分校有 7 名学生出现呕吐、腹痛、腹泻等症状。权威部门认定该事件为一起由微生物引起的细菌性食物中毒。

……

出现食品中毒的原因固然很多，但有种重要原因不可忽视，即监督管理制度不健全或落实不到位。还有，一些学校食堂负责人甚至一些学校分管餐饮的领导，认为食品原材料或蔬菜"能吃就行、出不了事就行、便宜就行"，至于供货方资质真假无所谓。少数高等院校也有此类情况。现在有些正规的供货商进不了校园，主要因为质量好，价格相对较高。而上级到实地检查，往往做了"精心准备"，所看到的一切遮掩了一切假象。

目前天气逐渐转热，气温开始升高，学校的各类食品安全事件也进入高发时期，加强校园食品安全监管、切实防范校园食物中毒事件发生这根弦必须时刻绷紧，各级市场监管部门（食品药品监管局）要对辖区内学校的餐饮食品安全工作开展全面监督检查，并加强常态化监管。

必须全方位加强食品餐饮监管工作。要对所有学校的食堂重点抓好食品安全管理制度、食堂内外环境、食堂功能布局、从业人员资质以及食品制作过程等情况进行监督，并对原料库、烹饪间、消毒间和食品原料索票索证、晨检记录、消毒记录等台账进行深入检查，对于检查中发现的问题现场制发监督意见书责令限期整改。通过专项检查，进一步规范学校食堂的日常管理，消除校园食堂的食品安全隐患，保障广大师生的餐饮食品安全。

2015 年 3 月 29 日，国务院办公厅下发《关于印发贯彻实施质量发展纲要

2015 年行动计划的通知》，强调要完善学校食品安全管理和监督相关制度措施，防范校园食物中毒事件发生。各级学校主要负责人是学生安全第一责任人，应落实一名副职负责安全工作。学生饮食安全必须高度重视，要健全食堂索票索证、食品留样等溯源制度，结合平安校园建设对学校食堂进行视频监管，落实专职安全员责任。

前车之覆，后车之鉴。笔者认为，包括学校食堂在内的校园安全是天大的事，公安、药监、教育、卫生等诸多部门要进行"拉网式"排查，把问题找出来，把隐患查出来，把对策拿出来。要严格规范管理，加大监管力度，突出责任落实，对出现安全问题的，必须依法查处，严查到底，绝不姑息，保障孩子们的在校安全，给他们营造一个健康、平安的成长环境。

（刊载于 2015 年第 11 期人民日报《民生周刊》）

打造惠民爱生工程的启示

　　学校食堂涉及千家万户，是关注民生、构建和谐社会的重要领域，兴化市以推进学校后勤管理改革为突破口，出台措施，把学校后勤管理工作逐步纳入制度化、规范化轨道，进一步彰显了教育的公益、公平性质，此举得到了社会各界广泛认可，笔者实地调研后感触很深。

　　兴化是一个拥有156万人口的农业大市，外出务工人员约40万人，留守儿童4万多人，近几年由于学校布局的调整，住宿生的比例相对提高。该市现有公办学校71所，在校中小幼学生约13万人，其中在校住宿代伙的学生近4万人。泰州市人民政府副市长王学锋说，对这些住宿代伙的学生，除了要关心他们的学习外，关注他们在校生活、身体、身心健康同样是各级各类学校义不容辞的责任。

　　一个时期，受教育产业化影响，与其他地区一样，兴化市大多数学校实施后勤社会化管理，学校的食堂、小卖部、宿舍等对外承包经营，食堂、小卖部成了学校的"聚宝盆"，也成了学校少数人的"筐"：一方面，将学生伙食费用于发放教师福利的有之，用于各类招待支出的有之，甚至出现违法乱纪的现象，滋生腐败；另一方面，承包人除了要上缴学校承包金外，还要赚取高额利润，既侵害了学生利益，影响学生身心健康，还存在极大安全隐患，容易发生学生食物中毒事故，严重影响和谐校园建设。

　　为切实解决学校后勤管理方面的问题，该市召开专题联席会议，决定对学校后勤管理进行全面改革，实施"两进两统"，着力打造惠民爱生工程。

　　以往，不少学校的小卖部都是个体承包经营，有的无营业执照，无卫生许可证，更有不少食品是"三无"产品，存在着极大安全隐患。为有效解决这一突出问题，该市在全市推进"超市进校园"工作，成立由市人大、市政协及关工委、工商、物价、质监等部门联合组成的校园超市监事会，强化对校园超市商品安全、质量、价格和服务等方面的监管，有效促进了规范经营，全市目前52所学校设立了校园超市，学生及家长反映良好。

为了改变学校食堂家庭作坊式的加工管理现状，该市各类学校将食堂的经营权统一收归学校所有，禁止各种形式的个人承包经营。教育、物价等部门共同协商，统一伙食标准，全市中学三餐按每生每天15元、小学三餐按每生每天13元、幼儿园一餐两点按每生每天6.5元，由学校向学生收取。市委、市政府还提出每个学生每天一杯牛奶、一只鸡蛋、一份水果的要求，市教育局聘请专业人员制定中小幼学生带量营养食谱统一下发，供基层学校食堂严格执行，市局不定期开展督促检查，保证学生伙食质量。

兴化市对中小学食堂所有食品实行招标采购，统一配送，每年由市政府办公室牵头召开相关部门联席会议研究学校后勤管理改革举措，审定物品招标方案，及时解决问题，确保进货渠道正规、食品安全。近年来，该市还确定部分食品生产供应基地，形成"基地＋配送"的新模式，从源头上确保了食品安全，降低了采购成本。他们还在每个食品配送单位派驻食品安全质量督查员的同时，将中标单位、中标价格、质量要求等在网上公示，接受学生、家长、教师及社会各界监督。教育局建立考评机制，层层落实责任。

该市制定完善了《兴化市中小学食堂财务管理暂行办法》《兴化市学习食堂经费"收支两条线"管理实施办法》，严格"校收、市管、校用"和"收支两条线"，加强学校食堂财务管理、规范学校食堂财务收支行为。他们还组织专人开发了食堂财务管理软件，由各学校统一使用，确保学生伙食费专款专用，保障学生的合法权益。

（刊载于2014年4月1日《人民论坛》）

浅谈言论文章的写作

在不少人看来，言论是最难写的文章，这话是对的。言论主要包括言谈、言词和舆论。一般地，言论代表的是一级组织、一个时期或一个地方某种特定事情发生与否，通过媒体或其他途径所要阐明的观点，通常以评论员文章出现。而我这里所说的是指自己平常的所思所想所写，多数与纪检监察、监督执纪有关，虽说一家之言，文责自负，但我清楚一旦被党报党刊采用，其观点的代表性就发生了变化。当然，我所写的言论也有党报党刊特约的。潘公弼在《报纸的言论》一文中说："报纸的言论虽然可以代表舆论，但是必须自身健全，然后才能发挥舆论的功能，而对社会、国家有所贡献。"由此也可以理解此词之义。

这么多年我写了上百篇言论，也在各大媒体上或内部刊物上发表不少。总结下来，我认为，写言论大多是自己通过对某种现象的观察与思考后有感而发，具有时代性、代表性和倾向性，当然，也有组织上交给的任务。组织交给的言论那是代表一级组织和主要领导的观点，故观点要新、老百姓要接受，达到"三确"：观点要正确，说理要明确，表达要准确。观点、说理、表达从何而来？绝对不是凭空而论，我觉得主要有以下几个方面。

第一，从学习中来。学习对每个人来说都是非常重要的。不论你过去学历有多高，知识面有多宽，而如今知识的更新很快，稍不留神就成了落伍者。可以学习借鉴报纸、杂志上的言论写法或电视上评论员对某一事情的点评，但自己写出的言论必须有自己的观点，在这个地方、在这个领域、在某个特定问题上需要把自己的观点说给人们听，能使他们自愿接受并从中受到启发、教育。比如，我一次看了一场电影，影片叫《生死抉择》，片中主人公李高成送妻子到司法机关投案自首这一镜头，至今仍在我脑海里回放。李高成是个正气凛然的党的领导干部。然而，他在处理中阳纺织厂的事件中为什么会走那么多弯路，原因在于他的妻子背着他暗里多次接受了他人送来的名贵花卉和钱财，不但她自己走上了违法犯罪的道路，还严重影响了丈夫的形象，甚至差一点断送了丈夫的前程。我联想到如今一些心术不正的人"前门碰壁闯后院，枕边风上打缺口"，把腐败拉拢的目标瞄准领导干部的配偶，通过各种卑劣手段，想方设法从"内助"身上做文章，让"内助"们充当他们利益的代言人，写下了《妻贤夫祸少》这篇言论，很快被发表出来。泰州市组建之初，市纪委与市委组织部、市妇联、市委党校联合举办"县处级领导干部贤内助培训班"，我既是组织者，也是学习者，通过学习很受教育，感慨很多，于是写了《让反腐长城向家庭延伸》等言论，不久就在《新华日报》和省纪委刊物上发表。每年春节前，上级纪委都要发文要求各级组织狠抓节日期间的党风廉政建设，我通过学习文件，写下了《过年需过"廉"关》《为官要过廉政关》等言论被报纸杂志发表。

第二，从实践中来。实践出真知。我们有很多理论和制度都是从实践中总结出来的，言论也不例外。工作实践是出理论成果的基础，由实践到理论，再由理论到实践讲的就是这个道理。任何一个好的制度都需要经过大量实践检验，才能得到升华。而言论又是升华理论与实践、让人们从中接受教益的短小精悍的说理文章，有的还会针对某种社会现象、不正之风、腐败现象等引发组织、社会的重视，从而达到统一思想认识及整治、解决具体问题的效果。例如，1990 年年初至 1994 年，我在乡镇任纪委书记期间，发现有些部门干部、村干部建私房的材料、宅基地面积、资金来源等上级组织尤其是纪委并不知情，有的有违规、侵占、挪用公款等行为，我在调查研究的基础上，写了一篇言论《对干部建私房进行审查把关好处多》，稿件发出不久就被《中国监察》和《江苏纪检》采用。这篇言论引起了上层与基层纪检监察组织的重视，先后组织开展专题调研，建立干部建私房主动报告情况并由上级纪检监察组织进行审查的制度，对资金、材料、宅基地等全面把关，群众信访反映少了，干部按照制度要求去做，建私房违规的、违纪的少了。我在农村工作了 21 年，走过 4 个乡镇，分管过工业、农业、征兵、土地管理、村镇建设、纪检监察、党务工作等，看上去分管过这么多工作，但是在乡镇，都离不开基层群众，离不开做群众的思想政治工作。同样的工作，不同的方式方法所达到的效果、形成的影响、与群众之间的感情是截然不同的，我总结出应把握的"五多十忌"的规律，写了《浅谈做好新时期农民思想政治工作的方式方法》的言论，被《中国监察》采用。

第三，从调研中来。历史的哲言是经过千锤百炼的真理，毛主席教导我们"没有调查，就没有发言权"，党和人民都应高度重视调查研究的重要性。

"一切从实际出发""从群众中来，到群众中去"，唯物主义观的核心理论充分诠释了党和政府的各项工作应高度重视调查研究工作。习近平总书记强调，调查研究不仅是一种工作方法，而且是关系党和人民事业得失成败的大问题；学习和掌握正确方法，努力提高调查研究水平和成效。我们这级干部，生在基层，长在基层，长期在基层工作，生活在群众之中，可以说无时不在调查，但任何的调查如果不去研究是发现不了具体问题的，更不会知道为何出现问题、问题的症结在哪，是一种无用功的调查，也是作风不实、官僚主义的突出表现，不仅失去实际意义，也会使老百姓不高兴，老百姓不高兴的事我们千万不要去做。这么多年来，我个人也好，与其他同志一道也好，搞调查研究都注重实际，带着目的下去，而不是铜匠的担子——走到哪响（想）到哪，把自身要调查什么、研究什么、群众要解决的事弄清楚，这样才会更具针对性。如我在市纪委任党风室主任期间，到部门单位调研，听到不少反映，一些单位私设小金库的问题，有的问题极其严重，已经走上了犯罪道路，而且不是少数单位，也绝对不是个别现象。在全市上下开展专项清理后，我写了一篇3 000多字的文章《"小金库"存在的原因剖析及治理对策》，被中央党校《科学发展观与新形势下基层党的建设》一书采用。为防止清理后极少数单位出现"抬头"，建立健全制度，加强长效管理，紧接着我又写了一篇《防治结合 规范管理 从根本上解决"小金库"问题》的言论，很快在纪检监察刊物上发表。

第四，从群众中来。人民群众是我们最好的老师。人民群众可能没有机关人员那么高的学历，但他们说出来的话风趣幽默，他们评价组织和干部有的一针见血、一语道破，有的比较含蓄，充满了智慧。如我刚选调到泰州市纪委工作不久，发现有的群众到机关部门来办事，有些工作人员见到他们，身上脏兮兮的，表现出"门难进、脸难看、事难办"，态度生硬，作风粗暴，甚至存在"不给好处不办事，给了好处乱办事"的行为，我觉得这已不是一般的机关工作作风问题，其性质严重，影响恶劣，是对人民群众极端不负责任的表现，必须予以整治和打击。听到群众反映，加之到部门暗访，发现确有其事其人，对此，我带着极其难过而又愤慨的心情连夜写下了《看看群众的"脸色"》一文，很快被《泰州通讯》采用，文章虽只有短短的700多字，却戳住了一些部门工作人员身上的神经，产生了一定影响，有些部门对此相应开展了治理不作为、慢作为、乱作为的活动。1991年，我在兴化市张郭镇采访时了解到，该镇罗么村党支部书记纪安祥为了请到"能人"，自己掏钱请客，不在集体报支一分，用真情赢得了他人信任，当时这个村发展了 12 家企业，上缴税费 50 多万元，集体增加了收入，群众有了实惠，干部还拿到了奖励。而当时有些地方的干部却与纪安祥形成鲜明对比："八"字还未成一撇，就大肆请客送礼，所有花费全由集体报销，谓为"欲取先予""感情投资"；外出"跑"项目或坐飞机或包用小汽车，耗资若干，长时间在外面"转"。回来后汇报，先是形势大好，后是问题多多，什么交通问题、技术问题、资金问题，等等，一大堆困难，让人捉摸不透。"信心十足"外出，两手空空归来，钱花了，时间没了，项目一个不成。针对这一现象我写了《该为百姓做点啥》的言论，在《泰州通讯》发表后引起了基层组织的重视，不少地方还在地方招商引资方面出台了新的工作意见和制度。

第五，从信访中来。长期形成的惯例，一个新任领导上任后，一个时期的信访件会增多，有新的，也有过去查处过的，甚至已经结案又冷水里"翻泡"的。1990 年年初，我从戴窑镇调任徐扬乡纪委书记，来信的、来访的人每天都有，有时一天要接待好几批、收到几封信。但是令我想不到的是，这里有个怪现象：到乡政府和上级纪委、信访局上访的群众中，还有信访"专业户"，以熟悉部门、熟悉干部、熟悉"业务"为幌子，蛊惑一些不知情的群众，并收取他们的钱财，往上写信、寄信，代替群众"打官司"。这其实已经不是信访问题了，而是一种歪风邪气，必须予以打击。但我从中分析到，少数村出现此类情况与分工的乡干部、当地的村干部解决基层群众反映问题不及时、不认真、不到位有很大关系，特别是有些干部宁可坐在办公室等待接访，而不主动深入村里调查情况、解决问题，这是基层干部的官僚主义作风带来的结果。对此，在 10 年后的 2001 年，我写了《群众"上访"与干部"下访"》的言论，这也为 2005 年我主持市纪委信访室工作、在全市开展党政干部下访积累了一定基础。党政干部下访为全国首创，可以说，当时连"下访"这个词电脑里也找不到，更谈不上有什么经验做法可以借鉴，我用 48 个日日夜夜做了充分准备，全市在姜堰召开了现场会，请省纪委分管领导参加会议并讲话，会议报道后迅速引起了中央纪委的重视，中纪委分管信访工作的副书记张惠新率中纪委调研组专题到泰州调研，总结了泰州市的经验做法，并在全国进行推广。2005 年至 2008 年，我在市纪委信访室主持工作，每年收到的信访件在 3 000～4 000 件，我从中寻找规律，写了不少工作研究和言论，被中纪委、省市报纸杂志发表。

第六，从现实中来。我们工作的每一天无不碰到各种现实问题，有的经常遇到同样的问题，有的问题并不是在一个地方发生，还有的，出现的问题是表象，而深层却是管理的松懈和制度的缺失，需要认真研究和思考。我在基层调研时发现有的村干部在村里用公款购买了商业保险，调到部门后再次用公款购买，有的人甚至买了几份，我认为这绝不是一个地方的个别现象，其他地方也一定存在，于是我写了《警惕滥用公款为个人投保》的言论，先后在《新华日报》《中国纪检监察报》上发表。2002 年起，按照上级组织要求，基层纪委书记陆续兼职同级党委副书记，兼职后，有的人分管的工作多了，对自己的"一亩三分地"牵涉了不少精力，有的甚至当了几年纪委书记，一个案件也没查过，本职工作丢在一边，只是挂了纪委书记的名，纪委的工作由专职副书记做，没有专职的就基本瘫痪。我们到市里开会，有的纪委书记要么去了，而什么业务也说不出来，要么就让其他人代会。我认为，将纪委书记兼职同级党委副书记，当时组织上是为了提高纪委书记的位次，有的人为此把自己的主业丢了，去忙所谓其他的"正经事"，岂不是"种了别人的田，荒了自己的地"？所以我婉转地写了一篇言论《防止乡镇党委副书记兼任纪委书记从纪精力分散》，很快在《中国纪检监察报》发表。回头看当时的言论，其中的观点与如今中纪委要求的"三转"和"主责主业"、落实执纪"监督责任"是一脉相承的，这倒不是我有什么先见之明，而是我一直有个观点：在一行，要爱一行，钻一行，成就一行。

第七，从热议中来。一个地方一个时期总有人们关注、热议的话题，这些话题大家都想知道将来是个什么结果。2016 年 1 月，泰州市委书记蓝绍敏在市委四届十次全会上首倡"蜗牛奖"，颁给那些推进重点项目不得力、履行行政职能不到位、解决群众关切问题不及时的责任人，以此作为践行习近平总书记"马上就办"精神、整肃庸政懒政怠政、解决"不作为、慢作为"问题的重要举措，引导广大机关干部以雷厉风行、快抓落实的作风，深入推进三大主题工作和"四个名城"建设。"蜗牛奖"一提出立刻成社会焦点，各种说法不一。提出时间不久，我在第一时间写了一篇言论《也说"蜗牛奖"》，这也是全市第一条评论，虽说是代表的个人观点，2 月 3 日《泰州日报》发表后，3 月 17 日人民网·中国共产党新闻网也发表了我的这篇言论，当时点击率很高。紧接着，我又在第一批"蜗牛奖"评出前接连写了三篇评论：《"害病"与"吃药"》被 3 月 17 日新华网、4 月 20 日《泰州日报》采用；《把媒体和群众的力量充分调动起来》被 3 月 16 日《中廉舆情》和《泰州日报》采用；《形成常态化的负向激励机制》被 3 月 18 日《泰州日报》采用。4 月 13 日，第一批 12 家单位获得"蜗牛奖"后，我又连续写了 3 篇言论：《正确面对"蜗牛奖"》《正确认识"蜗牛奖"》《正确用好"蜗牛奖"的负面激励作用》，这些言论起到了正确的舆论导向作用。

第八，从总结中来。任何总结文字也好，对某件事的回顾反思也好，都不是简单地报个流水账，需要提炼，更需总结取得成绩的成功做法、特点、规律，也要分析存在问题的原因，还要对今后如何去克服、解决问题拿出对策措施，所有这些都是很好的言论素材，要看怎样去选点、切题，这是基本功。我在剖析领导干部走上违纪违法道路的原因时发现，有不少与制度存在漏洞、制度难操作有关，制度虽有但等于一纸空文。有的则与贪腐文化有关，于是，我从另一个角度写了一篇《根除贪腐文化，须由制度护航》的言论，在人民日报《国家治理》上发表，编者还写了按语。我们老一辈革命家毛泽东、周恩来、陈云、邓小平等对自己的家风要求都特别高，他们是全党学习的榜样。新时期，江泽民、胡锦涛同志对家风问题都有著名论断；在十八届中央纪委六次全会上，习近平总书记强调："领导干部要把家风建设摆在重要位置，廉洁修身、廉洁齐家。"在反腐败一直处于高压的情况下，仍旧有一些人我行我素，纵容、包庇自己的子女配偶违法乱纪，我通过大量的案例分析，发现他们之所以出问题，与他们的家风有关。2015 年 10 月 16 日，中央纪委对河北省委原书记、省人大常委会原主任周本顺的通报中出现"家风败坏"，这在过去是很少见的。我从小生长在农村，家风对我的影响是很大的，我写的《母亲的礼仪》谈的就是家风，在《党的生活》发表后，很快被《中国纪检监察》转载。而我在 1999 年写的言论《注重家庭教育　树立良好家风》一文中认为，树立良好的家风，这既是每一个领导干部义不容辞的责任，也是对家庭成员的爱护，对自己政治生命的珍惜，更是对党风廉政建设和对党的事业负责的表现。这篇言论写了虽有近 20 年，但可以肯定地说，当时的观点放在现在仍然是正确的。

一篇笔力扛鼎的言论，不但能教育人、感化人、改变人，使人从中受到启迪，还能形成一定的社会影响。言论需要有深厚的文笔功底，但光有文笔功底是不够的，还要做到迅速、及时，这样才能吸引读者，最大限度地发挥言论的作用。言论针对的多数是刚刚发生或即将发生的事情，有的一篇即可，哪怕就是两三百字的"短评"或"编后"，而有的需要系列，系列评论多数是以报纸为主的媒体事先安排好的。言论的写作与其他体裁不同，有其特定要求，具有严谨性、条理性、说理性、方向性，系列评论还要防止千篇一律。

我在写言论时感到，言论不是文学作品，不强调辞藻华丽，但言论不是"球形"的，更不是"三角形"的，其立意、主题、观点要鲜明，文字、结构、条理要清楚，语言要通俗，文笔要流畅，既要用事实说话，又要以理服人，做到有的放矢，力戒空谈。言论有长有短，多数就是几百字到千把字，能把话说清，把理说透，把事说明，把人说通，就是一篇好的言论。

文章本天成，妙手偶得之。

写言论亦如此。

制度护航，根除"贪腐文化"

从古到今有条颠扑不破的真理，就是权力的运行必须接受监督，而且要自觉接受监督。《礼记·中庸》称："莫见乎隐，莫显乎微，故君子慎其独也。"意思是说不要因为没人看见，就放纵自己。近年来，领导干部腐败问题成为群众关心的热点问题，领导干部出问题，除了机制和制度不完善、有漏洞外，很重要的一点就是监督出了问题。一方面，有些监督是弱化的、乏力的，对部分领导干部没有威慑力，上级监督不到，同级监督不好，下级监督不了；另一方面，有的领导干部主动接受监督的意识不强，甚至怕监督、反对监督，谁监督他就对谁有意见。有些领导在没有组织安排的公共场合怕见群众，尽量躲避群众视线，"怕惹事"。

权力失去监督必然滋生腐败。如今，党内党外、新闻媒体等监督似乎无处不在，但监督乏力、监督缺失、制度执行不力、落实不到位是各层各级普遍存在的问题，这些都影响着党的纯洁性。监督体制机制"先天不足"和"后天缺陷"是监督难以到位的前置因素，如今，监督者在被监督者领导之下工作，特别是有些"高层""中间层""基层"的领导，形成了监督的"真空"。曾有落马官员说，在他们这一层次监督好似"牛栏里关猫"，虽有监督制度设置，但对于他们来说却是苍白无力，毫无意义。监督缺失所导致的贪腐现象令人咋舌，查一个牵一批，查一案带一窝，腐败额度越来越大，链条越来越长，手段越来越隐蔽。比如，韩桂芝案，一下涉及几百人，显然是有"贪腐文化"作为支撑，如果没有这种支撑，就不会有这么大的规模，而这种"贪腐文化"直接危害的是党的纯洁性。

制度建设具有根本性、全局性、稳定性和长期性的特点，对于国家、社会，包括各个部门提高工作效能，降低工作风险，坚持勤政廉政，促进科学发展，具有十分重要的意义。制度如渠，行为如水。要治理"一把手"腐败，保持党的纯洁性，必须建设好制度这道渠。制度建设是我们党建总布局的核心。"制度好可以使坏人无法任意横行，制度不好可以使好人无法充分做好事，甚至会走向反面。"我们要清醒地认识到，制度建设是推进反腐败的根本，制度缺失、缺陷容易导致权力腐败，制度执行不力会使一些人走向腐败，制度建设靠得住，反腐倡廉建设才靠得住。

（刊载于 2014 年 9 月 28 日《国家治理》）

避免走进"四种形态"认识误区

党的十八大以来，以习近平同志为核心的党中央，坚持有腐必反，有贪必肃，坚持"老虎""苍蝇"一起打，查处了一批腐败分子，纯洁了党风、政风，赢得了民心，获得了广大人民群众的高度赞誉。中纪委有关部门负责同志说，党风廉政建设永远在路上，保持坚强的政治定力，踏着不变的步伐，力度不减、节奏不变、尺度不松，始终保持反腐败的高压态势，坚决把腐败蔓延的势头遏制住，让人民群众看得见、享受得到全面从严治党、推进党风廉政建设和反腐败斗争的成果。

在取得党风廉政建设和反腐败斗争重要成果的同时，党中央清醒地认识到"反腐败斗争形势依然严峻复杂"，在严肃查处违反中央八项规定精神、当前监督执纪问责"四种形态"的新要求下，为什么一些人仍我行我素，敢顶风违纪？我认为其中有些人对"四种形态"存在认识上的误区，至少有以下四个方面。

第一，组织善意提醒，常被当成"耳边风"。全面从严治党，每名党员、每个党组织都在其中、不能例外。"四种形态"的第一种形态是"党内关系要正常化，批评和自我批评要经常开展，让咬耳扯袖、红脸出汗成为常态"，这就是说要"挺纪在前""抓早抓小"，既体现了惩又体现了治，既是治标之举又是治本之计。这是组织上关心党员干部政治生命的良好出发点与初衷，称之为"治病救人"。组织提醒可以在党委会上，可以在民主生活会上，也可以通过其他组织形式进行。这些年，有少数人出现了与组织要求相违背的事情，在组织提醒后根本不当回事，当成"耳边风"，更有甚者，认为是组织与自己过不去。某部门负责人，在被举报与某女干部存在作风问题、为其谋取不正当利益后，组织多次找其谈话了解情况，他却矢口否认，不珍惜组织提醒，失去了教育挽救的机会，最终因造成双方家庭矛盾与社会不良影响受到党纪处分。事后，他悔恨地说，当初组织提醒自己时确有事实存在，如果听得进组织的话，彻底改了，就不会被处分。提醒，其实就是"咬耳扯袖、红脸出汗"

的一种形态，小的问题就不会拖大，就会遏制在初始阶段。

第二，贪内助走台前，"后院起火"不胜防。其实，家庭是"咬耳扯袖"好场所，配偶是好"组织"。若枕边常吹清廉风，偶起贪念也可能悬崖勒马，贪欲就会被扼杀在萌芽状态，腐败的诱惑就会消失在接触之前。有的领导干部违纪违法，不少是家庭防线出了问题，贪腐缺口一旦从家属身上打开就一发不可收拾，这样的案例占比并不小。如今，有些违纪违法的行为越来越隐蔽，往往是某些领导干部自己躲在幕后操纵，其配偶子女在前台以各种方式做违纪违法活动，老百姓称之为"强取豪夺"。重视构建家庭廉政防线，防止"后院起火"，既是组织上，也是领导干部以及家属必须时刻警醒、始终"每日三省吾身"检点自己的基准。一些被查处贪官的背后，多数都活跃着"贪内助"的身影。随着中央反腐工作的深入，一些"贪内助"也纷纷走向"前台"，与贪官配偶一同获刑。"冰冷的手铐有我的一半，也有我妻子的一半"，早些年山东省供销社原主任矫智仁受审时说的一句话，如今已成为许多落马贪官的感慨。"家之良妻，犹国之良相。"身边有不骄不奢、贤良恭俭、严于律己的好妻子，领导干部才能走得正、行得远。

第三，小病症拖延严重，出现"温水"煮青蛙的现象。有几句人所皆知的话讲得很有哲理，例如，小洞不补，大洞吃苦；千里之堤，溃于蚁穴；针尖大的洞，斗大的风；等等，说的就是要"抓早抓小"，既有对组织而言的，更有对个人要求的。组织发现党员干部身上的问题要及时提醒，或批评教育，猛击一掌，这样就把苗头性问题消灭在孕育之前，这就是"第一种形态"；每个有行为能力的人，对自己身上出现的"毛病"是清楚的，一旦有了"意识"就应及时"医治"，这样才不至于"病入膏肓"。如果小病症拖延严重，就会出现"温水"煮青蛙现象，等到发展到大病时，则为时已晚、无药可救，到死还不知何故。

第四，缺乏责任"意识"，落实过程"打折扣"。一个时期，曾有人认为，党风廉政建设、纪律审查是纪检监察机关的事。党的纪律、党内法规如何执行、怎样执行早有明确规定，而为什么落实时会有人"打折扣"呢？原因很简单，党委抓主体责任、纪委抓监督责任落实的"意识"还存在问题，尤其是少数党委主要负责人落实主体责任浮于表面，不仅落实不到位，遇有问题还推卸责任。党风廉政建设出了问题，党委的主体责任不可推卸，纪委的监督责任也难辞其咎。党的十八大前，纪委在主责主业方面不够突出，"三转"没有从根本上到位，一定程度上履行监督责任不够有力。纪委监督不力，就会怕得罪人，从严治党就会成为一句空话，其内部甚至会出现"灯下黑"，在这方面不是没有教训。要教育引导广大党员干部严守党的政治纪律、组织纪律、廉洁纪律、群众纪律、工作纪律、生活纪律，切实运用好监督执纪的"四种形态"，坚持抓早抓小，以"反面典型"为镜，让广大党员干部受警醒、明底线、知敬畏、守纪律。

责任追究是全面从严治党重要利器。王岐山同志指出，"全面从严治党，就是要从宽、松、软到严、紧、硬"。从另一个角度说，各级党组织管党治党失之于宽、失之于松、失之于软，就是主体责任落实不到位。党的十八大后，党中央为何要出台《中国共产党廉洁自律准则》和《纪律处分条例》《问责条例》？十八届中央纪委六次全会工作报告中提出"监督执纪问责，必须坚持惩前毖后、治病救人的方针""全面从严治党，要运用监督执纪'四种形态'"，其目的就在于把党的领导融入日常管理监督，运用好监督执纪的"四种形态"。纪纲一废，何事不生；纲纪一振，百事皆顺。坚持纪在法前，纪严于法，并严起来、抓到位，用纪律和规矩衡量党员干部行为、管住大多数，确保党的团结统一，维护党的肌体健康纯洁。

（刊载于 2016 年 8 月 22 日新华网）

"四种形态"：新时期全面
从严治党的重大创新

习近平总书记在十八届中央纪委六次全会上指出，全面从严治党，要把纪律和规矩挺在前面，坚持纪严于法、纪在法前，实现纪法分开。监督执纪"四种形态"是全面从严治党的具体举措，根本目的是坚持党的领导、加强党的建设，永葆党的先进性、纯洁性。

中共中央政治局常委、中纪委书记王岐山在福建调研时强调：党内关系要正常化，批评和自我批评要经常开展，让咬耳扯袖、红脸出汗成为常态；党纪轻处分和组织处理要成为大多数；对严重违纪的重处分、作出重大职务调整应当是少数；而严重违纪涉嫌违法立案审查的只能是极极少数。

这就是新的历史时期全面从严治党的重大创新——"四种形态"。

"四种形态"科学回答了"用什么执纪、为什么监督"等重大理论和现实问题，对于挺纪在前、执纪必严，以纪律建设推进从严治党、依规治党，具有重要战略意义和丰富实践价值。

当前，监督执纪或践行"四种形态"这四个字在党内机关尤其是纪检监察机关出现的频率很高，在领导的讲话或关于监督执纪问责方面的理论研究文章中，会出现几次乃至更多。这说明，党内各级组织开展党内监督执纪的方式方法与要求正在认真践行"四种形态"，把党的纪律和规矩挺在法律前面，以更好地把监督执纪问责做深做细做实。

一段时间，社会上有一种误解认为，实践"四种形态"，是"打虎"力度要减弱。甚至少数纪检干部也有这种错误认识，以为实践中就是要层层降低形态，大事化小、小事化了。有权威人士解释说，这些错误认识不仅违背实事求是的原则，也与监督执纪"四种形态"理论的精神实质、与依规管党治党的方针背道而驰，更与"打虎"节奏和力度不减的现实严重脱节。监督执纪"四种形态"不是"特赦令"，而是"全面从严令""挺纪在前令""抓早抓小令"。

此话说到了点子上、关键处。出现这种错误认识与过去纪法不分、轻微违规违纪提醒不及时、查处不严有一定关系。有的人身上有点小毛病处于"第一种形态"时，本来完全可以通过"物理疗法"治好，无须"打针吃药"，更无须"手术"，但就有人像"温水里的青蛙"在"不知觉"中由"第一"逐步向"第二""第三"乃至"第四"种形态上转去。

"四种形态"内容具体、指向清晰、环环相扣，是一个完整的监督执纪问责体系。第一种形态是"四种形态"的基础，第二种形态是执纪问责的开始，第三种形态是纪与法转换的关键，第四种形态是前三种形态实施后的理想状态。说明用好第一种形态，绝不意味着放松后三种形态，后三种形态则是保证。

把纪律挺在前面，就要用好监督执纪"四种形态"。而践行"四种形态"根本目的在于纪委更好地履行职能，强化监督执纪问责。纪委不是也不可能"包打天下"，必须把思想观念从"执法"转向执纪，把工作力量从抓"大要案"转向日常监督执纪问责，深化转职能、转方式、转作风，提高思想政治水准和把握政策能力，只有使纪律建设"回归本位"，才能使反腐倡廉做到标本兼治。党的纯洁性好比人的眼里容不得沙子一样，只有用党的纪律约束党员、干部的行为，把管和治更多体现在日常，让党内政治生活严肃起来，真正管住绝大多数，才能实现管党治党"全面"和"从严"的有机统一。

（刊载于 2016 年 9 月 19 日人民论坛网）

"四种形态"：立足"治病救人"一贯方针

在延安整风运动中，毛泽东曾提出"惩前毖后，治病救人"，反复强调："要相信百分之九十以上的干部是好的和比较好的。犯了错误的人，大多数是可以改的。"王岐山在党的十八届中央纪委第六次全体会议上的工作报告中指出："惩前毖后、治病救人，是我们党从丰富的实践经验和深刻的历史教训中总结出来的，纪委的职责定位、方式创新、作风转变，都必须充分体现这个一贯方针。"

笔者认为，"四种形态"中的任何一种形态都体现了"治病救人"的方针，即使哪怕进入了第四种形态。形象地说，第一种形态，好比无须"医治"的"小病、小患"，不吃药，不打针，更不需要住院也能好：感冒了多喝些白开水，发热了用温毛巾多擦身进行物理降温，身上有寒气可以喝些生姜红糖茶、适度进行体育锻炼、洗洗热水澡、拔火罐，等等，完全可以不等病情加重就可以达到"治病"的效果。这些"措施"其实就是组织上包括同事间的"红脸出汗""咬耳扯袖"，就是一种预防，说得多么形象生动。组织上培养一名领导干部就像父母抚育一名孩子长大成人一样，是多么的不容易，需要付出多少心血？而一个人成长同样也需付出太多努力，可有的人就是不注意自己的"小病"，直到"拖大""严重"了才发觉。及早提醒就是运用好"第一种形态"，就是立足教育挽救大多数，一旦发现苗头性问题就必须立即解决，不能等，也等不得。严肃纪律是治病救人，而不是整人害人，既有严肃无情的刚性一面，也有关心爱护的温情一面，这才是严肃纪律的出发点。

王岐山在十八届中央纪委六次会上的工作报告中指出："全面从严治党，要运用监督执纪'四种形态'：让咬耳朵、扯袖子，红红脸、出出汗成为常态，党纪轻处分、组织调整成为大多数，重处分、重大职务调整的是少数，而严重违纪涉嫌违法立案审查的只是极极少数。严管就是厚爱，治病为了救人。实践'四种形态'，纪委的责任不是轻了，而是更重了，执纪的力度不是小了，而是更大了，要提高思想政治水准和把握政策能力，实现惩处极少数、教育大多数的政治效果和社会效果。"

可以预见，随着"四种形态"的过程规范和结果公开，将大大提升党内纪律审查的职业化、专业化水准，展现出纪律审查与司法检控的差异化程度，确立纪检监察从业者的正确执纪观、政绩观。对于犯了错误的党员，我们党历来采取"惩前毖后，治病救人"的方针，而不是一棍子打死。据报道，2015 年，河南省给予党纪处分 2 万余人，其中警告、严重警告处分占近八成；江苏省立案 1.8 万件，党纪轻处分占比 73.8%，这说明，纪委查处的案件虽然多了，但教育挽救的党员干部也多了，而被教育挽救的这些人如果不及时给予查处，将来很有可能会"走进"严重违纪违法道路。

"君子慎始而无后忧""疾小不加理，浸淫将遍身"。党员干部要在小事小节上不自我放纵，大是大非面前保持平和心态、站稳脚跟，切不可等到自己身上的疾病"有感觉"了才想到去医院、找医生。党组织日常善用党章党规党纪教育党员干部，查处违纪行为，是对党员干部的一种关心和爱护，而不是一发现"病情"就必须上"手术台"，有些疾病到了"晚期"，即使医术再高明的医生可能也回天无力。所以，"小病快治"，不等不拖，始终保持健康的体魄才是组织和每个党员所希望的结果。

（刊载于 2016 年 9 月 9 日人民论坛网）

"四种形态"：体现反腐标本兼治新理念

"四种形态"的提出，是对党一贯方针的传承，体现了反腐治标与治本相结合的新理念，是全面从严治党新方向。严于治标和善于治本殊途同归，好比车之两轮、鸟之两翼，治标有效才能有效治本，而治本才是根本目的。从纪律上严格起来，就在于抓早抓小，既体现了惩，又体现了治，既是治标之举，又是治本之计。

"四种形态"如同给纪律之尺烙上"四道刻度"，表面上衡量的是违纪行为，指向的却是深层党性观念和党纪意识。俗话说，贪吃的嘴、乱伸的手，"三公"问题仍常有。过去，曾有人总结多少年、多少个"红头文件"没能彻底管住"一张嘴"，为什么？说是说，做是做，大家都有共同的"思维定式"，成了"习惯"。而"上梁不正"，"下梁"岂能不歪？那些大"老虎"收受的小"老虎"的钱财果真就是小"老虎"自己的？是他们的合法所得？是他们的辛苦钱、汗水钱？回答是否定的，而即便是真的，小"老虎"会白送？他们一定会变本加厉收受比他更小的那些"老虎"或"苍蝇"的钱财，送出去10万元，他们至少会把"利息"收回来，这种"利息"就是不受任何保护的"高利"，如此恶性循环，党风、政风、民风、社会风气怎能正？！

中央八项规定出台后，开始有人收敛，可时间不长，有"看风"的，有"观望"的，有等"过了风头再说"的，此类情况不是少数，而是大有人在。从中央及地方各级纪委的通报可以发现，中央八项规定出台后，几乎每个省市、每月都有违反规定精神的人和事发生，主要表现为：有的变通方式、趋于隐蔽、花样翻新，有的从明处"转移"到暗处，从"地上"转入"地下"，从"近"的驱车数公里到"远"处。例如，中央纪委监察部网站《五一端午期间违反中央八项规定精神问题监督举报曝光专区》通报，各级纪检监察机关第一周查处115起违反中央八项规定精神问题，包括北京、天津、河北、山西、内蒙古自治区、辽宁、吉林、江苏、广东、海南、青海等30多个省区市和部门，均受到党纪政纪处分（理），在违反八项规定精神人员中，有村级干部，也有乡科级、县处级，还有省部级。这只是在五一的第一周内发现的、通报的，而违反八项规定的又何止这些人、这些事？其他节日呢？特别是春节呢？通报的是"标"，但恰恰治的是"本"，因为今天的"标"就是明天的、将来的"本"。

标本兼治本是一个中医学的名词，意思简单明了，即指不但消除了表面的病症这个"标"，而且根除了引发疾病的原因这个"本"。然而，有些人对为什么要消除这些小的"标"总是不理解，甚至还感觉有些冤，倒也有理由：其一，过去这些事都没当回事，基层有，上层也有；其二，感觉有些小题大做。八项规定出台前，在纪律方面虽有规定，但提前下班到饭店打个牌、饭后陪客人到 KTV 唱个歌等，一般习以为常，没有什么不良反应，也不会去追究，慢慢成了一种惯例。而今，对这些人和事进行处理、通报，有些人包括一些领导干部开始也不理解，到后来能自觉执行，这是一种观念上的转变，是一种认识上的进步。从中纪委到地方各级纪委，对违反八项规定精神、损害群众利益的人和事等违反党的纪律规定的一些"小事"进行处理、通报，实质上就是实践"四种形态"的最好方式，通过诚勉谈话、函询提醒、组织处理、纪律处分、立案审查等多种方式，将违纪违规行为表象和思想根源"一起治理"，这既是对党员干部政治上的关心，更是中央反腐标本兼治的战略抉择。

（刊载于 2016 年 9 月 12 日人民论坛网）

"四种形态"：突出点面结合合围之势

　　"四种形态"所突出的是，既要抓住个案，又要抓住苗头性问题；既要抓住基层"小"的人和事，又要抓住有影响的上层领导机关与领导干部；既管重点又管全面，从而由表及里，由点到面，点面结合。全面从严治党，每个党组织、每名党员都在其中，没有例外。用纪律管得住"关键少数"，必然将管得了最大多数，管住全体党员，"纪律不严，从严治党就无从谈起"……

　　"四种形态"针对党员干部违纪行为的共性规律，描画出从量变到质变的梯度轨迹，给出了由轻到重的因应之策，呈现点面结合、纲举目张的合围之势。从数学概念上说，"点与面"是有逻辑关系的，两点相连可以成为"线"，而"线"多了、密集了就可以成为"面"，所以，我们所看到的"面"其实里面包含着若干的"点"与"线"，这种"点"与"线"就是单个的人、单体的事；包括不同人的职级与存在的某些现象。而恰恰就是这些小的"点"，如果不加以重视，它就会迅速地在某个方面、某个领域，或者一个地区、一个地域蔓延开来，发展成为可怕、危险的"面"。试想，违纪行为一旦发展成为"面"，那就像洪水猛兽势不可当，这就会形成由个别腐败到少数人腐败，再由少数人腐败到"塌方式"腐败，我们为什么提出党面临着"精神懈怠、能力不足、脱离群众、消极腐败"的危险，清醒地认识到反腐败的长期性、复杂性、艰巨性，就体现在这里，说明党中央高瞻远瞩，对形势看得清，分析得透。

　　监督执纪"四种形态"的划分就是对党的整体与部分辩证关系的科学把握。既要求树立全局思维，又要求具有局部意识，目的是让整体功能得到最大限度的发挥。如果把我们党比作"森林"，那党员个体就好比是"树木"，这片"森林"怎样，是否茂盛，首先需要"森林"里的"每棵树"茂盛，而"森林"与里面的"树"，群众看得最清，以纪律为尺子去衡量"树木"和"森林"，不是让群众只看见"树木"而不见"森林"，就是说，决不能用处理"少数"问题干部来代替对"多数"党员干部的日常教育和监督管理。准确运用监督执纪"四种形态"，就是要治"病树"、拔"烂树"、护"森林"，逐步形成不敢腐、不能腐、不想腐的体制机制。

以点带面，点面结合，能从中总结经验，少走弯路。过去，我们所说"查处极少数，教育大多数""杀一儆百，以儆效尤"，说的就是让多数人从中受到教育、警醒。反过来，我们更要树立党员干部遵纪守法、廉洁奉公、敬业奉献的"点"，这些"点"就是群众身边的先进典型，使广大党员学有榜样，赶有目标，弘扬正气，传递正能量；全党上下团结一致，风清气正，形成良好的党风政风，进而带动整个社会风气的好转，逐步消除"四种形态"中的"少数、极极少数"，最终直至为"零"。

（刊载于 2016 年 9 月 18 日人民论坛网）

"四种形态"：强调纪律建设"回归本位"

王岐山同志强调，纪检监察机关要明确职责定位，聚焦党风廉政建设和反腐败斗争，紧紧围绕监督执纪问责，深化转职能、转方式、转作风，全面提高履职能力。中国社会科学院中国廉政研究中心主任高波认为："四种形态"正是从大量实际案例和惨痛教训中抽象出来的，着力将执纪标准显性化、刚性化，在从违纪滑向违法的过程中层层设防，使"以纪律人"和"以法律人"既相区别又相衔接。由此，纪律建设回归本位，也相当于给法治建设以参照系。

"本位"，指原来的座位，语出《左传·昭公二十七年》"复位而待"。而纪检监察所强调的"本位"实质就是"主责主业"，也就是"我应该干什么，我的责任是什么"。一个时期，基层党委政府部门遇有一些疑难复杂问题，包括一些群众关注度高、期盼能够解决的难题不是办不好，就是办不了，首先想到的是由同级纪委去解决，其本意是好的，进而由纪委出面，或直接牵头，或直接参与。但所导致的情况有两种。一是担责越位。有的基层纪委派员参与（主要是当年的执法监察室）招投标过程的监督，而招投标是一个程序性、业务性、连续性很强的工作，对纪委而言，外行监督内行本身很难，却履行了应由牵头部门履行的职责，退一步说，你又不是全能，不可能都懂得里面的"关门过节"，如果出了问题，你参与了，到时话可就难说了。公车私用曾经常"明察暗访"，开过会，发过通报，提过要求，可就是禁而不止，这本应由交警、国资等部门、机关事务管理部门负责的事却由纪委牵头负责。二是监督缺位。主要表现在监督制度执行、纪律规矩和问责追责等方面缺乏主动性。如在"三重一大"事项上，一些单位决策不民主，对主动申报的单位监督得多，其他缺乏主动监督。三是履职错位。即存在着"代替"情况。如年度落实党风廉政建设责任制，虽然说是上级党委到基层检查，但所有接受检查的工作基本由纪委去做，纪委呢，又分派到党风室，这已成了多少年的一贯做法。再如，在协助党委履行主体责任方面，有些地方纪委存在着大包大揽的问题，就连"落实主体责任"的党委（组）会议记录也要求纪检部门负责。此外，纪委参与的环保专项行动挂牌督办、餐饮服务食品安全放心工程创建活动等有十几项之多。实行"三转"后，突出了主责，理顺了关系，"裁判员"身份更为具体明确，监督执纪问责更加到位。

"四种形态"内容具体、指向清晰、环环相扣，是一个完整的监督执纪问责体系。第一种形态是"四种形态"的基础，第二种形态是执纪问责的开始，第三种形态是纪与法转换的关键，第四种形态是前三种形态实施后的理想状态。纪委不可能"包打天下"，必须把思想观念从"执法"转向执纪，把工作力量从抓"大要案"转向日常监督执纪问责，深化转职能、转方式、转作风，提高思想政治水准和把握政策能力，只有使纪律建设"回归本位"，才能使反腐倡廉治标为治本赢得时间与质量。

（刊载于 2016 年 9 月 18 日人民论坛网）

对干部建私房进行审查把关好处多

近年来，我们就基层干部建私房的资金、材料、占地等进行审查把关，并把这项工作列入了纪检工作的责任目标，形成了制度，并长期坚持下来。实践证明，这样做很有好处。

一是能加强对党员干部的监督。当前，在农村中，基层干部"手一舞，脚一跺，出口就是土政策"之类的情况还是存在的，诸如有关经济承包、用工、提留、公益事业建设、招待费等方面的权力仍掌握在干部手里。从群众来信来访中可以看出，拖欠公款，任意多占地、占好地甚至占而不用，在群众中造成了不良影响。因此，对基层干部建私房的资金来源、材料来源、占地情况等进行审查，能及早发现和处理此类问题，从而维护党规党纪和有关政策规定的严肃性，缓解群众的不满情绪。

二是能提高纪检机关在群众中的威信。实践证明，对基层干部建私房进行检查，提高了纪检机关在群众中的威信。首先，群众满意。过去曾有少数群众认为：自己建房时有的干部说三道四，轮到干部自己建房了，就不过硬。现在这样做，干部带头执行国策，使他们认识到，法律政策对谁都一样。其次，干部愿意。基层干部与群众朝夕相处，成日打交道，最怕背地里遭群众议论。自己建房，经组织审查批准，到实地定点放样，最后再验收，为他们把关，心里踏实。最后，有关部门乐意。少数基层干部在占地、资金、材料来源等方面确有一定问题，对此，土地管理等部门往往无能为力。纪委出面解决这些问题，有关职能部门当然乐意，也会积极配合、支持纪检干部审查把关。

三是有利于相关人民来信来访的查处。对基层干部建私房情况的来信来访多在建房前后几个月。固然有的属实，但也有失实的。通过对基层干部建私房进行审查，掌握了第一手资料，心里就有了底。比如，某村党支部书记房子建成后，乡纪委收到一封检举信。信中说，该同志强行拆除他人房屋，自己将宅基扩大到三分多地。该户正是纪委负责同志去放的样，手续齐全，占地面积不足 154 平方米，更没有强行拆除他人房屋，所以这是一封反映不实的来信，向来信人说明情况即可。

（刊载于 1993 年第 7 期《江苏纪检》，1994 年《中国监察》）

坚持"四个结合"统筹推进反腐倡廉建设

反腐倡廉建设尤其是制度建设，是一项系统工程，也是一个不断完善的过程，必须统筹推进。通过学习十七届四中全会精神，笔者认为，统筹推进反腐倡廉建设必须坚持"四个结合"。

一、坚持加强思想道德建设与制度建设相结合

首先要解决领导干部的认识问题，领导干部要增强德的观念，加强德的锻炼，做道德建设的模范。在教育工作中，一方面要紧密结合他们的思想实际开展教育，以筑牢领导干部廉洁从政的思想基础；另一方面要注意围绕建立拒腐防变教育长效机制，加强对新形势下反腐倡廉宣传教育方式方法，完善工作格局，增强针对性和有效性。要围绕腐败问题易发多发的环节和领域，尤其是要重点围绕"用人、用钱、用权"问题和工程建设、土地出让、产权交易、医药购销、政府采购、资源开发等重点领域和环节，深入研究制度的改革和创新问题，及时研究和制定出台新的制度和规定，努力从制度上规范权力运行、堵塞滋生腐败的漏洞。

二、坚持加强廉政建设与勤政建设相结合

勤廉建设就是要教育和引导广大党员干部讲党性、重品行、作表率，严格执行廉洁自律规定，做到自重、自省、自警、自律。加强反腐倡廉建设，既要一刻不放松地抓好廉政建设，又要持之以恒地抓好勤政建设。勤政建设必须重视"显""隐"齐抓。"显"，一般情况下是人们能看到和观察到的，党员干部会注意自己身份和影响，就是说人们处于监督之下往往能够循规蹈矩，其行为表现为"自我约束"；"隐"，《礼记·中庸》称"莫见乎隐，莫显乎微，故君子慎其独也"。其意讲不要因为没人看见，就放纵自己，甚至出现越轨。慎独，就是要在"隐"上架起"自克"，无论在何时何地何种情况下，都要一丝不苟地按照道德、法律法规、党规政纪来规范行为，坚守自己一尘不染

的思想阵地，管好自己，努力在那些不为人知的事情上做到固本守节、清正廉明。

三、坚持加强监督与发挥干部主观能动性相结合

党内监督、人大监督、政协监督、群众监督以及舆论监督等监督制度，不仅有监视和督促之举，更有对领导干部的关心、爱护和帮助之意。监督要增强针对性，突出各级领导干部特别是各级党政一把手这个重点，做到事前、事中、事后全程监督，要不断建立健全监督机制，把监督贯穿于从决策到执行的全过程，有效控制和防范廉政风险点。我市党政部门主要负责人向纪委常委会当面报告勤政廉政情况，乡镇党代表监督、领导干部"勤廉双述"、"三务三公"等其监督形式和监督效果都比较好。加强对干部的监督以及党员干部自觉接受监督，并不是要把他们的手脚束缚起来，而是要让其更好地发挥主观能动性，更好地开创工作新局面。

四、坚持查办大案要案与解决损害群众利益的问题相结合

大案要案危害严重，影响恶劣，必须坚决查处。要重点查办发生在领导机关和领导干部中的案件，严厉查办官商勾结、权钱交易、权色交易和严重侵害群众利益的案件，严肃查办以各种手段侵吞国有资产的案件，加大对腐败分子的经济处罚和赃款赃物追缴力度，加大腐败成本，绝不让腐败分子逃脱党纪国法的严惩。在反腐倡廉工作中，要以解决好群众关注、反映强烈的问题为重点，认真开展专项治理。重点解决环境保护、食品药品质量、安全生产、征地拆迁等方面群众反映强烈的问题，继续治理医药购销和医疗服务等领域中的不正之风。各级党政组织要深化党政干部下访工作，认真排查化解各类矛盾纠纷，努力把问题解决在基层、消灭在萌芽状态。

（在社科理论界学习贯彻党的十七届四中全会精神研讨会上的发言，刊载于 2009 年第 6 期《大众社会科学》）

过年需过"廉"关

春节将临，领导干部怎样过好"廉"关，组织上每年都要提醒，这是对领导干部政治上的关心。而领导干部自身如何自律，自觉接受组织和人民群众的监督，这是年年要交的答卷。过年需过"廉"关，关乎党风廉政建设成果的巩固，关乎党的形象。要知道，少数领导干部走上违纪违法犯罪道路，重要的一点就是没有过好"廉"关。

（刊载于中国重要报纸全文数据库，2006 年 1 月 14 日人民网"修身篇"立场和观点）

警惕"感谢费"

　　不知从何时起，社会上有一些人"很大方"地从自己的口袋中把钱掏给那些贪口大开的干部，少则几百元、几千元，多则上万乃至几十万、几百万元，还美其名曰："感谢费。"

　　"感谢费"是否真会像事主信誓旦旦的那样，叫接受人心安理得、放心接受呢？咱们只举一例。姜堰市民政局原局长、党委书记、市政法委委员张某，在1997年春节期间，先后四次接受了姜堰市某工程队负责人送给张某之妻2万元（事后，妻子全部告知张某）。1998年春节前，某建筑装潢工程公司负责人为感谢张某对民政局招待所装潢工程的关心，送给张某5 000元。1999年春节前，某企业负责人为感谢张某帮助安排其女儿工作，送给张某1万元。

　　世上没有不透风的墙。事发之后，原先送钱的主儿一个个如实招供，张某也因此锒铛入狱，判处有期徒刑3年，缓刑4年。"感谢费"将张某送进了牢狱，这是张某始料未及的。"感谢费"实实在在是"糖衣炮弹"，将张某打倒了。狱中的张某悔恨不迭，涕泪交加。

　　生活自有生活的法则，你贪口大开，最终被吞噬的一定是你自己——自己的灵魂，自己的幸福，乃至自己的生命。张某收受他人贿赂，到头来毁的是自己，害的是家庭，玷污了党的形象。"世路无如人欲险，几人到此误平生。"张某临近退休，从一个民政局局长沦为阶下囚，着实可叹可悲。同志啊，对那些别有用心的"感谢费"千万要保持高度的警惕啊！

（刊载于2000年第10期《江苏通讯》，与刘仁前合作）

警惕滥用公款为个人投保

笔者曾对农村基层干部的养老保险问题进行过专题调查，发现少数干部竟不顾有关政策规定，多渠道搞公款个人保险，有的不但严重违反了财经制度，还违反了党的纪律，这一现象应引起我们重视。

用集体经济搞个人养老保险大多是村、单位、部门的领导干部。本来，组织上从关心干部生活，考虑他们的切身利益着眼，专门针对农村基层干部投保制定了有关政策。然而，一些同志置规定于不顾，在投保对象、投保金额、个人负担投保费用的比例等方面，表现出随意性、无原则性，不管条件够不够，集体经济允不允许，自己想投保多少就投保多少。为一人投保往往需要上千元资金，一般来说，对于单位效益好、条例允许、符合规定的，经组织批准，当然可以按规定为个人投保。可有少数同志因工作调动，重复投保。某君在村里任职时，集体花了几千元为他投保，后来调动到某部门任职，部门又再次出钱为其投了个人养老保险。更为严重的是，为了解决投保费用，有的人就用手中的权力，巧借名目为个人投保。在一些农村，有些项目的收费群众并非十分清楚，诸如工副业承包上交、土管村建"代为服务"、"两工"（义务工、劳动积累用工，有些单位通过代收现金结算）等。有的干部为了解决自己的保险问题，从收取的这些费用中，或挪用或截留，以充投保费用，结果是个人得利，集体甚至国家吃亏。

依笔者之见，出现此类现象的原因主要有三：一是一些单位对此熟视无睹，有章不循；二是少数干部纪律观念淡薄，公仆意识淡化；三是相关制度不健全。笔者以为，各级组织一方面要加强对基层干部的教育和管理，更重要的是，应进一步建立健全财务管理制度，严格按要求切实搞好"村务公开"。要坚决摒弃和取缔那些不顾集体和群众利益的做法，对违反规定和纪律的要采取坚决措施，有的则要追究法律责任。

（刊载于 1993 年 10 月 13 日《新华日报》，2000 年 10 月 23 日《中国纪检监察报》）

有感于"得饶人处且饶人"

"得饶人处且饶人",本意是人们对非原则纠纷所表现出不计小节、给人让步、待人以宽的态度,被人们视为一种美德。然而,在现实社会中,个别执法人员放弃原则,信奉所谓"得饶人处且饶人"的处世哲学,这非但不是什么美德,恰恰是丧失党性原则的行为,甚至是对人民的犯罪。

某镇副镇长兼派出所所长 W,任职期间在查办某一盗窃案件时,公然践踏法律,收受对方贿赂,徇私枉法,"饶"了犯罪分子。在纪委组织人员对其立案调查时,W 耍起了小聪明,暗地里给办案人员送去 2 000 元现金,遭到拒绝后,仍不死心,又将钱卷起来装进"红塔山"烟盒内,悄悄送到办案人员家中。在这种情况下,办案人员毫不含糊地将这钱上交给纪委,没有"饶"过这个"饶"人的 W。

同是执法执纪人员,W 因"饶"了犯罪分子而违犯法纪,也使自己走上了犯罪道路,法纪没有饶恕他;市纪委办案人员坚持党性,严格执纪,树立了党的纪检监察干部的良好形象,赢得了组织和人民群众的高度信任。

在执纪执法过程中,如何对待一些"好心人"的"开导",坚持原则,严格执纪,依法办事,是衡量一个执纪执法人员党性原则、法纪观念的重要标准,对此,我们决不能有丝毫含糊,决不能放宽法纪尺码去宽容、饶恕任何一个违法违纪者,一定要做到"法轨既定则行之,行之信如四时,执之坚如金石"。

（刊载于 1998 年第 15 期《泰州通讯》）

把公务用车管理规定落到实处

泰州市纪委、市级机关事务管理局等单位召开市级机关公务用车管理会议，通报前一阶段在明察暗访中发现的部分单位、部门公车接送小孩上学的情况，要求各部门单位采取切实措施，坚决刹住公车接送小孩上学等不良风气。笔者认为，这既是顺应机关作风建设、顺应民心、立说立行、动真碰硬、务求实效的具体表现，也是通过此举举一反三，推进党风廉政建设和反腐败工作的有效举措。

公车接送小孩上学之类的公车私用现象，不是一时一地，也不是偶有所见，问题早已存在，群众早有反映，少数部门、少数人就是充耳不闻、视而不见！每个部门单位公车使用都有明文规定和具体要求，但是有制度、有规定，公车私用现象为什么总是屡禁不止呢？笔者以为主要原因有三：其一，公车"姓公"。烧的是公家的油，用的是公家的时间，损耗的是公家的资产，就是因私用出了车祸造成的损失无须找什么理由，费用也是由公家承担。其二，放松管理。事实上，公车都有管理规定，可就是不落实。其实，诸如用公车娶亲、钓鱼、扫墓等现象人们似乎早已司空见惯，所以公车乱停乱放、晚上是不是按规定"归家"也就更"无人问津"了。其三，不敢真抓。公车私用还因为一些部门制度不健全或有制度不落实，责任不到位，发现问题视而不见，处理问题不敢动真，日复一日，公车私用之风非但没有收敛，反而愈演愈烈。

古人云："俭，德之共也；侈，恶之大也。"用公车接送小孩上学所折射出的远不只是其问题本身。它反映的不仅仅是机关公务用车管理的严重不规范、不到位，也反映出这些部门单位对公车管理制度没有很好地抓落实，更重要的是反映了少数领导机关和领导干部廉洁自律方面存在的问题。视公车为个人专车甚至私车，就能用公车接送小孩上学，使得公车异化为主人身份、地位和权力的象征。这样，无形之中在机关党员干部与群众之间形成了一道隔离墙，给社会带来了很大的负面影响，它与建设廉洁政府，打造节能机关格格不入。公车私用所揭示的是一些党员干部艰苦创业精神和务实奋进作风的减弱，滋生的是贪图享乐、铺张浪费的不良风气，损害了党和政府在人民群众中的良好形象。

通过对用公车接送小孩上学的明察暗访，相关单位作出了处理意见，有关责任人表示接受组织处理，以儆效尤。各部门单位也表示，要进一步明确公车管理规定，重申相关纪律要求，这些做法和措施，为有效刹住今后用公车接送小孩上学等不良风气迈出了良好的一步。坚决刹住公车私用不良风气，需要认真落实、坚决执行公车使用管理制度，需要我们加强管理，严格责任。要加大明察暗访力度，监督检查力度、调查处理力度，对公车接送小孩上学等不良风气发现一起，查处一起，公开曝光一起。领导干部要敢抓敢管，认真负起责任，不仅要管好自己，还要严格要求并切实管好亲属和身边的工作人员，要将禁止公车接送小孩上学等公车私用行为作为加强领导干部作风建设、规范廉洁从政行为的一项重要内容来抓，进一步强化制度规定的执行力，做到令行禁止。

造成公车私用的原因很多，最根本的是制度落实不到位，处罚不到位。我国改革开放这么多年了，已经取得不少成功经验，公车可否参与其中？我在中纪委培训中心与前来讲课的中纪委党风室的王建同志就此进行过交流，他将去兴化进行调研，看得出中央也有动议了。我想，纪委、机关事务局与其组织人员耗时耗力明察暗访，一些人或明目张胆或偷偷使用公车，倒不如下决心从根本上解决公车使用方面存在的症结，除保留执法和应急车辆外，唯一的、也是最为有效的办法就是进行全面改革，可以对国家机关公职人员分级别进行适当补贴，具体方案应在充分调研的基础上由中央或地方政府进行顶层设计。

（写于 2010 年 5 月，时任泰州纪委党风廉政建设室主任）

妻贤夫祸少

——电影《生死抉择》观后感

看了电影《生死抉择》以后，片中主人公李高成送妻子到司法机关投案自首这一镜头，至今仍在我脑海里回放。

李高成是个正气凛然的党的领导干部。然而，为什么他在处理中阳纺织厂的事件中会走那么多弯路，每一步又都是那样的艰难？原因在于他的妻子背着他暗地里多次接受了他人送来的名贵花卉和钱财。其所为使她走上了违法犯罪的道路，而且也严重影响了丈夫的形象，甚至差一点断送了丈夫的前程。如果不是李高成发觉得早，且立场坚定、旗帜鲜明，那些贪官"兼并企业"的图谋就会得逞，企业资产将会大量流失。应该说，这样的教训是极其深刻的。

如今，一些心术不正的人"前门碰壁闯后院，枕边风上打缺口"，把腐败拉拢的目标瞄准领导干部的配偶，通过各种卑劣手段，想方设法从"内助"身上做文章，让"内助"们充当他们利益的代言人。

有道是"男人的一半是女人"。近年来，许多大案要案被"曝光"，一些贪官被绳之以法，一批"贪内助"一一现了"原形"。事实告诫我们，领导干部不仅要管好自己，还要管好自己的配偶、子女，不要让家庭防线出现漏洞；领导干部的配偶、子女既要关心领导干部身体上的健康，更要关心他们政治上的健康，不要让其毁在自己的手里。

"妻贤夫祸少"，千万不要忘记这条古训。

（刊登于 2000 年第 9 期《廉政论坛》）

"感谢费"引起的思考

　　《被"感谢费"吞噬的民政局长》这则案例，读后感触颇多，受教育颇深，张某收受贿赂被绳之以法，既有他自身放松世界观改造、不能廉洁自律的原因，又有他的妻子直接参与、不能把好家庭廉政关的原因，这种夫妻共同收礼受贿的现象不能不让人深思。

　　握有权力的领导干部对送上门的"感谢费"必须保持清醒的头脑。领导干部由于地位、权力等原因，经常生活在赞扬和奉承之中。对此，领导干部要保持清醒头脑，不能陶醉其中，因为很多主动送来"感谢费"的人往往带有不良的企图，在"感谢费"的背后，往往是陷阱。其目的就是要从收礼者这里得到好处，用"小钱"侵占国家的"大钱"。这使笔者想到，泰兴杨思初中校长蔡林森，多次拒收"感谢费"，两年为国家核减工程款达85万元。如果蔡林森也像张某那样，国家的80多万元不就白白流失了吗？

　　在张某案件中，张某的妻子王某扮演了不光彩的角色。经她手收受的"感谢费"就达2万多元。对此，笔者想到，如果王某是个廉内助，自己能管住自己，同时能帮助丈夫把好廉政关，那么张某很可能不会走上犯罪的道路。活生生的事实告诉人们，家庭不是反腐败的避风港，这里也有着正义和邪恶的较量，每个家庭成员都应该成为维护正义的战士。"妻贤夫祸少"，古训不可忘。

　　张某案件发人深省。每个人都应该想一想：自己在权力和金钱面前，应该怎样维护权力的清正？在家庭里，应该怎样扮演好清廉的角色？

（刊载于 2000 年 2 月 8 日《泰州日报》）

请纳税人当监督员，好！

据《泰州日报》载，兴化市国税局戴窑分局在千份问卷征求群众建议和意见的基础上，决定从所辖三镇 730 多户纳税人中随机抽取 100 户纳税人担任义务监督员。笔者不禁为此举拍案叫好。

纳税人与税务人员长期直接打交道，他们最清楚税务部门、税务人员的行风情况。这个分局请纳税人当监督员，本身就说明了他们抓行风建设不搞形式主义，不是做给领导看的，也不是愚弄纳税人的，而是真正为纳税人着想，为纳税人服务的具体体现。

聘请纳税人担任义务监督员，好就好在把对税务部门和税务人员的监督权诚心诚意地交给纳税人。据悉，该局向涵盖企业与个体的这些监督员邮寄监督卡并随函赠贴有邮票的回信信封，不仅不花监督员的一分钱，还可以为他们保密，使他们放心地对税务人员在公务活动中的不公正、不文明、不廉洁的事随时向税务部门提供真实情况，从而使"对一项告申有理，扣发该税务干部当季考核奖并追究相应责任""对代征员一次告申有理，则终止其代征资格"之规定，严格地落到实处。

税务部门把"监控"设在不易被税务人员"察觉"的多个角落，就是敢于向不公正、不文明、不廉洁的行为开刀，让税务人员时刻绷紧"廉洁办税，公正、文明执法"这根弦。这种严格规范办税行为的做法，无疑是值得赞扬的。

（刊载于 2001 年 9 月 13 日《泰州日报》）

群众"上访"与干部"下访"

在"三个代表"重要思想学习教育活动中，不少干部转变作风，主动"下访"，深入基层为群众排忧解难，深受群众欢迎，此举既扩大了倾听民意的渠道，又使干部为民办事、为民服务的宗旨在实践中得到了检验和落实，它所体现出来的积极主动的服务意识，正是人民群众所期盼的。

群众"上访"其实是干部坐在机关"等访"造成的，它与"下访"虽只有一字之差，但却是两个截然不同的概念，也往往会导致两种截然不同的结果。群众"上访"与干部"下访"可鉴别一个干部对待群众生活、对待工作落实、对待人生态度是主动积极还是被动消极。

群众"上访"，大多是群众在没有办法解决自身问题情况下而使出的"上上之策"和"硬招"，其目的是通过此举能使自己想知道的"信息"、想解决的问题尽可能有个满意的结果，以"上访"来"促使"干部"下访"，或希望当场解决他们的诉求。

足不出户坐等群众把问题交上来再去处理，很难处理到位，即使对群众反映的问题处理得很完美，也往往避免不了一点"官气"。因为足不出户了解不到实际情况，弄不清问题的实质，只能养成官僚主义。凭着看看资料、来访材料、听听汇报，加上自己的主观臆断，而给某一个人或某一件事过早定调子、下结论，结果是，这件事"解决"了，新的问题又出现了。

干部被动地在办公室等待群众"上访"，对真正的社情民意不会有多少了解，从某种意义上说，会"情况不明决心大，处理结果空对空"。说白了，就像写文章一样，不深入采访、接触实际、加以分析提炼，只知道表象的，进而闭门造车，大话、套话、空话连篇，没"血"没"肉"，很难吊起读者胃口，自然也就没有什么可读性。由于被动"等访"，时间一长，一些干部也难免会出现心烦意乱、魂不守舍。如果群众"上访"得"不是时候"，就很有可能把气撒在上访群众的身上，从而出现与软环境建设要求、群众路线相悖的那种"门难进、脸难看、话难听、事难办"的官僚主义作风，进而出现那种高高在上、脱离群众的危险。即使有时迫于上级要求，到基层去调查处理问题，那也只能是就事论事、形式主义、浮而不实，而不是真正意义上的"下访"。

"下访"就得深入基层、深入群众，就得了解情况、掌握实际、解决问题，不要摆弄自己、愚弄他人，更不要隐瞒组织、欺骗群众，如此，老百姓非但不欢迎这样的干部，还会寒心，对组织失去信心。

干部主动"下访"，一方面以心换心，"和气"消除了"怨气"，换来了"顺气"，接通了"底气"，非但不会使矛盾激化，还会及时有效化解矛盾，防止问题升级导致越级上访；另一方面，因为"主动"就无形之中与群众拉近了距离。干部"消"了官气，就有一种责任感、使命感，就能真正地"沉"下去，到群众中去听民声、察民情、解民忧，体贴群众生活，关心群众冷暖，切实为民办事，想群众之所想，急群众之所急。干部"消"了官气，就会受群众拥戴，与群众打成一片，密切与人民群众的血肉联系。

实践证明，干部主动"下访"，切实解决群众关心的热点、难点问题，对转变干部工作作风、提高工作效率、密切党同人民群众的血肉联系、加快经济健康发展都具有十分重要的意义，也是每个党员干部自觉实践"三个代表"重要思想的具体体现。

但愿干部"下访"能被各级组织重视，成为每个干部的自觉行动、经常行动，使之常态化、制度化。

（写于 2001 年 10 月，作者时任泰州市纪委正科级干部）

切实增强农村基层党风廉政建设工作的针对性

农村基层党风廉政建设涉及面广，政策性强，群众关注度高，工作难度大，是一项长期而艰巨的任务，无论是过去、现在还是将来，有大量具体的工作要我们去做。笔者以为，要围绕党的农村政策落实情况，着力加强监督检查，纠正损害农民利益的突出问题，切实增强农村基层党风廉政建设的针对性，为推进农村改革发展提供良好的政治环境。

第一，突出教育管理，提高基层干部勤廉为民的自觉性。要创新教育形式，丰富教育内容，着力营造以廉为荣、以贪为耻的良好社会风尚。一要深入开展经常性的反腐倡廉教育，筑牢农村基层党员、干部廉洁自律、勤政为民的思想基础。二要加强政策法规教育，引导农村基层党员、干部学法、知法、守法，严格执行政策、依法办事。三要加强正面典型教育，引导农村基层党员、干部争先创优，激发锐意进取、奋发向上的内在动力。四要加强警示教育，以案明纪，引导农村基层党员、干部自觉遵守纪律，抵制歪风邪气。

第二，突出民主建设，加强对村级组织和干部权力运行情况的监督。强化农村基层民主监督，既是新农村建设的重要内容，也是新农村建设的重要保障。要深化村务公开，进一步完善以"三务三公"为主要内容的村务公开制度，拓展公开内容，规范公开程序，创新公开方式。要深入推进村级民主制度建设，加强对村级组织、村干部权力运行情况的监督。完善村级重大事务决策程序制度，健全村民代表会议、加强民主议事协商、集体财务审计监督、民主评议村干部等制度建设；加强村务监督委员会等村级监督组织建设，建立和完善村级集体资源、资产监管办法，强化对农村财务的审计，防止集体资源、资产流失，切实保障农民群众的参与权、知情权、表达权和监督权。

第三，突出以人为本，维护农民群众的根本利益。加强农村基层党风廉政建设，必须从农民群众最关心、最直接、最现实的利益问题入手，着力解决农民群众利益的突出问题。基层党委政府要以维护农民权益为重点，围绕党的农村政策落实情况加强监督检查。一要加强监督检查，保证党在农村的方针政策落到实处。要紧紧围绕涉农补贴、农村民生工程、农村基础设施建设和各项强农惠农政策落实情况，加强监督检查，促进中央、省委和市委关于农村改革发展方针政策的贯彻落实。二要认真解决突出问题，坚决维护农民群众的合法权益。要认真开展农村土地突出问题的专项治理，强化对征地补偿费分配使用的监督管理，保障农民对承包土地的占有、使用、收益等权益。要认真落实农村义务教育、基本医疗卫生和社会保障各项政策，坚决纠正教育、医疗、卫生等领域损害农民群众利益的不正之风。要继续做好减轻农民负担工作，坚决制止乱收费、乱罚款、乱摊派现象。要严肃查处坑农害农行为，依法严厉打击制售伪劣农资和哄抬农资价格等行为。要认真解决农民群众来信来访问题，把问题解决在基层。三要严肃查处侵害群众利益的违纪行为。把发生在农村基层的违纪违法、严重侵犯群众利益、与民争利的案件作为办案工作的重点，严肃查处基层党员干部以权谋私、挪用侵占、奢侈浪费、侵害群众利益案件。重视查处基层站所工作人员利用职权"吃拿卡要"、欺压群众的案件。

第四，突出制度建设，建立健全农村基层党风廉政建设的制度体系。制度建设是农村基层党风廉政建设各项任务落到实处的重要保证。要按照建立健全惩治和预防腐败体系的要求，抓住重点领域和关键环节，建立健全相关制度，努力形成农村基层党风廉政建设的制度体系。看农村基层党风廉政建设"双创"工作的成效，其中重要的一项就是看制度建设，看是不是真的，实用的，具有针对性的。在规范农村基层干部行为方面，要制定适用于乡镇、村党员干部和基层站所工作人员廉洁自律的具体规定；在加强农村集体"三资"管理方面，要继续建立和完善相关制度，如集体资产处置公开竞价和招投标制度等；在民主管理方面，继续推行述职述廉、廉政谈话、诫勉谈话制度，进一步完善"三务三公"制度等，通过制度建设，保障农民群众的民主权利，保障农村改革发展顺利推进。

农村党风廉政建设也是惩防体系建设的基础工作，要紧密结合农村工作实际，正确把握好教育、制度、监督、改革、纠风、惩处等基本要素关系，既突出重点，又统筹兼顾。要认真总结、完善，坚持好经验，探索新做法，不断丰富加强农村党风廉政建设的有效途径。

（写于2009年8月，作者时任泰州市纪委党风室主任）

为官要过廉政关

　　为官要过廉政关，过不了廉政关就不是一个好官，而且很有可能会蜕变成贪官。"公生明，廉生威。"廉洁自律对于每个干部特别是领导干部是非常重要的，不廉洁的干部不仅难以服众，而且还会给党和人民的事业造成损失。有的人被提拔到领导岗位后，不是清廉为官、勤政为民，而是目无法纪、为所欲为。像这样的贪官，怎么能去为人民服务？人民群众又怎么可能服他？

　　组织上考察任用干部，尤其要把好廉政关。近年来，在党内干部中出现的一些消极腐败现象，有的固然有"隐蔽"性，但不可否认，与在使用干部上的失察特别是选拔任用干部前没有认真全面地考察其廉政情况有很大关系。有些地方和部门往往只看到干部所谓的"才"，而忽视了至关重要的"德"，让一些不廉洁的人混进了干部队伍，有的甚至还担任了重要职务。因此，在选拔任用干部时，应严格考察干部的廉政状况，对有不廉洁行为的干部，不仅不能提拔，而且还要视情节轻重论处。

　　过廉政关是一个长期的过程，每个领导干部要始终坚持警钟长鸣，把勤政为民、清正廉洁作为自己的一种精神境界和人品操守。只有时刻做到自重、自省、自警、自励，才能长期保持头脑清醒，也才能经得住廉政关的考验。

（刊载于 2000 年 6 月 5 日《泰州日报》）

对行贿人应一同查办

我在任乡镇纪委书记期间，查处的党员干部经济案件，数额虽不算大，有的只有几千元，有的也有几万元。在泰州市纪委工作，参与查处了一些经济案件。无论乡镇，还是县、地级市的这些经济案件，除贪污的外，其他基本上就是受贿的了。

受贿源于行贿。各种手段的行贿至少在以下几方面会越发恶化：第一，行贿人总是"先小后大"，"先少后多"（财物数额、官员），不达目的不罢休，明知行贿也是犯罪，但就仍愿冒险。因为他们知道，即使被调查，自己也不会"进去"。第二，行贿人主要目的是获取非法利益，"送一分要有十分乃至百分的回报"。比如，在"经营资格、重大项目、重点工程、提拔任用、政治荣誉、就业学历"等方面行贿，败坏了党风政风和社会风气。第三，对受贿人，包括其亲属会慢慢形成一种扭曲心态，认为有人送钱送物是自己有面子、有本事，什么党纪国法、严以律己，都丢到九霄云外去了，讲的是一套，做的又是一套。第四，上行下效。行贿的受贿，受贿的行贿，如此恶行循环，行贿受贿就形成了一条"腐败链"。

行贿应该查处。对行贿问题我国相关法律虽有规定，但与受贿在量纪、量法上有"尺度"，比例小、处理轻，不少甚至不去追究责任。办案机关一度时候曾有这样的认识：要把受贿案迅速突破，只要行贿人配合组织调查，交代行贿事实就放其回去，一般不作为违纪违法对象处理，笔者认为，这是极其错误的。从信访和查处的案件分析，行贿有个人，有单位；有私款，有公款；有"集体研究"，有做假账或从"小金库"、下属单位支出的，可谓花样翻新，手段多样。行贿直接破坏了政治生态中的清正廉明、经济关系中的公平竞争，败坏了国家机关及其工作人员廉洁履职的神圣使命，污染了社会风气，其社会危害性极其严重，必须加大惩治行贿行为力度。

行贿受贿同查。从信访件和查处的行贿受贿案件中不难发现，有的行贿人行贿不是一人两人、一事两事、一年两年、一笔两笔。有的开发行贿"新思维"，行贿不仅仅是钱财，已悄然走向名贵字画、古董、房产、女人……令人惊讶，令人发指，令人恶心。行贿与受贿是同一腐败链上的两个毒瘤，必须同时查处，如果只查处受贿而轻视、忽视甚至放弃对行贿的查处，势必让行贿人不择手段、逍遥法外，让受贿人知纪违纪、知法犯法、变本加厉，让党风政风、社会风气遭受严重污染。

　　惩治行贿受贿行为的极端重要性和长久性，是加强党风政风建设、惩治腐败、纯洁政治生态、经济发展环境的重要法纪举措，各级党政组织必须深刻认识到这一点。纪检监察、检察、司法、组织等部门要加强探索实践，进一步建立健全法规制度，拿出切实可行的硬举措，以铁的手腕，惩治这一痼疾，使行贿受贿同查走上规范化、法治化轨道。

（写于 2006 年，作者时任泰州市纪委信访室主任）

这个班办得好

从 5 月 10 日开始，江苏省泰州市纪委、市委组织部、市级机关工委、市妇联在市委党校联合举办了首期别开生面的培训班——市级机关领导干部"贤内助"培训班。培训班是这样安排的：听取市领导所作的"关于反腐败形势和任务"的报告；学习《中国共产党纪律处分条例（试行）》等党纪党规，观看反腐倡廉录像片；参观市重点工程、重点骨干企业；进行典型案例剖析和讨论交流。参训学员向全市各级领导干部家属发出《倡议书》，可谓对象新、方法活、效果好。参加培训的市级机关 80 名处级干部配偶纷纷表示，一定要加强学习，严格要求，构筑反腐倡廉"家庭防线"。

培训班的类型很多，不必一一道来。而泰州市举办县处级干部配偶党风廉政法律法规专题培训实乃新时期加强领导干部党风廉政建设迈出的新的一步，也是扎扎实实开展以"讲学习、讲政治、讲正气"为主要内容的党性党风教育的又一重要举措。

古人云："妻贤夫祸少"。这"贤"指的就是"勤""廉"，指的就是干部的配偶不但要支持爱人工作，还要帮助爱人把住廉洁关。从一些领导干部走上违纪违法道路的成因分析，有不少是因为其家属经不住钱物的诱惑而给不正之风进入打开了"缺口"、"人为"开了"天窗"，自己"亲手"将爱人拉下水的，往往先是心存侥幸、无所顾忌，后是悔之莫及、悔之晚矣。其教训深刻。

领导干部严于律己，管好配偶、子女、亲属是起码的基准，否则就不配做领导干部，即使做了，最终也将被组织和人民所淘汰，被历史所淘汰。作为领导干部的配偶、子女，不但要积极支持他们的工作，当好"勤内助"，更重要的是自身要力戒贪心，不收受他人钱物，在党风廉政建设中发挥"挡风墙"作用，当好"廉内助"。

愿这样的培训班越来越多。

（刊载于《中国纪检监察报》）

乡镇纪委要变"等访"为"约访"

　　努力把信访问题解决在基层、解决在萌芽状态，是做好纪检监察信访工作的关键。乡镇纪委直接与基层群众接触，很多问题既看得见，又"摸得着"，这就要求切实改变作风，变在家"等访"为主动下访。下访要事先约好时间、地点，对能当场解决的就当场解决，不能当场解决的，在充分调查的基础上，可约群众到纪委谈，最好直接下去给群众答复。群众上访和干部下访、约访都是为了解决群众反映的实际问题，因此，要注意这样几个方面：一是要建立重大矛盾纠纷调处机制，同时设立矛盾纠纷调处中心。制定并实施重点疑难信访包干调处负责制，实行乡镇领导和基层单位"一把手"信访工作条管块包责任制，做到包调查处理，包停诉息访。二是对涉及干部问题的信访，要及时进行调查核实，并严肃追究有关人员的责任。三是要关心群众冷暖，帮助群众脱贫致富，及时为群众排忧解难。对群众在信访中反映的实际困难，符合政策的，想方设法帮助解决。

　　　　　　　　（写于 1990 年 5 月，作者时任兴化市徐扬乡纪委书记）

学而知差距　学而思进取

——学习王瑛同志先进事迹的几点体会

　　学习模范纪检监察干部王瑛同志的先进事迹，我深深地为她那股正气、那片真情、那份大爱所感动，为她那种平凡中见伟大、侠骨中见柔情的高尚情怀所折服。王瑛用她47年的短暂人生，写下了对党和人民、对纪检监察事业的无限忠诚，她用有限的生命诠释了"立党为公，执政为民"的要义。学习王瑛同志，我认为需要着重把握好以下几点。

　　1. 应当更加注重自己的学习

　　学习王瑛同志的先进事迹要"带着问题学""带着困惑学""带着目标学"，也就是要学思结合、学有所思、学而思进。否则，就是空洞的、形式的、不着边际的。孔子说过："学而不思则罔，思而不学则殆。"王瑛是一名普通的基层纪检战线领导干部，她用她有限的生命诠释了共产党人的高尚品格、唱响了高亢的生命赞歌。很显然，我们学习王瑛就是要学习她为人真诚坦率、求真务实，学习她勤政尽责、廉洁奉公，学习她将满腔心血和毕生的精力奉献给纪检监察事业。学无先后，达者为先。我们每个人工作时间虽有早有迟，学历、工作阅历不尽相同，而进步为什么却有快有慢？客观因素固然有，但更多的在于主观因素，主观因素应当与学习联系在一起。学习是为了应用，一个人只有把学习当成他的终身职业，当成最大乐趣，才不至于"书到用时方恨少"。宋代大文豪苏轼教人们"博观而约取，厚积而薄发"。基础好了，功底深了，就会锲而不舍，金石可镂。在自己的工作岗位上，我们才能创新思维，才能有大的作为，才能把自己的"责任田"种成"高产田"。

　　2. 应当认真查找自己的不足

　　王瑛同志特别讲大局、特别讲付出、特别讲实干、特别讲纪律，是纪检监察系统践行"做党的忠诚卫士、当群众贴心人"的模范代表。对于每一位国家公职人员，特别是纪检监察干部，这四个"特别"是应该做到的，而且不应该打任何折扣。然而，在现实工作与生活中，有些人对自己的成绩看得多、看得重，这也无可厚非，但对自己存在问题与不足往往"发现"得少，写总结、开民主生活会多数是"表扬与自我表扬相结合"，谈成绩"大一二三套小一二三"，说问题"隔靴搔痒"，不着边际，生怕触及深处，更不敢触及"痛处"。可以肯定地说，我们每个人在各自岗位上都做了很多工作，也都有付出，有的甚至干得很出色。但与王瑛同志比，与其他先进模范人物比，我们就会比出不足、比出差距，会发现自己所做的是微不足道的，是相差甚远的。我们学习王瑛，是要查找不足、改正不足，是要学出干劲、学出激情，提升能力，努力作为，为保增长促发展做出贡献。

3. 应当扎实做好自己的工作

学习王瑛同志的先进事迹应当与思考自己的工作并重。在工作上，一个人是求真务实、脚踏实地，出新招、出实效，还是浮而不实、无所事事，他自己清楚，别人看得更清楚。学习王瑛，在工作上不但要勤于思考、勤奋努力，还要大胆探索、勇于创新，不能做了一点事，取得了一点成绩，就"捧上猪头到处找庙"，作为向组织邀功请赏的筹码。清代袁枚说过，"蚕食桑而所吐者丝，非桑也；蜂采花而所酿者蜜，非花也"。我们学习王瑛，就是要对党和人民忠诚，把毕生献给党，献给人民，献给崇高的纪检监察事业，像春蚕那样——到死丝方尽，像蜜蜂那样——酿蜜无保留，像蜡炬那样——成灰泪始干。因此，组织培养了我们，国家给了我们俸禄，人民给了我们权力，我们没有任何理由不去好好工作、务实做事、为人民服务，理当克己奉公，无私奉献。

4. 应当心中装着人民的利益

王瑛同志心系百姓，真情为民，不论是抗旱救灾，还是寒冬送暖，她总是把人民群众的利益放在首位，对群众有深厚感情，这是一名党员干部党性的核心所在。人民是我们的衣食父母。我们学习王瑛首先要端正思想、转变作风，像她那样重心下移、工作前置，深入基层、深入群众，察民情、解民忧；其次要深入到困难多、问题多、矛盾多的地方去，理顺群众情绪，解决基层问题，把群众呼声和意愿中的热点问题作为"第一信号"，切实关心、认真处理人民群众最关心的问题；最后要牢固树立群众观点，设身处地为群众着想，千方百计为群众分忧，严肃执纪、敢于查处各类违纪违法案件和损害群众利益的人和事，勇于同一切违背或损害群众利益的行为作斗争，"做党的忠诚卫士、当群众贴心人"。

（写于2009年4月2日，作者时任泰州市纪委党风廉政建设室主任）

张郭镇的"铁家规"

　　笔者在兴化市张郭镇调研时，镇纪委副书记汤广均讲了这样一件事：该镇罗么村党支部书记纪安祥为了请到能人，忙前忙后为外地来本村办企业的办手续，不在集体报支一分钱，用真情赢得了他人的信任。现在这个村已发展了12家企业，企业上交税费50多万元。群众有了实惠，干部拿了奖金还有了"面子"。

　　在现实当中，有些干部为集体办企业又是一番做法："八"字还未成一撇，就大肆请客送礼，所有花费全由集体包下来，谓为"欲取先予""感情投资"；外出"跑"项目或坐飞机或包小汽车，耗资若干，长时间在外面"转"。回来后汇报，先是形势大好，后是问题多多，钱花了，时间去了，项目一个不成，别人说不清，自己最晓得。

　　村级党支部是带领农民群众致富的"火车头"，党支部书记无疑就是这"头"里的"头"。办企业一点困难、一点风险没有这不现实，但总不能"困难总是属于你"。如果你真正把老百姓的利益放在了第一位，把心"贴"到了事业上去，把为集体、为人民办的事情看得比自家的事重些，并认真付诸实施，大概就不会有那么多的"困难"和"问题"了。

　　在张郭镇或其他地方，像纪安祥这样做法的村支书不乏其人。纪安祥之所以能这样做，也是"逼"出来的。张郭镇的"铁家规"里就有这样一条：村支书连续3年没有新发展私营个体经济的就地免职。看来，关键在于要使无所建树的人"混不下去"。

（刊载于2001年1月1日《泰州日报》）

防止乡镇党委副书记兼任
纪委书记从纪精力分散

近年来，各级党委高度重视加强基层纪检干部队伍建设，努力配齐配强班子，尤其是今年以来，各地按照中央和省委要求，高度重视，加大力度，将乡镇纪委书记的配备摆上重要议事日程，不少县（市、区）乡镇纪委书记已由同级党委副书记兼任，其他县（市、区）也正在抓紧实施和运作之中，有望在较短时间内全部配备到位。

乡镇纪委书记由党委副书记兼任，对加强基层纪委组织建设，进一步推进基层党风廉政建设和反腐败斗争，对于及时有效地解决群众身边的腐败问题将发挥重要作用。笔者以为，纪委书记由党委副书记兼任后，乡镇党委要对纪委书记进行恰当的分工，一方面，要尽量与纪委监督检查职能分开，防止监督者成为参与者；另一方面，要力避因其他分工影响从纪精力，不要太多、太乱、太杂，更不能分工与基层纪检监察不相适应的工作，影响他们从事纪检监察工作的主要精力，如工业、大农业、"三外"工作等。可分工与纪检监察工作相关、业务相连的工作，如党务、政法、意识形态等。

乡镇纪委要按照纪委的领导体制和工作机制，在上级纪委和地方党委的统一领导下，发挥基层党组织和各部门的作用，开展组织协调，提高群众的积极参与热情；纪委书记要珍惜纪检工作岗位，不断提高工作的主动性和创造性；要与时俱进、开拓创新、求真务实，进一步增强做好新时期纪检监察工作的责任感和紧迫感。与此同时，要开展调查研究，创新理论思维，加强实践总结，切实解决广大群众关心的热点、难点问题，为党风廉政建设与经济社会发展提供保障。

总之，乡镇纪委书记由党委副书记兼任后，工作的担子和责任将更重，因此，应突出自身的主责和主业，切不可种了别人的田，荒了自己的地。要把主要精力放在执纪监督检查上，使乡镇纪检监察工作得到加强，以适应基层党风廉政建设和反腐败工作的需要，切不能因党委工作的其他分工而使纪检监察工作受到影响和削弱，如果是这样，不但会失去党委副书记兼任此职务的实际意义，而且还会对纪检工作产生负面影响。

（刊载于 2005 年 9 月《中国纪检监察报》）

注重家庭教育 树立良好家风

党员干部的家风与党风、社会风气是紧密联系在一起的，家庭内部每个成员尤其是家长在家风的好坏上都起着决定性作用。从近年来纪检监察机关查处的领导干部包括一些高级领导干部违纪违法的案情看，除他们自身放松世界观改造，不能正确使用手中权力外，放松家庭教育，带来家风不正，从而严重影响甚至败坏党风、社会风气也是重要原因之一。因此，领导干部特别是县处级以上党员干部要带头树立好的家风，就必须首先要管住自己，同时管住管好自己的配偶子女，这是我们党历来对领导干部的一项政治要求。领导干部的家属子女在社会上的一言一行，群众都非常关注，人民群众通过观看他们的言行来进一步观看我们领导干部的形象，观看我们的党风和社会风气。

毛主席、周总理的家风令人感佩。20 世纪 60 年代初期，国家困难时期，毛主席的子女都在中南海大食堂吃饭，和大家一样排队打饭，没有任何特殊待遇，那时大家一点也不会感到奇怪，都觉得十分正常。因为他们都比较了解主席的作风，也习惯了他的以身作则，凡是要求别人做到的事，毛主席都会自己先带头做好表率。

毛主席、周总理从不徇私情，不谋私利。毛主席在湖南家乡的堂弟和表弟来到北京，希望主席给他们找个事干。毛主席对他们说："我现在当上了中华人民共和国主席，这是革命的需要，是为人民服务、替人民办事。不能像过去那样，一人当上'皇帝'，亲戚朋友都跟着沾光，都来享受。"

周恩来总理的一个本家叔叔希望能帮助他解决工作问题。周恩来让在北京的周家亲属 20 多人来到西花厅，召开了一个家庭会议。周恩来说："我们共产党人是唯物主义者，我们要承认家族之间的关系。我承认你是我的叔叔，我是你的侄子，但是我们不能像国民党那样搞裙带关系。现在我是国家的总理，人民的总理，我不是周家的总理。大家经济有困难，要找工作，应该找当地的政府。"

我们家祖辈是农民，家风不敢与毛主席、周总理类比，但故事也很多。与其他人家可能有所区别的是，我们兄妹8个不仅从小耳濡目染、受到父母的良好教育，也影响了一代代人和整个庄上的庄风，所以，从我60年代记事起直至今日，我们家的家风、庄上的庄风都是淳朴的。

父母教育我们最多的是做人要诚实、做事要踏实，他们首先自身做好表率。在父母面前，子女再大也是孩子，能力再强、本事再大，他们都会时刻牵挂，生怕出事情，这个道理直到我们长大了、工作了、成家了，才深刻体会到。即使他们到了年老的时候，对我们的教育也一刻没有放松过，把教育的方式巧妙地融入平常的生活之中，让人无论什么时候都不会忘记。

而在现实中，恰恰有一些人不是带头树立好家风，而是利用自己的地位和职权，为家庭成员牟取不正当利益。

注重家庭教育，树立良好家风，领导干部自己首先要带头"讲学习、讲政治、讲正气"，加强思想修养，加强实践锻炼，树立正确的世界观、人生观、价值观，经受住各种考验。其次要率先垂范，给家庭成员树好立党为公、清正廉洁、无私奉献的榜样。同时，如果发现家庭成员中有问题苗头，应及时加以制止和纠正，切实做到防微杜渐，对他们的违纪违法行为更应及时报告组织，不徇私情。同时，作为家庭主要成员的领导干部配偶要认清反腐败斗争形势，增强防范意识；学习党风廉政法律法规，增强法纪意识；明白家属对领导干部的影响和作用，增强责任意识。家庭每个成员都要做到"五管"，即管好自己的脑，不该想的不要想；管好自己的嘴，不该吃的不要吃；管好自己的手，不该拿的不要拿；管好自己的腿，不该去的不要去；管好自己的门，不该开的不要开。

执政党的党风问题关系党的生死存亡。家风是中华民族传统美德的现代传承，是我们立身做人的行为准则。党员干部特别是党员领导干部注重家庭教育，树立良好的家风，这既是每一个领导干部义不容辞的责任，也是对家庭成员的爱护，对自己政治生命的珍惜，更是对党风廉政建设和对党的事业负责的表现。

（写于1999年，作者时任泰州市纪委干部）

第四部分

新闻集锦

泰州直评村干部见成效
村民对干部满意度提高 10%

　　"村里的化工厂污染大，影响村民生活，请问怎么解决？""村里提出大力发展高效农业，可农业园区内的基础设施还不完善，何时能建设到位？"日前，江苏省泰兴市曲霞镇印达村广场上，村民们把一个个疑问不断抛给村干部。印达村是泰兴市第 325 个开展"村民直评村干部"的村。

　　村民直评村干部的对象是任职满半年以上的在职在编村干部，参评人员为全体村民。泰州市自去年 6 月在全国率先推行村民直评村干部活动以来，1 555 个行政村中已有 500 多个开展了直评，近 4 000 名村干部接受了直评。依据村民直评结果，已提拔 19 名群众满意度高的村干部。对直评中满意率较低的对象，市、乡镇两级纪检监察部门均组织调查，给村民一个交代。该市通过有关法律或组织程序免职 6 人，降职 4 人，诫勉谈话 104 人。在直评活动中，对村民最关注、反映最强烈的问题，市、乡镇两级纪检监察部门一一督促整改。群众对村干部的满意度同比提高 10%。

　　　　　　（刊载于 2010 年 5 月 2 日《人民日报》，与赵晓勇、周焕祥合作）

泰州：触觉敏锐办信访

做任何事情，只要用心去捕捉、去琢磨，就会有令人欣喜的收获。近年来，江苏省泰州市纪委监察局创新思路，保持高度敏锐性，不放过信访件中的任何"蛛丝马迹"，采取"深入一步、层层剥离"的方法，注意从基层报结的信访件、基层工作汇报以及自办信访件中"挖掘"新的信访案件线索，着力提高信访案件查处的"附加值"。

深挖线索做到"三不结"

受多方面因素的影响，一些群众反映的问题常常是只鳞片爪，难以触及问题实质，案件线索需要进一步挖掘。但是，基层乡镇由于从事信访工作的人手新、业务不熟练，使得一些信访件难以查清、查透，办理质量受到影响。对这类信访报结件，泰州市纪委监察局坚持做到"三不结"，即问题未查清的不结，处理不到位的不结，未与举报人见面的不结。

对基层纪检监察组织的信访报结报告，该市纪委监察局有关职能室由专人把关，逐字逐句推敲，把信访调查中"未到位"的问题从报结报告中"挖掘"出来，交原办理单位再作重点调查。

在审核一五交化公司有关问题的报结材料时，泰州市纪委信访室发现被反映人利用假票套取现金及出售钢瓶收入不入账等问题未查清，随即进行分析，并与当地纪委一道商量调查办法，退回重查。经过深入调查发现，疑点背后真有"猫腻"，有关违纪违法人员被立案处理，此案不仅避免了群众重复访、越级访，还挽回直接经济损失30余万元。

工作汇报里面寻"突破"

基层纪检监察组织在办理信访件过程中，主要对信访反映的问题做调查，但是有的问题不在信访反映的范围内，一般不易发现。

一次，市纪委信访室在听取有关某村党支部书记问题的汇报时发现，虽然这个党支部书记的清白得到了证实，但是镇审计所对该村财务进行审计后，查出某装饰装潢公司对该村幼儿园装潢结账单据中，村账务上有非正式发票入账支出的情况。虽然数额只有 1 万多元，但是经过分析，认为这家装潢公司在其中可能存有偷税漏税问题，这种情况还极有可能在其承接的其他单位装潢业务中存在。该市纪委信访室立即召集当地纪委有关负责人和税务部门纪检组、稽查局负责人进行会商，制订工作方案。税务部门、稽查局当夜组成工作小组，拿出工作计划，第二天一上班就分组按计划进行调查。通过调查，查出该公司在为幼儿园装潢中偷漏税款 25 万多元。在稽查过程中，该公司还"主动"到税务征收部门补交了 2004 年、2005 年涉及另外一家单位装潢工程的税款 30 多万元。

从信访初核中发现线索

常言道，说者无意，听者有心。被谈话对象回答纪检监察信访部门调查人员的时候，其无意的一句话就很可能成为一条新的信访案件线索。因此，信访部门在初核每一件信访件时，都会用心听取，细心推敲，善于从被谈话人的陈述中发现和把握新的案件线索。

泰州市纪委信访室曾接到一群众来信，反映某新闻工作者到小学发展小记者时，收取每人 50 元钱，未开发票，有的学生订的报纸也未得到，而此人则许诺以报纸版面发表学生习作、教师论文作为补偿。虽然该信访举报的问题比较单一，线索也比较具体，只要了解有关单位和具体人员，完全可以就事论事去办理，但在与市纪委信访室的同志谈话时，此人无意中说，自己是承包经营，订报纸是通过各地教育主管部门有关人员组织的，费用由他和经办人员按比例分配，这句话引起了谈话人的警觉，遂即进行详细调查，并单独形成笔录。通过分析，认为其中不排除相关学校或有关人员有拿好处费的嫌疑，有关教育主管部门和学校还极有可能私设小金库，或个人拿回扣。因此，信访室全体人员迅速奔赴有关方面进行核查。只用了半天时间，4 名涉案人员的违纪问题就浮出水面，清退非法所得近 50 万元。

（刊载于 2006 年 12 月 17 日《中国纪检监察报》）

不断创新机制放大效应

下访：始终把民生问题放在第一位

"我们提出的沿江开发要保护生态环境的建议，市里及时调整完善了沿江开发、旧城改造等重大决策。"

"把下访的触角延伸到企业、居民家庭，全方位把握党委、政府的决策在基层的落实情况，这是我们深化下访工作的又一举措。"

"财力再紧张也要把居民普遍关心的城区防洪问题、农村二次改水问题、道路河道整治、公厕改造等关乎民生的事优先解决好。"

……

笔者日前在市（区）专题采访党政干部下访工作时，不少干部群众如是说。

是的，几年来的实践探索，几年来的实践创新，我市党政干部下访制度不断完善，下访工作已从起初的单纯化解矛盾纠纷向提高为民服务本领、改善民生、密切党群干群关系、促进社会稳定和谐、推动全市经济社会又好又快发展迈进，走上了制度化、规范化的轨道。市委书记作出批示："下访工作是一项民心工程，也是我市在着力改善民生工作中的创举。望各级党政主要领导高度重视，不断总结经验，进一步推动下访工作的深入开展，扎扎实实地为人民群众办事。"

机制创新增添下访工作新活力

不断创新下访工作机制，年初制订工作计划，年内狠抓工作落实，年终认真考核评比，全市各级党政组织近几年来认真落实和不断深化《党政干部下访工作意见》，给下访工作增添了新的活力。

——结合实际创新形式。坚持结合实际下访，带着思路和问题下访，问策于民，切实解决群众关心的热点、难点问题；下访中坚持决策问题调研解决，突出问题专题解决，民生问题优先解决，疑难问题分类解决，这是各级组织和党政干部在下访中结合实际、注重效果的创新做法。针对农村河道水质恶化等问题，实施农村改水、清洁河道、清洁村庄的"一改两清"工程和"农村道路通达"等实事工程；针对低保户、五保户、大病患者等进行集中救助；针对被征地农民基本生活保障和企业工资等问题，建立健全制度，实行转移农村富余劳动力、农村合作医疗统筹制度等，救助城区特困居民家庭。有关统计资料显示，每年各级党政干部下访接待群众 138 961 人次，收集各类情况和问题 38 725 个，解决 37 983 个，为群众办实事、做好事 26 777 件。

——完善机制规范运行。进一步制定和完善上下联动、限时办结、服务承诺、跟踪督办、责任追究等多项制度，下访工作规范运行。建立明查、暗访、通报"三位"一体督查机制，对下访中需要研究解决的问题和交办、会办的各类事项，确保件件有人管、事事有落实。实行分片联系点制度，四套班子负责人为联系点第一责任人在靖江、姜堰、泰兴等市得到落实，实行政府与部门、部门与乡镇、乡镇与村组的三级覆盖、上下贯通的下访组织网络体系在兴化、海陵、高港等地全面建立。不少地方还印制下发领导干部下访卡和督办卡，对群众反映的问题，指定专人督办，限时办结。与此同时，健全考核机制，把党政干部下访作为"三个文明"建设、机关作风建设、党风廉政建设目标考核的重要内容，严格考核，促进了下访工作的深入开展。

——以民为本改善民生。切实抓住改善民生、解决问题、狠抓稳定、构建和谐这个根本，努力通过下访服务群众、造福百姓，这是下访中的总体定位。一是把下访作为顺民意、解民忧的重要举措。坚持为基层服务、为群众服务，认真解决群众的合理诉求，解决了一大批群众最迫切需要解决的问题。二是把下访作为优作风、察民情的重要举措。自觉践行立党为公、执政为民的宗旨，一切从维护群众合法利益出发，面对矛盾纠纷和群众的实际困难，认真调查研究，扎实有效解决。三是把党政干部下访作为解难事、促和谐的重要举措。善于把下访作为集聚民智、凝聚民力、推动工作、促进发展的实质性工作，把群众的事当成自己的事、最急的事、天大的事，对群众反映集中的"看病难""走路难""吃水难"等问题认真研究，落实措施。先后建立教育特困资金、扶贫解困资金等困难群体救助资金。有的市（区）还制定并实施了被征地农民养老保险、医疗保险等政策，建立农村（社区）卫生服务中心（站），让群众真切地感受到党委政府心系百姓、务实为民的实际成效。

"三个联合"创新下访工作新理念

市党政干部下访工作领导小组办公室认真总结经验，不断创新理念，对下访中排查出的重点信访事项和信访老户研究解决办法，落实责任措施，及时建议有关方面进行"联合交办，联合督查，联合通报"，这种与下访工作有机结合的方式，不仅强化了各级领导干部的工作责任，而且有效促进了各类信访问题的解决。一是联合交办。市纪委、市委政法委、市委组织部、市信访局、市农办等对下访中排查出的重要信访事项和重点信访件，在认真梳理分析的基础上，进行联合交办，落实措施，明确责任。二是联合督查。市纪委、市委组织部、市委政法委、市信访局组成联合督查组，定期对各地各部门矛盾纠纷排查化解情况以及领导包案、责任落实等情况进行联合督查。三是联合通报。突出各级领导重视、抓落实情况，责任落实、问题化解情况，完善制度、健全机制情况。侧重通报各地完善工作制度，制订切实可行的应急处置预案，巡查督办制度、报告制度等。

重点突出力促信访问题化解在基层

各级纪检监察机关通过专门会议、下发文件、实地督查等多种形式，主动协调，与各级党政组织一同排查信访突出问题和苗头隐患，把下访工作与集中排查化解矛盾纠纷紧密结合起来，突出重点，落实责任，着力化解疑难复杂信访问题。

下访与《行风热线》大型户外直播紧密结合。市纪委、监察局先后在姜堰市、泰兴市组织开展市和市（区）两级40多个部门参加的"关注民生，共建和谐"党政干部、纪检监察干部集中下访《行风热线》大型户外直播活动，市纪委、监察局领导、40多个部门负责人现场接待来访群众，解决群众反映的各种热点问题。两次活动共受理群众反映的各类问题397个，其中投诉类171件，受理的信访件均及时交市和相关市（区）纪委调查处理，并及时反馈到位。

下访与切实解决疑难复杂信访问题紧密结合。为增强下访解决问题的针对性，各级信访部门及时梳理、准确分析和提供群众反映的各类信访问题，对举报党员干部失职渎职行为以及严重侵害群众合法利益的问题，努力在下访中及时组织协调力量进行调查处理，一批积累多年的老大难问题得到了妥善处理。

下访与督导重点乡镇化解矛盾纠纷紧密结合。市和市（区）纪委信访举报部门不断创新思路和举措，增强工作的针对性和指导性，结合下访深入全市乡镇"三访"量相对较大的重点乡镇（街道），做到重心下沉、关口前移，切实加强乡镇信访举报工作的监督检查和指导。

市党政干部下访工作领导小组办公室负责同志表示，全市党政干部下访工作将以关注民生、化解民忧为落脚点，加强领导、狠抓落实，拓展思路、创新机制，巩固成果、放大效应，进一步把下访工作提高到一个新水平。

（写于 2006 年 9 月，作者时任泰州市纪委信访室主任）

海陵："信访质询"解开村民心头千千结

不久前的一个下午，泰州海陵区城东街道花园村举行了一场别开生面的信访问题公开质询会——

"区里征用我们村239亩土地准备建解困房，听说征地补偿款已经来了，可村民们谁也没见到这个钱，不知这笔钱准备怎么用？我们什么时候能分到钱啊？"花园村一组农民陆虎林第一个发问。

"这笔征地补偿款共有2 800多万元，已到账2 000万元，可是不能分给一家一户村民，按照泰州市和海陵区有关规定，要用这个钱为全村失地农民办社保……"花园村党支书孙冬扣笑着做出解释。

"我们每个月只拿到140元的失地农民生活保障金，觉得不够用，特别是现在物价又涨了，村里能不能再为大家发一些补贴啊？"四组的农家妇女陆档珍向村干部提出了她的问题。

"村里前些时候搞征地拆迁，大多数人家都在规定时间内拆了，可听说有11户拖到最后的家庭，他们得到的补偿比我们都要高，这不明摆着叫老实人吃亏吗？"五组的黄玉琴也说出了她的担忧。

花园村党支书孙冬扣、村委会主任蒋和山耐心地一一作答：村里决定从今年4月起，为村民每人每月发150元生活费补贴，全村一年要花掉四五十万元。这个钱从哪里来？靠吃村集体经济收入存到银行里的利息，所以只有村集体经济上去了，才能多发一些钱。至于说到拆迁补偿，那最后11户的补偿款发多少，并不是由哪个人说了算，而要征求村里党员和村民代表的意见，拿出一个切实可行的办法来。

当天下午，花园村20多名村民与村干部面对面，先后提出了十几个他们觉得有疑点的问题，村干部一一做了解释和答复，直到他们基本明白和满意为止。

海陵区纪委有关负责人告诉记者，由于近年来村级信访举报占比过高，一些村级信访问题久拖不决，直接影响了地方经济发展和社会稳定。为此，海陵区着力探索解决新形势下农村疑难复杂信访的办法，制定出台了《村级疑难信访质询评议办结制度》，就是为了搭建一个让不隐瞒身份的信访人和村民代表与村干部等公开参加的平等对话平台，使群众反映的问题亮在明处，观点摆上桌面，当面接受监督和评议。

城西街道招贤村集体经济发展较快，但在征地拆迁、村企改制、村级财务等方面也引发了不少矛盾，有少数人成为信访老户。今年2月8日，海陵区和城西街道纪委有关负责人在该村召集村务信访质询会，组织信访人员、村民代表、党员代表及村两委负责人坐在一起平等对话，对信访人提出的招商引资、灰尘污染及年终分红等18个问题，都在现场一一答复。3小时的质询会，化解了几年来的信访难题，信访人深表满意，此后未出现一次信访。

九龙镇张家村多年来有一条不成文的规定，每户村民建房都要向村里缴纳3 000元道路建设费，村民对此意见很大，多次到市区两级纪委上访。今年初，纪委信访室人员深入镇村了解有关收费规定，听取村民意见和村干部的想法。在1月22日举行的信访质询会上，村干部心服口服，将已收取几年的6户村民的1.8万元道路建设费全部退还。此后，6户村民联名向市、区纪委送去感谢信。

任景村是城西街道的一个城中村，集体和村民都比较富裕，但由于在分配上的矛盾及商品房开发销售账目、村办企业的不当亏损等问题有疑惑，使部分村民逐步演变成联名上访。该区及街道纪委及时将调查中发现的问题和漏洞向群众答复，并就村级债权等信访问题组织公开质询，从而消除了群众的怨气，也增强了村干部的责任心。此后不久，村干部迅速组织人员收回了在外面的100多万元拖欠款。

据介绍，海陵区今年先后开展了12次农村疑难信访质询活动，有效解决村级财务、村集体经济发展、村干部违纪、违规收费等各类问题近百个，给予3名村干部纪律处分。与之相对应的是，全区今年信访总量大幅下降，无一起赴省进京个访和赴市集体访，农村党群和干群关系日趋和谐。

（刊载于2007年1月7日《中国纪检监察报》，与丁庆云、顾介铸合作）

促进信访举报办结质量提高的有效尝试

海陵："三单一书"传递信访办理责任

海陵区纪委、监察局努力创新信访工作机制，积极探索有效处理署实名信访举报方法，实行"三单一书"（《署实名举报信访事项告知单》《署实名举报信访事项转办单》《署实名举报信访事项办理责任单》和《信访事项督查通知书》）工作制度，使信访人、承办人、承办单位和领导人各自明确在解决信访问题过程中应承担的责任，促进了信访办结质量的提高，"三访"大幅下降。

在受理实名信访举报之后，该区一方面及时告知信访人其反映的问题已经受理，提出在信访问题处理期间不得多头上访、越级上访的要求，既给信访人吃定心丸，也促使信访人积极主动地配合有关职能部门开展调查工作，直至问题解决。另一方面，明确信访件办理要求和领导责任，同时明确，对工作不力、处置不当、引发后果的，按有关规定，追究相关人员的责任。

实行"三单一书"制度以来，"三访"问题的解决责任得到及时传递，进一步增强了处理署实名信访举报工作的针对性和实效性。某村在前几年村办厂改制时，积累和遗留了一些涉及村民利益的问题和矛盾，长期未能解决，每当村里发生矛盾或信访问题时，都会旧事重提。为彻底解决这些问题，他们在加强问题处理指导的同时，将信访办结责任落实到有关负责同志，加大了处理问题的力度，最终使该村集体每年收益 16 万多元。某村村民实名举报村干部在承包中以权谋私，责任传递后，在规定期限内，追缴了部分村干部不当得利 25 万元。

在"三单一书"实施过程中，该区坚持把督查督办作为重要抓手，努力防止和着重解决承办不及时、不认真、不反馈的问题。某局在处理一封转办件时，到期未能报结，区纪委与该局共同对此信访问题进行研究，对其中涉及法律政策方面的问题，专门请教律师和司法部门的人士，共同会商，圆满地查结了该信访问题。

（写于 2006 年 8 月 28 日，作者时任泰州市纪委信访室主任）

一个白面书生的民生情

——记江苏省泰州市姜堰区孙舍村第一书记王建

到一个村任第一书记，先不说这个村是贫是富、是远是近、是乱是安，也不说他是否知晓什么叫"三农"，要一个连"一农"都不懂、"一窍不通"的从事药品检验的专业技术人员去村里挂职，任村第一书记，无疑有些"赶鸭子上架"。而对一名年轻党员来说，对于组织的安排，没有任何理由不服从。任何事情就是这样，只有你努力了、付出了，按照组织的要求、群众的期盼一步一个脚印地去做，就没有过不去的坎、改变不了的面貌。

王建，姜堰区白米镇孙舍村第一书记。这位从家门到学校门，又从学校门到机关门，对农村工作"一问三不知"的"白面书生"，在任村第一书记一年后，其人生感悟，特别是那浓浓的民生情让我感慨不已。他本身的职务是江苏省泰州市食品药品检验所副所长。

不知何为"三农"

在挂职前，王建并不了解"三农"，1976 年 5 月出生的他，高中毕业考取了南京中医药大学，专业为中药学。2000 年 7 月毕业后到泰州市药品检验所中药室工作，经过十几年的努力，获得了副主任中药师职称，并攻读南京大学2014 级工程硕士研究生。这么多年与农村工作、党建工作几乎没有半点联系。

年轻人好学肯钻在王建身上表现得尤为突出。2015 年 7 月，他被选派到姜堰区白米镇孙舍村担任党总支第一书记后，甘做小学生，第一时间开展摸底调研，向村支部书记、村委会主任、两委班子全体成员主动请教，了解情况，并多次走进农户家中、深入田间地头，了解全村基础建设、概况、村级经济发展情况，梳理分析经济薄弱形成的主要原因，研究发展思路。

打"小算盘"养"母鸡"

孙舍村是黄桥老区经济薄弱村的典型代表，是泰州市安排有关部门挂钩帮扶的贫困村之一。几年前，村里基本没有硬质道路，虽说车子能开到村，但"断头路"多，不少路段雨天坑洼泥泞，晴天尘土飞扬；村部年久失修，卫生室低矮潮湿，破旧压抑，是一个一直以传统种植业为主的经济薄弱村。

如今，对于这样的村要解决的事、特别是关乎群众利益的事太多太多，需要花的钱太多太多，怎么办？一口不能咬口饼，只能因地制宜，一步一步来。对于这些，王建是有思想准备的。

穷人家更懂得节俭过日子。尽管组织上安排了部门帮扶，可资金毕竟是有限的。如何用好有限的资金，王建不止一次与村班子成员商量，最终一致意见是将帮扶的资金变成"母鸡"，让它"生蛋"，先解燃眉之急。决定将市委、市政府确定挂钩帮扶孙舍村的卫计委、食药监局每年20万元的部门帮扶资金作为专项发展基金，在白米镇高新技术装备产业园区建设标准厂房进行出租，投资额年利率10%的收益量化到村，再按照入驻企业纳税所得的一定比例分配至村，形成稳定的村集体经济收入来源，用于解决民生问题，此举为全村公益事业的发展奠定了基础。

努力增强"造血"功能

中国有句古话叫"授人以鱼不如授人以渔"。王建充分理解其中的深刻含义。他说，到困难村挂职不能眼睛总是盯住帮扶部门给钱给物，这只能解一时之困，而是要想方设法增强贫困地区自身的"造血功能"，这样才能通过自身奋斗，真正拔掉穷根、开掘富源，进而达到"造血脱贫"，让孙舍村的老百姓有获得感。

如何发挥自身优势，是王建经常思考的问题。2015年10月下旬，他抓住泰州市食品药品检验所下基层监督抽样这一机遇，了解到泰州市施恩食品有限公司因事业发展需要，拟征用工业用地自建标准厂房，进行食品饮料生产销售。他借助食品监管服务与驻村第一书记双重平台，主动跟进、全程参与。但问题来了，孙舍村不具备条件。怎么办？他深入挖掘行业资源，大胆突破区域限制，发展"飞地"经济。先后前往白米镇高新技术装备产业园区、姜堰经济开发区、大伦镇工业集中区等多个区域进行现场考察，共同谋划食品加工项目投资，努力实现异地开发共赢。

"笨鸟"先飞早入林。在他的努力下，最终项目"飞地"发展洽谈成功，落在大伦镇工业集中区内。目前，泰州市施恩食品有限公司已与姜堰区大伦镇人民政府正式签约，在该镇工业集中区内投资6 000万元、征用50亩土地，自建 20 000 平方米标准厂房，用于食品饮料科学化与规模化生产、研发和销售，预计所有生产线全部竣工投产后企业员工数将达到 200 人，年开票销售额将超过 1 亿元，将给孙舍村每年增加约 15 万元的村集体经济经营性收入。

王建与村里一班人的所作所为感动了不少领导和在外能人，他们纷纷伸出援助之手，有的牵线搭桥，有的提供信息，有的建言献策，有的计划回村投资，为百姓办了一件件燃眉之急的实事：修路 1 500 米，安装主干道路灯 20 盏，设立固定和移动垃圾箱 40 个，新增电灌站 2 座，开挖硬质化沟渠 5 880 米；新建 200 平方米的村卫生室，积极争取残联"幸福家园"工程和民政"居家养老服务中心"工程，新增群众休闲场地 1 处、健身运动场地 2 处……

关于未来，王建只说了两句话：一句是，利用食品药品行业特点，找准农业发展的契合点，计划今年引进一个以上中药材等特色种植项目，落实一个以上规模化种养殖或工业项目；第二句是，通过村级集体经济发展，多做让百姓需要、高兴的实事，努力使他们都能住上好房子、过上好日子。

（刊载于 2016 年 3 月 18 日人民网—中国共产党新闻网）

泰州"下访"城乡群众四万户

此前，江苏省委办公厅、省政府办公厅已向全省转发了泰州市全面推行党政干部下访工作制的相关做法，中纪委《每日情况》和监察部《监察综合与分析》也分别刊登了泰州市的经验做法。

"党政干部主动下访，是党员干部真心、真情并且实实在在地为老百姓办实事的做法之一，也是党的传统群众工作的一种延续和发扬，只有这样，才能保持和人民群众的鱼水关系。"泰州市委书记朱龙生深有感触地说，"在下访中，凡是涉及群众的切身利益和实际困难的事，哪怕再小，我们也要竭尽全力去办。只要坚持一切依靠群众，一切为了群众，带着深厚的感情去帮助群众解决问题，再多的矛盾也会得到解决，我们的社会就一定会更加和谐。"据统计，在一年多的时间里，泰州全市20多名市厅级、400多名县处级和近万名乡科级党政干部，分赴农村、街道、社区、企业，下访41 200多户（次）。

（刊载于 2005 年 12 月 30 日《扬子晚报》）

构筑"后院"防线

"做官是一时一地，做人是一生一世。我们不能因一点蝇头小利牺牲爱人的政治生命，牺牲家庭的幸福生活。一定要帮助爱人把好廉政关，筑起反腐倡廉的'家庭防线'。"这是泰州市海陵区区长刘励的爱人王丽华参加"贤内助"培训班后说出的肺腑之言。

4月29日，泰州市第4期县处级领导干部"贤内助"培训班结束。至此，参加培训的县处级领导干部爱人达200余人。

"好女人是一所好学校。""女人在干部家庭应该成为'形象大使'。"省社科院妇女研究中心金一虹教授做的《妇女形象塑造》讲座，令参加培训的"贤内助"们耳目一新，心里一亮。

市纪委、监察局负责同志剖析的典型案例，令"贤内助"们触目惊心。正处级干部、市交通局原局长杨某因受贿6万余元，被判5年徒刑；正处级干部、市贸易局原局长朱某因受贿9万余元，被判9年徒刑；姜堰民政局原局长张某受贿4万余元，其中他妻子帮助收了2万元，张某被判刑3年，缓刑4年……

"贤内助"们还被安排参观看守所。当她们看到昔日威风八面的人物，如今成为阶下囚，一个个在铁窗内生活，无不既痛恨又痛心，更警醒。

学员代表陆晓媚在交流学习体会时说："廉洁自律是保持每个干部家庭幸福的天平砝码，失去了它，就永远失去了平衡。"

泰兴市委常委、组织部部长冯健华的爱人朱建明说："作为干部家属，应该从家庭、生活、经济三个方面协助爱人把好廉政关，做到'三常''四不'，即廉政风常吹，自律话常说，党纪法规常讲；非分之想不可有，不义之财不可要，是非之地不可去，交友不可无原则。"高港区副区长马翔的爱人袁玉翠说："干部家属要明事理，知国法，不能有攀比心理，更不能有侥幸心理。"

许多学员认为，像这样的培训班如果早开，也许有些领导干部就不至于走上违纪违法的道路。

（刊载于2000年5月4日《新华日报》，与周刚合作）

"约法三章"十六载

到"兴化第一村"戴南镇董北村采访，未见党支部书记张文德时，我们先见到了他的座椅。这在简陋的办公室里颇显豪华的座椅，是 8 年前村办工业规模扩大时购置的。走近一看，人造革套已破了 10 多处，支架也有 3 处电焊过的痕迹，但张文德仍视为"宝贝"。因为 16 年前他到董北村上任时，村里除有一张办公桌外，连一张板凳都没有。第一次开会，他坐的是一只蒲包。如今，董北村富甲一方，张文德成了远近闻名的致富带头人，但他在董北村十几年如一日，恪守着他的"约法三章"。

"为官不偷懒"

走在董北村宽敞平坦的大道上，我们无法想象 10 多年前张文德手拎着鞋，肩背着模具，为了节省 10 元钱船费赤足跋涉在泥泞小道上的情景。自从他肩挑村支书的重担以来，他日夜操劳，全身心扑到壮大集体经济、带领村民共同富裕上，付出了比别人更多的辛劳。16 年来，他无一节假日休息，每天工作都达 10 小时以上。村办企业"兴龙集团"创办之初，他经常徒步外出采购材料；没有启动资金，他把个人的积蓄全部垫上，又把家里的猪卖了凑上；没有电动擦丝机，他就带头用手摇；白天没有电，他就晚上守在机器旁，以便来电后能及时喊人上班；村里建厂房、挖沟、浇地坪、运设备的行列里，都少不了他纤瘦的身影。这些年，他带领全村党员干部义务劳动，节省集体资金上百万元。

"有权不滥用"

在董北村，张文德从未将权力作为谋私利的工具，而是看成为村民服务的责任。

村办公室老周告诉我们，张文德至今未超支报销过一分钱。办厂初期，他出差带干粮。现在条件好了，干粮换成了方便面。他出差有个原则，如果不约客人到房间谈事，就住当地价格最低的招待所。在上海、广州，他的房间经常要住三四个人，服务员查房时，他忙不迭地说好话，一点不像是全国规模最大、品种最全的不锈钢丝绳生产基地、年创利税 1 300 多万元的企业"老总"。1998 年冬天，他到几千里外的湖北十堰出差，因舍不得买卧铺票而蹲在车厢里整整 18 小时。

他不吸烟，不喝酒，除了为节省开支，更是让一些人少了一条送礼的理由。原材料采购不是他一个人说了算，要经过 5 个人把关，并严格执行价格公开、比价比质采购制度。这样办成本下降了，但得罪了不少人。一次，有个掌"权"的人来推销劳保用品，质次价高，张文德婉言推辞，那人见状愤愤地拂袖而去。

"见钱不眼开"

这些年来，张文德在金钱面前经受住了考验。在过去八九年的时间里，他每年只拿两三千元工资，近几年经镇党委批准，集体每年奖给他一万元，他全部奉献到兴办社会公益事业上。按照镇政府奖励细则，他每年可拿奖金几万元，但他从未兑现过。2000 年 5 月，张文德被国务院授予"全国劳动模范"称号，5 000 元的奖金还未到手，他就宣布捐给正在兴建中的"农民疗养院"……

这些年，张文德拒收红包、礼品不计其数。一次，一个体户想低价购买村办企业的下脚料，临走时，悄悄丢下个红纸包，他打开一看，是一万元现金。第二天，他悉数交给财务科，坚持以市场价供应。来人见张文德不为金钱所动，只得悻悻而去。建小学教学楼时，一建筑商要价 80 万元，并暗示回扣 10 万元，他未予理睬。后来，他组织力量自行设计、施工，只用了 35 万元。

（刊载于 2000 年 6 月 21 日《中国纪检监察报》，2000 年第 12 期《江苏纪监》）

医坛正气歌

——记泰州市人民医院南院肛肠科医生陈叔模

陈叔模很普通，平凡朴素的外表，貌不惊人也不善言辞，是泰州市人民医院近千名工作人员中的一名。陈叔模也不普通，去年以来，他一个人就收治病人 5 000 余人，做了 1 000 余台手术，其业务收入占整个南院门诊总收入的 7% 左右。每天晚上，逢年过节，他都正常上班，义务加诊。可他从未要补休，从未要求回报，胸中装着的只是病人的安危和赤诚的事业之心。

知悉陈叔模的人，都赞他很优秀，连续 6 年年度考核优秀，都是院里的先进个人，去年还受到泰州市卫生局的嘉奖。先后退回病人红包上百次，无法退回上交院部的就有近 6 000 元。

陈叔模秉承父业，在患者中，他的名字是和人民医院这个部室联系在一起的。痔疮患者一般来就诊的都比较急，且行走不便。当他走进肛肠科的那天，就把诊断快、手术快、动作利索、最大限度地降低患者在诊治过程中的痛苦作为自己的追求。从医以来，他已为数千名患者施行过痔疮手术，几年没有复发的病例。泰州城乡大部分患有肛肠疾病的病人都是找他医治的。

去年夏日的一天，烈日炎炎，在泰州温泰市场做百货生意的温州女老板吴葛珍，突然肛门剧烈疼痛，来到陈医生这里就诊。陈叔模细致耐心地询问病情后初步诊断是突发性肛裂，陈医师务实的工作作风、娴熟与精湛的医术让浙江老板感到了异乡的温暖，她悄悄地塞给陈医师 200 元红包。陈叔模善意地沉下面孔："你给我红包，我就不给你开刀了。"女老板说："我们那里兴这个，你不收下我心不安了。"经不住千推万扯，陈叔模当时只好收下这 200 元钱。手术后，他像往常一样用化名"陈上交"（后面括号注上患者姓名），填写了医疗费交给了院部。陈叔模事后思忖，医疗行业是窗口，决不能给投资者留下不良印象。

凡事贵在持之以恒。陈叔模拒收"红包"在泰州市人民医院是出了名的。南院肛肠科的医生只有他一人，加之受父母医术的影响，陈叔模的医术在周边很有名气，经常有近郊远乡的农民、工人找他看病，他自己也三年如一日到江都市唐头镇去义诊。一个下雪天，陈叔模照例一早赶到泰州东汽车站乘车赶往唐头，几位农民以为在这样的天气陈医生不会来了，便准备打道回府，谁知陈叔模竟亲自上门为患者服务。在他临行前，几位患者出于感动，从瓦房前抓了几只草鸡死活要让他带走，陈叔模坚决地退回了。因为陈叔模知道："农村是重体力劳动多，痔科病的发病率高，有的人舍不得花钱而久拖成大疾。"陈叔模理解农民的苦衷，一面不厌其烦地替他们治病，一面利用义诊的机会宣传保健知识。陈叔模用热忱的服务消除了患者的痛楚，也以高尚的医德挡住了"红包"入口，博得患者的称赞。

陈叔模其实很缺钱，他想赚钱，但这钱定要来自正义之道。陈叔模一家7口人至今仍挤在不足50平方米的小屋内，大儿子下岗，二儿媳也没有工作，家里从农村来的老伴与小孙子都要靠他挣钱糊口。作者在他家里看到，他和爱人住的是一间触手可及、三四平方米大小的小棚，睡的竹床与棚顶仅有1米多高。

"宝剑锋从磨砺出，梅花香自苦寒来。"就在这低矮的宿舍里，陈叔模自费购来了医学书籍，日夜挑灯攻读，在医学海洋中汲取营养。针对肛肠手术后常有人排便困难，易并发出血、复发等，他仔细琢磨，总结出了一套有成效的治疗方案。

众所周知，肛肠科的工作又累又脏，而陈叔模非但酷爱，还多次替病人抠出干结的大便，有几次，掏出来的粪便还喷到了他的脸上。有位晚期癌症患者腹胀，疼痛难忍，情急之下，家人带着他来到人民医院，找到陈医生。陈医生一边安慰病人，一边为其检查。然后，他挽起袖子，跪在厕所上，用手指从病人的肛门中一点一点地掏出干硬的粪便，病人的腹痛顿时消失。后来，这位病人在弥留之际，还念叨着这位在他生命最后一段时光给他留下深刻印象的医生。

把病人当上帝、当亲人，陈叔模不但追求高尚的医德医风，还把病人的冷暖时刻挂在心上。一个冬夜，东台市的一位术后留观老人，想要吃碗热粥，陈叔模二话不说，自己回家煮两碗送到了老人床前，老人感动得流下了热泪。像这样深夜为病人烧茶、煮粥，陈叔模记不清有过多少次。

泰州市卫生局副局长、市人民医院院长徐洪涛发出这样的感慨："一名普通职工能为单位做出杰出的贡献，陈叔模就是这样的好同志。"

陈叔模就是这样一位不辞辛苦，从不索取、不收红包、不拿回扣的医坛孺子牛。他高尚的医德与勤恳的工作为人民医院树立了榜样，在普通的岗位上干出了不平凡的业绩，唱响了一曲荡气回肠的《正气歌》。

（刊载于 2002 年 1 月 11 日《江苏经济报》，与贡腾合作）

考察先考廉 合格再进门

泰州市食药监局对拟提拔考察干部设"门槛"

我市今后对拟提拔考察的干部增设了一道"门槛",凡是拟提拔任用的干部、试用期满的干部,在考察前必须进行党纪条规、廉政知识等考试,考试成绩不及格的一律不予考察。4月15日,泰州市食品药品监督管理局首次对拟提拔考察和试用期满的9名干部进行书面闭卷考试,人数虽不多,可纪律很严明。

考试之前明确两点:一是不得影响工作,二是告知复习范围。包括党章、准则、条例,中央、市纪委六次全会精神,党风廉政建设应把握的知识点,市委、市政府重大决策部署,效能作风建设、机关制度等。

起初,少数人认为,参加考试的与监考的都是平时一起工作的同事,又是局里自行组织,不会那么严格,只是走走形式而已,跟组织者要个答案或带手机、资料进去就是了。而令大家意想不到的是,此次闭卷考试采取高考、公务员考试模式与要求,严肃考试纪律,全程录像。事后不少同志说,这道"门槛"设得好,这种要求让我们今后会更加强对党风廉政知识的学习,一言一行都要严格要求自己,必须时刻绷紧党纪国法这根弦。

据了解,该局此举的目的是,既要促使党员干部平时能自觉养成学习、思考、积累的良好习惯,又要使他们主动接受来自方方面面的监督,把教育与管理以严格的制度形式规定下来,并落实到位,使每个机关公职人员都能以党纪条规约束自己,以严格规范要求自己,以开拓进取、积极奉献激励自己,不断增强廉洁意识、服务意识、大局意识、责任意识,培养出一支遵纪守法、敢于担当、积极作为、敬业奉献的队伍,在市委"三大主题"工作和"四个名城"建设中,不做"蜗牛",争当"奔牛"。

（刊载于2016年5月5日新华网,2016年7月22日《泰州日报》）

环环有责　道道"上锁"

泰州建立工程责任人档案

近日，江苏省泰州市建立重点工程责任人档案，以强化工程质量终身负责制的基础工作。

工程责任人档案内容由市纪委、监察局统一制定和印制，并会同有关主管部门、建设单位共同建立，档案内容共有 9 个方面：工程概况、建设单位责任人、项目法人单位责任人、勘察单位责任人、设计单位责任人、施工单位责任人、监理单位责任人、质量监督机构责任人、竣工验收责任人。以上每项工程的责任人档案内容由工程的建设单位负责填写或组织填写、审核，并由责任人签名。所有表格一式三份，分别由市纪委、有关主管部门、建设单位建档保存。为便于开展主题监察活动，增强责任人的责任意识，市纪委、监察局规定，除《竣工验收责任人表》在工程竣工验收后 10 日内填报外，其余八种表格均必须在工程开工后 10 日内填报。同时还明确规定，工程在建设过程中或竣工交付使用后一旦发现质量问题，将依据责任人档案和有关规定，追究有关责任人的责任。

（刊载于 1999 年 4 月 20 日《中国纪检监察报》，与缪云忠、钱宏琦合作）

后 记

  该书如今出版，因为已跨越了世纪，其成书过程中需要感谢的人太多太多，有我的领导、同事、亲戚、朋友，还有我已故的父母。名单列出来会很长很长，担心会挂一漏十，因此就不一一列出了，不过还是要特别感谢他们。

  首先要衷心感谢北京大学中文系教授、文学博士、青年文学评论家丛治辰同志为该书作序，这使我感激不已！

  感谢中央和地方纪委、组织部门、宣传部门、媒体界和文学界的领导、同事长期对我的关心支持与帮助！

  感谢新闻与传播研究员、中国商业法研究会副秘书长、人民交通杂志社副总编辑周正生同志的关心与支持。

  感谢迅驰车业江苏有限公司党组织、淮安澳森科技有限公司的友情支持。

  时光总是在人们不经意间悄然而逝。从我1977年参加工作，到2019年退休，掐指一算43年。这43年，无论在哪个岗位，我都十分珍惜、敬时爱日，加强学习、忠于职守，深入调研、不断积累，努力思考、勤于笔耕，做出特色、形成影响，不少文章被媒体和内部资料采用，所以，工作期间拿到的"荣誉证书""聘书"，获得的奖励是不少的。

  基层素材不但很多，而且非常鲜活，就看你能不能做个"接地气"的"有心人"。20世纪八九十年代，我基本在基层一线工作。那时条件艰苦，任务繁重，没有电脑、传真，更没有邮箱、微信，晚上挤时间"爬格子"，写出来的东西要发出去是很困难的，遇有时效性强的，得去邮电局发电报。那时我的手写稿装订成册的就有厚厚的20多本，如今偶尔拿出来翻翻，内心总是感今怀昔，滋味特别。

  从事党务工作是组织的安排，也是我的夙愿，深感收获颇丰。本书收集的多为我几十年来在报纸杂志、官方网站发表的有关党的建设、纪检监察方面的理论文章，因为跨世纪，有的作品发表的时间距今虽有点长，但它是对历史的记载，是真实的东西。本书的出版算是我向组织上交的一份答卷，希望这份答卷是及格的。

刘金祥

于 2022 年仲夏